MIRA®

Der Preis dieses Bandes versteht sich einschließlich der gesetzlichen Mehrwertsteuer.

Umwelthinweis:
Dieses Buch wurde auf chlor- und säurefreiem Papier gedruckt.

Michele Bardsley

Eine Hexe in Nevermore

Roman

Aus dem Amerikanischen von
Gisela Schmitt

MIRA®

MIRA® TASCHENBUCH
Band 65058
1. Auflage: Juli 2012

MIRA® TASCHENBÜCHER
erscheinen in der Harlequin Enterprises GmbH,
Valentinskamp 24, 20354 Hamburg
Geschäftsführer: Thomas Beckmann

Konzeption/Reihengestaltung: fredebold&partner gmbh, Köln
Umschlaggestaltung: pecher und soiron, Köln
Redaktion: Mareike Müller
Titelabbildung: iStock; Thinkstock / Getty Images, München
Autorenfoto: © by Harlequin Enterprises S.A., Schweiz
Satz: GGP Media GmbH, Pößneck
Druck und Bindearbeiten: CPI – Ebner & Spiegel, Ulm
Printed in Germany
Dieses Buch wurde auf FSC®-zertifiziertem Papier gedruckt.
ISBN 978-3-86278-334-2

www.mira-taschenbuch.de

Werden Sie Fan von MIRA Taschenbuch auf Facebook!

Für Reid

DANKSAGUNG

Ich möchte Claire Zion dafür danken, dass sie mich fragte: „Haben Sie eine Idee zu einer weiteren Serie?" Und dafür, dass ich ihr die „Wizards of Nevermore" präsentieren durfte.

Mein besonderer Dank gilt meiner großartigen Agentin, auch als Stephanie Kip Rostan bekannt, und der wunderbaren Monika Verma, die die schwierigen Seiten des Geschäfts erledigte und mich einfach schreiben (und, tja, auch jede Menge meckern) ließ.

Ich bewundere meine Lektorin, Laura Cifelli, und die (fast schon) beängstigend effiziente Jesse Feldman. Sie sind der Grund dafür, warum ich bessere Bücher schreibe. In der Tat schulde ich dem gesamten Team NAL größte Dankbarkeit. Sie arbeiten voller Hingabe und sind einfach brillant. Wie heißt es so schön in dem Lied (zumindest in der Version der Fernsehserie *Glee)*? „Mein Leben wäre ätzend ohne euch!"

Ewige Dankbarkeit sei allen meinen Fans und Anhängern gewährt. Weil sie meine Bücher lesen, kann ich meinen Traum leben. Jeden Tag. Ich schreibe. Sie lesen. Wir sind ein gutes Team. Zu guter Letzt dürfen meine Kinder nicht unerwähnt bleiben. Ihr macht mein Leben spannend – und vor allem: Ihr bringt mich zum Lachen. Zwar nicht immer absichtlich, aber trotzdem … Ich liebe euch bis zur Besinnungslosigkeit. Auch wenn ihr mich in den Wahnsinn treibt. (Nein, ohne Quatsch. Ich liebe euch echt total.)

Seine Augen träumen trunken wie Dämonen traumversunken,
Mir zu Füßen hingesunken droht sein Schatten tot empor.
Hebt aus diesem meine Seele jemals wieder sich empor? –
Niemals mehr – oh, nie du Tor!

AUS „DER RABE“ VON EDGAR ALLAN POE

DIE URSPRÜNGE DER MAGISCHEN UND DER IRDISCHEN WESEN

Es gab eine Zeit, da hatten alle Menschen eine magische Begabung.

Doch dann brachen Schrecken und Terror über die Welt herein. Die Magie wurde zu einer Waffe, zu einem Symbol von Grausamkeit und Krieg.

Das brach das Herz der Göttin.

Sie war es, die darum die Verbindung zwischen Mensch und Magie zerstörte. Doch die Welt wurde nicht wieder zu einem besseren Ort. Denn ohne die angeborene Fähigkeit, sich mit den heiligen Energien zu verbinden, waren die Menschen noch viel empfänglicher für die Einflüsse des Dunklen Herrschers.

Also beschloss die Göttin, den Menschen ihre Zauberkraft wiederzugeben. Dazu erkor sie sechs Meister aus, die einen reinen Geist und ein reines Herz besaßen. Jedem Einzelnen von ihnen verlieh sie nur ein einziges Element, über das er herrschen und das er beschützen sollte. Das verhinderte ein Ungleichgewicht der Kräfte und war ein Kennzeichen dafür, welche Verantwortung die Meister gegenüber der Erde und ihren Bewohnern hatten. Sie bat die sechs, sich jeweils ein Symbol auszusuchen.

Jaed, Hüter des Feuers, wählte den Drachen. Olin, Hüter der Luft, entschied sich für den Falken. Kry, Hüter des Wassers, wählte den Hai. Leta, Hüterin der Erde, wollte den Wolf. Drun, Hüter des Lebens, entschied sich für die Sonne als sein Symbol, und Ekro, Hüter des Todes, für den Raben.

Die Göttin tränkte jedes Symbol mit der Essenz der Lebewesen, die ihre Auserwählten darstellten. Die Symbole wurden in die Haut der Auserwählten tätowiert, damit sie immer an ihre Aufgabe erinnert wurden, das Leben zu schützen und für das Gleichgewicht zu sorgen.

Nur ihre Nachkommen sollten Zugang zu den heiligen Energien haben. Man nannte sie „die magischen Wesen". Im Gegensatz zu ihnen nannte man alle, die keine elementare Bindung mehr zu den magischen Kräften besaßen, „die irdischen Wesen".

Im Laufe der Zeit wurde die Reinheit der Auserwählten jedoch geschwächt und verändert. Unterschiedliche Mächte vermischten sich, und das Geschlecht Druns starb beinahe aus. Nur selten wurde ein magisches Wesen geboren, das die Fähigkeit besaß, über das Leben zu herrschen – diese Wesen nannte man „Thaumaturgen".

Vor zweitausend Jahren begründeten die Römer dann die sogenannten Fünf Geschlechter: das Geschlecht der Drachen, das Geschlecht der Falken, das Geschlecht der Wölfe, das Geschlecht der Haie und das Geschlecht der Raben. Sie erschufen auch das erste Hohe Gericht, das sich aus Stellvertretern der verschiedenen Geschlechter zusammensetzte und über alle magischen Wesen herrschte. Die ursprünglichen Gerichtsgebäude in Rom werden bis heute genutzt. (Nicht lange nach der Amerikanischen Revolution wurde ein zweites Hohes Gericht in Washington, D. C. eingerichtet.) Ebenfalls bis heute werden Kinder, die eine besonders starke Verbindung zu einem Element zeigen, dem entsprechenden Geschlecht zugeordnet und dort von den Meistern in der Kunst der Magie unterwiesen. Als Zeichen der Treue zu ihrem Erbe und der Zugehörigkeit zu ihrem Geschlecht wird allen Mitgliedern das Symbol eintätowiert, das ihre Vorfahren einst gewählt haben. Diese Tradition ist bis heute lebendig.

Obwohl sie von unterschiedlichen Herrschern regiert werden, leben magische und irdische Wesen auf der ganzen Welt konfliktfrei miteinander. Es gibt jedoch auch einige, die sich für ein Leben in einer Gemeinschaft entscheiden, in der es nur ihresgleichen gibt, wieder andere schließen sich von sich aus einem Geschlecht an, um sich unter dessen Schutz zu begeben.

Ob magische oder irdische Wesen, eine Wahrheit verbindet sie alle: Es liegt im Wesen des Menschen, ein Gleichgewicht zwischen Gut und Böse anzustreben.

PROLOG

Zehn Jahre zuvor

Gray Calhoun schloss die Haustür hinter sich und blieb in der Eingangshalle stehen. Seine Haut kribbelte. Im ganzen Haus war es dunkel und still. Normalerweise wurde er immer von der Haushälterin begrüßt, die wie ein Wachhund seiner Frau darauf achtete, dass er die Schuhe auszog und seine Gerichtsrobe ablegte. Es war seltsam, nicht die vertrauten Geräusche aus der Küche zu hören, in der der Koch das Abendessen zubereitete, das Klappern von Töpfen und sein leises Fluchen auf Schwedisch zu vernehmen.

Die Stille – und das Gefühl von Leere – beunruhigten ihn.

„Kerren?“, rief er.

„Ich bin oben“, ertönte ihr Rufen.

Erleichtert seufzte er auf. Sie hatte ihn an diesem Morgen angerufen, bevor die schockierende Enthüllung über die Rackmores die Kammern des Höchsten Gerichts erschütterte. „Bleib da, Gray. Mach deine Arbeit. Hier ist alles in Ordnung. Ich habe doch dich!“

„Das verdammte Gericht!“, hatte er geflucht und sie damit zum Lachen gebracht. Dann musste er versprechen, ja nicht früher nach Hause zu kommen. Dabei wollte er seine Frau am liebsten sofort in den Arm nehmen und ihr sagen, wie unwichtig es für ihn war, dass er eine Rackmore geheiratet hatte. Er liebte sie – und Liebe war für ihn gleichbedeutend mit Loyalität. Sein Herz schmerzte, als er an den Fuß der Treppe trat.

„Wag ja nicht, nach oben zu kommen, wenn du noch die Schuhe anhast!“

Er war kurz davor, mit seinem Fuß die polierte Holzstufe zu berühren, und musste schmunzeln. Endlich entspannte sich sein Körper, und er ging unbeschwert noch einmal zurück in die Eingangshalle und zog seine Schuhe aus.

Sie waren jetzt seit fast zwei Jahren verheiratet, nachdem er turbulente sechs Monate um Kerren geworben hatte. Ihre Eltern hatten die Ankündigung von der Verlobung weitaus positiver aufgenommen als seine Mutter. Leticia Calhoun hatte ihm sogar alle nur denkbaren Argumente entgegengehalten: *Du bist zu jung. Du bist noch zu neu am Hohen Gericht. Du bist ein Drache. Sie ist ein Rabe.* Und so weiter und so fort. Doch am Ende hatte sie ihnen beiden doch ihren Segen gegeben.

Trotz der Bedenken seiner Mutter führten sie eine glückliche Ehe, und Gray machte schnell Karriere. Die durch ihn herbeigeführte Schlichtung diverser langwieriger Streitigkeiten innerhalb des Geschlechts der Drachen führte zu einer nie da gewesenen Zusammenarbeit und vielen kreativen Beschlüssen. Mit seinen erfolgreichen Verhandlungen erwarb er sich viele Freunde, einige Feinde und, das war erst vergangene Woche gewesen, die höchste Auszeichnung, die ein Geschlecht einem Mitglied verleihen konnte: den Titel des Ehrenmagiers.

Er stellte seine Schuhe in den Schrank in der Eingangshalle, schlüpfte aus seiner Robe und hängte sie auf einen Bügel. Erst jetzt wurde ihm bewusst, dass seine Frau dem Personal offensichtlich freigegeben hatte. Als die Welt den Widerhall dessen vernahm, was einige „die große Abrechnung“ nannten, war ein Chaos losgebrochen.

Denn der Reichtum aller Rackmores war dahin.

Tag für Tag hatten Gerüchte und Spekulationen die Runde gemacht, bis ein einfallsreicher Gelehrter begann, die Archive der Ehrwürdigen Bibliothek zu durchforsten. Dort entdeckte er einen einzigen Tagebucheintrag von Pickwith Rackmore, dem Earl of Mersey, einem bekannten Raben, der im sechzehnten Jahrhundert rasch in den Reihen seines Geschlechts aufgestiegen war. Stolz schwang mit in den Worten, mit denen er das Ritual beschrieb, mit dem seine gesamte Familie immer wieder einen Dämonenlord angerufen hatte. Mit diesem Lord hatte die Familie einen Pakt geschlossen, der ihnen ewigen Reichtum versprach. So war das märchenhafte „Stroh-zu-Gold-Spinnen“ in den letzten fünfhundert Jahren Realität für die Familie Rackmore gewesen. Die detailreiche Schilderung, wie dafür die jüngste Tochter des Earls und ihr Ehemann geopfert wurden, war besonders widerwärtig.

Sie hatten jedoch nicht bedacht, dass die nachfolgenden Generationen ernten würden, was ihre Generation einst gesät hatte. Todesmagie und geheime Bündnisse mit Dämonen waren die zwei größten Verfehlungen, die ein magisches Wesen begehen konnte. Der Earl of Mersey und seine Familie hatten sich nicht nur auf beides eingelassen, sie hatten sich auch auf ewige Zeiten mit dem Haus der Raben verbunden.

Die Auswirkungen dieser Verquickung waren immens.

Doch an all das wollte Gray im Moment nicht denken. Jetzt wollte er sich erst einmal um die Bedürfnisse seiner wunderschönen Frau kümmern. Kerren war eine willensstarke und pragmatische Frau. Wenn eine Rackmore diesem Sturm trotzen konnte, war sie es.

Und außerdem hatte sie ja ihn – er würde sie nie im Stich lassen.

Gray nahm zwei Treppenstufen auf einmal. Auch im oberen Stockwerk war es dunkel, aber natürlich fand er den Weg zu ihr problemlos. Kerren stand in der Mitte ihres üppig eingerichteten Schlafzimmers, das nur vom gedämpften Licht der Nachttischlampe erhellt wurde.

Sie trug ein durchscheinendes silbernes Gewand, das ihre Figur betonte. Er wusste, welche Freuden sich darunter verbargen, und konnte es kaum erwarten, ihr das Gewand abzustreifen. Sie war so wunderschön. Das lange blonde Haar fiel in seidigen Locken auf ihre Schultern. Jetzt streckte Kerren eine Hand nach ihm aus, die andere hielt sie hinter dem Rücken.

„Was versteckst du da?“ Gray lächelte amüsiert. Dieses

Spielchen spielten sie oft. Manchmal war es ein Becher Schlagsahne oder ein Glas Karamellsoße, manchmal ein Spielzeug, das sie auf einer ihrer Shoppingtouren entdeckt hatte.

„Eine Überraschung", antwortete sie kokett.

„Da bin ich aber gespannt", murmelte er und beugte sich zu ihr. Sein Mund streifte ihre Lippen. „Wie geht es deiner Familie?"

„Oh, bestens. Sie haben bereits Maßnahmen ergriffen. Trotzdem soll ich mich bei dir bedanken für dein großzügiges Angebot, ihnen unsere nicht genutzten Räume hier zur Verfügung zu stellen."

„Unser Haus ist groß genug für zehn Personen."

Kerren seufzte. „Du fängst jetzt nicht wieder mit dem Thema Kinder an, oder?"

„Nein." Gray äußerte sich lieber nicht dazu, obwohl er sich nichts lieber wünschte, als endlich eine Familie zu gründen. Auch Kerren wollte Kinder, das wusste er, aber wann immer er das Thema zur Sprache brachte, reagierte sie ausweichend. Gray schwieg also lieber und beugte sich stattdessen wieder zu seiner Frau herunter, um sie diesmal richtig zu küssen.

„Gray."

Erneut hielt er inne und sah sie mit fragendem Gesicht an. „Hmm?"

„Du würdest doch alles für mich tun, oder?"

„Selbstverständlich." Die Antwort kam spontan und ohne zu zögern.

Sie löste sich aus seiner Umarmung, ließ aber ihre Hand auf seinem Unterarm liegen. Ihre Augen funkelten. „Ich hatte gehofft, dich behalten zu können", fuhr sie bedauernd lächelnd fort.

Noch bevor er auf diese seltsame Aussage reagieren konnte, legte sie ihre bleiche, doch perfekte Hand auf seine Brust und flüsterte: „Kahl!"

Ein Schmerz durchzuckte Gray, drückte ihm den Hals

zu, brannte in seinen Augen, tobte in seinen Adern. Er versuchte zu schreien, aber kein Laut drang aus seiner schmerzenden Kehle.

Sein Blick verschwamm, als er jetzt seine Frau ansah.

„Du hast doch gesagt, du würdest alles für mich tun.“ Sie holte weit aus mit dem Arm, den sie hinter ihrem Rücken verborgen hatte. In ihrer Hand bemerkte er einen funkelnden Knüppel aus Obsidian. Im nächsten Moment krachte der glatte Stein hart gegen seine Schläfe.

Vor seinen Augen schienen Sternchen zu explodieren.

Dann wurde es schwarz um ihn.

Gray erwachte von einem stechenden Schwefelgestank und dem Gefühl von kaltem Stein auf seiner Haut. Er lag auf einem Granitblock und war an Handgelenken und Fußknöcheln darangekettet. Die schwarze Magie, die in den Metallfesseln pulsierte und den ganzen Raum erfüllte, war fast greifbar. Seine rechte Seite brannte, als hätte man ihn von der Schläfe bis zur Schulter mit Säure verätzt.

Vergeblich versuchte er seine Zauberkraft zu aktivieren. Das Metall blockierte seine Fähigkeiten, und es gab kein lebendiges Wesen in der Nähe, das ihm Energie hätte spenden können. Die negativen Schwingungen dieses Kerkers töteten ohnehin alles ab, was an guter Energie vorhanden war.

Ihm stieg die Galle hoch.

„Das Herz eines Drachen“, ertönte plötzlich Kerrens Stimme aus der Dunkelheit. Fackeln flammten auf, und Sekunden später erblickte er sie. Sie kam auf ihn zu, erbarmungslos und doch wunderschön sah sie in ihrem Silberkleid aus. Erst jetzt konnte er erkennen, dass sie in einer kleinen Höhle waren, deren zerklüftete Wände rot und schwarz schimmerten. Der rechteckige Felsblock, auf den er gefesselt war, stand in der Mitte des Höhlenraums. „Alles, was mein Dämonenlord wollte, war ich – und das Herz eines Drachen.“

„Dein Dämonenlord?“ Gray sprach mit kratziger Stimme. Ihr Verrat lastete schwer wie ein Amboss auf seiner Brust. „Was hast du getan, Kerren?“

„Was ich tun musste.“ Sie blieb vor dem Opferaltar stehen und ließ ihren Blick über seinen nackten Körper schweifen. „Wie traurig, diese Verschwendung.“ Sie fuhr mit den Fingern auf der Innenseite seines Oberschenkels entlang, dann ließ sie einen ihrer spitzen Fingernägel auf seiner Hüfte kreisen.

Er wand sich vor Schmerz.

Noch nie hatte Gray dieses grausame Lächeln bei Kerren gesehen. In ihren braunen Augen blitzte der Wahnsinn. Oh Göttin! Nicht Kerren! Nicht seine Frau! „Das ist ein Albtraum“, flüsterte er.

„Noch nicht“, erwiderte sie. „Weißt du, Gray, es war echt süß von dir, dass du dir solche Sorgen um mich gemacht hast.“ Sie streichelte die Wunde, die sie seiner Hüfte zugefügt hatte. „Wir Rackmores waren nie sehr an unserer eigenen Geschichte interessiert – jedenfalls nicht bis heute. Alle unsere gesammelten Schriften landeten in unserem Privatarchiv in der Ehrwürdigen Bibliothek. Stapelweise vermodernde Dokumente, Tagebücher und persönliche Briefe. Als ich siebzehn war, verärgerte eine kleine Indiskretion meinerseits meinen Vater so sehr, dass er mich bestrafen wollte.“

„Wovon redest du überhaupt, verdammt?“

Sie legte ihm einen Finger auf die Lippen. „Still. Ich erzähle dir eine Geschichte. Ich bin nicht ganz ohne Mitleid für dich, weißt du. Ich finde, du solltest wissen, wieso du sterben wirst.“

Alles Blut wich aus seinem Gesicht. Kerren wollte ihn töten? Wieso?

„Keine weiteren Fragen mehr, Gray.“ Ihr Gesicht war plötzlich das einer Fremden, hart und kalt wie Eis. „Wenn du mich noch einmal unterbrichst, durchbohre ich dein Herz, und du verschwindest in der Dunkelheit, ohne dass du die verdammten Gründe erfährst.“

Gray presste die Lippen aufeinander, auch weil er nicht länger an die lustvollen Freuden erinnert werden wollte, die die Berührung dieses verräterischen Biests einst in ihm ausgelöst hatten. Sie strich mit den Fingerspitzen über seine Wange und ließ sie auf seiner schmerzenden Schulter liegen. Dann lehnte sie sich gegen den Opferaltar. Er wusste, er sollte sich besser darauf konzentrieren, wie er sich befreien oder sie umstimmen könnte, doch der Schock lähmte ihn. Die Gedanken bewegten sich wie eine träge Masse, und sein Körper fühlte sich plump und schwerfällig an – vermutlich die Auswirkungen der vergifteten Magie, die ihn umgab.

„Meine Bestrafung bestand darin, das Archiv zu ordnen. Ich brauchte einen ganzen Sommer dafür. Meine dumme kleine Schwester fuhr nach Paris, während ich in dieser Gruft hocken durfte. Doch es war nicht umsonst. Ich fand ein paar sehr interessante Dinge. Zum Beispiel das Tagebuch des Earl of Mersey, sein persönliches Buch mit Zauberformeln und der kleinen Prophezeiung, die er kurz vor seinem Tod niedergeschrieben hatte. Du kannst dir meine Überraschung vorstellen, als ich von dem Handel mit dem Dämon las und herausfand, dass ich in wenigen Jahren vollkommen mittellos sein würde. Ich? Arm? Auf keinen Fall! Also benutzte ich denselben Zauberspruch und rief mir meinen eigenen Dämonenlord herbei. Er ist sehr gut aussehend und männlich, ein echter Teufel im Bett."

Sie zwinkerte Gray zu, und ihm wurde übel. „Im Austausch dafür, dass ich meinen Reichtum und alle meine schönen Dinge behalten durfte, wollte er nur eins – abgesehen von mir, natürlich. Und zwar das Herz eines Drachen. Dein Herz, um genau zu sein."

„Du liebst mich nicht." Diese Erkenntnis traf Gray wie ein Faustschlag. Sein Selbstmitleid war Salz in seinen Wunden. Das schöne Bild, das er sich von seiner Frau gemacht hatte, war falsch. Sie hatte ihn betrogen und verraten.

Kerren beobachtete das Spiel der Emotionen auf seinem Gesicht mit regem Interesse. Er lieferte ihr offensichtlich ein spannendes Schauspiel. Doch diese Blöße wollte er sich nicht geben. Sein Blick wurde so teilnahmslos wie möglich. Aber sie lachte ihn aus. „Du kannst dich nicht vor mir verstecken. Oder vor dem Schicksal."

Plötzlich hielt sie einen Dolch in der Hand, den sie ihm an die Brust drückte. Wo die scharfe Klinge seine Haut berührte, zeigten sich kleine Blutstropfen.

„Ich habe dich gemocht. Ich habe dich genossen. Ich habe mit dir geschlafen." Sie beugte sich so dicht über ihn, dass ihr Atem seinen Mund streifte. „Aber nein, mein Liebling. Geliebt habe ich dich nie."

„Bitte", presste er hervor, während ihm Tränen die Wangen herunterliefen. Er wusste nicht einmal, um was er sie anflehte – um Gnade oder um den Tod –, doch er konnte nicht anders. „Bitte, Kerren. *Bitte!*"

Angewidert verzog sie das Gesicht und kräuselte die Lippen. „War ja klar, dass du jammern würdest. Wie erbärmlich!" In diesem Moment riss sie den Dolch nach oben und rief: „Für Kahl!"

Ihr Ziel war wahrhaftig, böse und übernatürlich stark.

Die doppelt geschliffene riesige Klinge zerschnitt Grays Muskeln, Knochen, Herz und Lunge. Er spürte, wie sie auf dem Rücken wieder aus seinem Körper austrat und über den Stein kratzte. Ein heiserer Schrei kam ihm noch über die Lippen, dann war der grausame Schmerz plötzlich vorbei.

In der zähen Dunkelheit der Hölle begann Grays Seele zu kämpfen.

Gefangen, wisperten tausend Stimmen ihm zu. *Betrogen. Du bist ein Nichts. Ein Niemand. Keiner liebt dich. Keiner will dich. Keiner wartet auf dich.*

Nein, schrie er. *Ich bin Gray Calhoun. Ich bin ein Drache. Ich werde leben.*

Werde eins mit uns. Du bist das Böse. Du wirst immer das Böse sein.

Erneut durchfuhr ihn ein Schmerz. Er besaß keinen Körper mehr, aber der Schmerz war real. Er nahm jeden dieser kleinen grausamen Schreckensmomente wahr. *Ich werde mich euch nicht beugen,* schrie er. *Ihr werdet mich nicht brechen!*

Und dann war das Monster da. Das grausame Lächeln entblößte rasiermesserscharfe Zähne, die voller Blut waren. Etwas anderes als diese schreckliche Fratze nahm Gray von dem Ding nicht wahr – nur die seelenlosen schwarzen Augen, die lederne Haut und dieses furchterregende Grinsen.

Das Herz, verlangte das Monster. *Gib mir dein Herz.*

Ich gebe dir überhaupt nichts. Niemals. Gray kämpfte sich durch den Höllenschlamm, brach seinem Willen Bahn. *Ich stehe auf der Seite der Göttin. Ich beschwöre das Blut meiner Vorfahren, die Rechtschaffenheit aller guten Drachen, auf dass sie mir helfen!*

Du bist das Böse, riefen die Stimmen. *Du bist einer von uns.*

Doch plötzlich zerriss ein gleißendes Licht die Dunkelheit, und die Stimmen schrien vor Enttäuschung auf.

Eine riesige Pranke tauchte aus der goldenen Helligkeit auf und griff nach Gray. Sein Geist wurde wieder in seinen Körper geworfen. Der Dolch verschwand aus seiner Brust, die schreckliche Wunde schloss sich, die Fesseln zerbrachen, und er wurde vom Opferaltar gehoben. Er schwebte nach oben, immer höher, durch Feuer, durch Fels, durch Erde – bis er auf weichem, taufeuchtem Gras zu liegen kam.

Zitternd holte Gray Luft und öffnete die Augen. Über ihm sah er die dicht belaubten Zweige eines Baumes, die so weit nach oben ragten, als wollten sie den Mond berühren. Als er sich umsah, stellte er fest, dass er sich auf einer Art Waldlichtung befand. Er könnte in Kalifornien sein oder in Frankreich oder irgendwo. Er hatte keine Ahnung. Er wusste nur, dass er frei war.

Es fühlte sich an, als wären Reptilienschuppen in seinem Körper, eine seltsame Hitze, und eine Gestalt bemächtigte sich seiner, die ihm fremd war.

Er war der Hölle entkommen.

Doch er war nicht alleine herausgekommen.

1. KAPITEL

Gegenwart

Heirate mich."

Der Mann, der Lucinda Rackmore die Tür geöffnet hatte und nun im Türrahmen stand, zuckte nicht mit der Wimper. Auch sein Gesichtsausdruck veränderte sich kein bisschen. Der Blick seiner blauen Augen spiegelte eine Mischung aus Sorge und Zynismus wider.

Gray Calhoun sah nicht aus wie ein Zauberer. Seine Haare waren zu lang, die zotteligen Strähnen fielen bis auf seine Schultern und hingen ihm ins Gesicht. Er würde als gut aussehend durchgehen, hätte seine Nase nicht diese Krümmung und wären seine Gesichtszüge nicht so scharfkantig. Die linke Seite seines Gesichts zierte außerdem eine verblasste Narbe, die sich von der Schläfe bis zum Hals erstreckte und unter dem T-Shirt verschwand. Ihre dünnen weißen Linien bildeten ein feines Muster. Lucinda wusste, dass er die Entstellung absichtlich nicht mithilfe seines magischen Talents hatte verschwinden lassen. Er war eben ein Mann, der etwas für Erinnerungen übrighatte.

Sein eng anliegendes schwarzes T-Shirt betonte seinen muskulösen Körper, so wie die ausgebleichte Jeans auch. Er stand barfuß vor ihr, die sauberen Fußnägel waren sorgfältig geschnitten. Anders als die meisten seiner Art stellte er keine erkennbaren Merkmale seiner Macht zur Schau. Doch sie wusste, dass unter diesem T-Shirt das Symbol für das Geschlecht der Drachen in seine Haut tätowiert war und das Zeichen, das seinen seltenen Status bewies.

„Bitte, Gray."

Sie konnte nichts dagegen tun, aber in ihrer Bitte schwang eine Schuldzuweisung mit. Ein Muskel in seinem Kiefer begann zu zucken, in seinen Augen las sie Schmerz. Er hatte die

Kritik nicht überhört, die sie in ihre flehentliche Bitte gepackt hatte. Nun fällte er sein eigenes Urteil.

„Schönen Tag noch.“ Er richtete sich auf, und seine stattliche Körpergröße von eins achtzig wirkte noch imposanter. Dann drehte er sich um. Gleich würde er ihr, wie so viele vor ihm, die Tür vor der Nase zuschlagen. Obwohl er nicht die kleinste Reaktion gezeigt hatte, ertrug sie diese weitere Zurückweisung nicht. *Könnte ich doch nur einen Moment zur Ruhe kommen.* Sie konnte sich nicht entsinnen, wann sie das letzte Mal richtig hatte durchatmen können oder wie es sich anfühlte, keine Angst zu haben. Die Füße taten ihr weh vom vielen Laufen. Und jeden Tag, jeden Augenblick, immer lebte sie mit einem Blick über die Schulter und wartete auf das Unausweichliche – dass man sie finden und zurück nach New York bringen würde.

Bernard Franco war ein gnadenloser Mann.

Gray zögerte, legte eine Hand auf den Türpfosten und drehte sich noch einmal zu ihr um. Kalt sah er sie an.

„Du warst mit meiner Schwester verheiratet“, flüsterte sie. Trostlosigkeit schwang in ihrer Stimme mit.

„Ich habe sie geheiratet, weil ich sie geliebt habe.“ Gray sprach mit ausgeprägtem texanischen Dialekt, den er mal als „Cowboy-Kadenz“ bezeichnet hatte. Die Texaner kauten jedes Wort, bevor es ihren Mund verließ, und Gray war im Osten des Bundesstaates aufgewachsen. Auch er wusste, was Schande bedeutete, obwohl er ein Opfer war. Sie selbst war dagegen nicht unschuldig. Sie wusste nur einfach nicht, wohin. Darum war sie jetzt hier, in ihrer höchsten Not, so verzweifelt, dass sie Gray um Hilfe bat.

„Lass es mich dir erklären. Bitte!“

Sein Blick ging an ihr vorbei, hinaus auf die menschenleere Straße vor seinem Haus. Der Garten war zugewuchert und voller Unkraut, und der kleine Fußweg, der zum Haus führte, uneben und rissig. Nicht einmal die große Veranda wirkte einladend. Sie war leer, keine Möbel, die Bretter vom Alter und vielen Regen abgeblättert und grau.

„Jeder Zauberlehrling würde erkennen, dass du mit einem Fluch belegt bist", sagte er. „Du bist Gift, Lucinda."

„Das ist … ein Missverständnis", log sie flüsternd, zu ängstlich, es laut auszusprechen. Denn was sie getan hatte, was ihr den Fluch eingebracht hatte, war alles andere als ein Missverständnis gewesen.

„Was ist der Grund dafür, dass dein Liebhaber so zornig ist?"

Er wusste also von Bernard, und sein Ton ließ keinen Zweifel daran, welche Meinung er von ihrem Ex hatte. Oder versuchte er vielleicht nur, eine Distanz zwischen ihnen aufzubauen? Die Kluft konnte doch schon jetzt nicht größer sein. Das kleine Fünkchen Hoffnung, das sie bis zu seiner Haustür gebracht hatte, erstarb in diesem Moment.

Gray würde ihr nicht helfen.

Sie streckte einen Arm nach ihm aus, doch er wich zurück.

„Ich … ich bezahle dich auch."

Das zu sagen war ein Fehler. Sie erkannte selbst, wozu die Verzweiflung sie getrieben hatte, doch es war zu spät. Die Worte ließen sich nicht zurücknehmen und auch das dadurch entstandene Gefühl nicht.

Gray zog die Brauen zusammen, seine Augen funkelten wütend. „Du solltest mich besser nicht belügen, das weißt du. Du hast kein Geld und wirst nie mehr welches haben." Er schüttelte den Kopf. „Einmal von einer Rackmore-Hexe verarscht zu werden, reicht mir. Such dir woanders einen Beschützer!"

Trotz ihrer Erschöpfung wurde sie jetzt wütend. „Ich wusste gar nicht, dass du so ein Arsch bist!"

„Vor zehn Jahren war ich auch noch keiner." Er warf ihr einen letzten vernichtenden Blick zu. „Dafür kannst du dich bei deiner Schwester bedanken."

„Aber ich bin nicht meine Schwester."

Für einen Sekundenbruchteil sah sie so etwas wie Mitleid in seinem wütenden Blick aufflackern. Doch seine Worte zerstörten sogleich ihre Hoffnung: „Trotzdem bist du eine Rackmore. Geh, Lucy. Verschwinde einfach."

So leicht würde sie es ihm nicht machen. Aber was sollte sie unternehmen? Grays Herz war vor Jahren zu einem Stein geworden, und das war ganz allein seine Schuld. Lucinda starrte ihn trotzig an, bis sich die Tür schloss. Das leise Klicken war wie ein Echo seiner Gleichgültigkeit. Plötzlich hatte sie einen Kloß im Hals, und ihre Augen brannten, aber ... *Scheißegal.* Allein das Wetter schien Mitleid mit ihr zu haben. Aus den dicken grauen Wolken begann es zu regnen. Der Himmel weinte.

Sie schnappte sich ihre Reisetasche, in der sich alle ihre weltlichen Besitztümer befanden, und zog sich auf den überdachten Teil der Veranda zurück. Gray wohnte in einem Haus aus viktorianischer Zeit, dessen pinkfarbener Anstrich inzwischen verblichen und grau war. Das Haus sah genauso verwahrlost und traurig aus wie sein Besitzer.

Tatsächlich war Gray ihre letzte Hoffnung gewesen. Nirgendwo hatte sie Glück gehabt. Kaum hatte Bernard das Edikt gegen sie erlassen, wendeten sich alle ihre Freunde und Bekannten von ihr ab. Niemand war bereit, ihr zu helfen – und sie konnte es ihnen nicht einmal übel nehmen. Bernard war ein schwieriger Mensch. Und mit „schwierig" meinte sie „gefühlloser Schwachkopf".

Das hatte sie nun davon, dass sie die Geliebte des mächtigen Zauberers aus dem Geschlecht der Raben gewesen war. *Das hast du davon, dass du dich auf seine kranken Spielchen eingelassen hast.*

In ihren dunkelsten Momenten dachte sie manchmal, es wäre einfacher gewesen, zu sterben.

Kein Wesen mit magischer Begabung verlor diese Fähigkeit. Doch sie konnte außer Kraft gesetzt werden. Lucinda war Thaumaturgin, doch durch Bernards Fluch konnte sie ihr Talent nicht mehr einsetzen. Ihre Aquamantie-Kunst war dagegen unbeeinträchtigt geblieben – denn sie stellte keine große Bedrohung für Bernard dar.

Nur der Zauberer, der den Fluch verhängt hatte, oder das Tribunal seines Geschlechts konnten ihn wieder rückgängig machen. Unter keinen Umständen würde sie jedoch die Raben um eine Begnadigung bitten. Es gab unzählige Gründe dafür, warum sie die Rackmores hassten – und nur weil einer ihrer Anführer sie als seine Gespielin gehalten hatte, würde ihr das kein Mitleid einbringen. Ironie des Schicksals: Einst waren die Rackmores die Herrscher über das Geschlecht der Raben gewesen.

Bernard war es zu verdanken, dass kein Zauberer, egal aus welchem Geschlecht er stammte, sie jemals wieder ansehen, geschweige denn in ihre Nähe kommen würde. Schlimmer noch: Sobald man sie irgendwo sah, wurde Bernard sofort ihr Aufenthaltsort mitgeteilt.

Er hatte sie schon zweimal beinahe erwischt. Seitdem war sie untergetaucht. Sie zeigte ihren Ausweis nicht mehr, übernachtete also nicht mehr in Motels und lieh sich kein Auto mehr. Sie war nicht mehr als Anhalterin auf viel befahrenen Straßen unterwegs und machte nur von ihrer Zauberkraft Gebrauch, wenn es dringend notwendig war. Seit drei Monaten war sie jetzt auf der Flucht, aber ein Mann wie Bernard ließ nicht zu, dass man ihm sein Eigentum wegnahm. Niemals.

Sie hatte ihn lächerlich gemacht. Ihn verletzt. Und dann hatte sie ihn auch noch bestohlen.

Natürlich hatte Gray recht: Sie war Gift, und daran würde sich nichts ändern – außer Bernard würde gezwungen, den Fluch zurückzunehmen. Noch viel mehr wünschte sie sich jedoch, frei von ihm zu sein. Sie würde niemals zurück in sein Penthouse gehen, zurück zu ihm.

Durch eine Heirat mit Gray wäre zwar der Fluch nicht außer Kraft gesetzt, doch dann stünde sie zumindest unter Grays Schutz. Nicht einmal Bernard würde es wagen, sich den Zorn eines Ehrenzauberers zuzuziehen – der höchste Titel, der einem magischen Wesen zuteilwerden konnte –, erst recht nicht, wenn er aus dem Geschlecht der Drachen stammte. Obwohl Gray sich seit Jahren passiv verhielt, war er immer noch äußerst geachtet. Er hatte seine Position im Geschlecht der Drachen zwar aufgegeben, doch sein Talent, seine Macht und seine Fähigkeiten, die ihm den Ehrentitel einst eingebracht hatten, besaß er noch immer.

Außerdem gab es Dinge, die man einfach nicht zurückgeben konnte.

Sie zog die Kapuze ihres grünen Umhangs über den Kopf und sprang die wackligen Stufen der Veranda hinab. Sie rannte durch die Pfützen, die sich auf dem holprigen Weg gebildet hatten. Es war die erste Märzwoche, und der Winter hatte Texas noch immer fest im Griff. Der Regen schlug ihr kalt ins Gesicht und rann ihr in die Schuhe. Sie stapfte die Straße entlang, weg von der viktorianischen Villa in Richtung Innenstadt. Ihr Geld reichte gerade noch, um sich etwas zu essen zu kaufen. Wenn sie sich ausgeruht und etwas gegessen hatte, würde ihr sicher einfallen, was sie als Nächstes machen sollte.

Selbstmitleid überkam Lucinda, als sie den Bürgersteig entlangtrottete. Oh Mann, sie hatte sich ganz schön in Schwierigkeiten gebracht. Niemand, dem sein Leben lieb war, legte sich mit Bernard Franco an. Dabei hatte Lucinda zuerst wirklich geglaubt, dass ihm etwas an ihr lag. Alles sah nach einer echten Partnerschaft aus – dass sie nur eine von vielen war, hatte sie nicht ahnen können. Sein kleiner Horrorharem. Viel zu spät hatte sie erkannt, dass Bernard überhaupt nicht fähig war zu lieben, genauso wenig, wie er zur Vergebung fähig war.

Wie konnte ich nur so naiv sein?

Als sie schließlich kapierte, was er ihr angetan hatte, konnte sie niemandem anders die Schuld daran geben als sich selbst. Und jetzt war sie in Nevermore und klopfte an die Tür von Gray Calhoun, weil sie allein das so wollte.

Alles hat seinen Preis. Und sie bezahlte jetzt, was sie schuldig war.

Hatte sie es denn besser verdient?

Jetzt blieb ihr eigentlich nur noch Mexiko. Dort hatte Bernard Feinde, er würde ihr vermutlich nicht in das Land folgen. Sie könnte sich am Strand herumtreiben und mit Aquamantie ihr Geld verdienen. Nur sehr wenige Mitglieder aus dem Geschlecht der Haie lebten im Landesinnern, die meisten wohnten an der Küste oder auf einer Insel oder gleich auf einem Boot. Doch leider war ihre eigene Wassermagie nicht stark genug ausgeprägt, um bei ihrem Geschlecht um Zuflucht zu bitten. Noch dazu galten die Haie tendenziell als eher abweisend, zu pragmatisch und auch rücksichtslos. Mitglieder mit so limitierten Fähigkeiten wie sie fanden sich in der Regel in der Unterhaltungsbranche wieder oder als überqualifizierte, wenn auch hochverehrte Tellerwäscher.

Lucinda war so pleite, dass sie liebend gern für ein paar Dollar als Tellerwäscherin gearbeitet hätte. Für sie war es leichter, Dinge zu tauschen, als sie mit hart erarbeitetem Geld zu kaufen – denn Geld rann buchstäblich durch ihre Finger. In Mexiko könnte sie ihre Fähigkeiten vielleicht im Austausch gegen Unterkunft und Verpflegung anbieten. Dort war alles weniger restriktiv, und es wäre auch einfacher, sich zu verstecken.

Vor Lucinda tauchten die viereckigen Backsteingebäude der Main Street auf. Anders als die meisten Kleinstädte war Nevermore vom sogenannten Fortschritt noch weitgehend unberührt. Hier gab es keine großen Einkaufszentren und keine Fast-Food-Ketten, die sich in anderen Städten wie Geschwüre ausbreiteten. In vielen kleineren Städten versuchte man, das historische Erbe zu erhalten, um Touristen anzulocken, und trotzdem gleichzeitig so viel Großstadt hereinzulassen wie möglich.

Doch in Nevermore sah alles irgendwie noch genauso aus wie achtzehnhundertfünfundvierzig.

Seit sie Grays Haus verlassen hatte, waren ihr weder Autos noch Menschen begegnet. Es war ziemlich einsam hier.

Der eben noch sanfte Regen verstärkte sich zusehends. Jetzt prasselte er kalt und wütend auf sie herunter. Lucinda verstellte den Riemen ihrer Reisetasche, damit sie sie auf die Schulter nehmen konnte, und beschleunigte ihren Schritt. Als sie das Piney Woods Café erreichte, das sich an der Ecke zwischen Brujo Boulevard und Main Street befand, war sie bis auf die Haut durchnässt. Über der Reihe von beschlagenen Glasscheiben hing ein abgeblättertes handgemaltes Schild, auf dem ein goldener Funkenregen rund um ein paar Pinien zu sehen war, die den Namen des Lokals bildeten. Wahrscheinlich sollten die Funken für Magie stehen, doch für Lucinda sahen die Bäume aus, als gingen sie in Flammen auf. Darunter stand geschrieben, dass das Lokal bereits seit über einhundertfünfzig Jahren in Nevermore existierte.

Zitternd blieb sie draußen stehen, unfähig, hinein ins Warme zu gehen. Sie war es leid, immer zurückgewiesen und vorverurteilt zu werden. Sie hatte viele Leute um Hilfe gebeten, aber niemand hatte ihr geholfen. Und zu ihrer Schwester zu gehen kam überhaupt nicht infrage. Kerren war immer schon ein Miststück gewesen. Doch in der Nacht, als sie Gray opferte, war sie zu etwas Schlimmerem mutiert – zu einer Halbdämonin. Offensichtlich hatte sie das Kleingedruckte nicht gelesen, als sie sich auf die Ehe mit Kahl einließ, denn jeden Monat kehrte Kerren für drei Tage in ihrer menschlichen Gestalt auf die Erde zurück, meist, um auf Kosten ihres Mannes Unheil zu stiften. Gleichzeitig frönte sie ihrer Shopping-Manie.

Endlich öffnete Lucinda die Tür des Lokals. Sie erschrak, als über ihr eine Klingel ertönte. War es zu viel verlangt, ein Restaurant betreten und sich einen Platz suchen zu können, ohne dass alle Anwesenden gleich auf sie aufmerksam wurden? Sie konnte sowieso nicht über die Tatsache hinwegtäuschen, dass sie klatschnass, eine Hexe und eine Fremde war.

In diesem Augenblick fiel ihr ein, wie Gray sich oft über das gemütliche Kleinstadtleben ausgelassen hatte. Im gleichen Atemzug hatte er jedoch auch erwähnt, dass jeder über jeden alles wusste – manchmal, bevor man es selbst wusste.

So etwas behagte ihr gar nicht.

Damals hatte Gray ein verschmitztes Zwinkern gehabt und für jeden ein gutes Wort übrig. Sie selbst war zu jener Zeit viel zu sehr mit ihren Teenager-Wirren beschäftigt gewesen, als dass sie ihm große Aufmerksamkeit gewidmet hätte. Er war einfach der Freund ihrer großen Schwester gewesen und deshalb völlig uninteressant für sie. Zu ihrer Hochzeit hatten die beiden nur die Familie und die engsten Freunde eingeladen. Diese Schlacht zumindest hatte Gray für sich entschieden, denn natürlich hatte ihre Schwester sich eine große, rauschende Party gewünscht. Lucinda erinnerte sich kaum an die Feierlichkeiten. Nur daran, dass sie ihre eigenen, wichtigeren Pläne für jenen Samstagnachmittag zunichtegemacht hatten.

Sie erschauderte bei dem Gedanken an das kleine Mädchen, das sie damals gewesen war. Und die Frau, die daraus geworden war, war auch nicht besser.

Vielleicht hatte sie mehr als jede andere den Fluch der Rackmores verdient.

Keiner sagte ein Wort im Café, und Lucinda stand da und wusste nicht, was sie als Nächstes tun sollte. Die Stille zerrte an ihren Nerven. Die Regentropfen rannen an ihr herab und tropften auf den rissigen Linoleumfußboden; sie sah zu, wie die Tropfen zerplatzten. Ihr schwand der Mut, doch schließlich wagte sie es, unter ihrer Kapuze hervorzuschauen.

Alle Anwesenden starrten sie an.

„Entschuldigen Sie. Wir haben geschlossen“, teilte eine untersetzte Frau ihr mit, die hinter dem Tresen saß und eine Zeitschrift las, eine Zigarette in der Hand. Die Frau trug einen pinkfarbenen Jogginganzug und ein Paar abgewetzte weiße Keds-Schuhe. Ihre Frisur bestand aus langweiligen grauen Locken, ihre Augen waren eisblau und ihr Mund schmallippig-übellaunig.

Lucinda ließ den Blick durch das gefüllte Lokal schweifen und sah dann wieder die Frau an.

„Dann warte ich auf einen Tisch“, eröffnete sie ihr.

„Brauchen Sie nicht“, sagte die Frau. „Wir haben heute keinen Service.“

Lucinda roch den Duft der typischen Kneipengerichte – knuspriges Brathähnchen, Fleischbällchen mit Tomaten- und Pfeffersoße, die über das hausgemachte Kartoffelpüree kam. Aus der Küche war ganz klar das Geklapper von Töpfen zu hören, in denen das Personal all diese wunderbaren Sachen zubereitete. Lucinda lief das Wasser im Mund zusammen, und ihr Magen knurrte.

„Und jetzt gehen Sie“, forderte die Frau sie auf und nickte in Richtung Tür. „Pennerin.“

„Ich verstehe nicht.“ Lucinda stellte sich stur, dabei verstand sie nur zu gut. Man wusste, dass sie eine Rackmore war, und wollte nichts mit ihr zu tun haben. In einer Kleinstadt sprach sich eben alles schnell herum.

„Das hier ist Privateigentum. Ich habe das Recht, gewisse Personen nicht bedienen zu müssen.“ Angewidert fuhr die Frau fort: „Für Sie gibt es hier nichts.“ Jetzt ein grimmiges Lächeln. „Versuchen Sie es doch mal drüben im Ember’s. Ich wette, die alte Schlampe wird Sie mit offenen Armen empfangen.“

„Mama!“ Eine junge Frau schob sich nach vorn, sie lächelte. Die unhöfliche Frau rollte mit den Augen und nahm einen Zug von ihrer Zigarette. Das Mädchen war klapperdünn – offensichtlich in allem das Gegenteil ihrer Mutter. Sie trug ein gelbes Kellnerinnen-Outfit und eine mit Rüschen besetzte weiße Schürze, aus deren vorderen Taschen Bestellblöckchen und Stifte ragten. Das braune Haar trug das Mädchen zu einem Pferdeschwanz zusammengebunden, und es hatte freundliche blaue Augen. Sie warf Lucinda einen entschuldigenden Blick zu. „Willkommen in Nevermore", sagte sie und fügte, damit es nicht zu freundlich klang, mit zusammengebissenen Zähnen hinzu: „Bleiben Sie in der Stadt?"

„Nein."

Das Mädchen nickte und begann an seiner Unterlippe zu kauen. Es warf seiner Mutter einen kurzen Blick zu, dann wandte es sich wieder an Lucinda. „Es tut mir sehr leid. Wirklich."

„Hör auf, dich zu entschuldigen", maßregelte seine Mutter es sofort. „Sie hat hier nichts verloren."

„Ember's Café ist gleich gegenüber. Das ist neutrales Gebiet."

In seinem Blick lag etwas Drängendes, und Lucinda reagierte instinktiv darauf – obwohl sie nicht wusste, wieso dem Mädchen so sehr an ihrem Wohlergehen gelegen war.

„Danke", sagte sie.

„Gehen Sie schon." Die junge Kellnerin sprach leise und machte eine entsprechende Handbewegung. Sie warf einen Blick auf das gefüllte Lokal und sah Lucinda dann wieder an. „Ich empfehle Ihnen Embers Kamillentee. Der tut wirklich gut."

Es war kein fröhliches, sondern mehr ein sprödes Lächeln, und hätte Lucinda nicht gerade selbst so viele Sorgen, hätte sie sich gefragt, welche Probleme das Mädchen wohl quälten. Auf jeden Fall schien es nicht glücklich zu sein. Aber wenn man jeden Tag mit einer Mutter wie dieser zu tun hatte, war das ja auch kein Wunder.

„Schönen Tag noch." Der Gruß klang in Lucindas Ohren

wie ein Echo dessen, was Gray ihr zuvor gewünscht hatte. Sie zog die Kapuze über den Kopf, hängte sich ihre Reisetasche über die Schulter und ging wieder hinaus in den Sturm.

Obwohl der Regen auf sie einpeitschte, verspürte sie plötzlich ein Gefühl von Erleichterung. Im Piney Woods Café herrschte eine negative Energie, die von der Besitzerin ausging. Im Café selbst war es sicherlich am schlimmsten, aber dieses Energieungleichgewicht war in der ganzen Stadt zu spüren. Lucinda hatte es sofort wahrgenommen, kaum dass sie angekommen war. Es bewegte sich auf und ab wie eine Wippe. Trotzdem war Nevermore ein hübscher Ort, und trotz der starken magischen Ausschläge konnte sie hier einen tiefen Frieden ausmachen. Im Moment war er zwar verdeckt, aber er war da. Vielleicht musste hier erst etwas passieren, bis dieser Frieden an die Oberfläche kam – wobei sie nicht sagen konnte, was. Sie trottete den Bürgersteig entlang. Fast die gesamte Strecke hierher hatte sie per Anhalter zurückgelegt, aber wer würde sie schon bei diesem Wetter mitnehmen? Nicht einmal bis Dallas würde sie kommen, geschweige denn bis zur Grenze nach Mexiko.

Zitternd vor Kälte und Erschöpfung und Hunger umklammerte sie den Griff ihrer Reisetasche. *Komm schon, Lucy. Alles wird gut.* Sie seufzte tief, blieb an der nächsten Ecke stehen und betrachtete das Straßenpflaster. Zwei Reihen schwarze Backsteine, andersherum verlegt als die roten, markierten den Fußgängerüberweg. Es gab weder eine Ampel noch ein Stoppschild. Wie wurde hier der Verkehr geregelt? Andererseits gab es in einem Ort mit gerade einmal 503 Einwohnern wohl auch nicht allzu viele Fahrzeuge.

Beklommen sah Lucinda sich um. Es kribbelte in ihrem Nacken, und sie hatte das Gefühl, dass jemand sie beobachtete. Wahrscheinlich waren es die Leute aus dem Café, die ihre Nasen an den Scheiben platt drückten und nur darauf warteten, dass sie vom Blitz getroffen wurde.

Außer ihr war niemand auf der Straße, und es war auch kein Auto unterwegs. Alle Wagen, die sie sah, parkten. Nevermore war wirklich ein ruhiges Fleckchen. Wie hatte Gray es damals beschrieben? Sobald es dunkel wurde, klappte man hier die Bürgersteige hoch. Nach der aufregenden Zeit in Europa und in New York hatte sie sich nicht vorstellen können, jemals in einer Kleinstadt leben zu können. Ohne Gourmetrestaurants, ohne Theater, ohne Coffeeshops oder die Nobelkaufhauskette Neiman Marcus. Noch vor wenigen Monaten hätte dieser Gedanke sie abgestoßen. Doch heute, wo sie nichts mehr besaß als die paar Kleider in ihrer Tasche und weder Geld noch Freunde hatte, erschien ihr Nevermore wie eine Zufluchtsstätte. Beinahe kam es ihr so vor, als gehörte sie hierher.

Jetzt werd nicht albern, Lucy.

Selbst wenn Gray es ihr gestatten würde, sich hier niederzulassen – und das würde er niemals tun –, würde sie überall auf dieselbe Ablehnung stoßen wie eben im Café. In Mexiko dagegen würde es niemanden kümmern, wer sie war. Dort landeten viele Ausgestoßene, die, so wie sie, nichts und niemanden hatten.

Liebe Göttin, war sie müde!

Noch immer stand sie auf dem Bürgersteig und fragte sich, ob sie sich auf den Weg zum Highway machen sollte oder dieses andere Café aufsuchen – zumindest so lange, bis der Sturm nachgelassen hatte. Durch den dichten Regenvorhang versuchte sie sich ein Bild von dem Lokal zu machen, das gleich gegenüber auf der anderen Straßenseite lag. Es war ein zweistöckiges Backsteingebäude mit Flachdach und lila bemalt. Dadurch sah es aus wie ein riesiges Stück einer Geburtstagstorte. Der goldene Schriftzug auf der einzigen, abgedunkelten Fensterscheibe lautete:

Ember's Teestube und Konditorei
Jeder willkommen

„Hoffentlich meinst du es wirklich so“, murmelte Lucinda. Jetzt eine heiße Tasse Kamillentee mit einem Zitronenplätzchen – welch himmlische Vorstellung! Sie sah sich nach beiden Seiten um und marschierte dann los.

Als sie den Fußgängerüberweg zur Hälfte passiert hatte, schreckte sie das laute Dröhnen eines Motors so sehr auf, dass sie stehen blieb, um zu sehen, woher das Geräusch kam. Ein schwarzer Mustang, dessen Motorhaube mit roten und gelben Flammen bemalt war, raste die Straße herunter.

Genau auf sie zu!

Sofort bediente sich Lucinda ihrer Aquamantie und befahl dem Regen, eine Schleuse zwischen ihr und dem heranrasenden Wagen zu bilden.

Dann schrie sie: „Eis!“

Sofort begannen die Regentropfen als spitze kleine Eisdolche vom Himmel zu fallen. Sie dirigierte sie zu den Reifen des Mustangs, und sie kreisten die Räder ein.

Keine sechs Meter von ihr entfernt platzten alle vier Reifen.

Lucinda ließ die Arme sinken und rannte über die Straße. Die Tasche schlug gegen ihren Rücken, und ihr Herz klopfte wie wild. Magie folgte ihr, denn sie hatte sie nicht ordentlich entlassen. Sie rutschte auf dem nassen Bordstein aus und schlitterte auf das Gebäude zu, konnte sich aber rechtzeitig abfangen, drehte sich herum und lehnte sich gegen die Backsteinwand. Sie rief den Zauber zu sich zurück und sprach ein kurzes Dankgebet für die Lebewesen, von denen sie sich die Energie geliehen hatte.

In diesem Moment kam der schlitternde Wagen mit einem Quietschen mitten auf der Kreuzung zum Stehen.

Die Front des Wagens zeigte genau auf Lucinda, als wäre sie ein Kompass und sie selbst Norden. Da der Wagen getönte Scheiben besaß, konnte sie die Insassen nicht sehen und auch nicht, wie viele es waren. Wieder heulte der Motor aggressiv auf – offensichtlich wollte der Fahrer ihr mitteilen, dass er sie beim nächsten Mal auf jeden Fall überfahren würde.

Aber er besaß nicht den Mut, auszusteigen und sich direkt mit ihr anzulegen.

„Leck mich doch", murmelte sie, zeigte dem ominösen Fahrer den Stinkefinger und rannte dann schnell ins Café. Sie selbst war heute auch nicht gerade die Mutigste.

„Aha. Da sind Sie ja." Die seltsame Bemerkung stammte von einer Frau mit kakaobrauner Hautfarbe und jamaikanischem Akzent, die kaum einen halben Meter neben ihr stand.

Lucinda war misstrauisch. Ob die Frau gesehen hatte, was draußen vorgefallen war, oder ob sie es ihr erklären sollte? Lucinda überlegte, wie sie vorgehen sollte. Vielleicht war es sogar am besten, den Vorfall zur Anzeige zu bringen. Doch nach kurzer Überlegung beschloss sie, so zu tun, als sei nichts gewesen.

Die Frau lächelte ihr offen zu und zeigte dabei funkelnde perlweiße Zähne. Sie trug eine lila getönte Sonnenbrille. Genau genommen war nur ein Glas lila getönt, das andere war komplett schwarz. Die Frau maß mindestens einen Meter achtzig und trug ein lilafarbenes Kleid, das ihre kurvige Figur betonte, dazu hochhackige Stiefel mit auf den Zehen aufgestickten lilafarbenen Rosen. Ihre unzähligen Rastazöpfchen waren in verschiedenen Lilatönen gefärbt. Was nicht lila war, war schwarz.

„Ich spüre ein gewisses Motto", sagte Lucinda und sah die Frau an. Dann schnitt sie eine Grimasse. „Tut mir leid. Das war unhöflich."

„Ach echt? Lila ist meine Farbe. Sie ist meine Zauberkunst, mein *juju,* verstehst du? Es ist keine Schande, das zu mögen, was man ist."

„Beneidenswert."

„Na ja", murmelte die Frau, während sie Lucinda musterte. „Man muss natürlich zuerst wissen, wer man ist, bevor man sich selbst mögen kann." Sie nickte. „Ich bin Ember. Komm rein und ruh dich aus."

Die einfache, aber herzliche Einladung traf Lucinda unvorbereitet. „Oh ... danke."

„Ich glaube, du kannst ein paar Streicheleinheiten gebrauchen." Ember nahm ihr die Reisetasche ab. „Komm, relax erst mal. Ich krieg dich schon wieder hin."

„Ich ..." Lucinda blickte ihrer Retterin hinterher, die sich jetzt umdrehte und in den hinteren Bereich des Cafés verschwand, sodass sie ihr wohl oder übel folgen musste. Doch Lucinda zögerte. Der Raum war nur schwach beleuchtet, überall hingen Stoffe. Gemütlich war es schon ... oder eher friedlich. Der kleine Eingangsbereich, in dem sie stand, war nur ein paar Schritte entfernt von einer langen Theke, vor der eine Reihe schwarzer Lederstühle stand. Auf den ersten Blick sah es hier aus wie in einer Bar, doch die Flaschen, die hinter der Theke auf den Regalen standen, waren nicht mit Alkohol gefüllt. Hier drin roch es nach Erde – vermutlich fanden hier regelmäßig irgendwelche Weihrauchrituale statt.

Plötzlich bemerkte Lucinda, dass jemand sie beobachtete – jemand, der an der Bar saß. Der Mann war groß und muskulös, ohne ein Gramm Fett. Er trug einen abgewetzten Cowboyhut und musterte sie. Seine hellbraune Uniform hatte schwarze Nähte, und auf seiner rechten Brust prangte ein fünfzackiger Stern. In seinem Gürtel steckten die üblichen Utensilien eines Gesetzesvertreters: eine Pistole, Handschellen, Schlagstock und ein Beutel, in dem sich mit Sicherheit Justiz-Edelsteine und andere anerkannte magische Gegenstände befanden.

Lucinda schluckte den Kloß in ihrem Hals herunter.

„Neu in der Stadt?", fragte der Mann sie jetzt mit rauer Stimme. „Waren Sie schon im Besucherzentrum?"

Das „Besucherzentrum" war nichts anderes als die „Zauber-Kontrollstelle". In größeren Städten befanden sich üblicherweise die Botschaften aller großen Häuser. Viele kleine

Städte wie Nevermore schlossen sich jedoch oft von sich aus einem bestimmten Haus an, um von dort finanzielle Mittel und Schutz zu erhalten. Jede Stadt, die sich in der Obhut eines Zauberers befand, musste die Gesetze des gewählten Hüters befolgen.

Nevermore war eine Drachen-Stadt, und seit dem ersten Tag waren die Calhouns die Hüter der Stadt. Gray war es egal, wie es ihr erging. Wahrscheinlich würde er auch nicht einschreiten, falls der Sheriff befand, sie müsste erst einmal in Quarantäne.

„Ich habe nicht vor zu bleiben", sagte sie daher schnell. „Ich bin nur auf der Durchreise." Achselzuckend fuhr sie fort: „Ich habe einen alten Freund besucht, Gray Calhoun."

Der Sheriff hatte hellgrüne Augen, heller als ihre, und jetzt sah er sie misstrauisch an. „Sie kennen Gray?"

Sie hatte eigentlich gehofft, die Erwähnung von Grays Namen würde ihr das Misstrauen des Sheriffs ersparen. Im Gegenteil. Jetzt war sein Interesse offensichtlich erst recht geweckt.

Die Zunge schien in ihrem Mund festzukleben. Natürlich. Als hätte sie vor, jedem auf die Nase zu binden, dass sie nach Texas gekommen war, um ihren Exschwager um Schutz anzuflehen – den Mann, den ihre Schwester vor über einem Jahrzehnt umgebracht hatte. Und sie hatte auch ganz bestimmt nicht vor zu verraten, dass sie eine Rackmore war. Es war ohnehin schon so, dass seit der großen Abrechnung jeder ein Mitglied der Rackmores zu kennen schien, dem er ein Unheil verdankte.

„Lass gut sein, Mooreland. Du erschreckst mir die Kleine ja zu Tode", sagte Ember, die in diesem Moment zurückkam. Die Tasche hatte sie nicht mehr bei sich. Lucinda wollte der Frau so gerne vertrauen, doch die Tatsache, dass sie ihre wenigen Besitztümer nicht mehr im Blick hatte, verursachte ihr ein unangenehmes Gefühl. Sie besaß nicht mehr viel, und was sie hatte, wollte sie nicht auch noch verlieren.

Mooreland setzte eine sture Miene auf. „Ich will nur keinen Ärger haben."

„Dann hör auf, welchen zu machen. Mein Laden ist neutrales Territorium. Du hast hier nichts zu sagen. Trink deinen Tee und meditier darüber, wie du deine sozialen Fähigkeiten verbessern kannst."

Mooreland senkte den Blick auf die dampfende Tasse, die vor ihm auf dem Tresen stand. Er warf Lucinda einen Blick zu, der besagte: Mit dir bin ich noch nicht fertig, Schätzchen. Ab dann ignorierte er sie. Lucinda war überrascht, dass er Ember nicht widersprochen hatte. Andererseits konnte sie ihn ja auch einfach hinauswerfen. Sie konnte als Einzige bestimmen, was auf neutralem Territorium zu passieren hatte.

„Komm schon." Ember nahm Lucinda bei der Hand und zog sie hinter sich her, vorbei an einer Reihe von niedrigen Tischchen und einer kleinen Bühne mit lilafarbenen und silbernen Vorhängen. Dann schob Ember sie in eine der hinteren Nischen, wo sie vor neugierigen Blicken verborgen waren. „Zieh erst mal den nassen Mantel aus. Ich werfe ihn schnell in den Trockner."

„Sie haben hier einen Trockner?"

„Ich wohne über dem Laden", erklärte Ember. „Mein Mann Rilton und ich haben das Haus vor ein paar Monaten erstanden."

„Sind Sie neu hier?", wollte Lucinda wissen. „Sind die Leute denn nett zu Ihnen?"

„Ich bin nicht hierhergekommen, um nette Menschen kennenzulernen. Ich bin hier, weil ich hier sein soll. Wir haben alle unsere Bestimmung, Kleine, und meine ist es nun mal, hier zu sein." Jetzt klang Embers Akzent sehr ausgeprägt.

„Ist das wirklich neutrales Territorium?", wollte Lucinda wissen, während sie dankbar in die Nische schlüpfte, wo sie auch ihre Tasche entdeckte. Sie wollte sich am liebsten darauflegen und einfach schlafen, aber die Tasche war nass und verbeult und schmutzig. So erschöpft war sie nicht, dass ihr das entging.

„Wer hierher kommt, ist sicher." Ember hängte sich den nassen Mantel über den Arm. „Ich bringe dir gleich was zum Drüberziehen."

„Warten Sie." Lucinda öffnete einen Reißverschluss an ihrer Tasche und fasste hinein. Ihre Finger stießen durch ein Loch, das vorher nicht da gewesen war. Die vier Dollar und elf Cent, die sie noch gehabt hatte, waren weg.

Das war eigentlich zu erwarten gewesen, dennoch traf sie der Verlust schwer. „Ich habe kein Geld."

„Du hast wohl insgesamt nicht viel", stellte Ember fest. „Mach dir keine Sorge wegen dem Bezahlen."

„Gibt es hier keine Speisekarte?", wollte Lucinda wissen und fragte sich im selben Moment, was diese Frage überhaupt sollte.

Ember lachte. „Wozu sollten die Leute hier eine Speisekarte brauchen? Sie wissen doch sowieso nicht, was gut für sie ist."

„Aber Sie wissen es?"

„Natürlich, Kleines." Sie lächelte. „Setz dich und erhol dich ein bisschen. Ich bringe dir was Gutes."

„Ember." Lucinda kämpfte einmal mehr mit dem Kloß in ihrem Hals. „Ich werde nie mehr Geld haben. Nie mehr. Mein Name ist Lucinda Rackmore." Sie wartete auf die unausweichliche Abscheu, darauf, dass Ember sie aufforderte, sofort zu gehen, auf die Zurückweisung, die für sie so normal geworden war.

„Na gut, Lucinda Rackmore. Herzlich willkommen." Ember streichelte ihre Schulter und verschwand dann durch eine Tür, ein paar Schritte entfernt. Lucinda hörte geschäftigen Küchenlärm, und es roch köstlich nach Backwaren.

Embers Freundlichkeit war Lucinda regelrecht unheimlich.

Bisher hatten sich alle von ihr abgewandt, doch diese Fremde bot ihr Trost und Hilfe an – und das, obwohl sie eine Rackmore war.

Das war zu viel für Lucinda.

Sie legte den Kopf auf den Tisch und weinte.

2. KAPITEL

So redet man nicht mit einer Dame, mein Junge“, erklang eine giftige Stimme aus der Küche. Die Person sprach mit starkem texanischen Akzent. „Von meiner eigenen Verwandtschaft erwarte ich besseres Benehmen.“

„Genau, Mann“, fiel eine andere Stimme ein, deutlich jünger und mit eindeutig kalifornischem Akzent. „Das war total bescheuert von dir. Ganz schön mies.“

Gray Calhoun verdrehte die Augen. Er konnte sehr gut auf die Ratschläge seines Großvaters Grit verzichten, noch weniger aber brauchte er die Vorwürfe von Dutch dem Surfer.

Seit fünf Minuten lehnte Gray an der Haustür und versuchte, wieder Luft zu bekommen. Kleine Fenster waren in die schwere Holztür eingelassen, und von einem dieser Fenster aus hatte er beobachtet, wie Lucinda die Veranda verlassen hatte und die Straße heruntergegangen war, mitten durch den Sturm und Regen. Er wäre nicht verwundert gewesen, wenn sie sich umgedreht und es noch mal versucht hätte. Anscheinend war auch ihr letzter Stolz gebrochen. Noch nie hatte er jemanden erlebt, der so verzweifelt war – erst recht nicht die einst so hochmütige, verwöhnte Lucinda.

Obwohl er ihr nichts schuldig war, quälte ihn doch sein schlechtes Gewissen.

Es war unfair gewesen, ihr die Tür vor der Nase zuzuschlagen. Er hätte ihr wenigstens etwas zu essen anbieten können und sie etwas ausruhen lassen, bevor er sie wieder weggeschickt hätte. Er hätte sie wenigstens zum Busbahnhof fahren und ihr ein Ticket nach Dallas oder Houston oder sonst wohin kaufen können.

Er war wirklich ein Arschloch.

Seine Schläfe pochte, und er berührte die Narbe. Es war nicht Lucinda, der er diese Narbe verdankte, genauso wenig wie seine bösen Erinnerungen und Albträume. Sie hatte nicht versucht, jemanden anders zu opfern und sich auf diese Art selbst zu retten, und sie hatte diese Tat ihrer Schwester auch nicht verziehen. Doch sie war die Hure von diesem Bastard Bernard Franco gewesen, sie war also auch kein besserer Mensch. Allerdings hatte sie damit nur sich selbst geopfert und keinen anderen, den sie vorgab zu lieben. Außerdem durfte man eins nicht vergessen: Lucinda war noch ein Kind gewesen, als der Fluch über die Rackmores verhängt wurde. Sie war auf ihre Mutter und später auf deren Liebhaber angewiesen, um zu überleben. Sie hatte nie selbst Verantwortung übernehmen müssen – sie wusste gar nicht, wie das ging. Wie also hätte sie der schleimigen Anmache eines so wohlhabenden und mächtigen Zauberers wie Franco widerstehen können?

Ihre Schwester Kerren dagegen war damals schon eine erwachsene Frau gewesen, verheiratet mit einem mächtigen Mann, einem Mann, der sie liebte – mit ihm nämlich. Er hätte Himmel und Hölle in Bewegung gesetzt, um ihr zu helfen, doch sie hatte ihn nicht einmal um Hilfe gebeten. Denn sie hatte bereits andere Pläne gehabt, um das zu retten, was ihr lieb und teuer war. Er war in diesen Plänen nicht vorgekommen.

Offensichtlich war ihm der wahre Charakter seiner Frau immer verborgen geblieben. Ihre Eigenheiten, die er so süß fand, waren alle nur Manifestationen ihres Egoismus gewesen. Schmollen zum Beispiel konnte sie gut. Oder Sex dazu benutzen, um ihn von etwas zu überzeugen oder ihm Dinge auszureden. Ganz hingerissen war er gewesen von ihrer Schönheit und ihrem verführerischen Körper, aber auch von ihrer Intelligenz und ihrer geistreichen Art. Sie war klug, und er hatte geglaubt, in ihr die passende Partnerin gefunden zu haben. Den größten Schmerz hatte ihm daher nicht etwa die Nacht seines Todes bereitet, sondern die Erkenntnis, dass sie ihn nie geliebt hatte. Denn sie hatte ihn sich gezielt ausgesucht und ihn geschickt manipuliert, nur damit sie ihrem Dämonenliebhaber das Herz eines Drachen präsentieren konnte.

Wieder stieg der gallige Geschmack der Verbitterung in ihm auf. Zehn Jahre! Eigentlich sollte er mittlerweile darüber hinweg sein. Es war nicht so, dass er noch etwas für Kerren empfand, oh nein. Sollte sie ruhig zur Hölle fahren – oder besser gesagt: dortbleiben. Was sie durch ihr Ritual ausgelöst hatte, war weder ihr selbst noch ihm klar gewesen. Bis heute litt er unter Albträumen, wenn auch nicht mehr so häufig.

Verdammt noch mal!

Er fuhr sich mit der Hand über das Gesicht.

Dass er nun mit seiner Vergangenheit konfrontiert wurde, indem man ihn um Hilfe bat, kam völlig überraschend. Aber er brauchte keine Überraschungen mehr, vor allem nicht, wenn sie von einer Rackmore kamen. Jahrelang hatte er versucht zu verstehen, was mit ihm passiert war und wie er das beherrschen konnte, was aus ihm geworden war. Unterdessen hatten die Zauberer die Konsequenzen aus dem Rackmore-Fluch gezogen. Die Häuser annullierten sämtliche Mitgliedschaften von Rackmores und verweigerten Angehörigen mit Rackmore-Abstammung die Mitgliedschaft. Prozesse wurden geführt. Neue Gesetze wurden vorgeschlagen, abgelehnt, erneut vorgeschlagen. Viele Rackmores kehrten von sich aus den Häusern den Rücken, andere kämpften verbissen und mit aller Macht um ihre Positionen und ihre Rechte.

Hunderte begingen Selbstmord.

Lucindas Vater war einer von ihnen gewesen. Ihre Mutter Wilmette hatte weitergekämpft und sich einen wohlhabenden Liebhaber gesucht, um Sicherheit für ihre jüngste Tochter zu haben. Sie hatte Kerren öffentlich verstoßen und ging dabei so weit, dass sie mittels magischer Rituale und weltlicher Dokumente ihre Tochter aus den Stammbüchern der Rackmores tilgen ließ.

Zwei Jahre benötigte das Höchste Gericht, um den Urteilsspruch zu fällen. Die Rackmores hatten sich mit Dämonen zusammengetan und Todesmagie angewandt, daher standen ihnen nun weder die Rechte noch die Privilegien der Häuser zu. Dabei spielte es keine Rolle, dass die lebenden Rackmores mit diesen Pakten nichts zu tun hatten und schon genug unter dem Fluch litten. Für die magischen Wesen galten andere Regeln, oft weitaus strengere als für die weltlichen. Denn Zauberer tragen eine größere Verantwortung für die Welt und müssen deshalb auch strengere Strafen auf sich nehmen, wenn sie sich des Machtmissbrauchs schuldig machen.

Das Haus der Raben erlitt den größten Mitgliederschwund, da hier die meisten Hexen und Zauberer aus den Reihen der Rackmores versammelt waren. Die wenigen, die noch übrig blieben, fühlten sich im Stich gelassen und zurückgewiesen. Nachdem die Raben über zweitausend Jahre lang eines der mächtigsten Häuser gewesen waren, rutschten sie nun in die Bedeutungslosigkeit – und das war unentschuldbar. So wurden die Raben zu den größten Feinden der Rackmores.

Obwohl Kerrens Plan nicht aufgegangen und er am Ende entkommen war, hatte sie ihn seither in Ruhe gelassen. Warum auch sollte sie sich weiter mit ihm abgeben? Sie hatte den Blutzoll gezahlt, der nötig war, um ihr eigenes Leben zu retten. Es hatte lange gedauert, bis seine Wunden verheilt waren, nicht nur die körperlichen, auch die seelischen. Wahrscheinlich dachten alle, der Betrug und der Mordversuch durch seine Frau hätten ihn zu sehr ausgelaugt und geschwächt, um seinen Verpflichtungen im Haus der Drachen nachzukommen.

In der Tat war das nur ein Teil der Wahrheit. Denn es gab noch etwas, das auf ihm lastete. Er hatte nie mit jemandem darüber gesprochen, nicht einmal mit seiner Mutter – sein Tod und seine Wiederauferstehung. Dieses Geheimnis musste er allein aushalten. Doch welche Rolle spielte das schon? Er führte sein eigenes Leben, und er war zufrieden damit, auch wenn er sich manchmal vorkam, als versteckte er sich – oder, noch schlimmer, als wäre er auf der Flucht.

Lucinda Rackmore.

Warum hatte sie überhaupt versucht, seinen Schutz zu erbitten? Und ausgerechnet ihn zu fragen, ob er sie heiraten würde? War sie nicht ganz bei Trost? Ihm entfuhr ein barsches Lachen. Es war ihm gut gegangen. Einfach nur gut. Doch jetzt war durch sie seine Vergangenheit wieder in sein Leben geplatzt, und das gefiel ihm gar nicht.

„Wirst du den Bann aufheben?", rief sein Großvater, missgelaunt wie eh und je. „Ich habe nicht den ganzen Tag Zeit, um hier herumzusitzen und dir nach deinem Gutdünken zur Verfügung zu stehen!"

„Genau, Mann. Wenn du dann mal fertig bist, fies zu den Mädels zu sein, könnten wir deine Hilfe gut gebrauchen."

„Ist es jetzt mal gut?", rief Gray genervt. Nicht, dass Grit oder Dutch irgendwohin gehen könnten – sie waren Seelenbücher. Seinen Großvater hatte er geerbt, und der hatte sich mit Dutch angefreundet, als sie beide ihr obligatorisches Jahr in der Ehrwürdigen Bibliothek verbrachten. Als es an der Zeit für Gray war, den alten Mann, sprich: sein Erbe, einzufordern, hatte Grit seinen Freund nicht allein zurücklassen wollen. Darum hatte Gray jetzt alle beide Besserwisser am Hals. „Nicht dass noch eure Seiten zerknittern!"

„Das haben wir gehört, Mann."

Gray verdrehte die Augen und machte sich auf den Weg in die Küche. Vor seinem geistigen Auge sah er immer noch Lucinda vor sich, wie sie durch den strömenden Regen davonging in Richtung Zentrum. Mitten im Wohnzimmer blieb er unvermittelt stehen. *Verdammt.*

Natürlich war sie stark genug, redete er sich ein. Sie hatte es bis hierher geschafft, und sie würde auch wieder allein aus der Stadt herauskommen. Er war nicht für sie verantwortlich. Sie war kein Kind mehr. In seiner Fantasie tauchten in diesem Augenblick alle möglichen Szenarien auf, von dem, was einer Rackmore-Hexe alles Schlimmes in Nevermore widerfahren konnte.

„Ich fahre in die Stadt“, rief er. Plötzlich hatte er es eilig. Er musste sich noch umziehen, Schuhe und einen regenfesten Mantel suchen.

„Hey, Mann!“, rief Dutch. „Bring uns Donuts mit!“

„Aber nicht diese schwulen Marmeladendinger!“, fügte Grit hinzu. „Die ganz Einfachen aus Kuchenteig sind gut.“

Gray ignorierte ihre Wünsche und rannte die Treppe hoch in sein Schlafzimmer. In ihrem momentanen Wesenszustand konnten Grit und Dutch überhaupt nichts zu sich nehmen. Aber sie mochten den Geruch von Essen, vor allem von Desserts.

Gray streifte seine Kleider ab und griff nach einer ausgewaschenen Levi's-Jeans und einem grauen Pullover mit Zopfmuster. Erstaunlicherweise fand er auch ein Paar saubere Socken, und nachdem er sich durch die Unordnung unten in seinem Schrank gewühlt hatte, entdeckte er auch seine schwarzen Cowboystiefel.

Das Problem war der Mantel.

Sein offizielles Hüter-Outfit, ein lässiger schwarzer Umhang mit Kapuze, auf dessen Vorderseite links ein goldener Drache eingestickt war, konnte er nicht finden. Er hatte ihn länger nicht mehr getragen, zuletzt, als er in der Stadt gewesen war. Er runzelte die Stirn. Seit den Feierlichkeiten zur Wintersonnenwende war er nicht mehr in Nevermore gewesen. So ein Mist! War das wirklich schon so lange her?

Gray hatte die unangenehme Eigenschaft, alles einfach fallen zu lassen, was er gerade auszog. Manchmal brauchte er eine ganze Woche, um sich durch seine Unordnung zu kämpfen und aufzuräumen, doch der ordentliche Zustand hielt nie lange an. Er konnte sich nicht einmal erinnern, wann er das letzte Mal richtig sauber gemacht hatte. Kein Wunder, dass er überhaupt nichts mehr fand.

Als Hüter von Nevermore musste er gewisse, nun ja, pathetische Erwartungen der Bevölkerung erfüllen. Nevermore war immer eine Stadt der Drachen gewesen, und seine Familie hatte nicht nur gemeinsam mit ein paar Hundert Menschen die Stadt gegründet, sondern war auch sofort als Beschützermacht auserkoren worden.

Leider bestand die Calhoun-Linie inzwischen nur noch aus ihm. Als er vor fünf Jahren nach Nevermore zurückgekehrt war, war nur noch sein Großvater übrig geblieben. Der alte Mann war nicht mehr in der Lage, selbst kleinste Pflichten zu erfüllen, geschweige denn die notwendigen Schutzsprüche zu erneuern. Grays Mutter war schon vor langer Zeit weggegangen, um ihre eigenen politischen Ziele im Haus der Drachen zu verwirklichen, und hatte ihren Sohn darauf eingeschworen, dasselbe zu tun. Sie war nie mehr nach Nevermore zurückgekehrt – bis auf den Tag, an dem sie ihrem Sohn geholfen hatte, wieder in das Haus ihrer Familie einzuziehen.

Als Gray selbst noch politische Ambitionen gehabt hatte, war es ihm ein Leichtes gewesen, in die Fußstapfen seiner Mutter zu treten. Wie sie wollte auch er die Welt verändern. Auch er liebte dieses Spiel, dieses Manövrieren und Sichpositionieren. Natürlich gewann er nicht immer, aber er lernte immer etwas dazu, das er dann für seine eigene Trickkiste verwenden konnte. Er hatte immer einen guten Job gemacht, liebte diese Energie, diesen Ehrgeiz. Heute kam es ihm selbst seltsam vor, dass er einmal geglaubt hatte, er könnte die ganze Welt erobern.

Sein Vater war gestorben, als Gray noch sehr klein war, und seine Mutter Leticia Calhoun hatte nie wieder geheiratet – obwohl es einige Angebote gab. Allerdings wäre eine Heirat, nur um die Allianz zu stärken, für seine Mutter nie infrage gekommen. „Wenn man einmal geliebt hat“, hatte sie ihrem Sohn in einem seltenen wehmütigen Augenblick mit auf den Weg gegeben, „gibt man sich nicht mit weniger zufrieden.“

Gray hatte Kerren geliebt – zumindest hatte er das geglaubt. Seine Mutter konnte sich dagegen nie mit der Heirat ihres Sohnes arrangieren. Drachen und Raben führten nicht gerade das, was man eine friedliche Koexistenz nannte. Wenn er jetzt zurückdachte, fragte er sich, ob er in seinem tiefsten Innern eigentlich nicht damals schon gespürt hatte, dass das zwischen ihm und Kerren nicht die tiefe, atemlose, bedingungslose Liebe war, die seine Mutter und seinen Vater geeint hatte.

„Außer, sie hat mir ein Märchen erzählt“, murmelte er vor sich hin, während er den Reißverschluss des schwarzen Kleidersacks öffnete, der zwischen seinen T-Shirts und Pullovern hing. Seine Mutter hatte sich nach einem Mann verzehrt, den sie nicht mehr haben konnte, und hatte deshalb die Liebe in den schillerndsten Farben ausgemalt.

Oh Mann! Wenn er doch endlich diesen Umhang finden könnte! Sonst musste er sich eine Alternative überlegen. Als Erstes kam die rote Robe zum Vorschein. Gray verzog das Gesicht. Die hatte er an dem Tag getragen, als er vor dem Höchsten Gericht seinen formalen Rücktritt eingereicht hatte. Er stopfte das Kleidungsstück zurück in den Sack und griff nach dem nächsten Bügel.

Zum Kuckuck noch mal!

Warum hatte er das weiße Gewand, in dem er geheiratet hatte, überhaupt aufgehoben? Angewidert schleuderte er es auf den Boden. Die Magie der eingestickten Symbole hatte sowieso keine Bedeutung oder Kraft mehr. Er hätte das dumme Ding gar nicht aufzuheben brauchen. Er musste nicht an seine gescheiterte Ehe und seine Exfrau, diese Verräterin, erinnert werden.

Plötzlich wurde er wütend. Vielleicht sollte er doch nicht in die Stadt fahren. Wozu? Um Lucinda zu retten? Auch an diese Frau erinnerte er sich nicht unbedingt gerne. Sie war kein böses Mädchen gewesen, aber sehr selbstsüchtig. Sie konnte nichts anfangen mit Menschen oder Dingen, die sich nicht um sie drehten. Natürlich war das auch typisch für einen pubertierenden Teenager – erst recht, wenn man von seinen reichen Eltern so extrem verwöhnt wurde. Abgesehen davon beherrschte sie die Thaumaturgie und war einst von allen Häusern, auch vom Geschlecht der Drachen, umworben worden. Selbst seine Mutter hatte Lucys Rabenherkunft geflissentlich übersehen, um Hilfe von ihr zu bekommen. Der Begriff Thaumaturgie stammt aus dem Griechischen und bedeutet so viel wie das Vermögen, Wunder bewirken zu können. Lucinda konnte mithilfe ihrer Fähigkeiten das Leben selbst beeinflussen – sie konnte schwere Verwundungen, Knochenbrüche, ernste Erkrankungen heilen. Wie Gray gehört hatte, waren fähige Thaumaturgen sogar in der Lage, einem Toten wieder das Leben einzuhauchen.

Doch Lucinda war eine Rackmore, und deshalb war sie verunreinigt. Nachdem das Höchste Gericht das Edikt erlassen hatte, durfte kein Haus mehr ihre Mitgliedschaft dulden.

Während Gray den dritten Zauberumhang hervorkramte, fragte er sich, ob er Lucinda nicht einfach in Ruhe lassen sollte. Sie war vollkommen verarmt, daran konnte er ohnehin nichts ändern. Sie würde niemals mehr Geld besitzen, das hatte sie der Gier ihrer Vorfahren zu verdanken. Nein. Was ihn umtrieb, das war der verlorene Ausdruck in ihren grünen Augen gewesen, ihre verhärmten Züge und ihr zerbrechlicher körperlicher Zustand, der auf Unterernährung schließen ließ. Sie hatte die Schultern hängen lassen wie jemand, der eine viel zu schwere Last trug.

Und er hatte ihre letzte Hoffnung zunichtegemacht. Natürlich war ihm nicht entgangen, wie ihr Blick erlosch, als ihr klar wurde, dass er ihr nicht helfen würde. Wie viele Leute hatten ihr schon die Tür vor der Nase zugeschlagen?

Dieser verdammte Bernard Franco! Er war immer ein Scheißkerl gewesen, noch bevor er von seiner Position im Haus der Raben „zurücktrat“. Nach dem letzten und schlimmsten Skandal hatte ihm das interne Gericht des Hauses, so lauteten jedenfalls die Gerüchte, ein Ultimatum gestellt, um ihn zum freiwilligen Rückzug zu bewegen. Anderen Gerüchten zufolge hatte man ihm viel Geld dafür gezahlt, dass er die dunklen Geheimnisse des Hauses nicht verriet. Und Lucinda hatte das Bett mit ihm geteilt, seine Geschenke angenommen, die naive Geliebte gespielt und dafür die Erniedrigungen durch ihn ertragen.

Das machte ihn krank.

Er griff nach dem schwarzen Ledermantel. In den Nähten pulsierte noch die alte Magie, das Leder erzählte flüsternd von längst vergangenen Zeiten – und Menschen. Es war der Mantel seines Großvaters gewesen, und davor hatten andere Calhouns ihn getragen. Ein roter Drache schimmerte auf dem Rücken, das mächtige Symbol seines Hauses und seiner Familie. Der alte Kauz wollte Gray immer dazu bewegen, den Mantel zu tragen, aber er hatte es nie getan.

Außerdem hätte er sich mit dem Tragen des Mantels zu seinen Pflichten als Hüter bekannt. Aber das war nun mal sein Leben. Auch nach fünf Jahren hatte er nicht das Gefühl, hierher zu gehören, obwohl das seine Heimatstadt war und er alles tat, was sein Amt von ihm verlangte. Trotzdem war er nicht gerade ein geselliger Typ. Er wollte mit niemandem näher zu tun haben, auch nicht mit alten Freunden.

Was das über ihn aussagte, war ihm egal.

Gray schlüpfte in den Mantel und verließ schnell das Haus, bevor er seine Meinung wieder ändern konnte. Normalerweise ging er zu Fuß in die Stadt, aber da er nicht wusste, wohin Lucinda unterwegs war oder wo er sie finden würde – von dem heftigen Sturm mal ganz abgesehen –, nahm er lieber den alten Ford-Pick-up seines Großvaters. Die Kiste war zwar eine totale Rostlaube, fuhr aber zuverlässig und reichte allemal, um Lucinda zum Busbahnhof zu bringen. Er musste ihr nur ein Ticket kaufen, ganz egal, wohin sie fahren wollte. Dann beruhigte sich sein schlechtes Gewissen bestimmt, und sie konnte weiterhin vor Franco fliehen.

Es kam ihm nicht in den Sinn, dass sie eventuell in der Stadt bleiben würde. Sie war eine viel zu erfahrene Hexe, um die negativen Energieschwankungen nicht zu spüren. Wahrscheinlich war sie keine zehn Sekunden in der Stadt gewesen, als schon jeder darüber Bescheid wusste und seine Kommentare dazu abgab. Dabei wusste niemand, was die Hexe Lucinda und den Hüter ihrer Stadt verband. Allein die Tatsache, dass sie eine Rackmore war, reichte den meisten Leuten aus, um ihr zu misstrauen.

Grays Haus, eine viktorianische Villa, stand auf einem Hügel oberhalb des Stadtzentrums. Zwei Straßen führten hierher: eine kleine, die vor seiner Haustür endete, und die Main Street, auf der man ins Stadtzentrum gelangte. Auf die fuhr er nun und bog dann rechts ab. Links wurde die Straße irgendwann zu einem unbefestigten Weg, der nur noch zu drei Farmhäusern führte. Bei der Farm der Familie Gomez endete der Weg schließlich.

Als Gray den Brujo Boulevard erreichte, bog er wieder rechts ab. Er passierte die Schule und schwenkte dann nach links zur Cedar Road. Das war die einzige Straße, die zum Highway führte. Jeder, der mit dem Auto in die Stadt kam oder sie verließ, musste diese Straße nehmen.

Der Sturm war heftiger geworden, und die Scheibenwischer bewältigten nur mit Mühe die Wassermassen. Der Regen fiel in einem dicken silbrigen Schwall. Gegen seinen Willen begann Gray sich Sorgen um Lucinda zu machen. Einmal mehr machte er sich Vorwürfe, beruhigte sich dann aber: *Sie ist nicht mein Problem!*

War sie aber doch.

Gray verlangsamte den Wagen und spähte durch die Scheibe. Verdammt. Vielleicht war sie in den Graben gestürzt. Oder sie hatte eine Mitfahrgelegenheit gefunden. Oder sie hatte sich irgendwo einen Unterschlupf gesucht. Er fuhr an die Seite und starrte hinaus in den Regen. Eigentlich wollte er keinen Ortungszauber anwenden, durch den er Lucy wieder zurückgeholt hätte. Vielleicht hatte sie ja mittlerweile die Stadt verlassen. Außerdem konnte er sie ohne irgendetwas von ihr gar nicht orten. Ein Haar hätte genügt, aber nicht einmal das hatte er.

Möglicherweise war sie zufällig dem Sheriff begegnet, und sein alter Freund hatte sie als Vorsichtsmaßnahme in magische Quarantäne gesteckt. Taylor Moorelands Vater war vor Jahren mit einer Rackmore-Hexe durchgebrannt – das hatte Edward zumindest in seinem Abschiedsbrief geschrieben. Er war zu feige gewesen, um es seiner Frau ins Gesicht zu sagen, und hatte Sarah mit den sieben Kindern einfach allein gelassen. Taylor war mit seinen damals fünfzehn Jahren der Älteste gewesen und hatte die Vaterrolle in der Familie übernommen. Gray verzog die Lippen. Aber wahrscheinlich würde Taylor Lucinda nicht einfach ins Gefängnis stecken, nur weil sie blutsverwandt war mit der Frau, die einst seine Familie zerstörte.

Andererseits …

Bei diesem Wetter war niemand unterwegs, kein Wunder. Gray kam sich vor wie ein Idiot. Verärgert über seine sinnlose Rettungsaktion wendete er den Wagen und fuhr zurück in Richtung Stadtzentrum.

Vor dem Piney Woods Café hielt er an und parkte. Falls Lucinda sich dort hineingewagt hatte, war sie sicher nicht mit offenen Armen empfangen worden. Cathleen Munch war eine verbitterte Frau. Früher hatte sie mit ihrer Mutter Cora in einem heruntergekommenen Wohnwagen am See gelebt. Angeblich war Cathleens Vater im See ertrunken – er wusste es nicht, das war vor seiner Zeit gewesen. Der Tod ihres Mannes hatte Cora zu einer gehässigen Frau gemacht, und ihre Tochter hatte gelernt, alles und jeden so zu hassen, wie sie selbst es tat.

Das Café war der einzige Ort in der Stadt, wo man etwas zu essen bekam. Also fanden sich hier mitunter auch Leute ein, die Cathleen und die hier vorhandene Energie nicht mochten. Sie bestellten dann nur etwas zum Mitnehmen. Cathleen war das egal. Ihr ging es nicht um Freunde, sondern ums Geld.

Ein weiterer Grund, der mittellosen Lucinda die Tür zu weisen.

Gray holte tief Luft und verstärkte seine magischen Schutzschilde. Er wollte auf jeden Fall vermeiden, dass die schlechte Energie aus dem Café an ihm hängen blieb. Sein Schutzschild ließ schlechte Vibrationen nicht durch, und schlechte Vibrationen gab es bei Cathleen genug.

Er rannte durch den Regen und ins Café. Im Eingangsbereich blieb er stehen, schüttelte das Wasser von seinem Mantel und nickte zur Begrüßung Cathleen zu. Wie üblich saß sie hinter ihrer Registrierkasse, rauchend und eine Klatschzeitschrift vor sich.

„Darf ich Ihnen etwas bringen, Hüter?“, fragte sie leicht spöttisch, versuchte aber ein dünnes Lächeln dazu.

Nichts bereitete Cathleen mehr schlechte Laune, als wenn man die Luft in ihrem Lokal einatmete, ohne etwas zu konsumieren. Deshalb kam Gray nicht umhin, etwas zu bestellen. Allerdings war das Essen gar nicht so schlecht. „Ein Stück von Ihrer Kokoscremetorte. Haben Sie auch Donuts da?“

„Bisschen spät um die Uhrzeit“, sagte sie und kräuselte die Lippen. „Aber ich habe, glaube ich, noch welche mit Marmelade da.“

„Die nehme ich.“ Grinsend stellte Gray sich vor, wie er Grit und Dutch die Marmeladen-Donuts präsentierte. Darauf freute er sich jetzt schon! Doch das konnte Cathleen natürlich nicht ahnen. Sie bezog das Lächeln auf sich, richtete sich jetzt in ihrem Stuhl auf und fuhr sich durch die Haare.

Schnell machte er eine ernste Miene und sah sich um. Gerade verschwand Marcy durch die Tür, auf der „Toiletten“ stand. Ihr Kummer drang durch seine Schutzschilde zu ihm.

„Dieses Mädchen“, blaffte Cathleen, „bekommt nur, was

sie verdient. Sie hat sogar versucht, dieser Rackmore-Schlampe zu helfen."

Gray widerstand dem Wunsch, einen Feuerball auf Cathleens Kopf zu schleudern. Stattdessen fragte er, wieder lächelnd: „Rackmore?"

„Ja. Kam vor einiger Zeit rein und wollte was zu essen. Ich hab Marcy gleich den Fußboden schrubben lassen. Ich will hier keine Rackmore-Bazillen haben." Sie schniefte. „Werden Sie was gegen sie unternehmen? Ist rüber zu Ember's. Schnurstracks in den Laden dieser Hoodoo-Schlampe."

Offensichtlich waren in Cathleens Augen alle Frauen außer ihr selbst Schlampen. Gray kannte weder Ember noch ihr Café. Als sie neu hierhergekommen war, hatte er den Sheriff gebeten, sie an seiner Stelle zu begrüßen.

Sein Magen verkrampfte sich. Nahm er seine Arbeit als Hüter wirklich ernst? Brennend krochen die Schuldgefühle in ihm hoch. Er wollte sich nicht schuldig fühlen. Er wollte überhaupt nichts fühlen.

„Wann kommen denn die Torte und die Donuts?"

Cathleens einzige Hilfe war momentan nicht da, also musste sie Gray wohl oder übel selbst bedienen. Das gefiel ihr ganz und gar nicht, doch da Gray die Gerichtsbarkeit darstellte, rutschte sie widerwillig von ihrem Stuhl, um seine Bestellung fertig zu machen.

In der Zwischenzeit wollte Gray nach Marcy sehen. Es störte ihn, dass es ihr offensichtlich schlecht ging, und noch mehr störte ihn, wie sehr ihre Stiefmutter sie schikanierte. Die Tür mit der Aufschrift „Toiletten" führte auf einen schmalen dunklen Korridor mit Wandpaneelen und verstaubten Fotos des Cafés aus der Zeit der Eröffnung im Jahr achtzehnhundertfünfundvierzig. Es war eines der ersten Geschäfte gewesen, das die Weltlichen eröffnet hatten. Gray erinnerte sich gern an den Vorbesitzer, Cathleens Schwiegervater Wilber Munch. Sein Sohn Leland war ein netter Typ gewesen, nur ein bisschen zu schwach für die Launen der Frauen.

Die Türen zu den Damen- und Herrentoiletten gingen zu beiden Seiten des Gangs ab. Am Ende des Flurs befand sich eine schwarze Metalltür, über der ein großes rotes „Ausgang"-Schild prangte. Das war vermutlich der Notausgang, sicher nicht vorschriftsmäßig in Ordnung, denn Cathleen kümmerte sich nicht um solche Dinge.

Gray stieß die schwere Tür auf. Augenblicklich bekam er keine Luft mehr, so sehr stank es nach den Mülltonnen. Liebe Güte! Als er das letzte Mal in der Stadt gewesen war, hatte es noch eine Müllabfuhr gegeben. Er beeilte sich, nach draußen zu kommen, und sah sich dann nach Marcy um. Dabei fiel ihm auf, dass sich der Abfall aus den beiden Mülltonnen in die kleine Gasse ergoss.

Gray ließ die stinkende Gasse hinter sich und ging vor bis zur Straße. Da entdeckte er Marcy. Sie trug ein auffälliges hellgelbes Kleid und hockte in einer Ecke unter einem Vorsprung, der ihr etwas Schutz vor dem peitschenden Regen bot. Sie hatte die Hände vors Gesicht geschlagen.

„Marcy?", sprach er sie vorsichtig an.

Erschrocken sah sie auf, schluchzend. Links hatte sie ein blaues Auge. Es war frisch, so wie ihre blutige Lippe. Wut machte Grays bisheriger Gleichgültigkeit Platz. Wie konnte es ihm egal sein, dass die ganze Stadt vor die Hunde ging?

„Was ist passiert?"

„G…gar nichts. Ich … bin gegen eine Tür gelaufen."

„Entweder sagst du mir jetzt, was passiert ist", sagte er leise, „oder ich belege das gesamte Café mit einem Wahrheitszauber, damit ich weiß, was los ist. Vor mir kann man keine Geheimnisse haben."

„Hüter. Bitte." Das Mädchen schüttelte den Kopf. „Ich kann es nicht sagen."

„Du kannst mir vertrauen, Marcy."

Mit aufgerissenen Augen starrte sie Gray an und öffnete

den Mund. Dann erschauerte Marcy und schüttelte den Kopf. Offensichtlich hatte sie mehr Angst vor der Person, die sie geschlagen hatte, als vor ihm. Und mit einem Mal wurde ihm bewusst, dass die ganze Stadt das Vertrauen in ihn verloren haben musste. Er erinnerte sich nicht einmal daran, wann das letzte Mal jemand freiwillig mit seinen Problemen zu ihm gekommen war. Vielleicht war er auch deshalb davon ausgegangen, dass alles in Ordnung war.

Doch wahrscheinlich war es genau andersrum: Es war niemand zu ihm gekommen, weil alle glaubten, es sei ihm ohnehin egal. Das wiederum hatte er sich selbst zuzuschreiben, weil er immer nur diese oberflächliche Magie benutzt hatte und sich selbst nur an Feiertagen in der Stadt zeigte. Einmal im Jahr unternahm er die Reise nach Dallas, um im Hauptquartier der Drachen die Loyalität der Stadt Nevermore zum Haus zu erneuern. Sonst hatte er nichts mit Nevermore zu tun, mischte sich nie unter die Leute und versuchte auch nicht, mehr zu sein als der Hüter, der in seinem großen Haus auf dem Hügel lebte.

Ich bin nicht einfach ein Arschloch. Ich bin das größte Arschloch auf diesem Planeten.

Wenn Lucy nicht aufgetaucht wäre und ihm ein schlechtes Gewissen verursacht hätte, wäre er auch jetzt nicht hier. Dann wüsste er nichts von Marcys Sorgen oder darüber, in welchem Zustand sich das Café befand. Er wusste nicht, ob er der Hexe dafür dankbar sein oder sie noch mehr hassen sollte. Marcys junges bleiches Gesicht war so bemitleidenswert, dass Gray beschloss, Lucy dankbar zu sein. Sie hatte seine Hilfe verdient.

Aber heiraten würde er sie nicht.

„Sag mir, wer dir wehgetan hat, Marcy." Am liebsten hätte er sie gestreichelt, aber er wollte sie nicht erschrecken. Stattdessen sah er ihr in die Augen, ohne den Blick abzuwenden. Tränen liefen ihre Wangen herunter, und ihr Mund begann zu zittern.

„Was werden Sie ihm tun, wenn ich es Ihnen verrate?"

Ihn töten. Ihn verstümmeln. Ihm die Eier abreißen. „Du kennst die Regeln, Marcy. Der Hüter hat das Recht zur Bestrafung all derer, die innerhalb der Stadt gegen die Regeln verstoßen."

„A...aber Sie hören sich vorher beide Seiten an?"

Er nickte. Das gehörte dazu.

„Ich liebe ihn", flüsterte sie. Sie sah Gray mit unruhigem Blick an. „Wie kann man jemanden lieben, der so schlimme Dinge tut?"

Grays Herz zog sich schmerzhaft zusammen – das Herz, das Kerren mit ihrem Verrat und mit ihrem Dolch durchstoßen hatte. „Manchmal machen unsere Gefühle uns blind. Aber wir haben immer eine Wahl."

„Ja", flüsterte sie. „Das stimmt."

„Dann nenn mir seinen Namen, und ich werde dich beschützen."

„Beschützen Sie sich selbst!" Sie schubste ihn plötzlich weg und rannte davon. Gray stolperte rückwärts in einen matschigen Haufen nasser Pappkartons und landete auf dem Hintern. Fluchend stand er wieder auf. Gerade rechtzeitig, um zu sehen, wie Marcy an der Ecke vor dem Café stehen blieb, sich umdrehte und rief: „Und retten Sie auch die Hexe. Sie hat Ärger. Wie wir alle!"

Dann verschwand sie.

Schwer atmend versuchte Gray, die Verfolgung aufzunehmen, doch als er die Straße erreicht hatte, war sie schon nicht mehr zu sehen. Der Regen war zu stark, um sie mit einem Verfolgungszauber ausfindig zu machen, selbst wenn er sicher irgendetwas von ihr im Café fand. Er könnte auch einfach zu ihr und Cathleen nach Hause gehen und sie dort abfangen. Keuchend und mit schmerzender Seite hielt er sich an der Wand des Gebäudes fest und überlegte, was er jetzt tun sollte. Marcy würde sich sicher verstecken. Leider. Aber was hatte sie damit gemeint, dass Lucinda Ärger hätte wie alle?

Diese eigene Unentschlossenheit mochte er gar nicht, erst recht nicht, wenn es in Strömen regnete und er inmitten von stinkenden Abfällen stand. Vielleicht konnte er in diesem Moment einfach nichts für Marcy und Lucinda tun, aber zumindest konnte er die Bewohner von Nevermore daran erinnern, dass er immer noch ihr Hüter war.

Er kehrte durch den vermeintlichen Notausgang in das Café zurück und ging auf die Herrentoilette, um sich abzutrocknen. An jedem anderen Ort hätte er einen Trockenzauber bemüht, aber bei all den negativen Energien hier traute er sich nicht – sonst stünde er am Ende in Flammen. Böses zog schließlich Böses an. Magie hatte immer etwas mit Gleichgewicht zu tun, und für die meisten Zauber lieh man sich Energie von den Lebewesen, die sich in der unmittelbaren Umgebung befanden. War der Zauber erfüllt, gaben der Zauberer oder die Hexe den Lebewesen die geliehenen Energien wieder zurück.

Darum war es so wichtig, das Gleichgewicht zu bewahren.

Doch Gray hatte zugelassen, dass das Café energetisch aus den Fugen geraten war. Dass die ganze Stadt aus den Fugen geraten war. Kein Wunder, er war ja selbst auch nicht im Gleichgewicht. Und er hatte nicht bemerkt, wie sich um ihn herum die Kräfte nach und nach verlagerten. Nevermore war angreifbar geworden, und das war seine Schuld. War die Stadt ohne magische Zugehörigkeit, konnten sich Portale öffnen und Kobolde hereinlassen, die lästig, wenn auch harmlos waren, oder aber Dämonen, die lästig und gefährlich waren. Alle Dämonen waren der Hölle zugeordnet, und selbst wenn es ihnen gelang, auf die Erde zu kommen, entweder durch Portalverschiebung oder einen Befehlszauber, konnten sie nicht lange bleiben. Aber Dämonen schafften es selbst in kurzer Zeit, Chaos anzurichten oder, noch schlimmer, Händel mit Magischen oder Weltlichen zu beginnen und die heiligen Energien zu zerstören. Es würde Gray nicht einmal überraschen, wenn sich mitten im Café ein Portal aufgetan hätte.

Er hatte alle in Gefahr gebracht, aber das ließ sich reparieren. Noch war nichts Schlimmes passiert. Marcys Warnung beunruhigte ihn zwar immer noch, doch wenn sich ein Portal geöffnet hätte oder Dämonen da wären, wüsste er das. Diese Art von Magie ließ sich nicht verbergen, vor allem nicht vor ihm. Schnell verscheuchte Gray die Zweifel an sich selbst. Er war weder eingerostet noch blind und noch immer nahe genug dran, und es war nicht zu spät.

Es ist nie zu spät.

Dieser Satz war immer Grits Motto gewesen, und daran hatte auch Gray geglaubt. Bis Kerren ihm gezeigt hatte, dass es manchmal eben doch zu spät sein konnte.

Sein Mantel hatte den Regen von ihm abgehalten, aber die Jeans war bei seinem Sturz nass geworden, und seine Haare trieften vor Nässe. Er kämmte die feuchten Strähnen so gut es ging mit den Fingern nach hinten und versuchte, sich nicht allzu lange im Spiegel zu betrachten. Er konnte seinen eigenen Blick nicht ertragen, der ihm sagte: Schäm dich.

Schnell verließ er die Toilette und ging nach vorn zum Tresen. Cathleen wartete schon ungeduldig an der Registrierkasse, wie man ihren zusammengekniffenen Augen und ihren trommelnden Fingern entnehmen konnte. Gray betrachtete die kleine Styroporbox und die fettige Papiertüte. Er würde weder die Torte noch die Donuts herunterbringen.

Jetzt tippte Cathleen etwas in ihre altmodische Kasse ein. Magie schien sich negativ auf moderne technische Gerätschaften auszuwirken, deshalb unternahmen die meisten Menschen in von Zauberern beschützten Orten gar nicht den Versuch, sich etwas Neues anzuschaffen. Gray zog sein Portemonnaie heraus und zählte rasch sein Geld.

„Fünf Dollar, elf Cent. Josie hat die Donuts extra ganz frisch gemacht."

Gray reichte ihr das Geld und verzog das Gesicht. Das erklärte zumindest das Fett auf der Tüte. Wahrscheinlich hatten die Donuts den ganzen Tag in der Küche gelegen und Josie hatte sie einfach nur noch mal in die Fritteuse geworfen.

Cathleen zählte sorgfältig, aber mit mürrischer Miene das Rückgeld für ihn ab und knallte dann die Metallschublade der Kasse zu. Immerhin besaß sie so viel Respekt vor ihm, dass sie nicht sofort wieder zu ihrem Stuhl watschelte und sich ihrer Klatschzeitschrift widmete.

„Wann ist denn die Müllabfuhr das letzte Mal hier gewesen?", erkundigte sich Gray.

Überrascht zwinkerte Cathleen, als verstünde sie die Frage nicht. Sie verzog den Mund. „Was?"

„Ihre Mülltonnen quellen über. Das ist gegen die städtische Verordnung."

„Ich werfe meinen Abfall nicht auf die Straße."

„Waren Sie in letzter Zeit mal in der Gasse hinter dem Haus?", erkundigte sich Gray freundlich. „In Nevermore kommt zweimal in der Woche die Müllabfuhr. Es sieht mir aber ganz danach aus, als wäre der Abfall hier schon seit einiger Zeit nicht mehr abgeholt worden."

Cathleen leckte sich nervös über die Lippen. Sie sah ihn unsicher an. „Ich kann nichts dafür, wenn meine Angestellten ihren Job nicht anständig machen."

„Ehrlich gesagt, doch", erwiderte Gray im selben freundlichen Ton. „Denn Sie sind die Inhaberin dieses Cafés. Also sind Sie verantwortlich für das Erscheinungsbild dieses Lokals, für Ihre Angestellten und für Ihre Gäste."

„Sie hat die Müllabfuhr abbestellt."

Ein junger Mann erhob sich von seinem Platz an der Theke und ging auf Gray zu. Er war groß und schlaksig und trug einen roten Overall. Auf der rechten Seite oben prangte ein kleiner goldener Drache mit dem eingestickten Schriftzug „Nevermore Abwasser- und Abfallentsorgung", darunter der Name „Trent". Der Mann hatte kurze stachelige Haare mit neonroten Spitzen. Ein flammenartiges Tattoo zierte seinen Hals. Gray sah, dass der Mann mehrere Ohrlöcher hatte. Vermutlich trug er in seiner Freizeit Piercings.

Trent blieb neben Gray stehen und stützte sich auf die Theke. Er sah Cathleen unverfroren an. „Vor ein paar Monaten rief sie bei uns an und beschwerte sich über die hohen Kosten. Sie sagte dem Boss, sie würde das nicht mehr bezahlen, also kam die Order, hier nicht mehr abzutransportieren."

„Warum hat mir niemand darüber Bericht erstattet?"

Trent sah Gray erstaunt an. „Wieso denn?" Er warf einen Zehner auf den Tresen und grüßte Cathleen zum Abschied.

„Du bist hier nicht mehr willkommen!", kreischte sie ihm hinterher. „Von mir wirst du nicht mehr bedient, du kleiner Bastard!"

Trent grinste und wedelte mit den Fingern vor ihr. „Ich gehe sowieso lieber zu Ember. Hier drin stinkt's mir zu sehr nach altem Miststück!" Und damit ging er. Die Tür knallte hinter ihm zu. Nur die Türklingel durchbrach die Stille.

Der Junge hatte Eier in der Hose. Das gefiel Gray. Er wandte sich wieder an Cathleen und genoss ihren wütenden Blick.

„Cathleen Munch, ich verurteile Sie wegen Verstoßes gegen Artikel drei Punkt eins zwei fünf der städtischen Verordnung, vorschriftsmäßige Abfallentsorgung." Es überraschte ihn selbst, dass er den richtigen Paragrafen noch im Kopf hatte. Vielleicht war er doch nicht so sehr aus der Übung. „Ich verpflichte Sie dazu, den Abfall aus der Gasse zu entfernen, und informiere Sie hiermit darüber, dass Sie eine Kontrolle zu erwarten haben. Wie per Gesetz festgelegt, haben Sie achtundvierzig Stunden Zeit, Ihrer Pflicht nachzukommen, dann erscheine ich mit meinen Inspektoren. So lange bleibt das Café geschlossen."

Cathleen riss die Augen auf, ihre Kinnlade kippte nach unten. Dann fing sie an zu schreien und riss die Arme hoch.

„Das können Sie nicht machen! Sie wollen mich ruinieren! Ich will meinen Anwalt sprechen!"

„Wenn Sie das Gesetz der Drachen nicht befolgen wollen", erwiderte Gray tonlos, „lassen Sie sich nicht in einer Stadt der Drachen nieder." Damit drehte er sich zu den anderen Gästen um, die auf ihren Stühlen saßen und ihn anstarrten. „Das Café ist mit sofortiger Wirkung geschlossen. Bitte gehen Sie." Dem Befehl des Hüters musste Folge geleistet werden, das wusste jeder. Die Leute erhoben sich von ihren Plätzen und verließen schnell das Café.

„Moment! Ihr habt noch nicht bezahlt! Halt!"

Niemand beachtete die kreischende Frau mit dem rot angelaufenen Gesicht. Ihre Wut prallte wie heißes triefendes Fett gegen Grays Schutzschild. Doch er war ein zu mächtiger Zauberer und sie nur eine Weltliche – ihre Emotionen konnten ihn magisch überhaupt nicht beeinflussen. Dennoch überraschte ihn, wie stark ihr Hass auf ihn war. Dieser Hass besaß fast so etwas wie einen eigenen Puls.

Alle hatten in Windeseile das Café geräumt, bis auf die überarbeitete Köchin. Josie Gomez kam jetzt seelenruhig aus der Küche geschlendert, ihre große rote Handtasche unter den Arm geklemmt. Gray war mit ihr zur Schule gegangen. Sie war eine Klasse unter ihm gewesen und hatte nicht nur in der Schule fleißig geschuftet, sondern auch auf der Farm ihrer Familie. Sie war eine von drei Töchtern, wobei ihre Schwestern deutlich jünger waren als sie, und eine der wenigen, die nie davon gesprochen hatten, Nevermore verlassen zu wollen. Sie mochte ihre Familie, die Stadt, das Leben hier. Josie war eine kleine Frau mit weiblichen Kurven und strahlender karamellfarbener Haut – und das, obwohl sie bis eben stundenlang in der heißen Küche gestanden hatte. Ihre langen schwarzen Haare hatte sie zu einem dicken Zopf geflochten.

„Gray", begrüßte sie ihn. „Wie schön, dich zu sehen!"

„Hör auf, mit ihm zu quatschen!", fuhr Cathleen sie an.

„Er hat mir gerade meinen Laden dichtgemacht. Und dich werde ich auch nicht bezahlen. Wer nicht arbeitet, wird nicht bezahlt. Ist mir egal, wie krank dein Daddy ist."

Aus Grays Fingerspitzen spritzte Feuer. Josie zog die Augenbrauen hoch. „Ich verstehe dich. Aber sie ist es nicht wert."

Es war nicht leicht, die lodernden Flammen zu löschen. Grays Wut war sehr groß.

Josie wandte sich an Cathleen. „Ich habe mir ein Jahr lang deine Scheiße hier angetan. Du bist eine verbitterte, gemeine Frau mit einer kaputten Seele. Du wirst einsam sterben, Cathleen. Und keiner wird um dich trauern."

Schockiert schnappte Cathleen nach Luft. Ihr untersetzter Körper zitterte vor Wut. „Was erlaubst du dir!"

„Was erlaubst *du dir!* Ich kündige."

Wütend verschränkte Cathleen die Arme vor der Brust. Offensichtlich überlegte sie sich eine neue Gemeinheit. Oder vielleicht verunsicherte sie auch die Tatsache, dass sie gerade ihre einzige Köchin verloren hatte.

Gray berührte Josie an der Schulter. „Angel ist krank?"

„Er hat Krebs, aber er ist in Behandlung. Wir haben Hoffnung." Sie umarmte ihn rasch. „Komm doch mal vorbei. Er würde sich freuen, dich zu sehen."

Wieder verspürte Gray Gewissensbisse. Er war ein beschissener Hüter. Er hatte total versagt. Er nickte Josie zu und sah ihr nach, als sie ging. Wütend drehte er sich zu Cathleen um, die noch immer ziemlich geschockt zu sein schien. Aber das war ihm vollkommen egal.

„Ich komme in achtundvierzig Stunden wieder, um die Inspektion durchzuführen", kündigte er an. „Wenn hier nur das kleinste bisschen nicht in Ordnung ist, wenn nur eine Kleinigkeit gegen die städtische Verordnung oder das Gesetz der Drachen verstößt, schließe ich das Café für immer."

„Das würden Sie niemals tun", schnappte sie. „Das ist der einzige Ort, wo man in der Stadt etwas zu essen bekommt.

Das Café existiert so lange wie die Stadt selbst. Die Leute wären ganz schön sauer, wenn Sie etwas so Dummes tun würden, Hüter."

Ungerührt beugte Gray sich über den Tresen und sah sie an. „Ich werde das Café schließen, und dann verbanne ich Sie."

So etwas wie Angst huschte über ihr Gesicht, doch Gray spürte instinktiv, dass diese Angst eine andere Ursache hatte.

„Gut", spie sie ihm entgegen.

Er ließ die Sachen, die er gekauft hatte, auf der Theke stehen. Der Gedanke, etwas aus diesem Laden zu essen, drehte ihm den Magen herum. Als er sich zum Gehen wandte, zischte Cathleen ihm zu: „Jetzt, wo Sie genügend anständige Leute fertiggemacht haben, können Sie sich ja endlich um diese Rackmore-Schlampe kümmern!"

„Ich bin der Hüter", sagte Gray mit leiser, stechender Stimme. „Ich gehe davon aus, dass Sie wissen, dass ich mehr tun kann als nur Ihr Café schließen und Sie in die Verbannung schicken."

Als diesmal die Angst in ihren Augen aufblitzte, hatte er selbst sie ausgelöst. Sie stellte sich vor den Tresen und sah ihn unsicher an. Anscheinend hatte sie begriffen, dass der Welpe, den sie gerade geärgert hatte, sich als Höllenhund entpuppte. Er war ganz sicher, dass sie es wusste. Er war nicht nur ein Drache, sondern auch ein mächtiger Zauberer, der im Reich des Dunklen gewesen und wieder zurückgekehrt war.

„Sie würden mich nicht verbannen." Cathleen ließ noch immer nicht locker, obwohl sie erschreckt wirkte.

Er verzog seinen Mund zu einem düsteren Lächeln. „Wer sagt das?" Wieder wandte er sich zum Gehen, doch er blieb noch einmal stehen und sah sie über die Schulter hinweg an. „Und damit Sie es wissen: Ich werde Lucinda Rackmores magische Privilegien erweitern und ihr gestatten, in Nevermore zu wohnen. Wenn Sie ihr also das nächste Mal begegnen, seien Sie lieber höflich zu ihr."

3. KAPITEL

„Wir sind am Arsch“, hallte seine panisch klingende Stimme durch den schwach beleuchteten Keller, als der große schwere Mann die Treppe hinunterstieg. Sein Ziel war ein Tisch mit magischen Objekten. „Wir müssen abhauen.“

„Nein, Lennie.“ Eine Person in Schwarz streckte die Hand aus und gebot den hektischen Gesten des Mannes Einhalt, der damit begonnen hatte, sich die Objekte wie wild in die Taschen zu stopfen. „Wir werden uns einfach auf der Zeitachse entfernen.“

„Zwei Tage!“, kreischte sein Kumpel. „Bist du eigentlich total bescheuert? Das Portal …“

„Es öffnet sich bereits.“

„Was?“ Der Dicke hielt inne. „Dann sind wir reich. Oder nicht?“

„Du wirst mit Gold überschüttet“, log der andere ihn an. Natürlich wartete Reichtum auf sie – aber nicht von der Sorte, die man ausgeben konnte. Magie. Das brauchte er. Danach verlangte ihn. Das verdiente er. Und Dämonenmagie war die stärkste, die es gab. Er musste einfach nur einen Dämonenlord herbeirufen und mit ihm einen Handel eingehen. Dann würde Gray Calhoun bald in der Hölle schmoren, wo er hingehörte … und die Magie des Hüters wäre sein.

Fünf Jahre hatte es gedauert, bis alle magischen Objekte in seinem Besitz waren, und nun wollte sein Freund sich alles in die Taschen stopfen. Seine Macht war zu sehr durch irdisches Blut verwässert, deshalb war er immer wieder auf Hilfsmittel angewiesen. Doch wenn er erst einmal die Magie besaß, hätte diese elende Schwäche ein Ende. Dann konnte er den Kreis schließen und das zu Ende bringen, was er in seiner Kindheit begonnen hatte. Wenn er stark war, stärker als alle anderen, würden sie die Wahrheit erkennen und sich vor ihm verneigen.

Nein, sie würden sich vor ihm zu Boden werfen und ihn anflehen. Er würde ein viel würdigerer Hüter sein als der jämmerliche, bescheuerte Gray Calhoun.

„Ich mache mir Sorgen."

Sein großer dicker, naiver Freund wurde allmählich lästig. „Nicht nötig. Alles unter Kontrolle."

„Miss Ember hat gesagt ..."

Er unterbrach ihn mit einem Seufzen. „Wie oft habe ich dir gesagt, dass du auf Embers Geschwätz nichts geben kannst?" Er tätschelte Lennies Schulter. „Hast du deshalb versucht, die Hexe zu überfahren?"

„Ich hielt es für besser, mich um sie zu kümmern, weißt du. Wir brauchen hier keine Rackmore, die alles in Unordnung bringt."

Wir brauchen auch dich nicht, der alles in Unordnung bringt. Es war ein Fehler gewesen, seinen alten Freund mit ins Boot zu holen. Seine elende Sentimentalität war schuld. Hatte er denn immer noch nicht gelernt, sein Herz zu verhärten? Bisher war Lennie ihm nützlich gewesen, aber bald würde er nur noch stören.

„Leg die Sachen zurück. Ich habe noch einen Auftrag für dich."

Widerstrebend legte der Mann alle Dinge wieder auf den Tisch und ordnete sie. „Ich dachte, wir hätten alles, was wir brauchen."

„Haben wir auch." Er betrachtete den Tisch und sah die Energie, die die durch Zauber geschaffenen Gegenstände zum Glühen brachte. Einen einzigen Gegenstand benötigte er noch – den Schlüssel, der alle anderen Dinge erst benutzbar machte. „Du musst mir versprechen, dass du der Hexe nichts antun wirst. Ich brauche sie noch."

„Wofür?"

Es gab so viele Unwissende, die den Rackmore-Fluch für eine Seuche hielten. Sie glaubten, wer eine Hexe berühre, verliere automatisch ebenfalls seine Reichtümer. Diese Leute wussten nichts von subtiler Dämonenmagie, von der Schönheit und Genauigkeit des Zauberspruchs, die vonnöten gewesen waren, um Tausenden von Rackmores ihre Reichtümer zu entziehen und ihnen für immer vorzuenthalten. Er dagegen wusste die Kunstfertigkeit dieses Fluchs zu schätzen, die grausame Orchestrierung, derer es bedurfte, um ein so feines und doch unzerstörbares Netz des Unglücks zu weben. Das faszinierte ihn, das bewunderte er. Vor allem aber wollte er selbst diese Kunst beherrschen lernen.

„Ich verspreche dir", ließ er seinen Freund wissen, „dass die Hexe es nicht überleben wird. Doch vor ihrem Tod wird sie uns noch sehr nützlich sein."

„Wenn du das sagst. Welch aberwitzige Aktion soll ich diesmal für dich ausführen?"

Lächelnd zog er den großen dummen Lennie vom Tisch weg, weg von der Magie. Dann erklärte er ihm die nächsten Schritte.

„Aha. Da sind Sie ja endlich", ließ sich eine weibliche Stimme mit jamaikanischem Akzent vernehmen. Eine große üppige Schwarze stand im Eingang. Sie war in schwarze und lilafarbene Umhänge gehüllt, ihre Finger zierten zahlreiche Ringe.

„Tut mir leid." Gray blickte sie irritiert an. „Hatten Sie mich erwartet?"

Ihr dunkles Lachen kam für ihn unvorbereitet. Sie klopfte sich auf die Schenkel und jauchzte vor Freude. „Sie erwartet! Oh Mann, die Göttin hat echt einen Sinn für Humor! Sie erwartet!"

„Tut mir leid, aber was ist daran so witzig?"

„Das können Sie nicht verstehen", erklärte die Frau, während sie sich langsam wieder beruhigte. „Wann haben Sie das letzte Mal gelacht, Hüter?"

Offensichtlich schien niemand in dieser Stadt, nicht einmal

die Neuankömmlinge, Respekt vor seiner Stellung zu haben. Er musste zugeben, er war nicht unbedingt der beste Hüter gewesen, den man sich vorstellen konnte – aber er war entschlossen, das zu ändern. Das hatten die Stadt und ihre Bürger verdient. Trotzdem. Dieser Tag hatte seinem Ego einen ziemlichen Schlag versetzt, und dafür trug nur einer die Schuld: er selbst.

„Schon gut, keine Sorge", beruhigte sie ihn, machte einen Schritt auf ihn zu und fasste ihn am Ellenbogen. „Alles geschieht zu einem Zweck. Nur nicht immer zu dem, der einem gefällt. Oder wie man es gerne hätte. Aber manchmal erkennt man auch nicht, was gut für einen ist." Sie tippte sich an die linke Schläfe, wodurch seine Aufmerksamkeit auf die geschwärzte Hälfte ihrer seltsamen Brille fiel. Er spürte die Magie, die von ihr ausging, und gleichzeitig ihre aktivierten Schutzschilde. Als er herausfinden wollte, wieso eine so seltsame Magie von ihr ausging, ließ sie einen Laut des Tadels hören und wedelte mit dem Zeigefinger vor ihm wie vor einem ungezogenen Kind.

„Also bitte! Hören Sie auf damit. Ich bringe nur gutes Juju nach Nevermore, ich verspreche es."

„Sie werden mir nachsehen, dass ich etwas skeptisch bin."

Sie kicherte. „Aber doch nicht so skeptisch, wo Sie bisher nicht persönlich bei mir und Rilton vorbeigeschaut haben. Wohl doch nicht ganz so besorgt, was?"

Ihr Akzent klang hin und wieder stärker, wie ein Radiosender, der ab und zu für einen Moment verschwand, dachte Gray. Leider stimmte das, was sie sagte. Er hatte das Akzeptanz-Gespräch nicht selbst mit ihr geführt, sondern Taylor damit beauftragt, alle Neuankömmlinge mit magischen Kräften zu überprüfen. Taylor war sehr gewissenhaft und noch skeptischer als Gray, und er hasste jede Form von Veränderung – das betraf vor allem Neuankömmlinge in der Stadt. Ember und ihr Mann mussten den Sheriff also nachhaltig beeindruckt haben, da sie das Bleiberecht erhalten hatten.

„Also. Sie lassen sie hierbleiben.“ Während sie sprach, hatte Ember ihn in den hinteren Teil ihrer Teestube geführt. Das war keine Frage gewesen, die sie da formuliert hatte. Und ihm war spontan klar, dass sie mit „sie“ nur Lucinda meinen konnte.

„Ist sie hier?“

Ember blieb vor einer leeren Nische stehen. Gray warf einen oberflächlichen Blick darauf, stellte aber nur fest, dass der Tisch feucht war und es leicht nach Erde und Regen roch. Er öffnete seine Sinne weiter, und da filterte sein Schild Emotionen heraus: Verzweiflung, Erleichterung, Panik.

Lucy.

„Wo ist sie hin?“

„Keine Ahnung.“ Ember schüttelte den Kopf. „Manchmal, wenn Menschen versehrt wurden, betrachten sie alles lieber aus der umgekehrten Perspektive.“

Gray hob fragend die Brauen. „Was soll das bedeuten?“

Anscheinend war Ember enttäuscht von ihm, denn sie seufzte auf. Diese Frau irritierte ihn. Er war kein elender Zauberlehrling mehr, und doch schaffte sie es, dass er sich so vorkam. Mit seiner eigenen Ungeduld ringend, sah er sie an und wartete.

„Kennen Sie das Gegensatzspiel?“

„Natürlich. Das haben wir als Kinder gespielt.“ Gray erinnerte sich gut daran.

Sie nickte. „Gut. Alles, was man in diesem Spiel sagt und tut, ist das Gegenteil von dem, was man meint. Aber für Lucinda ist es kein Spiel. Sie hat sich aus einer schlimmen Lage befreit. Von schlechten Menschen. Man hat ihr immer beigebracht, dass sie nichts wert ist. Wenn also jemand freundlich zu ihr ist …“ Sie ließ das Ende des Satzes offen und sah ihn an.

Es war, als hätte Ember ihm einen Schlag in die Magengrube verpasst. Lucy hatte damit gerechnet, dass er sich ihr gegenüber mies verhalten würde – auch wenn sie ein kleines bisschen Hoffnung gehabt hatte, er wäre anders als all die anderen.

„Sie waren nett zu ihr", Gray musste nur eins und eins zusammenzählen, „und sie kam damit nicht klar."

„Das Gegensatzspiel", murmelte Ember. „Sie braucht Zeit, um herauszufinden, was richtig für sie ist." Jetzt betrachtete sie Gray eindringlich. Nur eines ihrer Augen war zu sehen durch die lila getönte Scheibe ihrer seltsamen Brille. „Vielleicht ist sie da nicht die Einzige."

„Vielleicht", gab Gray ihr recht.

„Na dann!" Ember setzte ein breites Grinsen auf und tätschelte seinen Arm. „Bleiben Sie noch auf einen Tee, Hüter? Ich habe genau das Richtige für Sie."

„Ich komme später wieder", versprach er. „Jetzt muss ich erst etwas Dringendes erledigen."

„Natürlich. In dieser Nische hat sie gesessen. Vielleicht hat sie etwas hiergelassen." Ember ließ seinen Arm los, nicht ohne ihn noch einmal zu tätscheln, und drehte sich um. Sie verschwand durch eine Schwingtür, auf der die Aufschrift „Küche" prangte.

Gray untersuchte die Nische. Er kniete sich hin, rechts, wo Lucindas Anwesenheit am stärksten zu spüren war, und hoffte, etwas von ihr zu finden, womit er einen Ortungszauber starten konnte. Doch trotz sorgfältiger Suche spürte er nichts auf, nicht einmal eine Faser ihres Umhangs oder eine Fluse von ihrer Reisetasche.

„Mist." Er erhob sich und inspizierte noch einmal den Tisch. Er war immer noch feucht von … Oh! Lucinda hatte doch etwas hinterlassen.

Ihre Tränen.

„Ich bin so dumm", schimpfte Lucinda mit sich selbst, als sie den geschotterten Seitenstreifen der Straße entlangging. Wind und Regen hatten sich miteinander verbündet, schneidende Böen und eisige Tropfen peitschten auf sie ein. Ihre Tennisschuhe waren völlig durchnässt, ihr Umhang konnte den strömenden Regen nicht mehr abhalten, sie fror und zitterte vor Kälte.

So dumm. So unfassbar dumm war sie.

Wieso hatte sie die Wärme und Sicherheit des neutralen Orts verlassen? Noch dazu, wo die alte Schrulle aus dem Café und der Schwachkopf mit der frisierten Karre ihr ans Leder wollten? Ihre Zeit mit Bernard hatte sie jedoch eins gelehrt: ihren Instinkten zu trauen. Zumindest wenn jemand sie angreifen wollte. Diese Instinkte hatten sich in den letzten drei Monaten, in denen sie auf der Suche nach Hilfe war, noch verfeinert. Oh Göttin! Wenn sie daran dachte, wie oft sie Bernard erlaubt hatte ... *Nein.*

Es war vielleicht ein Fehler gewesen. Doch allein sie selbst traf die Schuld dafür, dass sie sich mit Bernard eingelassen hatte. Und wofür? Sicherheit? Ja, das hatte gut funktioniert. Hübsche Kleider, ein luxuriöses Leben, Reisen in exotische Länder ... Sie hatte ihre Würde und ihre Selbstachtung verkauft für Nichtigkeiten. Ihr einziger Trost war, dass sie unter einem Bann gestanden hatte. Ein Verpflichtungszauber wirkte immer am besten bei denen, die ohnehin willig waren.

Die Rackmore-Hure.

Das klang gut. Kam einem leicht über die Lippen.

Lucinda ordnete ihre Gedanken neu. Die Vergangenheit war passé. Vorbei, vorbei, vorbei.

Sie zog den Umhang enger um sich, doch der Verschluss war kaputt, sodass die Seiten immer wieder auseinanderfielen. Zuerst hatte der Umhang sie warm und trocken gehalten, doch das war nun vorbei. Der Regen hatte ihre Kleidung vollkommen durchnässt.

Kaum hatte Ember ihr den Umhang aus dem Trockner gebracht und war dann wieder in die Küche verschwunden, war Lucy abgehauen. Es tat ihr leid, dass sie nicht mal auf einen Tee geblieben war, aber Embers Freundlichkeit kam ihr komisch vor. So als fände man einen Schokoladenkeks, wenn man gerade in eine Schlangengrube gefallen war.

Außerdem wollte sie kein Unheil über Ember und ihre Teestube bringen.

Obwohl der Bann, den man über sie verhängt hatte, keinerlei Auswirkungen auf andere hatte, kam sie sich selbst manchmal als Bedrohung vor. Eines der einfachsten Zaubergesetze war dieses: Gleiches zieht Gleiches an. Darum lernten Hexen und Zauberer von Geburt an, wie wichtig es war, eine Balance herzustellen. Andererseits gab es auch Wesen mit magischer Begabung, die nicht im Geringsten daran interessiert waren, ein Gleichgewicht zu wahren.

Sie schnaubte verächtlich. Bernard hatte zwar seine offizielle Stellung im Haus der Raben verloren, doch er mischte immer noch mit. Sie hatte nie genau gewusst, was er für seine einstigen Vasallen organisierte, aber mit Sicherheit war es nichts Gutes. Vielleicht zettelte er in kleinen Ländern Putsche an oder war im Drogenhandel aktiv. So etwas in der Art jedenfalls.

Plötzlich hupte hinter ihr ein Auto. Sie erschrak fast zu Tode! (So viel zu den verfeinerten Instinkten.) Lucinda wirbelte herum, ihr Herz raste. Die Sohlen ihrer Tennisschuhe waren so abgelaufen, dass sie im Schlamm ausrutschte, und sie sah die Bremslichter des gelben VW Käfers aufleuchten, während sie verzweifelt nach Halt suchte. Ihre Arme ruderten verzweifelt durch die Luft in ihrem Versuch, nicht das Gleichgewicht zu verlieren, doch die schwere Tasche auf ihrer Schulter ließ ihr keine Chance.

Für ein paar Sekunden hatte sie ein Gefühl von Schwerelosigkeit – fast wurde ihr übel –, dann landete sie im Straßengraben und fiel seitlich auf ihre Tasche. Das Wasser im Graben war tief genug, dass sie komplett darin versank, doch nicht so tief, dass sie hätte ertrinken können.

Dabei hätte der Tod eine deutliche Verbesserung ihrer Situation dargestellt.

Ein Schmerz durchschoss ihre Hüfte, und der Arm, der zwischen Körper und Tasche eingeklemmt war, wurde taub. Wasser durchnässte ihre Jeans und Bluse, und der immer schwerer werdende Umhang zerrte an ihr. Vielleicht würde die Erde sich auftun und sie verschlingen, wenn sie nur lange genug hier liegen bliebe.

Oder war das zu viel verlangt?

Offensichtlich.

Müde und voller Schmerzen setzte Lucinda sich auf und zog ihre Tasche aus dem schlammigen Wasser. War sie vorher schon schwer gewesen, hatte sie jetzt das Gewicht eines Ambosses.

„Herrje!"

Durch den starken Wind und Regen gedämpft, war der Ausruf nicht mehr als ein Flüstern. Lucinda sah auf und entdeckte die Kellnerin aus dem Café, die vor dem Graben kniete und ihr eine Hand hinstreckte.

„Was ist denn mit dir passiert?", fragte Lucinda, als sie das blaue Auge des Mädchens und ihre aufgeplatzte Lippe sah.

„Mit mir?" Das Mädchen riss die Augen auf. „Was ist mit Ihnen passiert?"

„Das ist doch nur Wasser." Sie starrte auf die schlammige Brühe, die ihre Knöchel umströmte, konzentrierte ihre Zauberkraft und rief dann: „Teil dich!"

Sofort bewegte sich das Wasser zur Seite und legte den nassen steinübersäten Grund des Grabens frei. Lucinda schob ihre Tasche die Böschung hoch, und die Kellnerin wuchtete sie sich auf die Schulter.

Nachdem Lucy aus dem Graben geklettert war, hob sie den Zauber auf und dankte im Stillen der Natur für die Energiegabe.

„Ich bin Lucy." Sie hielt ihre nicht allzu schlammige Hand

der Kellnerin hin und war nur kurz erstaunt, als diese nicht sofort einschlug.

Schließlich straffte die junge Frau die Schultern und ergriff Lucys Hand. „Ich heiße Marcy. Marcy Munch. Ich weiß, Munch ist ein blöder Name. Die Schulzeit war eine Strafe."

„So ist das Leben", erwiderte Lucinda. „Wer hat dich geschlagen?"

Marcy wich ihrem Blick aus. „Soll ich Sie mitnehmen? Ich haue ab von hier. Ich habe genug Geld, um mich bis zur Grenze durchzuschlagen."

„Du willst nach Mexiko?" Lucinda konnte es nicht verhindern, dass ihre Frage misstrauisch klang. Sie hatte folgende Erfahrung gemacht: Kaum widerfuhr ihr etwas Gutes, folgte darauf die Katastrophe. Deshalb gefiel es ihr gar nicht, dass man ihr ausgerechnet eine Mitfahrgelegenheit dorthin anbot, wo sie hinwollte. War es nicht seltsam, dass Marcy ausgerechnet jetzt die Stadt mit dem Ziel Mexiko verließ?

„Wollen wir nicht lieber einsteigen?", schlug Marcy vor. „Bei diesem Sauwetter."

Die junge Kellnerin drehte sich um und ging wieder zu ihrem Auto. Lucinda dachte nach. Entweder sie kämpfte sich weiter durch den Regen, bis jemand anders Mitleid mit ihr hatte, oder sie stieg jetzt in Marcys warmen, trockenen Wagen.

Sie folgte dem Mädchen. Marcy öffnete die vordere Haube und legte Lucys Reisetasche in den Kofferraum. Dann stiegen die beiden Frauen ein und schnallten sich an. Der Göttin sei Dank, die Heizung war voll aufgedreht. Das war auch nötig, denn sie beide waren durchnässt und zitterten vor Kälte.

„Hast du gar nichts dabei?", wollte Lucinda wissen, während Marcy den Wagen startete und losfuhr. „Du hast dich ja nicht mal umgezogen." Sie bemerkte die Fettspritzer auf Marcys weißer Schürze, die ausgebeulten Taschen und den Essensgeruch, den nicht einmal der Regen hatte vertreiben können.

„Keine Zeit", stellte Marcy fest. „Gut, dass wir abhauen. Nevermore ist …" Sie unterbrach sich, da sie nicht das passende Wort zu finden schien, und zuckte mit den Schultern.

„Was ist mit deiner Mutter?"

„Cathleen", zischte Marcy, „ist nicht meine Mutter. Auch wenn sie darauf besteht, dass ich sie so nenne. Sie erinnert mich gerne daran, dass sie mich großgezogen hat, aber das stimmt gar nicht. Sie hat Daddy geheiratet, als ich zehn war. Vier Jahre später starb er und hinterließ ihr das Café. Ihr! Sie ist nicht einmal eine echte Munch!" Marcy schnaubte verächtlich und schob sich eine feuchte Haarsträhne aus dem Gesicht. „Seit Gründung der Stadt war das Café im Besitz meiner Familie. Es ist schrecklich! Ich hätte alles anders gemacht! Wenn Daddy mir nur vertraut hätte … Wahrscheinlich dachte er nicht, dass er sterben würde. Wer tut das schon?"

„Woher weißt du denn, dass er dir nicht vertraut hat?", fragte Lucinda.

Marcy warf ihr einen ungläubigen Blick zu. „Weil er mir das Café nicht vermacht hat. Vielleicht hätte er sein Testament ja geändert, wenn ich älter gewesen wäre."

Wer weiß, dachte Lucinda insgeheim, ob das Café nicht vielleicht für Marcy gedacht gewesen war, ihre Stiefmutter es sich aber einfach unter den Nagel gerissen hatte. Aber was ging es sie an? Sie lebte schließlich nicht in Nevermore. Und die zwei Stunden, die sie dort verbracht hatte, machten sie nicht gerade zu einer Expertin für die Stadt oder ihre Bewohner. Trotzdem. Irgendjemand hatte auf Marcy eingeschlagen, und das war nicht in Ordnung.

Daher fragte sie noch einmal: „Wer hat dich geschlagen?"

„Spielt keine Rolle." Marcy machte ein störrisches Gesicht. „Es wird sowieso nicht noch mal passieren. Ich bin weg aus Nevermore. In Mexiko wird alles anders. Da ist es sicher."

„Kommt auf die Definition an", stellte Lucinda fest.

„Und was wollen Sie da?"

„Meinem Exlover entkommen."

„Oh." Marcy kaute auf ihrer Unterlippe. „Ist er auch ein Zauberer?"

„Aus dem Geschlecht der Raben. Ein echtes Arschloch."

„Wow."

„Ja." Lucinda schaute aus dem Fenster auf der Beifahrerseite. „Wenn ich Ärger habe, dann immer richtig. Die volle Packung."

Mehr sagten beide nicht. Jede hing ihren Gedanken nach. Das Brummen des Motors und das Prasseln des Regens füllten die Stille. Die Straße schien endlos zu sein, und dieser Eindruck wurde durch den bewölkten Himmel noch verstärkt. Mittlerweile wurde es langsam dunkel. Es gab keine Beleuchtung außer den Scheinwerfern des VW Käfers, die die einsetzende Dunkelheit durchbrachen.

Lucinda war nervös. Der Sturm und die Dunkelheit, die einsame Straße und ihre gestresste Begleiterin – es war wie in einem Horrorfilm. Gleich tauchte bestimmt ein Monster auf, oder es ereignete sich ein Unfall oder …

Schluss damit! Es wird nichts Schlimmes passieren. Lucinda durfte auf keinen Fall die Nerven verlieren.

„Bis zum Highway sind es nur noch ein paar Kilometer." Marcys Stimme durchbrach die Stille. Sie lächelte nervös. „Hier ist es ganz schön unheimlich, vor allem nachts."

Als Marcy jetzt beschleunigte, ging ein Rucken durch den Wagen. Lucinda zog eine Grimasse. „Vielleicht ist es keine so gute Idee, schneller zu fahren."

„Aber wir müssen auf dem Highway sein, bevor die Sonne ganz untergegangen ist."

„Wieso?"

„Weil hier schlimme Dinge passieren. Das ist wahr. Überall. Denn im Dunkeln verbirgt sich das Böse." Marcy holte tief Luft. „Wie dem auch sei. Auch wenn das hier alles Farmland ist, wir sind praktisch immer noch in Nevermore." Marcys Fingerknöchel waren weiß, so fest umklammerte sie das Lenkrad. „Die Stadtgrenze endet erst am Highway. Wenn wir den erreicht haben, sind wir sicher."

Lucinda drehte sich in ihrem Sitz um und sah Marcy an. Die grüne Beleuchtung des Armaturenbretts ließ das bleiche Gesicht des Mädchens noch bleicher erscheinen und ihre sorgenvolle Miene noch sorgenvoller. Eine böse Vorahnung beschlich Lucinda. „Sicher wovor?"

„Verdammt!" Marcy trat voll auf die Bremse. Der Wagen kam auf der nassen Straße ins Rutschen und schlitterte über die Fahrbahn.

Lucinda wurde nach vorn geschleudert. Der Gurt hielt sie so fest, dass sie einen Moment lang keine Luft mehr bekam. Ihr Kopf knallte gegen die Kopfstütze. Sternchen tanzten vor ihren Augen, ihre Brust pulsierte vor Schmerz.

Der Wagen kam quer auf der Gegenfahrbahn zum Stehen. Die Scheinwerfer beleuchteten einen Stacheldraht.

Anscheinend war Marcy mit dem Kopf gegen das Lenkrad geprallt, denn an ihrer Stirn klaffte eine Platzwunde. Sie war bei Bewusstsein und hatte solche Angst, dass Lucinda sie fast greifen konnte.

„Hast du ihn gesehen? Da drüben? Die Göttin möge uns beistehen!" Marcy trat die Kupplung und schaltete in den ersten Gang, doch der Wagen sprang nicht an. Der Schlüssel im Zündschloss klickte nur. „Scheiße! Oh nein! Nein! Nein!"

„Beruhig dich." Lucinda löste ihren Sitzgurt. „Was war? Wen hast du gesehen?" In der Mittelkonsole lag eine Serviette, die Lucinda jetzt ergriff und mit der sie versuchte, Marcy das Blut abzuwischen, das von ihrer Schläfe heruntertröpfelte.

„Lass das!", schrie Marcy sie an. Sie schlug Lucindas Hand weg. „Der Highway ist keinen Kilometer mehr entfernt. Kannst du nicht mit deinem Zauber den Motor aktivieren?"

Lucinda schüttelte den Kopf. Ihre Energiereserven waren zu niedrig, um es überhaupt zu versuchen. Auf Maschinen hatte Zauberkraft ohnehin nur begrenzt Wirkung, das war selbst an ihren besten Tagen eine echte Herausforderung.

„Wir müssen hier weg!" Marcy schnallte sich ab und legte die Hand auf den Türgriff.

„Warte!" Lucinda hielt sie zurück. „Sag mir erst, was los ist. Wer ist hinter uns her?"

„Bitte, Lucinda. Bitte! Lauf einfach. Ich erkläre dir alles, sobald wir in Sicherheit sind."

Lucinda sah aus dem Fenster, hinaus in die Dunkelheit, doch sie konnte nichts sehen. Sie hatte ihren magischen Schild aktiviert. Die Anwesenheit magischer Wesen würde sie dennoch spüren.

Aber nicht die der irdischen.

Was hatte Marcy gesehen, das sie so erschreckt hatte? Wer hatte ihr einen solchen Schrecken eingejagt, dass sie beinahe von der Straße abgekommen wären?

„Dann los", sagte Lucinda. „Ich folge dir."

„Lauf, so schnell du kannst", riet Marcy ihr mit einem schwachen Lächeln. „Bleib nicht stehen und sieh dich nicht um. Folg einfach der Straße bis zum Highway."

„Okay."

Kaum waren sie aus dem Wagen gestiegen, rannte Marcy los wie der Blitz. Lucinda folgte ihr und versuchte ihr gelbes Kleid nicht aus den Augen zu verlieren. Aber sie war müde, so unendlich müde, und ihre Beine begannen zu protestieren. Ihre Lunge schmerzte, sie war noch von dem heftigen Aufprall in Mitleidenschaft gezogen. Der verdammte Regen machte die Sache nicht besser. Wasser rann Lucy in die Augen und in den Mund und peitschte auf ihren geschundenen Körper ein.

Ihre Beine taten weh, ihre Lungen brannten, ihr Sehvermögen ließ nach.

„Wir sind fast da!", schrie Marcy. Ihre Stimme klang weit entfernt, und das Gelb ihres Kleides war kaum noch auszumachen.

Lucy war zu langsam.

Der Wille war da, doch ihre Kräfte reichten nicht aus. Sie hatte nicht einmal mehr genug Energie, um mithilfe ihrer Magie den Regen schwächer werden zu lassen. Die Aquamantie war ohnehin nicht sehr stark. Selbst wenn sie bei Kräften war, hatte sie keine Kontrolle über das Wetter.

Lucinda war in einen Trab verfallen, doch ihre Beine fühlten sich an, als würden sie ihr jeden Moment den Dienst versagen. *Weiter, Lucy. Bring dich in Sicherheit, dann kannst du dich ausruhen.*

Das schien neuerdings zu ihrem Lebensmotto geworden zu sein.

Da gellte Marcys Schrei durch die Nacht und durch den Regen, mitten in Lucindas Herz hinein.

Der Adrenalinrausch, den die Angst in ihr auslöste, ließ sie automatisch schneller laufen. „Marcy!"

Die Schreie des Mädchens zerrissen sie wie giftige Klauen. Oh Göttin! Was ging hier vor sich? Wo war sie? „Ich komme!", rief Lucinda. „Marcy!"

Vor sich sah Lucinda bereits die Lichter des Highways, nur wenige Meter entfernt war die Auffahrt. Es war nicht mehr weit in die Sicherheit. Jetzt musste sie nur noch Marcy finden. Sie würden es schaffen.

Dann sah sie das Mädchen.

Und den Mann, der über ihr kauerte.

Marcy kniete auf dem Boden, die Hände vors Gesicht geschlagen, und stieß heisere Angstschreie aus. „Nein! Bitte nicht! Es tut mir leid! Es tut mir so leid!"

Der riesige Mann trug einen schwarzen Umhang, der sein Gesicht verbarg, aber nicht seine massigen Hände. Von ihm ging der Schwefelgestank der schwarzen Magie aus. Dabei schien sie aber nur aufgetragen, als wäre sie nicht echt. Wie seltsam.

In diesem Moment versetzte er mit seiner fleischigen Pranke Marcy einen Schlag in den Magen. Das Mädchen kippte um und rutschte über den Schotter.

„Aufhören!", schrie Lucinda. „Sofort aufhören!"

Der Mann im Umhang sah sie nicht einmal an. Entweder hatte er sie nicht gehört, oder er sah in ihr keine große Bedrohung. Marcy versuchte davonzukriechen, doch er packte ihre Beine und drehte sie zu sich um. Dann griff er nach ihrem Kleid.

Lucinda kam schlitternd zum Stehen und versuchte einen Wasserzauber zu aktivieren. Doch ihre Sehfähigkeit war eingeschränkt, und ihr Körper schmerzte so sehr, dass sie keinen klaren Gedanken fassen konnte. Es war nichts zu machen. „Hören Sie auf, ihr wehzutun!"

Der Wind trug ihre Worte einfach davon. Es war vergeudete Zeit, darauf zu hoffen, dass die Aquamantie funktionierte. Sie musste handeln, rannte los und sprang dem Mann auf den Rücken, während sie mit den Fäusten auf ihn eintrommelte. „Lassen Sie sie los!"

Es war, als versuchte eine Ameise gegen einen Riesen anzukommen.

Der Mann schlug Marcy heftig ins Gesicht. Ein schlimmes Knirschen war zu hören, ihr Kopf schlug nach hinten. Urplötzlich war das Mädchen still.

„Neeeein!" Lucinda hämmerte mit ihren Fäusten auf den Angreifer ein, der nun von Marcy abließ und nach hinten fasste. Er bekam Lucinda an ihrem Umhang zu packen und schleuderte sie auf die Straße.

Angst und Wut und Schrecken brodelten in ihr. Aber auch Erleichterung. Er wird mich umbringen, dachte sie, und alles ist vorbei. Endlich.

Doch zu ihrer Überraschung wandte er sich von ihr ab und beugte sich erneut über Marcy. Er fingerte an der Kleidung des Mädchens herum. Lucinda kamen spontan ein anderer Mann, eine andere Frau, eine andere Tragödie in den Sinn. Jetzt war es nicht mehr dieser Riese, der über Marcy kauerte, sondern Bernard, der sich über ein Mädchen beugte. Ein schönes, unschuldiges Mädchen, das für Bernards Lust geopfert worden war. Seine Hände waren voller Blut, der Schweiß tropfte von seiner Stirn, und seine Augen blickten sie voll kalter Verachtung an. „*Glaubst du, du hast sie gerettet?*"

Lucinda kehrte in die Realität zurück. Sie aktivierte alle Energie, die sie aufbringen konnte, und richtete sie an den Regen. Dann konzentrierte sie sich auf den Mistkerl und flüsterte: „Verbrühen!"

Jeder Regentropfen, der auf dem Mann landete, war nun so heiß, dass es auf seiner Haut zischte. Sein Umhang konnte ihn vor dem heißen Wasser nicht beschützen. Er saugte sich voll und verbrannte seine Haut. Der Mann schrie auf und stolperte fluchend davon.

Noch während er über die Straße rannte, ließ Lucinda den Zauber bestehen.

Er schrie vor Schmerzen, und ein Gefühl der Genugtuung erfasste sie. Es war zwar nicht schön, sich an den Qualen eines anderen zu erfreuen, aber für diesen Mistkerl empfand sie kein Mitleid. Oh nein.

Plötzlich spürte sie eine Veränderung in der Atmosphäre, ein Prickeln von Magie, und dann hörte sie das Geräusch, das entstand, wenn ein Portal sich öffnete. Sie machte sich nicht die Mühe, mit anzusehen, wie der Mann verschwand. Stattdessen deaktivierte sie den Zauber und kroch dann hinüber zu Marcy.

Der Regen hatte das Blut aus dem Gesicht des Mädchens gewaschen. Endlich schien der Sturm weiterzuziehen, jedenfalls regnete es plötzlich nicht mehr so stark.

Lucinda strich Marcy die Haarsträhnen aus dem Gesicht. Ihre Augenlider flatterten, dann öffnete sie die Augen.

„Meine Güte!" Lucindas Herz tat einen Sprung. Ihre neue Freundin war lebendig! Hoffnung keimte in ihr auf. „Ich hole Hilfe. Versuch einfach …" Sie schluckte den Kloß in ihrem

Hals hinunter. „Alles wird gut.“

Marcy hustete, und Blut rann aus ihrem Mund. „Taschen.“

Lucinda verstand nicht. Dann wurde ihr klar: Das Mädchen meinte die Taschen seiner Schürze. Sie durchsuchte die Taschen, zog Kellnerblöckchen, Stifte, Servietten und einen roten Seidenbeutel hervor.

„Nimm. Verstecken. Wichtig.“

„Du wolltest also nicht einfach nur so die Stadt verlassen?“

„Versucht … Nevermore … zu beschützen.“ Sie hatte die Augen weit aufgerissen, ihre Atmung verlangsamte sich. „Du. Geh.“

„Marcy.“ Sie musste den Tod dieses Mädchens verhindern. Sie war so jung und schön, und doch so missbraucht, so sehr der Welt ausgeliefert. „Du hast etwas Besseres verdient.“

Marcy riss noch einmal die Augen auf, dann entwich ihr Atem mit einem letzten leisen Hauch. Ihr Körper erschlaffte, und Lucinda dachte im selben Moment: Nicht schon wieder. Sie steckte den roten Beutel in die Vordertasche ihrer Jeans, dann schloss sie Marcy die Augen und begann die Magie ihrer Thaumaturgie zu spinnen.

Der alte Ford rumpelte über die dunkle Straße, als Gray der glitzernden grünen Spur folgte, die er mit seinem Ortungszauber aktiviert hatte. Es hatte aufgehört zu regnen, was die Verfolgung eindeutig erleichterte. Die Spur würde ihn direkt zu Lucinda bringen. Diesmal würde er dafür sorgen, dass sie etwas zu essen bekam und sich ausruhen konnte. Und dann … dann würde er ihr seinen Schutz anbieten. Nicht den Schutz eines Ehemannes, doch zumindest wäre sie an seiner Seite in Nevermore in Sicherheit.

Was zum Teufel …

Er trat instinktiv auf die Bremse, schaltete dann in den Rückwärtsgang und setzte zurück. Kaum war der Wagen zum Stehen gekommen, sprang Gray heraus und inspizierte

Marcys verlassenen VW Käfer, der quer auf der Gegenfahrbahn stand. Die Scheinwerfer brannten, beide Türen waren geöffnet, und die grüne Spur glitzerte auf dem Beifahrersitz. Also hatte Lucinda in diesem Wagen gesessen.

Was hatte Marcys Auto hier zu suchen? Wo waren die beiden Frauen?

Gray ging mit einem unguten Gefühl in der Magengrube zu seinem Wagen zurück. Das grüne Licht führte weiter in die Dunkelheit hinein, Richtung Highway. Was immer hier geschehen war, die beiden Frauen waren offensichtlich der Überzeugung, dass sie zu Fuß sicherer waren. Vielleicht hatten sie auch etwas überfahren, oder sie hatten eine Panne.

Aber wieso gingen sie dann zum Highway und nicht zurück in die Stadt?

In der Ferne sah er einen goldenen Schimmer. Die Magie, die von diesem Objekt ausging, war so stark, dass seine Schilde zusammenbrachen. Der Ortungszauber endete bei dem Lichtbündel. Gray umklammerte das Lenkrad und fuhr mit Vollgas auf das Objekt zu. Kurze Zeit später war er da.

Er parkte den Wagen am Straßenrand und stieg aus, ohne den Motor auszumachen.

„Lucinda!" Er musste in einiger Entfernung stehen bleiben und versuchte sich ein Bild zu machen. Marcy lag seltsam verdreht auf der Straße, die Augen weit aufgerissen und starr, ihre Haut ganz fahl.

Das Blut wich aus seinem Gesicht.

Marcy war tot.

Neben ihr kniete Lucinda. Das goldene Licht ging von ihr aus. Ihre Hände bewegten sich wie die einer Weberin, und sie murmelte zusammenhangloses Zeug.

Ihre Augen waren vollkommen weiß und auf Marcys toten Körper gerichtet.

Gray war so schockiert, dass er starr stehen blieb.

Er hatte nie eine Thaumaturgin in Aktion erlebt. Aber …

hier stimmte etwas nicht. Lucy war so bleich, dass er das Netz feiner blauer Äderchen unter ihrer Haut erkennen konnte. Ihr rann in Strömen der Schweiß herunter. Ab und zu wurde ihr Körper von einer heftigen Erschütterung geschüttelt, wie bei einem Stromstoß. Ihre Hände waren voller Blut. Gray wusste nicht, ob es von Marcys Wunden stammte oder ob auch Lucinda verletzt war.

Trotz ihrer übermenschlichen Anstrengungen zeigte ihr Zauber keine Wirkung. Was sie auch für Marcy zu tun versuchte – es war zu spät.

„Lucy." Er ging näher heran. „Du musst aufhören. Sie ist tot."

„Nein!" Sie blickte ihn mit ihren weißen Augen an. Als er Blut aus ihren Augenwinkeln und Ohren rinnen sah, erschrak Gray. Ihre Stimme klang metallisch. „Ich kann sie retten. Ich muss sie retten."

„Was tust du dir da an?" Er kauerte sich neben sie und streckte die Hand nach ihr aus. Ihre Haut war so heiß, dass er sich die Fingerspitzen verbrannte. Hastig zog er die Hand zurück.

Sie konzentrierte sich wieder auf Marcy, und das Licht um sie herum begann zu flackern. Sie schrie auf, legte aber ihre Hände auf den geschundenen Körper des Mädchens. „Lebe!", flehte sie. „Lebe!"

Auf ihrer geröteten Haut bildeten sich Blasen. Ihr Körper wurde wie von endlosen Stromstößen geschüttelt, doch sie blieb kerzengerade sitzen. Sie weinte Tränen aus Blut, und jetzt begann auch ihre Nase zu bluten.

„Hör auf, Lucinda!" Gray packte ohne nachzudenken ihre glühend heißen Arme und schüttelte sie. „Du bringst dich noch um!"

„Na und?" Das Licht um sie herum flackerte wieder, und ihre Haut kühlte sich etwas ab.

„Lucinda." Gray nahm sie fest in den Arm und ignorierte

den Schmerz, den ihr Zauber bei ihm auslöste. Göttin, sie war stark. „Liebes, hör auf. Hör auf."

Tränen strömten über ihre Wangen, doch er spürte, wie sie sich beruhigte. Das Licht flackerte und wurde schwächer, bis es schließlich ganz verschwand. Um sie herum war jetzt nur noch dunkle Nacht, und Gray musste die Lichtpunkte wegzwinkern, die ihm vor den Augen tanzten. Die Hitze ebbte ab, verdampfte wie Wasser auf heißen Kohlen. Er hielt Lucy fest umschlungen, bis sie all ihre Magie freigesetzt hatte. Schließlich erstarben die Hitzeempfindungen, und sie ermattete in seiner Umarmung.

Während sie noch immer weinte, betrachtete Gray ihr Gesicht. Ihre Augen hatten ihre normale Farbe wieder angenommen, und glücklicherweise schien sie auch nicht mehr zu bluten. Die roten Striemen auf ihrem Gesicht und Hals sahen aus wie eine Kriegsbemalung. „Bist du okay?"

„In drei Tagen, ja."

„Was?" Er sah sie fragend an.

„Ich habe meine magische Begabung benutzt. Dafür werde ich nun den Preis zahlen."

„Welchen Preis? Lucinda, wofür …"

Ohne zu antworten, brach Lucinda schreiend in seinen Armen zusammen.

4. KAPITEL

Gray spürte Lucys verspannte Muskulatur und die Schmerzen, die ihren Körper schüttelten. Jetzt befreite sie sich aus seinen Armen und rollte sich auf die Knie. Dann erbrach sie sich ins Gras.

Er streckte die Hand nach ihr aus, doch sie kippte um, während sie von einem erneuten Anfall geschüttelt wurde.

Da verstand Gray.

Er war gerade Zeuge von Bernard Francos Fluch geworden. Indem Lucinda ihre Zauberkräfte angewandt hatte, quälte sie sich selbst auf schlimmste Weise. Gray hatte noch nie gesehen, wie sich ein Zauber gegen seinen Meister wandte. Er hatte Franco ja schon immer für ein wertloses Stück Dreck gehalten, aber der Typ war offensichtlich noch dazu ein widerlicher Sadist. Gray kauerte sich neben Lucinda, die sich stöhnend am Boden krümmte. Als er ihre Schultern berührte, schrie sie auf, als hätte er Säure über sie gekippt.

Verdammt! Sofort ließ er sie los, und sie rollte sich weg von ihm, zusammengekrümmt.

„Was kann ich tun, Lucy?“

Sie gab ihm keine Antwort.

Lucy hatte Marcy kaum gekannt und nichts unterlassen, um sie zu retten – und sie kannte den Preis, den sie dafür zahlen würde. Gray fühlte sich mies.

Er blieb so dicht wie möglich bei Lucy sitzen, jedoch ohne sie zu berühren, und suchte nach einem Medium für einen Kommunikationszauber. Ein Handy wäre in diesem Moment eindeutig praktischer gewesen, aber hier gab es nirgendwo Funkmasten. Die meisten Unternehmen mieden Städte, in denen zu viel Magie unterwegs war. Und wieso? Weil Magie und Technik einfach nicht zusammenpassten, obwohl es genügend Magische und Irdische gab, die sich darum bemühten, beides unter einen Hut zu bringen.

Um mit dem Sheriff Kontakt aufzunehmen, brauchte er Flüssigkeit. Er entdeckte eine Pfütze. Eigentlich wollte er Lucy nicht von der Seite weichen; andererseits schien seine Anwesenheit ihr auch nicht gerade gutzutun. Noch nie in seinem Leben hatte er sich so hilflos gefühlt. Nein, das stimmte nicht ganz. Er war extrem hilflos gewesen, als er an diesen Opferstein gekettet aufgewacht war und seine Frau ihm einen Dolch gegen die Brust drückte.

So schlimm fühlte er sich jetzt nicht, aber fast.

Gerne hätte er Lucinda berührt, um sie zu trösten, aber das würde alles noch schlimmer für sie machen. Franco war sehr gründlich gewesen. Er setzte Lucy nicht nur körperlichen Qualen aus, sondern machte es ihr auch unmöglich, tröstende oder schmerzlindernde Gesten zu empfangen.

Gray stand auf, ging hinüber zu der Pfütze und kniete sich daneben auf die Erde. Er sammelte seine Magie und aktivierte schnell den Kommunikationszauber, den er über das Wasser schickte. Die schlammige Flüssigkeit nahm die roten Funken auf und absorbierte so den Zauber. Binnen weniger Momente erschien Taylor Moorelands Gesicht. Gray sah eine Kaffeetasse und einen Löffel und stellte fest, dass er den Sheriff zu Hause beim Abspülen antraf.

„Was ist los, Gray?"

„Marcy ist tot", antwortete er. „Und Lucy ... Lucinda Rackmore ist verletzt."

„Wo bist du?" Taylors Stimme nahm sofort einen dienstlichen Ton an. In seinen Augen las Gray aber auch einen Schimmer von Sorge.

„Auf der Cedar Road, in der Nähe der Autobahnauffahrt."

„In der Nähe ist ein Portal", überlegte Taylor. „Und von hier brauche ich keine zehn Minuten zu dem Portal im Büro."

Die Transportportale waren ein uralter Zauber, den die Drachen einst eingerichtet hatten, um den Bewohnern von Nevermore einen schnellen Transport zwischen ihren Farmen und der Stadt zu ermöglichen. Eigentlich benutzte sie heute niemand mehr, und manche Portale existierten auch gar nicht mehr.

„Halt die Stellung. Ich bin gleich da."

Plötzlich kam Gray eine – vielleicht abwegige – Idee. „Taylor?"

Ungeduld blitzte im Gesicht des Sheriffs auf. „Ja?"

„Bring Ember mit."

Taylor riss staunend die Augen auf, widersprach aber nicht. Er nickte und verschwand. Kurze Zeit später verschwanden auch die Bilder in der Pfütze.

Als er wieder neben Lucinda stand, war sie klitschnass von Regen und Schweiß. Sie zitterte, und ihre Zähne klapperten. Sie hatte die Augen geschlossen, doch sie konnte ihren Qualen nicht entgehen. Dafür hatte Franco gesorgt.

„Gray?" Ihre Stimme war nicht mehr als ein Flüstern.

„Hier, Kleines. Ich bin hier." Er setzte sich. Dass der Untergrund ungemütlich und nass war, interessierte ihn nicht. Wie gern würde er sie berühren! Ihr die Haarsträhnen aus dem Gesicht streichen oder ihre Wange streicheln.

Sie schaute ihn an. Die dunklen Ringe unter ihren schmerzerfüllten Augen waren ein Abbild ihrer Erschöpfung und ihres Hungers. Gray erkannte erst jetzt, wie zerbrechlich sie war, wie dünn und bleich. Schon als sie am Nachmittag vor seiner Tür gestanden hatte, war sie kurz vor einem Zusammenbruch gewesen, und trotzdem hatte sie es geschafft, sich weiterzuschleppen.

Wie hatte er sie wegschicken können?

„Es tut mir so leid." Niedergeschlagen sah sie ihn an, Tränen rannen ihr über das Gesicht. Sie erschauerte, und er merkte, wie schwer ihr das Sprechen fiel und dass es ihr noch mehr Schmerzen verursachte. Wieder meldete sich sein schlechtes Gewissen. Was war er nur für ein selbstgerechtes Arschloch gewesen!

„Das muss es nicht“, erwiderte er sanft. „Gar nichts muss dir leidtun.“

„Ich hätte nicht herkommen sollen.“ Wieder krampfte sich ihr Körper zusammen. Sie stöhnte, ihre Hände ballten sich zu Fäusten.

„Nicht sprechen!“, ermahnte er sie. In sanfterem Ton setzte er hinzu: „Das macht es nur schlimmer.“

Plötzlich lachte sie. Sie sah ihn an, schmerzverzerrt, doch in ihrem Blick schimmerte der Schalk. Erstaunlich. Lucinda Rackmore war wirklich zäh. Niemals hätte er der verwöhnten Göre von früher zugetraut, dass sie einen so harten Kern besaß.

„Sieh nur, was ich angerichtet habe. Marcy – sie war noch ein Kind.“ Lucinda schluckte schwer, und er sah ihre Beine zucken. Er konnte kaum glauben, dass sie ihre Worte ernst meinte. Lucy war selbst erst fünfundzwanzig. Doch ihm war klar, dass sowohl die große Abrechnung als auch die Zeit mit Franco Lucinda zu einer reifen Frau gemacht hatten. Sie klang bitter und resigniert. So sollte niemand klingen, erst recht nicht jemand mit so viel Kraft, so viel Potenzial. Vor allem aber hörte man in ihren Worten ihre übermäßige Erschöpfung. Sie war kurz davor, aufzugeben – das spürte er.

Auch ein harter Kern konnte zerbrechen.

„Das ist nicht deine Schuld“, wiederholte er und hörte selbst den Zweifel in seiner eigenen Stimme. Er wusste gar nicht, was passiert war. Vielleicht war es ihre Schuld. Absichtlich hatte sie Marcy sicher nicht ins Unheil gestürzt. Aber was, wenn allein Lucindas Anwesenheit zum Verhängnis für Marcy geworden war?

Lucy wandte ihr blutverschmiertes Gesicht von ihm ab, und er spürte, dass er sie einmal mehr enttäuscht hatte. Er wollte empört oder wenigstens teilnahmslos sein, das hatte doch auch vor einigen Stunden ganz gut geklappt – doch es gelang ihm nicht. Verdammt. Lucy hatte einfach niemanden.

Nicht einmal ihn.

„Gray!"

Er sah auf. Der Sheriff kam zusammen mit Ember auf ihn zu. Hinter ihnen funkelte die ovale Öffnung des Portals, das sich jetzt wie ein überdimensionales Auge zwinkernd schloss. Ein Gefühl der Erleichterung überkam ihn. Jetzt war er mit dieser Angelegenheit nicht mehr allein. Der Sheriff warf einen flüchtigen Blick auf Lucinda, dann machte er sich daran, Marcys Leiche zu untersuchen.

Unterdessen kniete sich Ember neben Lucy und sah sie mit einem so tiefen und ehrlichen Mitgefühl an, dass sich Gray einmal mehr seiner emotionalen Unzulänglichkeit bewusst wurde.

„Fassen Sie sie besser nicht an", riet er. „Das verschlimmert ihre Schmerzen."

„Ich kenne diesen Fluch", erwiderte Ember leise. „Es ist Dämonen-Juju."

Gray konnte es nicht fassen. „Wie bitte?"

„Sie glauben wohl, die Göttin verleiht uns nicht einen solchen Zauber, was?" Sie schüttelte den Kopf. „Magisches Neutrum, Hüter. Das wissen Sie doch. Deswegen muss es ja das Gleichgewicht geben." Sie schnaubte. „Aber der Dunkle Herrscher hält sich eben nur an seine eigenen Regeln."

Dämonenmagie. Verdammt. Die ganze Sache war gefährlicher, als er angenommen hatte. „Sind Sie sicher?"

„So was sage ich nicht leichtfertig."

Es war ihm nie in den Sinn gekommen, dass Franco sich mit den Kräften der Hölle eingelassen haben könnte. Doch natürlich ergab das alles einen Sinn. Es erklärte auch den komplexen Charakter dieses Fluchs. Wenn Franco mit der Magie des Bösen hantierte und Gray das beweisen konnte, könnte er den Typen ein für alle Mal erledigen.

„Können Sie ihr helfen?"

Ember schüttelte langsam und betrübt den Kopf. „Sie muss

die Qualen durchstehen."
„Sie sagte eben, es würde drei Tage dauern."
„Tut mir leid, Hüter. Dagegen gibt es kein Mittel."
„Gray", rief in diesem Moment der Sheriff.
Er drehte sich um. Taylor kauerte neben Marcy und winkte ihn zu sich. Gray zögerte. Nur widerwillig ließ er Lucinda allein.
„Gehen Sie schon. Ich bin ja bei ihr", forderte Ember ihn auf.
Der Sheriff und Marcys Leiche waren nur ein paar Schritte entfernt, doch Gray hatte das Gefühl, Kilometer von Lucinda getrennt zu sein. Wieso hatte er das Bedürfnis, nicht von ihrer Seite zu weichen? Besser dachte er nicht darüber nach.
Einmal mehr kam er sich wie ein Versager vor, als er die übel zugerichtete Gestalt eines Mädchens sah, dem man keine Chance gelassen hatte, zu leben. Hätte Marcy doch bloß Vertrauen in ihn gehabt! Dann wäre es vielleicht nicht so weit gekommen. Sie hatte solche Angst gehabt. Angst vor der Person, die sie geschlagen hatte – und die sie vermutlich auch umgebracht hatte. Retten Sie die Hexe, hatte sie zu ihm gesagt. Und dann hatte sie selbst versucht, Lucy zu retten.
„War das die Hexe?", fragte Taylor.
Gray starrte ihn an. „Was ist los?"
„Deine Freundin da." Taylors Miene verriet nichts, seine Stimme klang tonlos. „Marcy ist tot, und sie lebt."
„Sieh dir Lucinda einfach mal genau an. Und dann sag mir, ob du immer noch glaubst, dass sie die Kraft besitzt, jemanden umzubringen. Und dann sag mir bitte, du scheinheiliger Trottel, warum sie ausgerechnet der Person etwas antun sollte, die versucht hat, ihr zu helfen."
Der Sheriff war zu souverän, um auf Grays Gereiztheit überhaupt zu reagieren. Aber er machte ein überraschtes Gesicht. Mindestens genauso überrascht war Gray selbst. Offensichtlich waren soeben seine eingerosteten Beschützerins-

tinkte aktiviert worden.

Taylor schob mit einer kalkulierten „Ach, was soll's"-Geste seinen Hut nach hinten. „Tut mir leid", fügte er dann mit der Naivität eines Jungen vom Lande hinzu. „Aber ich muss sie dennoch befragen."

„Klar", platzte es aus Gray heraus. „Wenn sie, verdammte Scheiße, überlebt, kannst du sie, verdammte Scheiße, befragen!"

Taylor sagte nichts mehr. Stattdessen klopfte er Gray auf die Schulter. Diese beruhigende Geste gefiel Gray gar nicht. Er entzog sich der Berührung seines Freundes.

„Du hast nicht gesehen, was sie getan hat. Lucinda wäre fast gestorben bei dem Versuch, Marcy ins Leben zurückzuholen. Sie ist eine Thaumaturgin."

Diesmal gelang es dem Sheriff nicht, seine Verwunderung zu verbergen. „Ach du Scheiße. Und wieso hat es nicht funktioniert?"

„Weil Marcy schon tot war. Bernard Franco hat Dämonenmagie benutzt, um Lucinda zu verfluchen", informierte Gray ihn. „Sie setzte trotzdem ihre Thaumaturgie ein, und deshalb wird sie jetzt tagelang höllische Schmerzen leiden. Meinst du, dieses Risiko hätte sie auf sich genommen, wenn sie Marcy ermordet hätte?"

„Vielleicht hat sie Marcy ja versehentlich getötet und wollte sie deshalb wieder zurückholen." Allzu überzeugt klang der Sheriff nicht.

„Warum suchst du nicht erst mal nach Beweismaterial, bevor du deine Theorien verkündest? Und versuch bitte, deine Vorbehalte gegen die Rackmores außen vor zu lassen."

Taylor errötete, seine Augen verengten sich zu Schlitzen. „Du glaubst, ich will sie einsperren, nur weil sie eine Rackmore ist?"

„Hattest du das nicht die ganze Zeit vor?"

Taylors Nasenflügel erbebten. Er machte einen Schritt auf

Gray zu, die Hand auf seinem Pistolengürtel. Gray hätte es zu gerne erlebt, wenn der Sheriff auf ihn losgegangen wäre. Er hatte Lust auf einen schmutzigen, gemeinen Kampf. Er würde nur allzu gern auf etwas einschlagen.

„Das reicht!“ Ember kam zu ihnen. „Wir sind hier nicht auf dem Spielplatz, und ihr seid keine Kinder. Wir haben wichtige Dinge zu erledigen.“ Sie kniete sich neben Marcy und murmelte etwas Unverständliches, vielleicht ein Gebet, dann schloss sie dem Mädchen die Augen. Ihr Blick wanderte zum Sheriff. „Und sagen Sie mir ja nicht, ich soll das Beweismaterial nicht anfassen. Das arme Kind liegt hier auf der Straße wie ein weggeworfenes Taschentuch, und was macht ihr? Kriegt Wutanfälle wie zwei verwöhnte Jungs. Ihr solltet euch schämen!“

Taylor wandte den Blick ab und räusperte sich.

Gray schämte sich. Ember hatte recht. Er benahm sich wie ein Vollidiot. Mal wieder. Taylor machte seinen Job gut, auch wenn er etwas gegen die Rackmores hatte. Letztendlich konnte er aber darauf bauen, dass sein Freund das Richtige tat.

„Und nenn sie nie wieder Hexe, kapiert?“, sagte er. „Ihr Name ist Lucinda.“ Damit drehte er sich auf dem Absatz um und ging zu seinem Schützling zurück. Lucinda bot einen traurigen Anblick – zitternd, sich in Krämpfen windend, schmutzig. Aber sie war tapfer.

Nach einer kurzen Unterhaltung mit dem Sheriff gesellte sich Ember zu ihm.

„Benutzen Sie das Portal.“ Sie sprach jetzt fast ohne hörbaren Akzent. Je stärker ihre Emotionen waren, desto deutlicher brach ihr Jamaikanisch durch. Offensichtlich hatte sie sich wieder im Griff – das könnte Gray auch nicht schaden. „Ich fahre Ihren Wagen nach Hause.“

„Danke.“ Göttin im Himmel, er wollte Lucinda nicht anfassen. Es würde ihr unendliche Schmerzen bereiten. Gray sah Ember an und wusste, dass sie sein Dilemma nachvollziehen konnte. „Gibt es denn keine andere Möglichkeit?“

„Tut mir leid." Das dunkle Auge hinter dem lilafarbenen Brillenglas musterte ihn. „Sie sind doch ein Traumgänger, oder?"

Er starrte sie überrascht an. „Was?"

„Wie, was? Sie sind doch ein Drache, oder nicht?"

Ihn beschlich das seltsame Gefühl, dass sie damit nicht die Zugehörigkeit zum Haus der Drachen meinte. Ihm brach der kalte Schweiß aus. Er schüttelte den Kopf. Dann nickte er. Natürlich meinte sie sein Geschlecht, seine Herkunft. Was sonst könnte sie meinen?

Es waren fast ausnahmslos die Zauberer, die dem Drachenorden des Mondes angehörten, einer strengen religiösen Gemeinschaft, die sich dem Traumgehen verschrieben hatte. Das Traumgehen war eine komplizierte Angelegenheit, daher versuchten die meisten Drachen gar nicht erst, sich diese Fähigkeit anzueignen. Gray war bei den Aufnahmetests für die Highschool auf sein Talent zum Traumgehen geprüft worden und hatte gut abgeschnitten. In dem Sommer, bevor er in die neunte Klasse kam, schickte ihn seine Mutter daher nach Kalifornien, wo er in einem Kloster des Ordens die Kunst erlernte, in das Unterbewusstsein anderer Wesen einzudringen. Es war viele Jahre her, dass er diese Fähigkeit praktiziert hatte – und es barg ein Risiko. Allzu leicht verlor man sich in Träumen und vergaß die reale Welt.

„Ich kann nichts gegen ihre Schmerzen tun", erklärte Ember leise. „Aber bald wird sie so erschöpft sein, dass sie schlafen kann – wenn auch nicht lange. Der Fluch ist zu stark, er gönnt ihr keine Erleichterung. Aber wenn Sie mit ihr durch ihre Träume gehen, verleiht ihr das neue Kraft und Hoffnung."

Gray nickte, obwohl er sich nicht sicher war, ob ihm das gelingen würde. Doch es war einen Versuch wert, wenn er damit ihre Qualen lindern und ihr Halt bieten konnte, solange sie unter Francos Fluch litt.

„Nehmen Sie sie mit und gehen Sie“, ermutigte Ember ihn. „Nichts hilft ihr jetzt mehr als schnelles Handeln.“ Sie hob ihre Hand, die Handfläche auf das Feld neben der Straße gerichtet. Im selben Moment spürte Gray eine Veränderung in der Atmosphäre, das Prickeln von starker Magie, und schon öffnete sich das Portal. Wie zum Teufel hatte Ember das gemacht? Für Portale benötigte man Schlüssel, und sie besaß keinen. Oder vielleicht doch? Einmal mehr wurde er an seine fatale Gleichgültigkeit erinnert.

Das werde ich wiedergutmachen. Bei jedem einzelnen Bewohner von Nevermore. Vor allem bei Lucinda.

Er holte tief Luft und bückte sich dann, um sie hochzuheben. Sie wimmerte, und sein Magen zog sich zusammen. *Bitte hilf ihr, Göttin.* Er ertrug es nicht, ihr wehzutun. Schnell rannte er über die Straße, bemüht, sie nicht allzu sehr durchzuschütteln.

Ihr Wimmern hatte sich in unterdrücktes Schluchzen verwandelt, als er das Portal betrat. Magie flirrte um ihn herum, er spürte einen Windhauch, und dann, beinahe sofort, Licht. Er hatte gar nicht überlegt. Er hätte genauso gut im Büro des Sheriffs herauskommen können, aber irgendwie hatte Ember es geschafft, ihn direkt in sein Haus transportieren zu lassen. Offensichtlich wusste sie, dass sich dort ein Portal – beziehungsweise mehrere – befand. Er wollte jetzt nicht darüber nachdenken, woher sie all ihr Wissen hatte. Als er sein Schlafzimmer betrat, weinte er beinahe selbst. Rasch bettete er Lucinda auf sein großes ungemachtes Bett und war dabei so sanft wie möglich. Da lag sie nun auf der schwarzen Decke. Sie sah aus wie eine zerbrochene Porzellanpuppe, die jemand in eine Teergrube geworfen hatte. Während Gray ihr vorsichtig ein Kissen unter den Kopf schob, biss Lucinda die Zähne zusammen und stöhnte, aber wenigstens ließ sie keinen dieser herzzerreißenden Schreie mehr los. Sie zuzudecken traute er sich nicht. Er wollte ihr nicht noch mehr Schmerzen zufügen.

Plötzlich öffnete sie die Augen und sah ihn an. „Warum riecht es hier so nach Füßen und Fleischwurst?"

Dann wurde sie ohnmächtig.

Gray konnte nicht aufhören zu lachen. Er setzte sich auf den Bettrand und vergrub seine Finger in der Bettwäsche – damit er ihr nicht die nassen Haarsträhnen aus dem Gesicht strich. *Füße und Fleischwurst.* Er schnüffelte und verzog das Gesicht. Es roch definitiv nach Mann, mit Erotik hatte das aber wenig zu tun. Das musste sich ändern. Er würde das Zimmer in Pink streichen und sogar Vanilleduftkerzen anzünden, wenn sie es wollte. Aber jetzt war dafür keine Zeit. Zuerst musste er sich an seine Traumgänger-Fähigkeiten erinnern. Er wusste nicht, wie lange sie bewusstlos sein würde, und er wollte etwas tun, um ihr zu helfen.

Vorsichtig legte er sich aufs Bett, bemüht, sie nicht zu berühren. Er lag nur wenige Zentimeter neben ihrem vor Nässe triefenden, zerschundenen Körper, und betrachtete sie. Selbst jetzt zuckte und wand sie sich noch, obwohl sie, wie Ember es vorausgesagt hatte, in einen tiefen Schlaf gesunken war. Ihr Brustkorb hob und senkte sich rhythmisch, während er ihren schönen Anblick genoss. Sie hatte wirklich eine tolle Figur. Und was für ein mieser Typ war er, dass ihm das gerade jetzt auffiel.

Eines Tages wirst du in der Hölle schmoren, Gray. Schlimmer als vorher.

Er ließ seinen Blick über ihr Gesicht wandern, dachte an ihre traurigen grünen Augen, ihr trotzig nach vorn gerecktes Kinn, den Stolz, den sie selbst in ihrer Verzweiflung ausstrahlte. Auch seine Atmung wurde nun tiefer. Er murmelte ein Gebet für seine Ahnen aus dem Haus der Drachen und bat sie um ihren Schutz, bevor er die Welt der Träume betrat.

Binnen Sekunden war er eingeschlafen.

Der Himmel glühte in einem schimmernden Perlmuttpink, wie das Innere einer Muschel. Lucinda konnte keine Sonne und auch keine andere Lichtquelle sehen. Sonderbar. Vielleicht kam das Licht ja von diesem Pink.

Sie lag auf einem unvorstellbar weichen Material. Etwas Seidiges umschmeichelte ihren Körper, doch sie wollte ihren Kopf nicht bewegen, nicht einmal die paar Zentimeter, um an sich herunterzublicken.

Die Schmerzen waren wie weggeblasen.

Lucinda konzentrierte sich auf den endlosen Himmel. Nach einer Weile bemerkte sie, dass sie auf einer Art Fluss dahintrieb. Sie hatte Angst, dass Bernards Fluch sie treffen würde, wenn sie sich bewegte oder zu heftig atmete. Dann würde sich ihr Blut in Feuer verwandeln und ihre Knochen in Säure. Die sanfte Bewegung des Wassers lullte sie ein. Sie fühlte sich sicher an diesem seltsamen Ort.

Ich träume.

Oh. Das ergab Sinn. Sie rollte sich langsam auf die Seite und sah hinaus auf ein lilafarbenes Meer. Ihr „Boot" war ein Rechteck aus dickem Moos. Der seidige Stoff, der sie umhüllte, gab ihr mehr Trost, als dass er wärmte. Als sie ihn lüpfte und an sich heruntersah, musste sie kichern. Sie trug einen silbernen Bikini.

Das Moosboot trieb auf die Bucht einer Insel mit einem endlosen weißen Sandstrand zu. Gleich dahinter begann ein tropischer Dschungel, der von Palmen umgeben war. Sie sah einen Mann am Wasser stehen. Er hielt sich eine Hand schützend über die Augen, während er beobachtete, wie sie mit ihrem Boot immer näher in die Bucht trieb.

„Schwimm!", rief er ihr zu. „Das Wasser ist herrlich!"

War das Gray? Sie war überrascht, ihn in ihrem Traum zu sehen. Er schien auf sie zu warten. Sie zögerte. Warum sollte sie von ihm träumen?

Aber war es nicht egal, mit wem sie sich den Strand teilte?

Sie ließ sich ins warme Wasser gleiten und von den Wellen umspielen. Dann schwamm Lucinda los.

Es war herrlich! Wie von Tausenden sanft massierender Finger wurde sie in die Bucht geleitet, zu dem Mann, der dort auf sie wartete.

Schon berührten ihre Füße den Sand, und sie lief aus dem Wasser, um Gray zu begrüßen. In ihrem Traum hatte er weder eine Narbe noch Tätowierungen. Er sah fast aus wie früher, und plötzlich empfand sie ein Gefühl des Bedauerns für all das, was geschehen war. Ihm. Und ihr.

Sie betrachtete ihn. Er wirkte fit und gesund, gut trainiert. Sie verspürte den Drang, seinen Waschbrettbauch zu streicheln und mit dem Finger der Spur feiner Härchen zu folgen, die im Bund seiner schwarzen Shorts verschwanden.

Ein paar Zentimeter vor ihm blieb sie stehen, unfähig, den Blick von seinem herrlichen Körper abzuwenden. *Er könnte mir gehören. Jetzt.* Ihre erotischen Vorstellungen machten sie ganz nervös … und erregten sie. Sie spielte mit ihren Händen, biss sich auf die Unterlippe und fand doch keine Möglichkeit, ihren Gefühlswirren Ausdruck zu verleihen.

„Du hast mich gebeten, dich zu heiraten“, sagte er, als hätte sie ihn angesprochen. „Hast du etwa gedacht, dabei kämst du um mein Bett herum?“

„Du hast Nein gesagt!“

„Zur Ehe“, stellte er fest. „Nicht zum Sex.“

„Ich habe dir keinen Sex angeboten.“

Er grinste, und dieses verruchte Grinsen ließ seine blauen Augen flackern wie Feuer. Sie spürte, wie sich ein warmes Prickeln in ihr ausbreitete, vom Magen bis in den Schritt. Wäre ihr Bikinihöschen nicht schon vom Schwimmen feucht, wäre es das jetzt von ihrer Lust.

Ihrer Lust auf Gray Calhoun.

Eine erschreckende und zugleich erregende Vorstellung.

Gray machte einen Schritt auf sie zu und nahm ihre Hände.

„Wo sind wir?“, fragte sie. Irgendetwas fühlte sich seltsam an – und dann wurde es ihr klar: Das war gar nicht ihr Traum. Sie war unterwegs in der mentalen Vorstellung einer anderen Person.

War es die von Gray?

„Ja. Es ist meine“, beantwortete er die ungestellte Frage. Er sah sich um und lächelte zufrieden. „Es ist friedlich hier. Hier will niemand etwas von mir.“ Sein Blick kehrte zu Lucy zurück. „Ich freue mich, dass du meiner Einladung gefolgt und zu mir gekommen bist.“

Einladung? Sie runzelte die Stirn, aber er schüttelte den Kopf, um ihre Sorgen zu vertreiben.

„Mach dir nicht so viele Gedanken, okay?“

Seine großen warmen Hände umschlossen ihre, als er sie jetzt an sich zog. Ihr Herz setzte für einen Moment aus. Er roch wie das Meer, und in den salzigen Duft mischte sich ein moschusartiges männliches Aroma. Das Begehren in ihr wurde drängender, es kam ihr vor, als würde sie Achterbahn fahren. Das war schön.

„Wie fühlst du dich?“ So kannte sie ihn gar nicht. Sie wurde nervös.

Dann zuckte sie die Schultern. „Ganz okay, würde ich sagen. Was ist denn mit …“

„Still.“ Gray ließ ihre Hand los, um ihr einen Finger auf die Lippen zu legen. „Wir sprechen später über alles, das verspreche ich dir. Jetzt möchte ich, dass du dich entspannst. Hast du Hunger?“

Oh ja, sie war hungrig. Aber nicht nach Essen. Sie suchte seinen Blick und las in seinen Augen dieselbe Begierde. Er wollte sie, und sie wollte sich ihm hingeben. Gleich hier, am weißen Sandstrand, wo der lilafarbene Ozean ihre Knöchel umspielte.

Ein Bild tauchte vor ihrem geistigen Auge auf. Grays Mund auf ihren Brüsten. Seine große sonnengebräunte Hand, die zwischen ihren Beinen und unter dem Dreieck ihres Bikinihöschens verschwand …

Bevor sie das Bild wegschieben konnte, zog Gray sie an sich und hielt sie fest. In seinen Armen zu liegen fühlte sich zuerst fremd an, doch schnell schmolz sie dahin. Es war so lange her, dass sie die Berührung eines anderen Menschen gespürt, dass jemand sich um sie gekümmert hatte. Selbst wenn seine Gefühle nicht echt waren, verlangte sie danach.

Grays Lippen liebkosten ihr Ohr. „Meinst du, dann geht es dir besser? Willst du, dass ich mit dir schlafe, Liebling?"

Sie spürte die Lust.

Das ist Gray, dachte sie irritiert. *Gray würde mich niemals begehren. Niemand begehrt mich.*

„Hör auf damit", murmelte er. „An diesem Ort ist alles anders. Hier gibt es kein Verstecken. Keine Geheimnisse. Keine Lügen. Hier müssen wir unsere Herzen nicht schützen. Bitte, Lucinda. Sag mir, was du willst, und ich tu es. Ich werde alles für dich tun."

Irgendwie konnte er ihre Gedanken lesen. Vielleicht war das möglich, weil sie sich in seinem Traum befand. Das alles war irgendwie erniedrigend. Sie wollte nicht, dass er aus Mitleid mit ihr schlief. Tränen füllten ihre Augen bei dem Gedanken daran, was sie wirklich wollte und dass sie ausgerechnet Gray darum bitten musste. Trotzdem konnte sie ihre Worte nicht aufhalten. Sie hatte wirklich kein bisschen Stolz mehr.

„Halt mich einfach, Gray."

Er ließ sich auf dem weichen warmen Sand nieder und zog sie mit sich. Dann nahm er sie in die Arme und setzte sie auf seinen Schoß. Wie ein schnurrendes Kätzchen rollte sie sich zusammen, das Gesicht an seine Brust gelehnt, und lauschte auf den Rhythmus seines Herzschlags.

„Lucinda", flüsterte er und küsste sie auf die Schläfe. „Süße Lucinda."

„Wenn du mich lüsterne Lucinda nennst, knall ich dir eine“, murmelte sie.

Er lachte, und das Geräusch in seinem Brustkorb klang wie ein fröhliches Donnergrollen. „Heute nenne ich dich mal nicht lüsterne Lucinda.“ Er nahm sie fester in den Arm. „Aber wer weiß? Morgen riskiere ich es vielleicht.“

„Das wird dann deine Beerdigung“, sagte sie ernst, ihr Lächeln unterdrückend.

Zum ersten Mal seit sehr langer Zeit fühlte sie sich geborgen.

Plötzlich schoss ein Blitz aus dem kitschig schönen pinkfarbenen Himmel und zerschmetterte sie. Von ihr blieb nichts weiter übrig als viele kleine verkohlte Stücke.

Sie hörte noch Grays wütenden Schrei, doch schon befand sie sich nicht mehr in seinen sicheren Armen. Er versuchte sie bei sich zu behalten – sie spürte seine Willensstärke und den starken Griff seiner Arme. Aber sie war bereits ein Geist, der nach oben stieg, und alles an ihr brannte. Sie stand in Flammen, in Flammen der Vergeltung.

Mit einem Schlag erwachte Gray. Er setzte sich auf und drehte sich zu Lucinda um, die sich neben ihm auf dem Bett krümmte. Ihre Augen waren geöffnet, starrten aber in die Ferne, ohne ihn wahrzunehmen. Aber irgendetwas sah sie. Hatte sie Visionen? Sorgte der Fluch dafür, dass ihre Gedanken verrücktspielten? Ihre Lippen zitterten, und Tränen rannen wie kleine Bäche über ihr Gesicht, während sie flüsterte: „Nein. Nein, tu ihr nichts. Ich werde alles tun. Bitte!“

„Verdammt noch mal!“ Er kroch zu ihr rüber. Er wollte ihr so gern die Schmerzen nehmen. „Lucinda.“

Sie versteifte sich, dann wurde ihr Körper nach oben gerissen, und sie krümmte sich. Der Anfall war so heftig, dass er ihre Schultern aufs Bett drücken musste, damit sie nicht auf den Boden geworfen wurde. Als sie sich beruhigt hatte, ließ er sie sofort los. Ihr Hals zuckte stark, als wären ihre

Schreie dort gefangen.

Noch nie hatte er einen Menschen derart leiden sehen. Nicht einmal er selbst hatte solche Qualen erlitten, als Kerren ihm den Dolch ins Herz rammte und ihrem Dämon seine Seele darbot. Neun Minuten hatte er gelitten, um sein Leben gekämpft. *Neun Minuten.* Aber Lucy hatte noch Stunden, ja Tage, vor sich.

Nein. Der Gedanke, sie allein zu lassen, gefiel ihm zwar nicht, aber er musste dringend mit Grit sprechen. Der alte Mann war gewieft wie kein anderer, und wenn irgendjemand wusste, wie man den Fluch außer Kraft setzen konnte, war er es. „Ich bin gleich zurück, Süße."

Sie gab keine Antwort, aber das hatte er auch nicht erwartet.

Grit und Dutch waren immer noch in der Küche. Er unterbrach ihr Genörgel und erklärte ihnen rasch, was sich in den vergangenen Stunden ereignet hatte. Außerdem berichtete er ihnen, was er über Francos Fluch wusste.

„Dämonenmagie kann man nicht außer Kraft setzen, mein Junge", erklärte Grit. „Es ist, wie Ember gesagt hat: Das muss Lucy jetzt durchstehen."

„Ihre Königliche Deppheit hätte sie eben nicht abweisen sollen", bemerkte Dutch. „Ich wette, das tut dir jetzt leid."

„Halt die Klappe, oder ich schlag dich." Gray betrachtete den blauen Einband des Surfers. Die Bücher hatten keine Augen, aber sehen konnten sie trotzdem. Er brauchte nicht daran erinnert zu werden, dass er sich wie ein Idiot benommen hatte. Möglicherweise hätte er Lucinda vor den Folgen des Fluchs bewahren können, wenn er sie aufgenommen hätte. Aber Marcy wäre trotzdem tot. Jetzt konnte er ihr nur noch seine Hilfe anbieten, mehr nicht.

„Hat das Traumgehen funktioniert?", wollte Grit wissen.

„Ja. Aber sie kann nicht lange schlafen. Das ist bestimmt auch Teil des Fluchs. Franco wird dafür gesorgt haben, dass sie wach bleiben und dadurch noch mehr leiden muss."

„Wir müssten sie einfach in einen tieferen Schlaf versetzen“, sagte Grit nachdenklich. „Eins-zu-eins-Magie. Jeder Zauberspruch hat seine Grenzen, jeder Fluch auch. Man kann sich schließlich nicht um alles kümmern, richtig? Na eben. Lucy muss die Möglichkeit bekommen, in ihrem Unterbewusstsein an einen Ort zu gelangen, an dem der Fluch sie nicht erreicht.“

In Gray keimte Hoffnung auf. Es war ein grausamer Fluch, aber er konnte sich nicht selbst korrigieren. Das konnte kein Zauberspruch. Allen Zauberformeln lagen bestimmte Parameter zugrunde, und mehr als das Gewünschte konnten sie nicht erwirken. Magie war lebendig, aber nichts selbstständig Denkendes. Magie kannte weder moralische noch ethische Grundsätze. Magie war von ihrem Meister abhängig. Er entschied, was geschehen sollte.

„Ich würde die Sugandi-Wurzel bevorzugen“, murmelte Grit. „Aber wir haben keine da. So ein Pech. Dann müssen wir es mit heiligem Basilikum probieren.“

Den Anweisungen seines Großvaters folgend, stellte Gray sorgfältig eine Räuchermischung aus heiligem Basilikum und einigen anderen Zutaten her. Dazu kam der Zauberspruch, der laut Grit unbedingt hinzugefügt werden musste – was weitere Zeit in Anspruch nahm. Immer wieder hörte er von oben Lucindas Schreie, und jedes Mal setzte sein Herz für einen kurzen Moment aus.

Endlich war es geschafft.

„Du musst die Räuchermischung so nahe wie möglich neben ihr verbrennen, damit sie den Rauch einatmet“, instruierte Grit ihn. „Und du musst dabei mit ihr traumgehen. Sonst kommt sie vielleicht nicht mehr raus, denn denk dran, Junge: Das Zeug hat eine berauschende Wirkung. Auch du darfst nicht vergessen, dass du dich in einem Traum befindest. Ihr könnt beide in euren Gedanken gefangen werden, wenn ihr nicht aufpasst.“ Sein Großvater klang ernsthaft besorgt.

„Das wird nicht passieren“, versprach Gray. „Ich komme

wieder zurück, und sie auch."

„Viel Glück, mein Junge."

„Ja, Mann", stimmte Dutch ein. „Wir sehen uns auf der anderen Seite."

Gray nahm die Schale mit der Räuchermischung und lief schnell zurück ins Schlafzimmer. Wahrscheinlich würde Lucy völlig gerädert sein, wenn sie wieder aufwachte. Aber das musste ihn jetzt noch nicht kümmern.

Jetzt musste sie erst einmal die nächsten drei Tage überleben.

5. KAPITEL

Ember hatte nie an ihrer Göttin gezweifelt, doch manchmal missfielen ihr die Methoden, die sie wählte. „So viel Leid“, murmelte Ember, als sie die Duftkerzen auf ihrem Altar entzündete. In ihrem Inneren spürte sie die Antwort. *Es ist notwendig.* „Ich weiß“, flüsterte sie schwermütig, als die Flammen aufflackerten. „Ich weiß.“

Herauszufinden, wie die Welt funktionierte, war eine komplexe und oftmals verwirrende Angelegenheit. Die verschiedenen Kulturen hatten unterschiedliche Erklärungen für das gefunden, was im Grunde dasselbe war. Die magischen Wesen gingen sogar so weit zu behaupten, dass sie von unsterblichen Wesen abstammten. Denn auch Menschen mit magischem Talent brauchten Erklärungen.

Die Göttin Schöpfermutter verkörperte das Beste in jedem Menschen. Sie stand für Weisheit, Barmherzigkeit, Pflege, Mut und Güte. Sie hatte Ember in ihre Dienste berufen, und Ember war diesem Ruf bereitwillig gefolgt. Sie empfand es als große Ehre, eine ihrer Prophetinnen zu sein.

Das Geschenk der Göttin hatte sie jedoch der Hälfte ihrer menschlichen Sehkraft beraubt. Bevor sie das Heiligtum betrat, ihre Hauskapelle, die einst ein begehbarer Kleiderschrank in ihrem Schlafzimmer gewesen war, nahm sie immer die Brille ab. Sie fuhr mit dem Finger über die Haut unter ihrem blinden Auge und fragte sich, ob sie stark genug war, zu tun, was getan werden musste.

Ja, meine Auserwählte. Die Gewissheit der Göttin nahm ihr die Last ihrer Sorgen.

Ihre Großmutter hatte Ember gelehrt, dass der Weg wichtiger war als das Ziel. *Ganz egal, für welchen Weg man sich entscheidet, Kleines. Alle Wege führen zur Göttin.*

Nun, nicht alle Wege.

Denn alles im Universum hatte eine gegensätzliche Entsprechung – das war nötig, um das Gleichgewicht zu erhalten. Wie konnte man Freude empfinden, ohne die Sorge zu kennen? Wie konnte man Frieden verspüren, wenn man nicht vorher in Aufruhr gewesen war?

Die Welt war ein Ort des Lernens. Es gab andere Welten nach dieser, in denen Ruhe und Erleuchtung warteten. Dort konnte man absolute, endlose Freude erlangen, wenn die eigene Seele wahrhaftig danach verlangte. Tja. Ember stellte sich das Nirwana als eine im wahrsten Sinne des Wortes unendlich langweilige Angelegenheit vor.

Der Dunkle Herrscher war das Gegenteil der Göttin. Zwar war auch seine Natur unabänderlich, doch er stand für Ungeduld, Gier, Egoismus, Gewalt und Hass. Er wollte immer das besitzen, was er nicht haben konnte. Und er veranlasste andere, genauso zu empfinden.

In Nevermore hatte sich das Gleichgewicht gefährlich verschoben, und zwar unter den Augen des Hüters. Gray Calhoun musste seine eigene Reise unternehmen, doch er und Lucinda waren ein wesentlicher Bestandteil des Dramas, das sich bald abspielen sollte.

Man würde Ember brauchen.

Doch fürs Erste war sie nur die Inhaberin einer Teestube, die mit einem plötzlichen Zuwachs an Gästen fertigwerden musste, seit der Hüter Cathleens Café geschlossen hatte.

Ember blies der silbernen Statue der Göttin ein Küsschen zu und erhob sich. Dann sammelte sie Energie und benutzte sie, um alle Kerzen zu löschen. Kehr zurück, befahl sie der Magie, und vielen Dank. Sie verließ die Kapelle und betrat ihr Schlafzimmer.

Rilton Sanders saß auf dem Bett und wartete auf sie.

Er war groß, ihr Ehemann, fast fünfzehn Zentimeter größer als sie. Außerdem war er weiß und sehr dünn. Seine ganze Gestalt mutete ein wenig merkwürdig an, so als hätte jemand Weidenäste zusammengebunden und ihnen einen Kopf aus

Pappmaschee aufgesetzt. Rilton war knapp zehn Jahre jünger als Ember und trug sein blondes Haar zu einem Zopf zusammengebunden, der ihm bis zur Mitte des Rückens hinunterbaumelte. Er war unfassbar freundlich, auf seine spezielle Art gut aussehend – und er liebte sie bedingungslos.

Rilton war ihre zweite Hälfte.

Als sie ihr Leben der Göttin weihte, hatte sie all ihre Träume hintangestellt. Es stand gar nicht zur Debatte, sich einmal zu verlieben. Und sie hätte vor allem niemals der Prophezeiung geglaubt, die ihr als Seelengefährten einen übermäßig gebildeten weißen Jungen, der auf einer Weizenfarm in Kansas aufgewachsen war, zur Seite stellte. Manchmal vermutete Ember, die Göttin besaß einen gewissen Sinn für Romantik. Oder sie hatte Humor.

„Bist du in Ordnung?", erkundigte sich Rilton.

„Nein. Das wird echt schwierig."

„Was kann ich tun?" Er streichelte ihr übers Haar. So war Rilton. Er bot ihr sofort seine Hilfe an, ganz ohne Voreingenommenheit. Er war ein aufmerksamer und besonnener Mensch, und immer, wenn sie ihn um Rat bat, überlegte er sich seine Antwort gut. Manchmal nervte es, darauf zu warten, bis er eine Sache aus sämtlichen Blickwinkeln beleuchtet hatte, bis er schließlich zu einem Schluss kam. Die schnellste Entscheidung, die er je getroffen hatte, war die gewesen, sie zu heiraten. Diese Entscheidung traf er nämlich bereits in derselben Minute, in der er sie kennenlernte.

Rilton log auch nie. Er mochte es nicht, Menschen zu verletzen, daher behielt er die Wahrheit oft lieber für sich. Er war ein Mann ohne Geheimnisse, aber die Geheimnisse anderer waren bei ihm gut aufgehoben. Embers Geheimnisse kannte er alle, und er liebte sie trotzdem.

Jetzt lehnte sie sich an ihn, und er legte ihr einen Arm um die Schulter. „Wir sollten wieder in den Laden gehen", sagte sie schließlich, unfähig, das Seufzen in ihrer Stimme zu unterdrücken. „Viele Leute brauchen Fürsorge."

„Du aber auch."

Der rauchige Klang seiner Stimme verriet ihr, an welche Art von Fürsorge er dachte. Sie sah ihn an. Ihr rechtes Auge betrachtete seinen Körper, das linke seinen Geist. Er war ein ganzer Mann, im Einklang mit sich und der Welt. Deshalb konnte sie ihn so sehen – und andere nicht. Es verursachte ihr Schmerzen, Menschen anzusehen, die kein inneres Gleichgewicht besaßen. Rilton hatte extra eine Brille für sie anfertigen lassen, mit der ihr linkes, ihr spirituelles Auge von dem hässlichen Anblick der menschlichen Seelen verschont blieb.

Er küsste sie zärtlich und drückte sie sacht aufs Bett. Ember schlang die Arme um seinen Hals und erwiderte seinen Kuss.

Das Leben war dazu da, gelebt zu werden, auch in den kleinsten Momenten. Und ein Leben ohne Liebe, das war kein Leben.

Lucinda erwachte auf dem weichen weißen Sand. Über ihr wölbte sich der perlmuttfarbene Himmel, sanft streichelten sachte Wellen über ihre Füße.

Einen Moment lang tat sie nichts anderes, als sich an ihrem gleichmäßigen Herzschlag zu erfreuen und an ihrem Atemrhythmus.

Sie war in Sicherheit. Dieses absolute Wissen umhüllte sie wie eine kuschelige warme Decke. Sie genoss das Gefühl, denn es war so wunderbar, und sie hatte so lange nichts anderes mehr empfunden als Erschöpfung und Angst.

Das Tolle an einem Traumstrand wie diesem war, dass der Sand sich nicht überall festsetzte, wo er nicht hinsollte. Dieser Sand blieb überhaupt nicht kleben. Sie trug wieder den silbernen Bikini, allerdings in einer etwas anderen Version. Die winzigen Dreiecke des Oberteils bedeckten nur unzureichend ihre Brüste, und das Höschen war ohnehin kaum der Rede wert. Das minikleine Vorderteil bildete das einzige Stück

Stoff – an den Seiten wurde der String von zwei Bändchen gehalten, die nicht dicker waren als Zahnseide, und ihr Po war ganz nackt. Ganz sicher war Gray für dieses Outfit verantwortlich. Männer blieben nun mal Männer, auch in Träumen.

Sie erhob sich und sah sich um.

Sie war allein.

Enttäuschung keimte in ihr auf. Sie war sich nicht sicher, wie Gray es angestellt hatte, sie in seinen Traum zu transportieren – trotzdem war sie froh darüber. Dann kam ihr plötzlich der Gedanke, dass sie tot sein könnte.

Die letzten Empfindungen, an die sie sich erinnerte, waren schrecklich gewesen. Eben noch fühlte es sich an, als würde man sie in eiskaltes Wasser tunken, und im nächsten Moment kam sie sich vor, als würde man sie in der Mikrowelle auf der höchsten Stufe grillen. Als Strafe dafür, dass sie sich ihrer Thaumaturgie bediente, hatte Franco sich eine schlimme Tortur ausgedacht.

Nicht im Entferntesten hatte sie es sich so ausmalen können.

Sie erschauerte. Wie lange blieb ihr noch? Wie viel Erholung war ihr vergönnt, bevor sie in ihren geschundenen Körper zurückkehren musste?

Mit ihrer besonderen Begabung hatte sie schon einmal ein Leben gerettet, wenn auch nur für ein paar kostbare Minuten. Trotzdem. Wieso hatte sie geglaubt, Marcy retten zu können, noch dazu unter solchen Voraussetzungen?

Ein Gefühl von Traurigkeit überfiel sie. Plötzlich konnte sie es nicht mehr genießen, an diesem Strand zu sitzen, den warmen Sand unter den Füßen zu spüren und die herrliche tropische Luft zu atmen. Denn Marcy war tot.

Was war der Grund dafür? Warum hatte man sie umgebracht?

Der Inhalt des roten Beutels.

Erst jetzt erinnerte sich Lucinda wieder an den Beutel. Was war damit geschehen? Steckte er immer noch in ihrer Jeanstasche? Sie war sich nicht sicher, ob sie das Versprechen halten konnte, das sie Marcy gegeben hatte. Was interessierte sie Nevermore? Je länger sie sich hier aufhielt, desto wahrscheinlicher war es, dass Bernard ihr auf die Spur kam, und sein Fluch hatte schon genug Schaden angerichtet. Sie spürte Wut in sich aufsteigen. Langsam hatte sie wirklich die Nase voll von Geheimnissen. Ein weiteres Geheimnis würde sie vielleicht nicht mehr ertragen.

„Hey!", hörte sie da eine männliche Stimme rufen.

Gray lief auf sie zu. Er trug die schwarzen Schwimmshorts und hatte ein freches Grinsen im Gesicht. Selbst in diesem Aufzug strahlte er Stärke, Männlichkeit und Autorität aus. Ihre Knie drohten nachzugeben, und ihr Magen zog sich zusammen.

Vor Begierde nach Gray.

Das war wirklich ein Traum. Marcy, der mysteriöse rote Beutel, selbst ihr eigener Untergang – an alldem konnte sie nichts ändern. Alles, was ihr blieb, war dieser Moment, mit diesem Mann, der sie eigentlich eher ignorieren müsste, statt einen Traum mit ihr zu teilen. Er war ein Drache, erinnerte sie sich, und natürlich hatte er auch das Traumgehen studiert. Streber, dachte sie missbilligend.

Er blieb vor ihr stehen, und sein Anblick brachte ihr Blut in Wallung. Oh Göttin! Ihm entging nicht, welche Wirkung er auf sie hatte. Das machte er alles mit Absicht. Und sie hatte keine Ahnung, wie sie darauf reagieren sollte – oder auf ihn.

Sein Grinsen wurde noch breiter. „Wie geht's, lüsterne Lucinda?"

Sie stemmte die Hände in die Hüften und tat so, als wäre sie sauer. „Hatte ich nicht gesagt, du sollst mich nicht so nennen?"

„Ach echt? Und was willst du dagegen tun?"

Sie ging auf ihn zu, die Augen zu Schlitzen verengt. Gray stand breitbeinig da, die Arme vor der Brust verschränkt, und sah sie herausfordernd an. Als sie schließlich dicht genug vor ihm stand, um ihm mit ihrem Zeigefinger auf die Brust zu tippen, schnappte er sie einfach und warf sie ins Wasser.

Prustend tauchte sie wieder auf. Er war zu ihr ins Wasser gesprungen, und während sie versuchte, Luft zu holen, griff er nach ihrem Fußknöchel und zog sie wieder nach unten.

Lachend brachte er sich dann in Sicherheit.

Lucinda vergaß all ihre Sorgen. Bernards Fluch, ihr ewiges Pech, die arme Marcy, den roten Beutel, ihr albernes Schwärmen für Gray. Ihr Kopf war leer. Aber sie wollte ihn kriegen und sich rächen.

Es dauerte eine Weile – eine Stunde? den ganzen Nachmittag? –, bis es Lucinda gelang, Rache zu üben und Gray unterzutauchen. Sie schwamm von hinten an ihn heran und sprang dann voller Wucht auf ihn. Er versank mit einem Blubbern, das sie sehr zufriedenstellte.

Auch wenn sie das schon im nächsten Moment bitter bereuen würde, empfand sie in diesem Moment Triumph. Aber sie war nicht dumm. So schnell sie konnte schwamm sie an Land. Aber der Triumph währte nicht lang. Sie hatte es geahnt: Er war dicht hinter ihr.

Lucinda wollte wegrennen, doch sie war nicht schnell genug. Sie quietschte, als er mit einer Hand ihr Bikinihöschen erwischte. Dann hechtete er nach ihren Knöcheln, und prompt landete sie im Sand. Lachend rollte sie sich auf den Rücken und sah Gray an. Er stand keuchend über ihr, seine Augen funkelten.

„Hab dich." Dann ließ er sich neben sie fallen. So lagen sie Schulter an Schulter im warmen Sand und genossen den Anblick des Himmels.

„Es ist so unfassbar friedlich hier", murmelte Lucinda. „Wieso sollte man jemals wieder in die reale Welt zurückkehren?"

„Ich hätte es fast nicht getan."

Lucinda drehte sich auf die Seite und sah ihn an, während

sein Blick immer noch in den Himmel gerichtet war, doch sie las trotzdem in seinen Augen die Verwirrung seiner Gefühle. „Erzähl."

Einen Moment lang schien es, als würde er nicht antworten. Warum auch? Klar, momentan half Gray ihr. Aber sicher musste sie dafür einen Preis zahlen, alles andere war illusorisch. Er brauchte sie für irgendetwas, sonst hätte er nicht so plötzlich seine Meinung geändert. So war das nun mal im echten Leben.

Aber dieser Ort war nicht das echte Leben.

„Nachdem Kerren ... Nach allem, was passiert ist, tat es weh, am Leben zu sein. So wanderte ich eine Zeit lang umher."

„Fünf Jahre?"

Er zuckte mit den Schultern, doch seine Anspannung strafte die gleichgültige Geste Lügen. Sie wusste, er würde nichts sagen über die Zeit, in der er nicht gewusst hatte, wo er gewesen war.

„Nachdem ich nach Nevermore zurückgekehrt war, um meinem Großvater zu helfen, musste ich einfach irgendwohin. Ich kam mir so ... eingesperrt vor. Also drang ich immer tiefer und tiefer in meine Träume vor. Ich schuf mir diesen Ort und verträumte hier meine Tage. Ich stand nur auf, um ins Bad zu gehen oder etwas zu essen. Schon nach kurzer Zeit wollte ich einfach immer nur hierher zurück. Mein Großvater ... Man muss es wohl so sagen: Er war es, der mich wieder zurück in die Realität holte."

„Oh Gray." Lucinda war ganz betroffen von diesem Geständnis.

„Schon gut", erwiderte er leise. „Ich habe dein Mitleid nicht verdient." Dann drehte er sich zu ihr und fragte sie mit aufgesetzt höflicher Miene: „Hast du vielleicht Hunger?"

Diese Frage stellte er offensichtlich gerne. Damit distanzierte er sich von ihr. Vielleicht bereute er es, dass er so viel von sich preisgegeben hatte. Doch sie war selbst eine Meisterin in Sachen Selbstschutz. Vertrauen war ein zu wertvolles Gut.

„Wer muss denn in einem Traum essen?"

„Wir können alles tun, worauf wir Lust haben. Wir könnten zum Beispiel nur Nachtisch essen. Oder Hummer in Buttersoße. Oder uns mit Steaks den Magen vollschlagen." Er sah sie an. „Oder bist du vielleicht Vegetarierin?"

„Um Himmels willen, nein", erwiderte sie schnell. „Ich esse sehr gerne Fleisch."

„Gut. Dann muss ich nicht so tun, als würde ich Karotten mögen. Komm!" Er sprang auf und streckte ihr eine Hand hin, um sie hochzuziehen. „Ich koche dir das beste Traumessen, das du je gekostet hast."

Gray hielt Wort. Er schuf einen Steg aus alten Planken, in dessen Mitte eine Feuergrube war. Dann zauberte er große weiche Kissen herbei, auf die sie sich setzen konnten. Er bereitete ihr Hummer und Steak zu, kreierte einen Käsekuchen und Eis und Schokolade. Beim Essen sprachen sie über alles Mögliche – die Ehrwürdige Bibliothek, wie es beim Höchsten Gericht in Washington war, das Gray gut kannte. Es gab nur zwei Höchste Gerichte, eins in den Vereinigten Staaten und das Original in Europa. Einmal im Jahr trafen sich die Vertreter beider Gerichte, um die weltweiten politischen Richtlinien für magische Wesen zu aktualisieren, zu erneuern, zu ergänzen oder auch abzuschaffen.

Sie sprachen eine Weile über Politik, auch über die neuesten Gerüchte, dass die Höchsten Gerichte wieder ein Verbot von Eheschließungen zwischen magischen und weltlichen Wesen einführen wollten.

„Wir leben nicht mehr im ersten Jahrhundert. Und selbst wenn, wären diese Gesetze nicht mehr zeitgemäß. Tatsache ist, dass es heutzutage viel mehr weltliche als magische Wesen gibt. Wir würden sehr schnell ohne künftige Partner dastehen." Gray hatte sich in Rage geredet.

„Wahrscheinlich kommt der Vorstoß von den Raben", vermutete Lucinda. „Viele von ihnen sind sehr puristisch."

„So etwas gibt es nicht."
„Ich weiß."
Dann sprachen sie über die Gesetzgebung zur Magiekontrolle, die derzeit im US-Senat debattiert wurde. Das neue Gesetz räumte ein, mithilfe neuer Technologien testen zu können, ob ein Fötus magische DNS besaß. So konnten sich weltliche Eltern darauf einstellen, wenn ihr Kind ein Zauberer beziehungsweise eine Hexe werden würde.
Lucinda bemerkte Grays Blicke. Sie hatte ihn gebeten, ihr einen Umhang zu machen, was er im Nachhinein zu bedauern schien. Ihr war nicht unbedingt kalt gewesen, aber so halb nackt neben ihm zu sitzen empfand sie als eine zu große Versuchung. Leider schien sich Gray um seine eigene halb nackte Erscheinung weniger Gedanken zu machen. Wahrscheinlich war ihm durchaus bewusst, welche Wirkung sein Körper auf sie hatte. „Wäre es nicht eine schöne Vorstellung, dass Eltern ihr Kind lieben, ganz egal, wie es ist? Ob Junge oder Mädchen, weltlich oder magisch?"
„Auf jeden Fall", pflichtete Gray ihr bei. „Das sollte eigentlich keine Rolle spielen."
Dann begann er ihr von Nevermore zu erzählen. Darüber, wie es war, in einer so kleinen Stadt aufzuwachsen. Doch Lucinda hörte einen traurigen Unterton heraus und stellte fest, dass er durch Kerrens Verrat mehr verloren hatte als die Illusion von ewiger Liebe. Auch den Traum, Vater zu werden.
Lucinda schob den Gedanken weg. Bedauern wirkte wie ein langsames Gift, es kroch durch ihre Adern und stahl ihr Tropfen für Tropfen das Leben. Sie durfte nicht zu sehr an die Vergangenheit oder an die Zukunft denken.
Stattdessen hörte sie zu, wie Gray von seiner Kindheit erzählte und von seiner Stadt, die so sehr ein Teil von ihm war wie seine Seele. Sie ließ sich einlullen vom Klang seiner Stimme.

Taylor Mooreland trank den letzten Schluck seines kalt gewordenen Kaffees und lehnte sich dann in seinem Stuhl zurück. Sein Schreibtisch stand gegenüber vom Panoramafenster, von dem aus man die Main Street überblicken konnte.

Es war kurz nach acht Uhr morgens.

Er mochte den Morgen. Normalerweise saß er immer schon vor sieben Uhr am Schreibtisch, gut zwei Stunden vor der offiziellen Öffnungszeit des Büros. Seine Assistentin Arlene kam in der Regel um neun. Die sechsundfünzigjährige Mutter von vier erwachsenen Kindern ärgerte sich maßlos über Taylors Energie und Effizienz, denn am liebsten würde sie ihn ständig bemuttern.

Er lächelte. Arlene erinnerte ihn an seine eigene Mutter. Obwohl Sarah Mooreland nun seit fünf Jahren tot war, ertappte er sich manchmal dabei, wie er den Telefonhörer hob, um sie anzurufen. Er konnte sich einfach nicht daran gewöhnen, dass sie nicht mehr da war. Die fünf Jahre kamen ihm vor wie fünf Minuten.

Er richtete den Blick auf den Bericht auf seinem Schreibtisch. Der Ordner war bereits aufgeschlagen, er hatte schon darin gelesen. Fotos von Autopsien waren für ihn nichts Ungewöhnliches, auch von Menschen, die er gekannt hatte. Nevermore war einfach zu klein, hier gab es keine Fremden. Doch Marcy da liegen zu sehen, verdreht wie eine Puppe, ging ihm an die Nieren. Die Arme. Sie hatte unter ihrer Stiefmutter schon genügend zu leiden gehabt. Natürlich hatte Cathleen nie die Hand gegen sie erhoben. Ihre Grausamkeit war von anderer Art gewesen. Sie zerstörte einfach das Selbstwertgefühl des Mädchens so sorgfältig, dass am Ende nichts mehr davon übrig geblieben war.

Gray hatte recht gehabt. Lucinda Rackmore hätte Marcy niemals so zusammenschlagen können. Als sie bei Ember auftauchte, war ihm gleich aufgefallen, wie ausgemergelt sie war. Und ihre Augen … Er hatte an seine Mutter denken müssen, nachdem sein Vater sie hatte sitzen lassen. Auch sie hatte den Blick einer gebrochenen Frau. Nein, Lucinda hatte nicht die Kraft und noch weniger den Willen, Marcy etwas anzutun.

Trotzdem wäre es besser, sie wäre die Täterin. Denn wenn Lucinda nicht verantwortlich war, musste irgendjemand aus Nevermore es getan haben – falls sich nicht ein Fremder hier herumtrieb, der ihm bisher noch nicht aufgefallen war. Er schnaubte verächtlich. So ein Unsinn! In Nevermore konnte sich niemand verstecken. Die Leute tratschten viel zu gern, vor allem über Fremde. Allein drei Leute hatten ihm brühwarm von der Frau erzählt, die Gray besucht hatte, bevor sie schließlich bei Ember aufgetaucht war.

Lucinda Rackmore war ihm dennoch ein paar Antworten schuldig. Warum wollte Marcy die Stadt verlassen? Sie hatte nicht viel mehr dabei als die Sachen, die sie am Leibe trug. Wollte sie die Hexe einfach nur bis zum Highway bringen? Hatten die beiden gemeinsam die Stadt verlassen wollen? Oder war Lucinda per Anhalter unterwegs und Marcy hatte sie zufällig aufgesammelt? Warum waren Marcys Taschen ausgeleert? Wer hatte ihren Inhalt genommen?

Taylor hatte alle Beweismaterialien in Klarsichtbeutel verpackt und beschriftet, selbst die nasse Serviette, die neben der Leiche gelegen hatte. Doch der Regen hatte sämtliche Spuren zerstört, an Fingerabdrücke war nicht zu denken. Als Gesetzeshüter standen ihm aber diverse magische Gegenstände zur Verfügung. Weltliche konnten die Energien, die man für einen Zauberspruch benötigte, nicht selbst aktivieren, doch sie konnten zu diesem Zweck Objekte mit magischen Eigenschaften benutzen. Allerdings wurde der Gegenstand unbrauchbar, nachdem sein Zauber einmal aktiviert worden war. Taylor standen diverse magische Werkzeuge zur Verfügung, doch keines davon war in der Lage, abgewaschene Fingerabdrücke auf durchnässte Notizblöcke oder Stifte zurückzuzaubern.

„Ich habe nichts“, murmelte Taylor. Missmutig schob er den Ordner weg und legte ihn dann ordentlich neben seinen Terminkalender. Unordnung kam bei ihm nicht vor.

Vor zwei Tagen war Gray mit der Hexe verschwunden. Seitdem war Taylor ein paarmal bei ihm gewesen, doch Gray hatte nie die Tür geöffnet. Er konnte launisch und distanziert sein, aber an seiner Integrität gab es keinen Zweifel. Plötzlich überkam Taylor eine dunkle Vorahnung, und er fragte sich, ob im Haus des Hüters wohl etwas vorgefallen war.

Er vertraute auf seine Instinkte, doch er zog keine voreiligen Schlüsse. Es lag ausschließlich an seiner eigenen Voreingenommenheit gegen Rackmore-Hexen, dass er Lucinda am liebsten für alles verantwortlich machen wollte, das schieflief. Wahrscheinlich öffnete Gray die Tür nicht, weil er sich um Lucinda kümmerte. Andererseits war das umso merkwürdiger, denn eigentlich hatte Gray ja noch viel mehr als er einen Grund, die Rackmores zu hassen. Immerhin hatte ihn Lucindas Schwester in die Hölle geschickt!

Die Vorahnung wurde stärker.

Hatte Lucinda Gray etwas angetan?

Nein. Diese sich vor Schmerzen krümmende Frau war nicht in der Lage, dem Hüter etwas anzutun. Gray hatte gesagt, der Fluch würde drei Tage andauern. Und wenn es wirklich Dämonenmagie war … Verdammt. Plötzlich empfand Taylor Mitleid mit ihr. Es stimmte einfach nicht, was Gray ihm unterstellt hatte – dass er die Rackmore-Hexe einsperren wollte, um die ihm zugefügten Wunden seiner Kindheit zu rächen. Sein Vater hatte sich dazu entschlossen, seine Familie zu verlassen, das wusste Taylor. Natürlich war es leichter gewesen, die fremde Frau dafür verantwortlich zu machen. Kein Kind wollte glauben, dass es dem eigenen Vater egal war. Damals hatte Taylor die erste Lektion über Verrat und Feigheit gelernt. Edward Mooreland war so feige, dass er seiner Frau die Wahrheit nicht ins Gesicht sagen konnte. Er hatte nur feige einen Brief hinterlassen.

Dieser Scheißkerl.

Taylor schob die Erinnerungen beiseite und konzentrierte sich auf seine aktuellen Probleme.

War Lucinda wirklich so kaltblütig wie ihre Schwester? Irgendetwas Schlimmes musste sie ja getan haben, um sich Bernard Francos Rache zuzuziehen. Gut, der Typ war ein Ausnahme-Arschloch. Aber was hatte Lucinda getan? Was hatte den Raben so verärgert, dass er einen Dämonenfluch über sie verhängt hatte? Warum hatte er sie nicht einfach umgebracht? Viele seiner Feinde waren über die Jahre einfach verschwunden.

Es gab zu viele Unbekannte in diesem Rätsel. Aber Taylor war ein Mann, der nichts vertagte. Er musste sich um die Angelegenheit Lucinda Rackmore kümmern, und wenn Gray sich weigerte, mit ihr zu sprechen, musste Taylor es eben selbst tun. Auch wenn er sie dazu in magische Quarantäne stecken musste.

Das ungute Gefühl hämmerte mit der Präzision eines Uhrwerks auf ihn ein. Verdammt noch mal, dann würde er eben noch mal bei Gray vorbeigehen. Und diesmal würde er so lange klopfen, bis jemand aufmachte oder die Tür nachgab.

Missmutig starrte er in die leere Kaffeetasse und überlegte gerade, ob er warten sollte, bis Arlene da war und frischen Kaffee brachte oder ob er sich selbst dazu aufraffen sollte. Normalerweise nahm er sich von zu Hause eine Thermoskanne mit Kaffee mit, deren Inhalt vorhielt, bis Arlene da war. Aber letzte Nacht hatte er nicht schlafen können und in der Nacht davor auch nicht. Deshalb hatte er gerade ein besonders starkes Koffeinbedürfnis.

Er nahm die Tasse in die Hand, stellte sie wieder ab und sah zum Fenster hinaus. Es war kaum Verkehr, nur ab und zu fuhr ein Wagen vorbei. Genau gegenüber war das Sew'n Sew, das örtliche Bekleidungsgeschäft. Die Besitzerin des Ladens,

Mrs Thelma Clark, war vor knapp einem Jahr gestorben. Ihre mit ihr zerstrittene Tochter Mary, die mit achtzehn nach Kalifornien gegangen war, um dort Filmstar zu werden, wollte das Geschäft ihrer Mutter übernehmen, hieß es. Seine Mutter kannte Mary gut und hatte ihm einmal erzählt, dass sie „nur Flausen im Kopf" habe. Er hatte von Ms Clark bisher jedenfalls noch nichts gesehen, obwohl sie offensichtlich die Rechnungen für den Laden jeden Monat pünktlich zahlte. Wahrscheinlich würde sie irgendwann in Nevermore eintrudeln.

Taylor selbst verband nette Erinnerungen mit dem Geschäft. Seine Mutter hatte dort tagsüber gearbeitet. Abends bediente sie im Café – bis Cathleen Munch es übernahm. Nicht einmal seine gutmütige Mutter hatte an dieser Frau etwas Sympathisches finden können. Also hatte sie lieber irgendwelche Gelegenheitsjobs angenommen, während er selbst Ol' Joe zur Hand gegangen war, dem übellaunigen Mistkerl, dem die Farm neben ihrer eigenen gehörte. Seine Mutter erlaubte nicht, dass er die Schule schmiss, obwohl er der Älteste und der Stärkste von ihnen war. Ol' Joe nahm ihn hart ran, doch es dauerte nicht allzu lange, bis Taylor feststellte, dass der Alte ein weiches Herz hatte. Er war zweiundneunzig, als er starb, und Taylor arbeitete während seiner gesamten Schulzeit bei ihm. In dem Sommer, in dem er seinen Schulabschluss machte, trug er seinen Boss zu Grabe. Er weinte damals wie ein Kind, weinte um Ol' Joe, wie er niemals um seinen eigenen Vater hatte weinen können.

Taylor war dennoch vollkommen überrascht, dass Ol' Joe ihm all seine Habe vermacht hatte. Er erbte die Farm, das riesige Haus, die Scheune, die Tiere, alles. Das mickrige Stück Land und das viel zu kleine Haus, das seine Mutter besaß, verkaufte er daraufhin und zog mit der ganzen Familie auf Ol' Joes Farm. Dort bekam jeder sein eigenes Zimmer, und die große offene Küche hatte es seiner Mutter besonders angetan. Sie verbrachte Wochen damit, ihr neues Zuhause gründlich sauber zu machen, jedes einzelne Möbelstück, jede Wand, jeden Fußboden. Und sie fing an zu backen. Chocolate-Chip-Kekse, Apfelkuchen, Brownies, Blaubeermuffins. Er seufzte bei der Erinnerung daran, wie gut das alles geschmeckt hatte.

Nachdem sich die Familie eingelebt hatte, baute er für sich selbst eine Wohnung in einem der leeren Nebengebäude aus. Er renovierte alles ganz allein. Er mochte es schlicht und ruhig. Seine Geschwister, sosehr er sie liebte, trieben ihn in den Wahnsinn. Im Mooreland-Haushalt herrschte jeden Tag Chaos.

Dank Ol' Joes Großzügigkeit musste Taylors Mutter ab da nicht mehr zusätzlich arbeiten, und Taylor konnte ein Fernstudium beginnen. Es dauerte eine Weile, aber schließlich machte er seinen Abschluss in Polizeiwissenschaft. Dann ging er auf die Polizeiakademie und schloss eine praktische Ausbildung an. Als er nach Nevermore zurückkehrte, ging er schnurstracks zu Grit und informierte ihn darüber, dass er gern der neue Sheriff der Stadt werden würde. Grit stellte ihn zunächst als Hilfssheriff ein – der Posten war dreißig Jahre lang unbesetzt gewesen. Er musste abwarten, bis sein Chef in den Ruhestand ging. Der freute sich, dem Neuling die ungeliebten Verwaltungssachen zu überlassen.

Doch das war Taylor egal. Er liebte diesen Job.

Vor fünf Jahren hatte sich plötzlich alles verändert. Das Leben war seinen ruhigen, gewöhnlichen Gang gegangen, so wie Taylor es mochte. Nacheinander verließen seine Geschwister das Haus, jetzt wohnten nur noch sein vierzehnjähriger Bruder Ant und seine siebzehnjährige Schwester Carrie bei ihm. Annalise zog mit ihrer Partnerin Onna nach Denver, wo sie gemeinsam ein Kunststudio eröffneten. Kenneth heiratete ein Mädchen aus dem Ort und übernahm die Farm seines Schwiegervaters im Norden der Stadt. Doreen heiratete gleich nach der Schule, ließ sich ein Jahr später scheiden und heiratete ein Jahr später wieder. Und so weiter und so fort. Er bekam nicht mehr zusammen, wie oft sie inzwischen geheiratet hatte. Schließlich hatte sie festgestellt, dass sie verliebt in die *Liebe* war, und hatte sich als Hochzeitsplanerin in Las Vegas selbstständig gemacht.

Doch dann kippte alles – der Dominoeffekt.

Gray Calhoun kehrte nach Nevermore zurück und zog bei seinem Großvater ein. *Der erste Stein kippte um.* Sheriff Billings beschloss, in den Ruhestand zu gehen und nach Florida zu ziehen. *Der zweite Stein kippte um.* In derselben Woche verschlechterte sich Grits Gesundheitszustand, und Gray brachte ihn zu Leticia nach Washington. Diverse große Heiler wurden zurate gezogen. Ein paar Tage später kam Gray zurück, er sah ausgezehrt und erschöpft aus und informierte alle darüber, dass er der neue Hüter war. *Der nächste Stein kippte um.* Eine seiner ersten Amtshandlungen bestand darin, Taylor zum neuen Sheriff zu ernennen. *Der nächste Stein kippte um.* Knapp einen Monat, nachdem Taylor in Amt und Würden war, stürzte seine Mutter. Sie starb auf dem Küchenfußboden. Allein.

Rums.

Es war wie eine Verkettung unglücklicher Umstände. Taylors Mutter war am Kuchenbacken gewesen. Ihr fiel ein Ei aus der Hand, und sie rutschte darauf aus. Dabei stieß sie mit dem Kopf so unglücklich gegen die Anrichte, dass sie bewusstlos zu Boden stürzte. Dieser Sturz war das Ende.

Nach der Beerdigung fragte Carrie, ob sie nicht zu Annalise und Onna ziehen dürfe, und Taylor half ihr packen. Sie blieb in Denver und war jetzt die Geschäftsführerin der Galerie. Taylor machte keinem seiner Geschwister Vorwürfe, dass sie ihn so selten besuchten. Er selbst sah fast jedes Mal, wenn er in die Küche ging, wie seine Mutter dort gelegen hatte. Bis heute vermied er es, die Küche zu betreten, wenn es nicht unbedingt sein musste.

Ant wohnte immer noch bei ihm. Er war jetzt neunzehn

und hatte großen Spaß an der Landarbeit. Er legte Gärten an, ganze Landschaften. Manchmal kam Taylor sich darin vor wie in Alices Wunderland. Natürlich war die Farm schon lange keine Farm mehr. Taylor hatte den Großteil des Grunds verkauft, und auch die Rinder. Jetzt gehörten ihnen nur noch das große Haus, die kleine Scheune und ein paar Hektar Land – das genügte auch. Die Scheune erfüllte ihren Zweck, denn Ant kümmerte sich um streunende Tiere. Egal wie schwer verletzt, krank oder hässlich sie waren – er nahm alle auf.

Ja, jetzt lebten nur noch er und Ant in dem großen Haus. Es war meistens sehr ruhig dort und schrecklich einsam.

„Scheiße." Taylor rieb sich mit einer Hand das Gesicht. Warum kamen ihm jetzt all diese Erinnerungen? Die Vergangenheit war passé. Er konnte nichts daran ändern. Sein Magen zog sich zusammen. Er wurde dieses ungute Gefühl nicht los. Ihm war klar: Die folgenden Ereignisse würden sein Leben auf den Kopf stellen.

Er stand auf und ging hinüber zum Fenster. Dank Arlene war im Büro alles blitzblank. Sie ließ einen Fensterputzer kommen und konnte ein Staubkorn aus einem Kilometer Entfernung entdecken. Also widerstand er dem Impuls, sich an die Scheibe zu lehnen. Er starrte auf die leere Straße. Fast alle Tage waren so wie dieser. Nur ein paar kleine Streitigkeiten, ab und zu mal ein Strafzettel, dann Lunch bei Ember, Papierkram.

Seit Gründung der Stadt befand sich das Büro des Sheriffs im selben Gebäude, das allerdings inzwischen mehrfach renoviert und baulich verändert worden war. Taylor war der einzige Ordnungshüter in der Stadt. Sein Kollege und Hilfssheriff Terrence, den alle nur Ren nannten, war nur unregelmäßig da. Sowohl magische als auch weltliche Personen hatten ihre Positionen seit Jahren inne.

Taylor war stolz darauf, Sheriff von Nevermore zu sein.

Er ließ seinen Blick zu den dunklen Fenstern des Piney Woods Cafés wandern, das schräg gegenüber von seinem

Büro lag. Es war das erste Gebäude, das in Nevermore errichtet worden war. Dank Cathleen sah es mittlerweile entsprechend heruntergekommen aus. Taylor konnte es immer noch nicht fassen, dass Gray das Café geschlossen hatte. Er mochte Cathleen Munch auch nicht – aber ob es die richtige Maßnahme war, ihren Laden einfach dichtzumachen? Diesen Punkt musste er unbedingt Gray gegenüber ansprechen.

In diesem Moment ging die Tür des Cafés auf, und Cathleen trat heraus. Sie trug einen blauen Trainingsanzug und weiße Turnschuhe und marschierte quer über die Straße. Er erstarrte einen Moment. Besaß sie den Nerv, in Embers Teestube zu gehen und dort für Unruhe zu sorgen?

Doch die Frau hatte nicht einmal einen Blick für die Teestube übrig. Sie ging den Bürgersteig hinunter wie eine Frau, die ein klares Ziel vor Augen hatte. Keine Frage, sie hatte eine Mission.

Sie steuerte aufs Sheriffbüro zu.

Verdammt. Taylor kehrte zu seinem Schreibtisch zurück. Er nahm seine leere Kaffeetasse und seufzte. Keine Arlene. Kein Kaffee. Und keine Zeit mehr, sich auf der Toilette zu verstecken.

Schon hörte er, wie die Vordertür aufschwang. Cathleens Turnschuhe quietschten auf dem Holzfußboden.

„Sheriff!“, kreischte sie auf dem Flur. „Ich verlange Gerechtigkeit!“

6. KAPITEL

Gray saß am Strand und beobachtete Lucinda, die gerade aus dem Wasser kam. Die kühlen Wassertropfen sprenkelten ihre Haut wie Zuckerguss eine weiße Tortenglasur.

Er wollte sie ablecken.

Das ist nur ein Traum, ermahnte er sich. Wenn er wieder aufwachte, würde er nichts anderes als Mitleid für Lucinda empfinden. Mehr konnte er sich nicht erlauben. Und mehr war ohnehin zwecklos.

Hier, an diesem Ort, konnte er ihr ein Gefühl der Sicherheit und des Besonderen geben. Wenn sie in die Realität zurückkehrten, konnte er ihr nichts anbieten außer seinem Schutz. Er würde Ember bitten, ihr einen Job zu geben, und sich darum kümmern, dass sie eine Wohnung fand. Und wenn Bernard Franco auch nur einen Zeh in die Stadt setzte, würde er dem herzlosen Mistkerl zeigen, wer von ihnen beiden wirklich Macht hatte. Bernard würde Lucinda nie mehr behelligen.

„Es kommt mir vor, als wären wir schon seit Ewigkeiten hier." Lucinda seufzte zufrieden und setzte sich neben ihn.

Sein Blick fiel auf den Ausschnitt ihres winzigen Bikinioberteils. Das Wasser auf ihrer weißen perfekten Haut war schon getrocknet. War sie wirklich so schön? Oder hatte er ihr einen Traumkörper geschaffen, um seine Wunschfantasien zu befriedigen? Immerhin hatte er sie ja auch mit diesem sexy Bikini ausgestattet – wogegen sie nicht protestiert hatte. Glücklicherweise hatte sie den Umhang jetzt wieder ausgezogen.

„Sie können nicht sprechen."

Gray blinzelte und sah Lucinda fragend an.

„Was?"

Sie berührte ihre Brüste – worauf er natürlich wieder hingucken musste. Und sie begehrte. „Sie können nicht sprechen. Du hast sie angesehen, als wolltest du dich mit ihnen unterhalten."

Nur ein Traum. Er zwang sich, nicht mehr ihren Ausschnitt, sondern ihr Gesicht anzusehen. „Will ich auch."

Plötzlich verschwand ihre Leichtigkeit. Vorsicht blitzte in ihrem Blick auf, dann Lust. Sie wollte ihn. Er hatte es gewusst – seit Beginn seines Traumes. Er konnte ihre Gedanken hören ... und er spürte, wie die Lust in ihr brannte, wenn sie ihn ansah.

„Es hätte keine Bedeutung", sagte sie. Sie klang unsicher, als wüsste sie nicht, ob es ihr etwas bedeuten würde oder nicht.

„Ich bin hin- und hergerissen", gestand er. Gray begab sich immer mehr auf ziemlich dünnes Eis. Aber ... verdammt. Es war ihm egal.

Er nahm ihr Gesicht in beide Hände und sah ihr tief in die Augen. „Wir werden aufwachen, und es wird nicht dasselbe sein. Wir werden nicht dieselben sein. Ich kann nicht mit dir zusammen sein. Ich habe dir nichts zu geben."

Sie betrachtete ihn, und ihre Züge wurden weicher. Er fragte sich, was sie in seinem Gesicht gesehen hatte. Wieso dieses Mitleid? Welche Geheimnisse hatte sie entdeckt? Welchen Schmerz hatte er nicht verbergen können?

Er ließ seine Hände sinken, doch sie ließ nicht zu, dass er wegging. Sie legte ihm eine Hand aufs Knie, damit er nicht aufstand. Am liebsten wäre er vor allem davongerannt. Er hatte sich nicht mehr unter Kontrolle. Und es störte ihn gewaltig, dass Lucinda der Auslöser dafür war.

Sie ließ die Fingerspitzen über seinen Unterkiefer wandern. Ihre Sanftheit rührte ihn – und auch die eindeutige Aufforderung, die er in ihren grünen Augen las.

Dann beugte sie sich zu ihm und küsste ihn.

Die sanfte Berührung ihrer Lippen weckte ein Feuer in

ihm. Sie war so zart, so sanft – er empfand plötzlich Demut. Wie konnte sie ihm auch nur diesen kleinen Teil von sich geben? Es war, als könnte sie ihn lieben. Als … als täte sie es bereits.

Er lehnte sich zurück. Sein Herz schlug heftig. Das konnte nicht sein. Nicht so wunderbar. Hart und brutal, ja. Wild vor Begierde und Lust, ein Gewirr aus Gliedern, Schweiß und Stöhnen … Oh ja.

Dann müsste er nicht auf sein Gewissen hören.

Er wehrte sich auch nicht, als sie ihn ein zweites Mal küsste. Sie hielt sein Gesicht so vorsichtig zwischen ihren Händen, als wäre es zerbrechlich. Ihr Mund war wie ein Schmetterling, flatternd, flirtend, kurz landend, nur um wieder davonzufliegen. Sie streifte mit der Zunge seine Mundwinkel.

„Lass mich rein", flüsterte sie.

Gray öffnete den Mund und nahm ihre Zunge in sich auf. Ihre Zärtlichkeit überrumpelte ihn. Er wollte sie unterwerfen und sie hart nehmen – doch sie gab ihm etwas, von dem er nicht einmal gewusst hatte, dass er sich danach sehnte.

Nein. Das durfte er nicht zulassen. Niemals mehr wollte er so etwas empfinden. Verdammt! Sein eigener Körper strafte seine Gedanken Lügen. Einmal mehr wurde er von einer Rackmore-Hexe manipuliert.

Angeekelt machte Gray sich von Lucinda los und sah sie an. Er las kein Kalkül in ihren Augen, einfach nur Wärme und Verlangen. Ein Verlangen, das er stillen konnte. Ihr roter Mund war so verführerisch. Er wollte ihn überall auf seinem Körper spüren. Wieder nahm sie sein Gesicht in ihre Hände – und er genoss es. Es gefiel ihm, wie sie mit ihm umging. Nur verdiente er es nicht. Außerdem konnte er ihr nicht trauen. Meinte sie es ernst, oder spielte sie nur mit ihm?

Im tiefsten Innern seiner Seele wusste er jedoch:

Sie wollte ihn. Und er wollte sie.

Und er würde nicht so tun, als ginge es dabei um etwas anderes als um Sex.

„Was machst du da?“ Seine Stimme klang schärfer, als er es gewollt hatte.

Erschreckt starrte Lucinda ihn an, und er kam sich vor wie ein Idiot, als sie ihn losließ. „Ich dachte eigentlich, ich küsse dich.“

„Lass das.“ Er fuhr sich fahrig mit der Hand durchs Haar. „Ich will dich. Aber ich will dich schnell und hart. Ich will in dich eindringen, dich verrückt machen, dich zum Schreien bringen.“

Das würde mir auch gefallen. Ihre Gedanken flossen in seine. Triumphierend beugte er sich zu ihr. Er war bereit. Doch dann hörte er einen weiteren Gedanken von Lucinda. *Aber wenn er mich doch ein kleines bisschen mögen würde. Ich bin zu oft benutzt worden.*

Gray erstarrte.

„Ich glaube, ich gehe noch mal schwimmen.“ Lucinda stand auf und lächelte ihn unsicher an. Hatte sie seine Reaktion bemerkt? „Der Traum wird bald vorbei sein.“

Dieser Traum war anscheinend schon jetzt zu Ende.

Er sah ihr zu, wie sie ins Wasser ging. Als sie bis zur Hüfte im Wasser stand, sprang sie hinein und schwamm davon.

Das hast du jetzt davon, du Trottel. Warum hast du ihr nicht einfach gegeben, was sie haben wollte? Was ist so anders an ihr? Ist sie nicht wie jede Frau, die sich nach ein bisschen Zärtlichkeit, ein bisschen Romantik sehnt? Natürlich wäre das alles nicht echt gewesen, aber sie kennt ja die Regeln, die in Träumen gelten. Oder etwa nicht?

Er war verletzt, verbittert, misstrauisch. Sein elender Selbstschutz war ihm wichtiger, als mit dieser schönen Frau zu schlafen. Dabei hatte er selbst behauptet, an diesem Ort gäbe es keine Geheimnisse und keinen Grund, sein Herz zu schützen.

Er hatte sich geirrt.

Er schuldete der Hexe Dank.

Ihr dilettantischer Versuch, Marcy zu retten, hatte sich als unerwarteter Bonus herausgestellt. Jetzt war der Hüter abgelenkt, und das war gut. Denn er brauchte Zeit – um den Gegenstand zu finden, den Zauber zu erschaffen und seine Fehler wiedergutzumachen.

Aber die Hexe hatte ihm noch ein weiteres Geschenk gemacht. Sie war auf der Flucht vor Bernard Franco. Er konnte also leicht die Information über ihren Aufenthaltsort gegen die Hilfe der Raben eintauschen, falls nötig. Doch Francos Dankbarkeit konnte sich jederzeit in einen Verrat verwandeln, das wusste er, und er konnte es sich nicht erlauben, mit unkontrollierbaren Größen zu arbeiten.

Trotzdem war er so erfreut über die neue Entwicklung, dass er beschloss, Lucinda einen schnellen Tod zu gewähren. Ja, sie verdiente seine Gnade.

Und sein Mitleid.

Er stand neben dem Tisch und betrachtete die magischen Gegenstände. Nur einer, der Wichtigste, fehlte ihm noch. Marcy hatte ihn gestohlen. Er hatte seine scheue kleine Geliebte unterschätzt. Als er herausfand, dass sie ihm hinterherspioniert hatte und im Keller des Cafés gewesen war, verlor er die Beherrschung. Er dachte, er hätte sie genügend eingeschüchtert. Aber im Gegenteil: Sie war frech geworden.

Nur dumm, dass Lennie sich von der Hexe hatte vertreiben lassen. Er hatte das Auge nicht mitnehmen können. Und dieses Gejammer, als er mit ihm schimpfte! Dieser Mann knickte schon beim kleinsten Schmerz ein. Andererseits hielt er sofort die Klappe, wenn man ihm eine Flasche Jack Daniel's hinstellte.

Während sein Freund also seine Wunden leckte, war er selbst ins Sheriffbüro gefahren. Er durchsuchte die Leiche und die Gegenstände, die der Sheriff als Beweismaterial sichergestellt hatte.

Das Auge war nicht dabei.

Da es nicht bei Marcy war, konnte es sich nur im Besitz von Lucinda Rackmore befinden. Leider war sie im Haus des Hüters, und nicht einmal er konnte die Schutzwälle dort überwinden. Das hieß, er musste für mehrere Szenarien planen. Falls die Hexe Gray das Auge anvertraute, würde dieser es sicher ganz pflichtbewusst sofort dem Sheriff aushändigen. Falls die Hexe das Auge allerdings heimlich behielt … nun, dann sah die Sache vollkommen anders aus.

Trotz seiner zuversichtlichen Prognose hatte sich das Portal nicht geöffnet. Anfangs schien die Barriere noch schwach zu sein, und er war deshalb sicher gewesen, dass es sich öffnen würde. Dann hätte er Kahl anrufen können. Gray Calhoun war wie alle anderen in Nevermore. Ihm fiel einfach alles in den Schoß – er war nicht etwa der Hüter, weil er diese Aufgabe verdiente, sondern weil er ein Calhoun war, ein Drache. Er musste nichts anderes tun, als in die Stadt zu kommen und die ihm zustehende Position einzunehmen.

Aber mir steht auch ein Geburtsrecht zu. Niemand kannte die Wahrheit, und wer auch nur den leisesten Verdacht schöpfte – wie diese alten Hühner aus der Bibliothek –, nahm ihn mit ins Grab. Alles hatte man ihm genommen. Seine Eltern. Seine Zauberkraft. Seine Identität.

Er wurde wütend.

Wie ärgerlich es doch war, dass sich das Portal nicht geöffnet hatte. Wären alle Gegenstände beisammen, hätte es funktioniert, und der Zauber wäre bereits vollendet. Stattdessen war die Barriere wieder stärker geworden. Jetzt musste er von vorn beginnen.

Er schluckte seinen Ärger herunter, denn er wollte sich nicht entmutigen lassen. Nichts klappte beim ersten Mal. Auch nicht unbedingt beim zweiten. Aber das sollte ihn jetzt nicht vom Wesentlichen ablenken, denn es wartete Arbeit auf ihn:

Es galt, sich den kleinen Schatz vom Hüter zurückzuholen.
Doch zuerst musste er ein bisschen aufräumen.

Wenn nur sein Kopf endlich explodieren würde, dachte Taylor voller Anspannung. Mit jedem einzelnen Wort von Cathleen nahm der pulsierende Schmerz zwischen seinen Augen zu. Sie saß ihm gegenüber in seinem Büro auf einem der Ledersessel, der bei jeder ihrer Bewegungen quietschte. Und sie bewegte sich andauernd.

„Nein, Sir. Er tauchte zum verabredeten Inspektionstermin gar nicht auf. In den Büchern der Stadt sind meine Rechte verankert. Wenn der Hüter sein Wort nicht hält, dann ist sein Wort auch nicht länger Gesetz. Genau so steht das hier." Sie beugte sich vor und tippte mit einem ihrer spitzen knallrosa lackierten Fingernägel auf die entsprechende Seite.

Taylor warf einen Blick auf die verblichenen Seiten des alten Buches. Der erste Sheriff von Nevermore hatte dieses und einige andere Bücher verfasst, eine Reihe von Gesetzen, die der erste Hüter zum Schutz der Stadt und ihrer Bewohner erlassen hatte. Wieso Cathleen von deren Existenz wusste, er aber nicht, war ihm ein Rätsel. Normalerweise las sie nur diese verlogenen Klatschblätter. Dass sie sich durch undurchdringliche Gesetzestexte quälte, war gewiss nicht ihre Art.

Dennoch war sie direkt auf die deckenhohen Bücherregale zugesteuert, die die linke Wand seines Büros zierten, und hatte zielsicher das Buch aus der ersten Reihe des dritten Regals gezogen. Es war eines dieser überdimensionalen Gesetzeswerke, die Taylor eher als schicke Dekoration seines Arbeitszimmers benutzte denn als Arbeitshilfe.

„Sehen Sie, Sheriff?" Cathleen reckte das Kinn und schniefte, ganz offensichtlich gab sie das arme, unschuldige Opfer. „Ich habe dafür gesorgt, dass alles korrekt und in Ordnung ist. Und er hat es nicht mal nötig, zu kommen! Was für ein Hüter ist das denn?"

„Vielleicht möchten Sie ihn das selbst fragen?" Taylor lehnte sich in seinem Stuhl zurück und musterte sie eindringlich. „Ich bin sicher, Gray würde Ihnen nur allzu gern eine Demonstration seines Pflichtbewusstseins geben – nur damit Sie wissen, was für ein Hüter er ist."

Cathleen machte ein verärgertes Gesicht, doch sie hatte verstanden und hielt den Mund. Auch wenn Taylor nicht immer mit Grays Auffassung von der Pflichtausübung des Hüters einverstanden war, bedeutete das nicht, dass er nicht in der Öffentlichkeit loyal zu ihm stand.

Taylor las die Stelle noch einmal. Gesetz war Gesetz. Es würde Gray ärgern, aber er war selbst schuld. Er hätte diese blöde Inspektion nicht vergessen dürfen. So blieb Taylor keine andere Wahl. Er musste Cathleen gestatten, das Café wieder zu öffnen.

„Hey, Taylor. Es gab einen ..."

Deputy Ren Banton blieb abrupt im Türrahmen stehen und machte sich ein Bild von der Szene. Sein Blick wanderte von Cathleen zu Taylor. Er sah Taylor fragend an und besaß tatsächlich den Nerv zu grinsen, wenn auch nur ein bisschen.

„Kann ich etwas für dich tun, Ren?"

„Ein Unfall auf dem Brujo Boulevard, nahe der Abzweigung nach Old Creek."

Taylor warf einen Blick auf das Telefon auf seinem Schreibtisch und auf die Schüssel mit Wasser, die er für den Kommunikationszauber bereithielt. Er konnte zwar den Zauber nicht aktivieren, aber er konnte Nachrichten erhalten. Ren folgte seinem Blick und zuckte die Achseln. „Das ist ganz in der Nähe unserer Farm. Mein Dad rief mich an. Er hat das Autowrack entdeckt."

Rens Vater Harley Banton war Witwer und hatte seinen Sohn allein großgezogen. Seine Mutter Lara hatte Selbstmord begangen. Damals war Ren erst ein paar Monate alt gewesen, ungefähr im selben Alter wie Taylors Bruder Ant. Durch den

Selbstmord seiner Frau wurde Harley zu einem gebrochenen Mann, der sich von allem zurückzog. Taylor war es immer komisch vorgekommen, dass Lara keinen Abschiedsbrief hinterlassen hatte. Sie war um einiges jünger gewesen als ihr Mann, und sie war die Nichte der Wilson-Zwillinge, bei denen sie vorher gelebt hatte. Die Wilson-Zwillinge führten die Bibliothek der Stadt, dienstags bis freitags von acht bis sechzehn Uhr. Sie waren mittlerweile beide über siebzig, aber so pingelig wie eh und je. Wehe dem, der ein Buch über das Ausleihdatum hinaus behielt! Ihre Nichte liebten die beiden abgöttisch und waren am Boden zerstört, als Lara sich mit einer Überdosis Valium das Leben nahm.

Wieder verfiel die Stadt in Schockstarre. Zuerst hatte man mit ansehen müssen, wie einer der Ihren die Stadt verließ, um mit einer fremden Frau wegzugehen, dann nahm sich eine lebensfrohe junge Frau plötzlich das Leben. Beide Vorfälle ereigneten sich innerhalb weniger Wochen und blieben natürlich monatelang Gesprächsthema in der Stadt.

Ren war noch jung, gerade mal zwanzig, aber von solidem Charakter. Er und Ant hatten zusammen ihren Schulabschluss gemacht, und er zählte zu den wenigen jungen Leuten, die in der Stadt geblieben waren. Die meisten kehrten Nevermore so schnell wie möglich den Rücken. Manche blieben, einige kehrten zurück, aber die meisten drängte es zu einem Leben außerhalb der Kleinstadt und des anstrengenden Farmerdaseins. Früher waren Ren und Ant eng befreundet gewesen, doch mittlerweile hatten sie unterschiedliche Interessen und nicht mehr so häufig miteinander zu tun. Taylor hatte den Eindruck, dass sein kleiner Bruder sich mehr für seine Pflanzen interessierte als für zwischenmenschliche Kontakte.

„Taylor?"

Sowohl Ren als auch Cathleen starrten ihn an. Mist. Er hatte sich wieder in seinen Gedanken verheddert und den Faden verloren.

„Na gut", sagte er müde. „Dann wollen wir mal hinfahren."

„Und was ist mit mir?", protestierte Cathleen mit schriller Stimme. „Was wird aus meinen Rechten?"

„Sie können das Café wieder öffnen." Taylor brauchte dringend Kaffee und ein Aspirin. Ren salutierte und verließ den Raum, vermutlich, um den Dienstwagen zu holen, einen alten SUV, der die besten Zeiten hinter sich hatte.

Taylor beobachtete Cathleen, die sich endlich aus dem Sessel erhob. Sie sah aus wie ein gemeiner kleiner Vogel, der von Ast zu Ast hüpfte, in der Hoffnung, einem anderen ein Auge aushacken zu können. Nicht mit einem Wort hatte diese widerliche Frau sich nach ihrer Stieftochter erkundigt. Als er sie vor zwei Tagen über Marcys Tod unterrichtete, bestand Cathleens einzige Reaktion darin, darüber zu klagen, wie schwer es war, anständiges Personal zu finden. Und wer bedient jetzt bei mir? hatte sie gleich losgejammert. Bei ihr klang es so, als hätte sich Marcy absichtlich ermorden lassen, nur um ihr zu schaden.

„Ist eigentlich morgen das Leichenmahl?", fragte Taylor freundlich.

Cathleen blieb im Türrahmen stehen. Sie drehte sich zu ihm um und sah ihn misstrauisch an. „Welches Leichenmahl?"

„Für Marcy. Die Autopsie ist durch, wir können die Leiche freigeben. Ich vermute, Sie haben schon Vorbereitungen treffen lassen wegen der Beerdigung?"

Cathleen sagte erst mal nichts. Er wusste genau, dass sie durchrechnete, wie viel es sie kosten würde, die Trauergäste zu verköstigen. Er wurde wütend. Am liebsten hätte er sie in diesem Moment einfach erschossen.

„Das Leichenmahl ist eine Tradition in Nevermore." Taylor wollte verdammt sein, wenn er sie nicht dazu brachte, das für Marcy zu tun. Sie hatte ihren Schwiegervater und ihren Ehemann unter die Erde gebracht, und für beide hatte sie ein Leichenmahl im Café abgehalten. „Schließlich möchten wir uns alle von ihr verabschieden."

Offensichtlich beschloss Cathleen, dass sie an diesem Tag schon genug Schlachten gewonnen hatte. Widerstrebend nickte sie. „Natürlich gibt es ein Leichenmahl. Das Mädchen war ja Familie." Sie sah ihn mit gekräuselten Lippen an. „Und jetzt kann ich also das Café wieder öffnen, ja?"

„Ich kann Sie nicht daran hindern."

Das gefiel ihr. Lächelnd drehte sie sich um und marschierte hinaus.

„Göttin, vergib mir. Aber ich hasse diese Frau." Taylor überprüfte seinen Pistolengurt. Alles in Ordnung. Er nahm seinen Hut, der auf dem Schreibtisch lag, und setzte ihn auf.

Arlene kam gerade, als er das Büro verließ.

„Was um alles in der Welt wollte denn Cathleen Munch hier?" Sie sah seine Miene, öffnete ihre große rote Handtasche und förderte eine Thermoskanne mit Kaffee zutage sowie eine Packung Aspirin. Beides drückte sie ihm wortlos in die Hand.

Dankbar küsste Taylor sie auf die Wange. „Ich möchte Sie heiraten, Arlene."

„Zu spät. Aber wenn es mal nicht mehr so läuft, sage ich Ihnen Bescheid."

Arlene war seit fünfunddreißig Jahren glücklich verheiratet – da standen seine Chancen schlecht. „Jimmy ist ein elender Glückspilz."

„Oh ja, das ist er."

Taylor fühlte sich schon besser.

Kopfschüttelnd blieb Arlene im Flur stehen. „Ich muss wirklich früher kommen. Immer verpasse ich das Beste."

Gray saß nach wie vor am Strand; diesmal sah er Lucy beim Schwimmen zu. Offensichtlich konnte sie nicht genug vom Wasser bekommen – oder sie hatte einfach keine Lust mehr auf ihn. Okay, sie ging ihm nicht direkt aus dem Weg und war immer noch umgänglich. Aber sie hatte sich einen Badeanzug gewünscht. Diesen Wunsch hatte er ihr erfüllt, wenn auch widerwillig. Doch auch wenn ihr Körper jetzt etwas mehr verhüllt war, hatte das wenig Auswirkung auf seine rasende Lust.

Hüter.

Erschrocken blickte er in den lilafarbenen Himmel. „Ember?“

Ach, da sind Sie. Es ist Zeit, nach Hause zu kommen. Wir haben zu tun.

„Und was ist mit Lucy?“

Ihr Leiden ist vorbei, jetzt muss sie sich erholen. Ihr Körper ist geschwächt von den vielen Schmerzen.

„Vielleicht wäre es besser, hierzubleiben, bis sie wieder völlig hergestellt ist.“

Besser für Sie vielleicht.

Gray seufzte. „Ich schicke sie als Erste zurück.“ Er zögerte. „Sind Sie etwa in meinem Schlafzimmer?“

Ja, mit dem Sheriff. Tut mir leid wegen der Tür.

„Wegen der Tür?“

Doch Embers Stimme war nicht mehr zu hören. Erstaunlich, was diese Frau alles draufhatte. Einmal mehr fragte sich Gray, welche Art von Magierin sie war.

Wie lange hatten er und Lucinda sich in dem Traum aufgehalten?

Von plötzlicher Sorge getrieben, rief er Lucinda zurück an den Strand.

Es war Zeit, in die Realität zurückzukehren.

Wo sein Bedauern lebendig war.

Als Gray aufwachte, fühlten sich seine Augen an wie Sandpapier, und seine Kehle war vollkommen ausgetrocknet. Mit einer Hand hielt er das Kissen umklammert, auf dem eigentlich Lucindas Kopf ruhen müsste. Panisch schoss er in die Höhe.

„Alles gut, Partner“, hörte er Taylor sagen. Er stand mit

einem Glas Wasser neben dem Bett. „Ember ist mit Lucinda ins Bad gegangen, um sie herzurichten. Sie sah schlimm aus." Er reichte Gray das Glas und rümpfte die Nase. „Dir könnte eine Dusche auch nicht schaden."

Gray stürzte die kalte Flüssigkeit hinunter. „Wie lange waren wir weg?"

„Drei Tage. Grit hat sich schon Sorgen gemacht."

„Es war nicht wie damals", sagte er. Taylor wusste von Grays Traumausflügen, und er wusste auch, dass Grits plötzlicher Verfall diese Ausflüge beendet hatte. Er hatte seinen Großvater damals kaum in die Obhut seiner Mutter gegeben, als er abstürzte. „Ich schwöre es."

„Ich glaube dir ja."

Grays Glieder fühlten sich taub und schwer an. Und er musste dringend pinkeln.

Taylor schien seine Gedanken lesen zu können. „Erstaunlich, dass ihr nicht beide ins Bett gepinkelt habt."

„Ich lief mit ihr durch die Traumwelten. Wenn man sehr tief in sie vordringt, macht der Körper komplett dicht."

Der Sheriff deutete mit dem Daumen über seine Schulter. „Ember ist mit ihr im Gästebad, weil da eine größere Badewanne ist."

Gray stand auf. Sein ganzer Körper kribbelte, als das Blut nach drei Tagen erstmals wieder in seine tauben Glieder schoss. Ihm wurde sofort schwindelig, und er ließ das leere Glas fallen. Es rollte unter das Bett und stieß klickend gegen irgendetwas. Gray hatte keine Ahnung, was unter seinem Bett war.

„Brauchst du Hilfe?"

„Nein, geht schon." Er taumelte ins Badezimmer und erleichterte sich. Beim Händewaschen warf er einen Blick in den Spiegel. Sein Haar war fettig, Bartstoppeln zierten sein Gesicht, seine Augen waren blutunterlaufen. Auf seinen Klamotten waren Flecken von Lucys Blut und seinem Schweiß, sie waren außerdem total zerknittert und muffig.

Als er wieder aus dem Bad trat, stand Taylor schon an der Tür. „Ich vermute, du willst erst nachsehen, wie es ihr geht."

Gray wollte Lucinda sehen, das stimmte. Auch wenn er wusste, dass sie bei Ember in besten Händen war. Diese Frau strahlte einfach Vertrauenswürdigkeit aus. In der Tür blieb er stehen. „Was ist denn mit dir los, Mooreland?"

„Du hattest deine Finger in ihrem Haar. Und ihr Handrücken ruhte an deiner Wange. Ich weiß nicht, ob dir das gefällt, aber ihr beide habt wohl eine besondere Verbindung. Sie ist dir anvertraut." Taylor sah ihn an und schob seinen Hut nach hinten. „Oder nicht?"

„Ja."

Die Tür zum Badezimmer war geschlossen, aber das war sein Haus. Also öffnete er sie einfach und ging hinein.

Ember kniete auf den Fliesen neben der Badewanne. Sie murmelte etwas, während sie Lucinda mit einem Waschlappen die Stirn abwischte. Lucinda hatte die Augen geschlossen. Er bemerkte, dass sie immer noch bewusstlos war. Sie war jetzt in ihrem eigenen Traumland – er wünschte, er könnte mit ihr dort sein.

„Ich habe einen Zauber eingerichtet, der sie über Wasser hält", erklärte Ember. „So kann sie nicht ertrinken."

„Ich kümmere mich um sie."

„Ach ja?" Ember legte den Waschlappen auf den Badewannenrand und stand auf. Sie drehte sich um, die Hände in die Hüften gestemmt, und musterte ihn.

Einmal mehr kam sich Gray vor wie ein Zauberlehrling in der Gegenwart eines Drachenmeisters.

„Sie ist mir anvertraut", versuchte er zu erklären.

Ember zeigte sich unbeeindruckt. „Versuchen Sie nicht, sie zu beanspruchen. Sie müssen erst Ihr Gewissen frei machen. Beides auf einmal geht nicht, Hüter. Sie können sich nicht einerseits schuldig fühlen, weil Sie etwas falsch machen, und sie gleichzeitig beschuldigen, Ihre Gefühle zu manipulieren."

„Woher wissen Sie, dass ich … Das spielt sich nur in meinem Kopf ab!“

„Die Göttin hat’s mir gesagt. Sie sagt, Sie können sich nicht länger verstecken.“ Ember berührte die schwarze Seite ihrer Brille. „Alles hat seinen Preis. Manchmal erfordern gute Dinge ein Opfer, und manchmal bringen schlechte Dinge etwas Gutes mit sich. Sie waren in der Hölle, aber dafür haben Sie eine Gabe erhalten.“

„Nein.“ Gray war fassungslos. Diese Frau verursachte ihm starres Entsetzen. Das war sein Geheimnis, seine Bürde – ganz allein seine. „Hier geht es nicht um mich.“

„Noch nicht, aber bald. Das ist die Reise, die Sie unternehmen müssen, Sie eigensinniger Mann.“ Sie verschränkte die Arme vor der Brust. „Würden Sie jetzt bitte gehen?“

„Das ist immer noch mein Haus, verdammt!“

Ember zuckte die Schultern, und Gray erkannte, dass er eher einen Berg versetzen würde, als sie aus seinem Badezimmer herauszukriegen. Tatsächlich besaß sie nun auch noch die Dreistigkeit, ihn herauszuscheuchen. „Kümmern Sie sich erst mal um sich selbst. Dann können Sie zurückkommen und mir sagen, wie es mit Lucinda und Ihnen weitergehen soll.“

Wieder wedelte sie mit den Händen vor ihm herum, und Gray gab auf. Sein eigener Gestank ließ ihm die Augen tränen. Mit Lucinda war so weit alles in Ordnung, er konnte jetzt also auch unter die Dusche gehen.

Taylor stand im Flur. Er feixte.

„Halt bloß die Klappe.“ Gray sah ihn eindringlich an. „Halt ganz einfach die Klappe.“

Lucinda erwachte in einer Badewanne mit lauwarmem Wasser. Im selben Moment als sie feststellte, dass ein Zauberspruch ihren Kopf über Wasser hielt, endete die Wirkung des Zaubers, und sie versank.

„Lucinda!“, hörte sie Gray schreien, dann spürte sie, wie

seine Hände sie unter den Achseln zu fassen bekamen. Er zog sie aus dem Wasser und in seine Arme.

„Ich bin nackt!“, protestierte sie.

„Ich versuche, es nicht zur Kenntnis zu nehmen. Obwohl, das funktioniert nicht so richtig.“

„Merkst du vielleicht auch, dass mir eiskalt ist?“

Er warf einen Blick auf ihre Brüste, verweilte einen Moment zu lang auf ihren harten Brustwarzen und rief sich dann zur Ordnung. „Ja. Eindeutig. Du frierst.“ Gray drehte sich zum Schrank, sodass Lucinda nur den Arm ausstrecken und ihn öffnen musste. Er war voll mit weichen blauen Handtüchern. Sie schnappte sich eins und versuchte sich damit einzuhüllen, doch sie zitterte zu stark. Das Handtuch flatterte auf den Boden wie ein verletzter Vogel.

„Ich schaffe es nicht.“ Sie schloss die Augen. „Es tut mir leid.“

Gray verließ das Bad und trug sie in ein Schlafzimmer. Der Raum hatte weiße Wände mit einer Bordüre aus feinen rosafarbenen Blüten. Auch die Möbel waren weiß, inklusive des großen schmiedeeisernen Bettes.

Es war wunderschön.

Die Überdecke war passend zur Bordüre weiß mit kleinen rosafarbenen Blümchen. Das Bettzeug selbst war pink, und die vielen Kissen leuchteten in sämtlichen Schattierungen der Farbe. Die Decke war schon zurückgeschlagen, und Gray legte sie ins Bett, obwohl sie noch nass war. Er hatte schon eine Ecke der Bettdecke in der Hand, als er noch einmal zögerte.

Sein Blick wanderte über ihren Körper, doch diesmal ganz ohne Begierde. Lucy wandte den Kopf ab, als er die Narben betrachtete, die ihre Haut entstellten. Frag nicht, flehte sie stumm. Bitte frag nicht.

„Du musst etwas essen.“ Sanft deckte er sie bis zum Kinn zu und strich ihr das feuchte Haar aus der Stirn. „Ember macht dir eine Suppe. Meinst du denn, du kriegst etwas herunter?“

„Ja. Ich weiß nur nicht, ob ich den Löffel halten kann."
„Praktischerweise bin ich ein hervorragender Löffelhalter."
Wie schön wäre es, wenn sie seine Freundlichkeit genießen könnte, ohne misstrauisch zu sein! Doch die Erinnerung an seinen Gesichtsausdruck, als sie vor seiner Tür gestanden hatte, war noch zu gegenwärtig. Und ihren gemeinsamen Traum konnte sie auch nicht vergessen. Vielleicht hätte sie sich der Leidenschaft hingeben sollen, dann hätte sie jetzt wenigstens eine schöne Erinnerung. Doch sie wusste, dass er wachsam war, auch wenn er sich so charmant gab.
„Hier ist es schöner als in deinem Schlafzimmer."
„Ich hätte dich gleich hierher gebracht, aber das Portal öffnete sich nun mal in meinem Schlafzimmer. Und ich hatte Angst, dich noch weiter zu tragen."
Seine ernste Antwort machte ihre Versuche zunichte, einen lockeren Ton anzuschlagen.
„Warum hast du deine Meinung geändert, Gray?", fragte sie. „Ich bin dir dankbar. Wirklich. Aber zuerst wolltest du mir nicht helfen. Warum jetzt?"
„Was deine Schwester getan hat, war nicht deine Schuld. Es ist einfach nicht fair, dich dafür büßen zu lassen."
„Danke", sagte sie trocken. „Du bist ein Heiliger."
Unsicher fuhr er sich mit der Hand durch die feuchten Haare. „Ich war ein Arsch, ich weiß."
„Ja. Das kann man so sagen."
Er lachte, und dieses Lachen berührte sie. Es erinnerte sie an den Gray von früher, den Gray, der kein egoistischer Mistkerl war. Doch sie selbst wusste besser als jeder andere, dass ein Mensch sich durch eine Tragödie völlig verändern konnte.
Gray würde nie mehr der sein, der er früher gewesen war.
Genauso wenig wie sie.
Vorsichtig setzte Gray sich zu ihr aufs Bett. Einen Moment lang dachte sie, er wollte ihre Hand halten oder ihr Gesicht streicheln, doch das tat er nicht. „Ich werde dir helfen, Lu-

cinda. Du kannst in Nevermore bleiben. Ich werde dir offiziell Zuflucht bieten. Ember ist bereit, dir eine Stelle in ihrer Teestube zu geben, Unterkunft und Verpflegung inklusive. Es gibt noch ein kleines Apartment in ihrem Haus, im selben Gebäude wie die Teestube, eine Etage über ihrer eigenen Wohnung. Man muss dort nur mal ordentlich sauber machen, aber dabei helfe ich dir gern."

„Das kann ich nicht riskieren."

„Was kannst du nicht riskieren?"

„Du. Ember. Die Stadt. Bernard wird mich finden, und er wird diesen Ort dem Erdboden gleichmachen, um mich zu kriegen."

„Zur Hölle mit ihm!" Grays Miene verdüsterte sich. „Ich bin ein Drache. Ein Ehrenmagier. Der Hüter von Nevermore. Das wird er nicht wagen."

„Allein deine Titel werden ihn zu Tode erschrecken."

„Wenn du glaubst, dass du ein zu großes Risiko für Nevermore darstellst, wieso bist du dann überhaupt hierhergekommen?"

„Um dich zu bitten, mich zu heiraten." Lucinda seufzte. „Falls du dich erinnerst, war ich gerade dabei, die Stadt zu verlassen, als …" Alles Blut schwand aus ihrem Gesicht, als die Erinnerung zurückkam. „Marcy."

„Cathleen hat sie schon begraben." Sein Ton verhieß, dass er am liebsten Cathleen begraben würde. Lebendig. „Offensichtlich heute Morgen. Ohne jemanden zu informieren. Aber heute Abend veranstaltet sie ein Leichenmahl für sie."

„Da würde ich gerne hingehen."

„In Ordnung." Er rieb sich das Kinn. „Ich kann einfach nicht glauben, dass Cathleen das Café wieder geöffnet hat."

„Sie hatte gar nicht geschlossen, obwohl ihre Stieftochter gestorben ist?"

„Noch schlimmer. Ich habe es schließen lassen, weil sie Auflagen verletzt hat. Es gab einen Inspektionstermin, aber zu dem bin ich nicht erschienen, weil ich mit dir traumgehen war. In den alten Gesetzesbüchern hat sie einen Paragrafen gefunden, der für diesen Fall das Öffnen der Gaststätte vorsieht. Jetzt darf ich erst in dreißig Tagen wieder eine Inspektion durchführen. Bis dahin wird sie alles in Ordnung gebracht haben, und ich gucke in die Röhre."

Lucinda nahm Grays Hand. „Das tut mir leid. Das Café scheint wichtig für Nevermore zu sein. Nur schade, dass eine so egoistische und grausame Person es führt."

Gedankenverloren betrachtete Gray ihre Finger, und sie kam sich plötzlich dumm vor. Doch als sie versuchte, ihre Hand wegzuziehen, legte er seine andere Hand auf ihre und hielt sie fest.

„Du liegst hier, vollkommen erschöpft durch diesen elenden Fluch, der dich nur strafen konnte, weil du ein Mädchen retten wolltest, das du kaum kanntest. Und du bringst sogar noch die Kraft auf, mich wegen einer solchen Lappalie zu trösten."

„Für dich ist es keine Lappalie."

Er starrte weiter auf ihre Hand, dann sah er sie an. „Dich zu heiraten ist die einzige Möglichkeit, dich zu beschützen."

„Bernard kann das eheliche Band zwischen magischen Wesen nicht brechen. Wenn ich deine Frau wäre, wäre ich so gut beschützt, dass nicht einmal er etwas dagegen machen könnte." Gray sollte wissen, wie gering ihr Beitrag zu dieser Ehe sein würde. „Wenn du mich heiratest, beendet das nicht den Fluch. Nichts kann daran etwas ändern. Meine Thaumaturgie ist dadurch praktisch nutzlos."

„Wir werden eine Möglichkeit finden, dich von dem Fluch zu befreien."

Mit rasendem Herzen starrte Lucinda ihn an. „Gray, was sagst du da?"

„Ich werde dich heiraten."

Völlig überrascht von dieser Eröffnung, konnte Lucinda

nichts weiter tun, als ihn stumm anzustarren.

„Es ist keine Liebesheirat“, stellte Gray klar. „Aber ich erwarte, dass wir das Bett teilen. Und die Verpflichtungen des Hüters. Was dir an magischen Fähigkeiten zur Verfügung steht, muss zum Schutz der Stadt eingesetzt werden, das gilt für dich genauso wie für mich. Du wirst in jeder Hinsicht meine Frau sein, Lucinda.“

Außer in deinem Herzen. Traurig dachte sie über seine Worte nach. Das hier war definitiv keine Romanze. Sie brauchte ihn, und selbst wenn er es nicht zugab – er brauchte sie auch. Und falls ihr gemeinsamer Traum irgendeine Bedeutung hatte, war wenigstens mit sensationellem Sex zu rechnen. Das war schon mehr, als sie erwarten konnte – und mehr, als sie mit Bernard gehabt hatte. Wenigstens hielt Gray mit seinen wahren Gründen nicht hinterm Berg und sagte ihr freiheraus, was er dachte. Ihr war eine Ehe ohne Liebe, dafür aber auf Augenhöhe und mit gegenseitigem Respekt lieber, als die Geliebte eines Mannes zu sein, der zwar behauptete, sie zu lieben, sie aber dennoch bewusstlos prügelte.

„Und wenn wir eine Möglichkeit finden, den Fluch aufzuheben?“

„Wenn wir den Fluch aufheben und Bernard keine Bedrohung mehr für dich darstellt“, erklärte Gray, „werde ich dir die eheliche Absolution erteilen.“

Erleichterung und Traurigkeit erfüllten sie gleichermaßen. Er wollte sie nicht, nicht wirklich jedenfalls. Doch sie war schon bald in Sicherheit. Ihr war zum Weinen zumute, doch sie hatte schon zu viele Tränen vergossen. „Ich bin mit deinen Bedingungen einverstanden. Ich danke dir, Gray.“

Er nickte kurz, dann ließ er ihre Hand los und stand auf. „Ich werde mit Ember und Sheriff Mooreland wegen der nötigen Vorbereitungen sprechen.“

„Wann?“

„Jetzt.“ Gray sah sie ein wenig belustigt an. „Sie sind unten und reparieren die Hintertür. Mooreland wusste nicht mehr, dass unter der Fußmatte ein Hausschlüssel liegt. Also hat er die Tür aufgebrochen."

„Wie lange haben wir eigentlich geträumt?" Sie betrachtete die winzigen Blümchen auf der Bettdecke.

„Drei Tage. Lucinda?"

Ihre Blicke trafen sich. Gray deutete auf das Zimmer und runzelte die Stirn. „Ich weiß, es ist nicht gerade eine romantische Zeremonie, wenn die Braut krank im Bett liegt, aber ..."

„Für mein Eheversprechen werde ich aufstehen", sagte sie mit fester Überzeugung. „Ich brauche nur ein wenig Ruhe. Und diese Suppe, die du mir angekündigt hast."

„Taylor kann die Zeremonie jederzeit durchführen."

Lucinda verstand. Gray wollte eine pragmatische, gesetzliche Eheschließung. Natürlich ging es ihm nicht um eine große Feier – das würde ihn wohl auch zu sehr an die Hochzeit mit ihrer Schwester erinnern. Damals war es eine Liebeshochzeit gewesen, zumindest für ihn. Ein schönes Kleid und Blumenschmuck waren nicht nötig, denn ihre Ehe diente einzig und allein einem praktischen Zweck. Gray war ihr Beschützer. Und im Gegenzug für sein Engagement versprach sie ihm ihre Loyalität und das bisschen Zauberkraft, das ihr noch blieb.

Es war gut, so ganz ohne Schnörkel. Die Wahrheit, so schrecklich sie auch sein mochte, war immer besser als eine hübsch verpackte Lüge.

„Wo sind meine Kleider?"

„Im Bad. Ich stecke sie in die Waschmaschine."

„Nein."

Prüfend musterte er Lucinda, und sie biss die Zähne zusammen. Eben noch hatte sie beschlossen, dass die Wahrheit besser war als Lügen – und jetzt wollte sie ihm nicht verraten, was sie bewegte. Bernard wollte sie aus mehreren Gründen wiederhaben, vor allem, weil er etwas brauchte, das sie gestohlen hatte. Und dann war da auch noch Marcys Geheimnis.

Sie wollte Gray so gerne vertrauen. Aber was, wenn sie es ihm sagte … und er dann keine Heirat mehr wollte? Was, wenn er feststellte, dass sie den ganzen Ärger nicht wert war?

Dann ist er nicht der Mann, für den ich ihn halte.

Gray starrte sie immer noch an und wartete auf eine Erklärung. Er schien ihre Gewissenskonflikte zu spüren und ließ ihr Zeit. Vertrauen beruhte auf Gegenseitigkeit. Sie musste damit aufhören, ihm zu misstrauen.

Sie würde den ersten Schritt machen.

„Marcy hat mich gebeten, etwas für sie aufzubewahren. Ich sollte es nehmen und Nevermore verlassen."

„Was nehmen?"

„Es ist in meiner Hosentasche. Ein kleiner roter Beutel. Ich weiß nicht, was darin ist."

Prüfend musterte Gray ihr Gesicht. „Du hattest erst nicht vor, es mir zu sagen."

„Deshalb musste sie sterben, Gray. Sie gab es mir, damit ich darauf aufpasse. Und jetzt vertraue ich es dir an. Um ihretwillen." Alles andere blieb ungesagt. Aber er wusste, was sie sagen wollte: Lass uns bitte nicht hängen.

„Ich kümmere mich darum." Er zögerte, dann kam er noch mal zurück zu ihrem Bett und küsste sie sanft auf den Mund. „Und ich kümmere mich auch um dich."

Das war fast besser als ein Eheversprechen.

Fast.

7. KAPITEL

Gray saß mit Ember und Taylor am Küchentisch und mampfte Embers Chocolate-Chip-Plätzchen. Er hatte den beiden gerade von Lucindas misslicher Lage erzählt und von der Lösung, auf die sie sich gemeinsam geeinigt hatten: die Ehe.

„Bist du eigentlich von allen guten Geistern verlassen?“ Taylor starrte ihn fassungslos an. „Du willst schon wieder eine Rackmore-Hexe heiraten? Und nicht irgendeine, sondern ausgerechnet die Schwester deiner Exfrau? Eine, die von einem Raben verflucht wurde?“

„Wenn du es so sagst“, Gray nickte, „ja.“ Das alles klang wirklich mehr als verrückt. Es war verrückt. Doch es war die einzige Chance für Lucinda, denn andernfalls würde Bernard Franco sie irgendwann finden und umbringen.

Oder sie noch mehr quälen.

Gray dachte an all die kleinen Narben, die ihre blasse Haut bedeckten. Am liebsten würde er dieses Schwein Stück für Stück auseinandernehmen. Dieser widerliche Mistkerl. Ganz sicher hatte Franco ihr diese Wunden zugefügt, sich an ihrem Blut und ihrem Schmerz ergötzt, ihr Leiden genossen. Warum um alles in der Welt hatte sie sich das gefallen lassen?

„Ember, ich gebe es ja nicht gerne zu, aber diese Plätzchen schmecken so gut wie die von meiner Mama.“ Taylor seufzte zufrieden und nahm sich noch eins.

„Wie lieb von dir“, erwiderte Ember. „Danke schön.“ Sie selbst aß nichts, zu fasziniert war sie von den beiden Büchern, die vor ihr auf dem Tisch lagen. Das eine war groß und hatte einen Ledereinband, der entfernt an Sattelleder erinnerte, und trug den Titel „Der alte Westen“. Das andere Buch war wesentlich kleiner und dünner, eher wie ein Gedichtband. Es war blau wie das Meer, und der Titel war in Wellenform geschrieben.

„Könntest du wohl noch mal meinen Einband kratzen, Ember?“, fragte das Lederbuch. „Mein eigener Enkel tut so was nicht.“

„Ich finde es komisch, meinen Großvater zu kraulen, selbst wenn er ein Buch ist“, rechtfertigte sich Gray.

„Mich bitte auch kraulen, Ember“, meldete sich das kleine blaue Buch zu Wort. „Gray ist immer so geizig mit seinen Streicheleinheiten.“

„Weil du ein Mann bist.“ Gray hatte das Gefühl, sich erklären zu müssen. „Und jetzt hör auf, mit einer verheirateten Frau zu flirten.“

„Flirten ist ja nicht betrügen“, sagte Dutch oberschlau.

„Ich kann es nicht fassen, dass Sie zwei Seelenbücher haben.“ Ember kraulte beide Einbände, und die beiden Bücher schnurrten. „Ich durfte mal die spezielle Seelenbuchsammlung in der Ehrwürdigen Bibliothek besuchen. Da waren so viele Leute, die ihre Geschichten zu erzählen hatten. Ich hätte wochenlang dortbleiben und zuhören können!“

„Ich weiß ja, warum du Grit hier hast. Weil der alte Herr darum gebeten hat. Aber wie kommst du an Dutch?“ Das hatte Taylor schon lange interessiert.

Eigentlich wollte Gray nicht über die Bücher reden. Er wollte nach Lucinda sehen, aber nachdem sie ihm fünfmal versichert hatte, sie sei „okay“, war sie beim sechsten Mal etwas genervt gewesen und hatte ihn gebeten, er solle sie jetzt endlich in Ruhe lassen. Immerhin fühlte sie sich nach dem Teller Hühnersuppe etwas gestärkt. Gray hatte außerdem ein paar alte Sachen seiner Mutter ausgegraben. Sie waren Lucinda zwar zu groß, aber er konnte ja später immer noch mit ihr zusammen einkaufen, was sie benötigte.

In seinem mit einem Zauber gesicherten Safe im Obergeschoss bewahrte er Marcys roten Beutel auf. Er hatte nicht hineingeschaut, denn er wollte gar nicht wissen, was darin war. Noch nicht. Ganz sicher würde das, was Marcy aus

Nevermore hatte herausschmuggeln wollen, sein Leben nur noch komplizierter machen. Außerdem wäre Taylor sauer auf ihn, wegen Zurückhaltung von Beweismaterial. Andererseits konnte Taylor ihn mal! Gray kam sich plötzlich vor wie ein richtiger Griesgram – ein großer, alter, miesepetriger, mürrischer Griesgram.

Verdammt. Er mutierte langsam zu einem zweiten Grit.

„Ich hatte ihn darum gebeten, Dutch mit zu uns zu nehmen", erklärte dieser gerade.

Von der rauchigen Stimme seines Großvaters aufgeschreckt, sah Gray Taylor an. „Ich habe keine Ahnung, wie die beiden Freunde wurden. Die Bibliothekare waren jedenfalls froh, die beiden loszuwerden."

„Wir waren einfach zu viel für sie", stellte Dutch klar. „Zu rechtschaffen."

Ember lachte und kraulte das kleine Buch noch einmal.

„Wie lange wird es dauern?", erkundigte sich Gray. „Brauchst du was Bestimmtes?"

Taylor leckte sich die letzten Plätzchenkrümel von den Fingern. „Wofür?"

„Um mich und Lucinda zu verheiraten."

„Jetzt?"

Aufmerksam blickte Ember auf. Ihr dunkles Auge ruhte auf ihm, und Gray widerstand dem Drang, seinen Blick abzuwenden. Dass er Lucinda keine Traumhochzeit bot, dafür musste er sich nicht schämen. Sie war damit einverstanden, dass die Angelegenheit schnell und einfach über die Bühne gebracht wurde. Schließlich waren sie nicht verliebt, sondern trafen bloß eine Abmachung. Mit Vorteilen für beide Seiten.

„Geben Sie dem Mädchen keine Gelegenheit, etwas zu organisieren?", fuhr Ember ihn an. „Sie braucht ein Kleid und Blumen. Und haben Sie schon einen Ring besorgt?"

Gray errötete. An den Ring hatte er gar nicht gedacht. Die Frau des Hüters sollte zumindest ein Symbol für ihr eheliches

Band besitzen, das stimmte. Er selbst trug keinen Schmuck und besaß auch keinen, den er ihr geben konnte. Verdammt.

„Sind Sie etwa damit einverstanden, dass die beiden heiraten?“, wollte Taylor wissen. Er betrachtete Ember, als wäre ihr ein zweiter Kopf gewachsen. „Im Ernst?“

„Wenn mein Enkel der Meinung ist, er müsse in den Hafen der Ehe einlaufen, dann soll er doch.“ Grit stand der Heirat anscheinend ganz entspannt gegenüber.

„Vor allem, wenn die Kleine süß ist“, fügte Dutch hinzu.

„Entschuldigt mich kurz.“ Gray nahm die beiden Bücher.

„Hey, Mann! Vorsicht mit dem Einband!“

„Was soll denn das? Wo bringst du uns hin?“

„In die Bibliothek.“

Die beiden Bücher begannen zu protestieren und sich zu beschweren. Grit sagte, die anderen Bücher rieben unangenehm an seinem Einband, und Dutch fand es in der Bibliothek muffig und gruselig. Gray legte die beiden auf den Schreibtisch, wo bereits stapelweise Bücher lagen, außerdem alte Papiere und irgendwelches Zeug, für das er keinen anderen Platz gefunden hatte. Wie jedes andere Zimmer in diesem Haus war auch dieses vollgestopft mit Erinnerungen an alte Zeiten, an seine Vergangenheit und die anderer Calhouns. Er fragte sich, wie alles so aus dem Ruder hatte laufen können.

„Und wie lange sollen wir hierbleiben?“

„Ich muss heiraten. Und dann werde ich mit meiner Frau zum Leichenmahl von Marcy gehen, der Frau, bei deren Rettungsversuch sie selbst fast umkam. Und danach gehen wir ins Bett.“

Dutch kicherte. Gray klopfte gegen seinen Einband. „Schluss damit. Lucinda braucht Ruhe.“

„Aha. Ist sie hübsch? Ich wette, sie sieht toll aus nackt.“

„Du wirst es nie erfahren.“

„Das ist hart, Kumpel. Echt hart.“

„Ich hole euch morgen wieder ab. Falls ihr euch benehmt.“

„Ich hasse es, ein Buch zu sein“, stellte Grit fest. „Warum habe ich bloß darum gebeten, ein Seelenbuch zu werden? Ich hätte mich für einen Sessel entscheiden sollen. Oder ein Windspiel.“

„Gute Nacht, Grit. Und du, benimm dich, Dutch.“

Sie murmelten ihm einen Gutenachtgruß zu. Als Gray zurück in die Küche kam, nahm Ember das Gespräch wieder auf. „Es soll alles so sein. Aber diese pragmatische Art, sich das Eheversprechen zu geben, finde ich unwürdig.“

„Lucinda und ich haben uns darauf verständigt, es schlicht zu halten. Wir sind uns einig darin, dass diese Ehe lediglich eine für beide Seiten nützliche Abmachung ist.“

„Sie bekommt ihren Schutz“, sagte Ember leise. „Und was bekommen Sie?“

„Eine Frau, die mich nicht an einen Dämon verkauft, um ihre eigene Haut zu retten.“

Ember verdrehte die Augen und seufzte. „Ich kann die Zeremonie durchführen. Ich bin eine Priesterin der Göttin.“

„Nein danke, Ember.“ Lucindas zaghafte Stimme erklang aus dem Flur. „Gray und ich hätten es lieber, wenn Sheriff Mooreland das erledigt.“

Gray richtete den Blick auf sie und stand auf. Während er auf Lucy zueilte, verkrampfte sich sein Herz vor Sehnsucht und Sorge zugleich. Sie stand in den Türrahmen gelehnt und sah zerbrechlich und wunderschön aus in dem grünen Kleid seiner Mutter. Es war ihr viel zu groß, doch die Farbe kleidete sie hervorragend. Ihr Haar fiel ihr in Locken auf die Schultern. Die Bezeichnung „braunes Haar“ war nicht richtig, denn sie hatte karamellfarbene und kastanienbraune Strähnen. Es sah weich und glänzend aus, und Gray gab dem Impuls nach, eine Strähne um seinen Finger zu wickeln. Ihre Haut war ganz zart und weiß, ihre Augen von langen dunklen Wimpern eingerahmt. Sie sah immer noch ausgezehrt aus, aber das konnte ihre Schönheit nicht trüben. Sie war ungeschminkt, aber sie brauchte auch gar kein Make-up. Gray betrachtete ihren Mund. Ihre Lippen waren blassrosa und samtweich.

„Hallo“, begrüßte sie Gray.

Er löste die Haarsträhne und zog Lucy in die Arme. „Ich wäre gleich zu dir gekommen.“

„Ich weiß.“ Es klang stolz, obwohl sie sich an ihn klammerte. „Aber ich wollte es probieren.“

„Du bist stark. Vermutlich schleppst du morgen schon wieder Felsbrocken.“

„Irgendeiner muss es ja tun.“

Er grinste sie an.

„Ich glaube es nicht“, murmelte Taylor.

„Was habe ich gesagt?“ Selbstgefällig nickte Ember den beiden zu. „Alles soll so sein.“

Gray ignorierte das unerwünschte Publikum. Lucinda fühlte sich so klein und leicht an. Er würde sie nicht nur neu einkleiden, er würde sie auch aufpäppeln. Womöglich zerbrach sie noch zwischen seinen Fingern, wenn er nur eine falsche Bewegung machte.

Sie musterte ihn und lächelte. Er war bereits für die Zeremonie umgezogen, trug ein Hemd und eine schwarze Hose und außerdem diese schicken Stiefel, die schwarzen mit dem Silberrand. Offensichtlich gefiel ihr, was sie sah, und Gray war froh, dass er sich chic gemacht hatte.

„Bist du bereit?“

„Ja.“

Wahrscheinlich wollte Lucinda gar nicht mit Samthandschuhen angefasst werden. Sie hatte es geschafft, allein die Treppe herunterzukommen und sich durch das unaufgeräumte Wohnzimmer zu kämpfen. Sie hatte einen würdigen Auftritt verdient. Und langsam begann Gray, diese Frau zu verstehen.

Also stellte er sich einfach neben sie. Als sie ihre Hand auf seinen Arm legte, legte er seine Hand auf ihre und versuchte seine Kraft in sie hineinströmen zu lassen. Sie stand ganz leicht an ihn gelehnt. Sie zitterte, und er wusste, welche Mühe es sie kostete, aufrecht zu stehen.

„Einen Moment noch." Ember schien noch nicht ganz zufrieden zu sein. „Mooreland, begrüßen Sie die Braut. Und Sie kommen zu mir, Gray. Wie sehen Sie denn aus!"

Dass Gray sie mit wütenden Blicken bedachte, ignorierte Ember einfach. Taylor folgte Embers Aufforderung als Erster und schritt schnell zu Lucinda hinüber, von der Situation alles andere als begeistert. Aber er umarmte die Braut sanft.

„Lange nicht gesehen."

„Ja", erwiderte Lucy. „Ich brauche wirklich mal einen Terminkalender."

Taylor lachte, und Gray hatte plötzlich Lust, seinem Freund eine reinzuhauen. Auch wenn es nur eine Zweckeheschließung war, so war Lucinda doch seine Braut, verdammt noch mal. Und da wollte er nicht, dass Taylor ... mit ihr scherzte.

„Hüter, kommen Sie her."

Er folgte Ember in eine Ecke der Küche, warf aber immer wieder einen Blick über seine Schulter. Die beiden unterhielten sich leise. Offensichtlich war seine Braut gerade dabei, den Sheriff um den Finger zu wickeln. Er wusste nicht genau, ob er das gut finden sollte.

„Hier."

Gray betrachtete den feinen Ring, den Ember ihm hinhielt. Drei Stränge aus verschiedenfarbigem Silber waren ineinander verschlungen. Er hatte diesen Ring an Embers Zeigefinger gesehen, es war einer von vielen Ringen, die sie trug. Er wusste sofort, dass er Lucinda gefallen würde. „Wie viel?", wollte Gray wissen.

Ember schlug ihm mit der flachen Hand auf den Hinterkopf.

Überrascht blinzelte er sie an.

Mit dem dunklen Auge warf sie ihm einen giftigen Blick

zu. „Sie haben wirklich keine Manieren. Für ein Geschenk bezahlt man nicht."

„Okay, ist ja gut. Tut mir leid."

„Und jetzt heiraten Sie, Sie Vollidiot."

Folgsam steckte er den Ring ein und ging zu seiner Braut. Sie sah blass aus, hielt sich aber wacker.

Dann stellten sie sich vor Taylor auf und gaben einander das Eheversprechen.

Die Zeremonie dauerte nicht länger als fünf Minuten. Eine rechtskräftige Eheschließung zwischen zwei magischen Wesen war keine komplizierte Angelegenheit, erst recht nicht in einer Stadt, in der die meisten Gesetze von Zauberern stammten. Schnell erreichten sie den entscheidenden Teil der Zeremonie. Taylor fragte zuerst Gray: „Was gibst du deiner Braut, um ihr zu zeigen, dass du an das Band glaubst, das euch von nun an verbindet?"

Gray zog den Silberring aus der Tasche. Allein Lucindas Blick reichte aus, um Ember ewig dankbar zu sein. „Diesen Ring gebe ich dir als Versprechen meiner Treue und Wertschätzung."

„Ich nehme deine Gabe an." Sie streifte sich den Ring über den Finger und lächelte Gray an. Das glückliche Funkeln ihrer Augen verhieß Gray, dass er alles richtig gemacht hatte. Es würde funktionieren. Viel besser als mit Kerren, denn diesmal gingen sie die Ehe unter ehrlichen Voraussetzungen ein und ohne Erwartungen an eine gemeinsame Zukunft. Sie konnten einfach ihre Zweisamkeit genießen und mussten nicht traurig sein, wenn es an der Zeit war, sich wieder zu trennen.

Jetzt wandte sich Taylor an Lucy und fragte sie: „Was gibst du deinem Bräutigam, um ihm zu zeigen, dass du an das Band glaubst, das euch von nun an verbindet?"

Gray wollte gerade sagen, dass er gar nichts haben wollte, doch da zog Lucinda zu seiner Überraschung etwas aus der Tasche des Kleides.

In ihrer Hand hielt sie einen kleinen, aus ihren Haaren geflochtenen Zopf, den sie zu einem Ring geformt hatte. „Diesen Ring gebe ich dir als Versprechen meiner Treue und Wertschätzung."

Fasziniert betrachtete er das Geschenk. Ein Ring aus ihren Haaren, und ein blaues Band hatte sie auch hineingewebt. Ihr Haar war weich und glänzend, fast wie lackiert. Sie hatte nichts, und doch hatte sie ihm ein Geschenk gemacht. Ihre Geste rührte ihn, erschütterte seine Seele.

Zu lange starrte er den Ring an.

Beschämt deckte Lucinda ihn mit ihrer Hand zu. „Entschuldige. Ich weiß gar nicht, was ich mir dabei gedacht habe. Wahrscheinlich würdest du niemals so ein albernes …"

Gray hob ihre Hand und steckte sich den feinen Ring an. „Ich nehme deine Gabe an."

Plötzlich bekam er Angst, dass das hier mehr war, als es sein sollte, und trotzdem perfekt. Diese und alle anderen Emotionen konnte er nicht anders zum Ausdruck bringen als durch einen zärtlichen Kuss.

„Dann muss ich diesen Satz ja nicht mehr sagen", meinte Taylor trocken.

Ember schniefte. „Halt die Klappe, du Idiot."

Lucinda saß am Küchentisch und war das reinste Nervenbündel. Sie hasste es, so kraftlos zu sein. Doch seit der großen Abrechnung hatte sie sich eigentlich nur noch so gefühlt. Gehetzt. Bedroht von der Dunkelheit. Als könnte sie nirgendwohin gehen, ohne gleich in eine Grube voller Dornen zu fallen.

Sie war so hilflos.

Schwach.

Dumm.

Aber jetzt? Oh Göttin. *Ich habe Gray geheiratet.*

Vor ein paar Minuten hatte Ember sie so fest umarmt, dass

ihre Wirbelsäule knackte, und ihr einen dicken Schmatz auf die Wange gedrückt. Taylor war wesentlich zurückhaltender gewesen, mit seinem kräftigen Händedruck und einem „Viel Glück euch beiden".

Wahrscheinlich war der Sheriff immer noch sauer auf Gray. Taylor hatte versucht, Lucinda zum Fall Marcy zu befragen, doch ihr neuer Ehemann hatte es unterbunden. Sie versprach aber, seine Fragen am nächsten Tag zu beantworten. Dann brachte Gray den Sheriff und Ember zur Tür.

Nachdem Ember gegangen war, hörte sie, wie Gray Taylor bat, noch einen Moment zu warten, dann polterten seine Schritte auf der Treppe nach oben. Als er wieder herunterkam, verließen beide das Haus. Worüber sie wohl sprachen? Über sie?

Ängstlich verschränkte sie ihre Finger ineinander. Und wenn schon, was spielte es schon für eine Rolle? Sie hatte Zuflucht gefunden, wenn auch nicht in Mexiko. Aber als Grays Ehefrau musste sie wenigstens nicht mehr immer mit diesem Blick über die Schulter leben. Bernard würde es sich zweimal überlegen, sich mit Gray persönlich anzulegen.

Aber ganz sicher würde er einen Weg finden, um an sie heranzukommen.

Wie immer.

„Alles in Ordnung?" Kurze Zeit später stand Gray in der Tür und betrachtete Lucinda. „Was für eine dumme Frage, entschuldige. Ember hat dir einen besonderen Tee zubereitet. Ich gieß dir was ein, okay?" Er ging hinüber zum Herd, und erst da bemerkte sie die Teekanne auf der vorderen Herdplatte. Gray öffnete sämtliche Schränke. Sie waren entweder leer oder mit allem möglichen Zeug vollgestopft, das überhaupt nicht in die Küche gehörte. „Ich muss nur erst eine Tasse finden."

Es war bemerkenswert, dass er in diesem Haushalt überhaupt etwas fand. In jedem Zimmer herrschte Chaos, von oben bis unten. Das vordere Zimmer bestand aus wuchtigen, klobigen Möbelstücken, auf denen sich Klamotten, Bücher und Kisten stapelten. Tische und Fußboden waren komplett vollgestellt. Überall hingen Spinnweben, und alles war verstaubt – inklusive der Familienbilder, Spiegel und Uhren.

Was machte Gray bloß den ganzen Tag? Warum konnte er nicht einmal ein bisschen Ordnung halten? Vielleicht war er als Hüter so viel beschäftigt, dass er keine Zeit zum Aufräumen hatte. Sie sah sich in der Küche um und verzog unwillkürlich das Gesicht. In und neben der Spüle stapelte sich schmutziges Geschirr. Bücher mit Zauberformeln, Kristalle und Schalen mit Gewürzen und Kräutern standen überall herum. Der Herd müsste mal gründlich geschrubbt werden. Ihr grauste es bei dem Gedanken, wie wohl der Backofen aussah.

In diesem Moment wusste Lucinda, wie sie Gray helfen konnte: Sie würde sein Haus in Ordnung bringen. So etwas tat doch eine Ehefrau, oder nicht? Zwar hatte sie keine große Erfahrung mit Hausarbeit, denn auch als Kind hatte sie zu Hause nicht helfen müssen. Ihre Mutter hatte einen Spüllappen nicht von einem Staubtuch unterscheiden können, und nachdem sie gestorben war, war Lucinda vor allem mit Überleben beschäftigt gewesen. Sie hatte nie lange genug an einem Ort gelebt, um sich über Sauberkeit Gedanken zu machen. Als Bernards Geliebte musste sie sowieso keinen Finger rühren, auch nicht, als sie in den Penthouse-Harem zurückgestuft wurde. Aber so schwer konnte Saubermachen und Aufräumen doch nicht sein, oder?

Natürlich war sie auch keine große Köchin, aber einfache Rezepte wie Lasagne oder Eintopf bekam sie hin. Sie war fest entschlossen, eine gute Hausfrau zu werden. Das war allemal besser, als sich jeden Tag aufs Neue überlegen zu müssen, wie sie an etwas zu essen kam, wo sie übernachten sollte und was sie alles bedenken musste, um Bernards Schergen zu entkommen.

Das Haus sauber machen. Kochen lernen. Eine gute Ehefrau sein.

Ganz einfach.

„Du siehst blass aus", stellte Gray fest. Die Suche nach einer Tasse gab er auf und ging vor ihr in die Hocke. Sorgenvoll sah er sie an. Wieso? Sie wusste, worum es in ihrer Ehe ging. Er hatte ihr klar zu verstehen gegeben, dass keine Gefühle im Spiel waren. Das durfte sie nicht vergessen. Obwohl es leicht war, in die Liebesfalle zu tappen. Aber hatte sie Bernard jemals wirklich geliebt? Er verstand es einfach vorzüglich, andere zu manipulieren und wie ein Puppenspieler die richtigen Strippen zu ziehen. Wieder schämte sie sich, dass sie auf seine Masche hereingefallen war und sich in seinem seidigen Netz verfangen hatte.

„Was muss ich tun", fragte Gray und nahm ihr Gesicht in beide Hände, „damit die Traurigkeit in deinen Augen verschwindet?"

Lucinda nahm seine Schuldgefühle wahr. Seine Vorstellungen von Pflicht und Integrität waren so klar, dass er unbedingt jedes Versprechen halten wollte, das er ihr gegeben hatte. Er würde sie sogar vergessen lassen, dass ihre Ehe nicht mehr war als eine pragmatische Vereinbarung.

„Ich bin einfach nur müde." Sie zerzauste seine Haare. Wie schön, dass sie das tun durfte! Er war ihr Ehemann. Hätte man ihr prophezeit, sie würde eines Tages Gray Calhoun heiraten, hätte sie die Person für verrückt erklärt. Aber ganz offensichtlich war sie es, die verrückt war.

Sein Blick veränderte sich. Er nahm ihre streichelnde Hand und küsste ihre Fingerknöchel. Merkte er denn nicht, wie romantisch seine Gesten waren? Wahrscheinlich nicht. Es war einfach seine Art, Frauen so liebevoll zu behandeln. Nicht einmal Kerrens Verrat hatte seinen Respekt vor Frauen und sein Bedürfnis, sie zu beschützen, zerstören können.

„Würdest du dich weiter vorn auf die Stuhlkante setzen?", bat er sie.

Sie fragte nicht, warum. Sie rutschte einfach nach vorn und

wartete ab. Ihre Fügsamkeit schien ihm zu gefallen, und er griff nach dem Saum ihres langen Kleides.

„Was machst du da?"

„Phase eins meines Plans, die Traurigkeit in deinen Augen verschwinden zu lassen." Er sah sie an. „Ich möchte, dass du fröhlich bist."

„Und wie willst du das machen?"

„Das werde ich dir jetzt zeigen, meine Frau." Er raffte ihr Kleid und schob es nach oben.

„Ich ..." Sie umklammerte den Stoff und leckte sich nervös die Lippen. „Es gab keine ..." Ihr Gesicht glühte. Gray sah sie fragend an, weil sie den Satz nicht beendete. „Unterwäsche."

„Wirklich?" Seine Stimme klang heiser.

Zu seiner Freude trug sie tatsächlich keine Unterwäsche. Ihre eigene war in der Wäsche. Wo ihre Reisetasche war, wusste sie nicht. Sie hatte sich geschämt, Gray danach zu fragen. Dass sie keinen BH trug, hatte das durchsichtige Material des Kleides schon längst verraten.

Einen Moment lang sagte Gray gar nichts, sondern genoss einfach den Anblick, der sich ihm bot. Sie fühlte sich ausgeliefert und nervös. Es war eigenartig, sich so vor ihm zu entblößen. Was hatte er vor?

Langsam beugte er sich vor, ganz nah, und küsste die sensible Stelle zwischen ihren Beinen.

Sie keuchte. „Gray!"

„Was?"

„Du kannst doch nicht einfach ..." Sie versuchte ihre Atmung zu normalisieren. „Willst du mich verführen?"

„Ich bin ja nicht dein erster Mann." Dann sah Gray sie eindringlich an. „Sag jetzt nicht, um diese sensible Stelle hat sich noch nie einer gekümmert."

Ihr Gesicht brannte vor Scham. Sie wandte den Blick ab. „Nein."

„Lucinda. Sieh mich an."

Es kostete sie Überwindung, aber sie schaffte es. Da war doch noch ein Rest von Stolz.

„Es ist mir egal, wie viele Liebhaber du hattest. Jetzt gibt es nur noch uns. Alles andere zählt nicht."

Auf keinen Fall sollte er denken, sie hätte mit endlos vielen Männern geschlafen. Ihm mochte das egal sein, ihr aber nicht. Sie war kein Flittchen, auch wenn Bernard ihr das Gefühl gegeben hatte, eins zu sein. Er hatte sie nie mit seinem Mund da berührt, wo Gray sie gerade geliebkost hatte. Er wollte ihr nie Lust bereiten, und im Grunde genommen war Sex mit ihm für Lucinda nie befriedigend gewesen. Bernard wollte ihr das immer einreden. *Du bist frigide, Liebling. Aber keine Sorge. Ich werde meine kleine Eiskönigin immer lieben.*

„Was denkst du, wie viele Männer Lust haben, mit einer Rackmore zu schlafen?", fragte sie sanft. „Nach der großen Abrechnung hat kein Mensch mehr mit mir gesprochen, geschweige denn sich mit mir verabredet. Und vor Bernard hatte ich keinen Mann." Sie wuschelte wieder durch Grays Haare, und diesmal schien es ihn nicht zu stören. Bei Bernard musste sie immer so vorsichtig sein. Er hasste es, berührt zu werden – doch sie selbst sehnte sich nach Berührung. Sie wollte Zärtlichkeit, geben und empfangen. Das ging nicht mit Bernard. „Er hat in mir nie die Gefühle ausgelöst, die ich in unserem Traum für dich empfunden habe."

„Und die waren welcher Art?" Sein Blick war geheimnisvoll. Seine Hände ruhten auf ihren Oberschenkeln, die Daumen beschrieben Kreise auf ihrer Haut.

„Als ob ich brennen würde und du der Einzige wärest, der dieses Feuer löschen kann."

„So sollte es sein." Gray betrachtete sie neugierig. „Du hast also nur mit ihm geschlafen?"

„Ich wünschte, ich hätte es nie getan. Ich wünschte, ich wäre ihm nie begegnet."

„Das Gefühl kenne ich."

„Da haben sich ja zwei gefunden." Sie lachte bitter. „Jeder von uns schleppt so viel mit sich rum, dass es schon an ein Wunder grenzt, dass wir überhaupt von der Stelle kommen." Sie streichelte die Narbe an seiner Schläfe. „Was machen wir hier, Gray? War das alles ein Fehler?"

„Wir haben uns für einen gemeinsamen Weg entschieden." Er drehte den Kopf, um ihre Handfläche zu küssen, dann sah er sie an. „Ich werde dich nicht im Stich lassen."

Sie hatte gar nicht gemerkt, dass sie weinen musste – doch jetzt kullerten ihr Tränen die Wangen hinab. Wieso spürte er, was sie selbst nicht gewusst hatte? Dass sie sich tatsächlich im Stich gelassen fühlte. Von ihrem Vater, der Selbstmord begangen hatte. Von ihrer Mutter, die sich so nach ihrem Liebhaber verzehrte, bis ihr Herz versagte. Von ihrer Schwester, die unsagbare Schuld auf sich geladen hatte. Alle Menschen, die ihr nahestanden, hatten ihr immer wieder die schmerzliche Wahrheit vor Augen geführt: *Niemand will mich.*

War es da ein Wunder, dass sie auf Bernards Schmeicheleien reagierte? Er war grausam gewesen, ja. In einer Woche hatte er sie mit Geschenken überhäuft, in der nächsten sie halb bewusstlos geprügelt.

Die Scham über sich selbst war grenzenlos. Sogar jetzt, wo sie sich sicher fühlte und frei war, fand sie sich nicht gut genug, von Gray beschützt zu werden. Sie hasste es, dass sie seinen Schutz brauchte. Ihn brauchte. Denn sie allein war nicht stark genug.

„Lucinda."

„Es tut mir leid. Ich kann einfach nicht aufhören zu weinen."

Sein Blick wanderte wieder nach unten zwischen ihre Beine. „Ich will dich verwöhnen, Liebling. Ich mache, dass es dir gut geht."

Ihr körperliches Vergnügen zu verschaffen war der einzige Trost, den er ihr anbieten konnte – und sie würde ihn annehmen. Sie wollte nicht mehr traurig sein, also öffnete sie die Schenkel für ihn und streichelte sein Haar, als er seinen Kopf beugte.

„Du bist feucht." Seine Zunge berührte ihre Schamlippen, erst auf der einen, dann auf der anderen Seite. Dann leckte er ihren Kitzler, kurz und heftig. Er bedeckte ihre geschwollene Scham mit vielen kleinen Küssen.

Ihre Lust perlte wie Champagner, schimmerte wie Sonnenlicht auf Frühlingsblumen, toste wie unerwartete kleine Wasserwirbel in einem ruhigen Gewässer.

Benommen warf sie den Kopf in den Nacken und schloss die Augen.

Er nahm sich Zeit. Ganz viel Zeit. Schmeckte sie, leckte sie, küsste sie. Er saugte den Beweis ihrer Lust auf wie ein Mann, der ein exquisites Dessert verspeiste. Ihre Haut kribbelte, ihre Brustwarzen wurden hart und schmerzten. Sie rang nach Atem, ihr Herz schlug so heftig, als wollte es zerspringen.

Die Spirale der Lust drehte sich schneller und schneller.

„Gray!" Es klang wie ein Flehen.

Noch einmal ließ er seine Zunge über ihrem Kitzler kreisen und brachte sie immer näher an den Höhepunkt.

Lucinda stöhnte.

Seine Finger gruben sich in ihre Oberschenkel, und ein letztes Mal saugte er aufreizend – und dann kam sie.

Es war wie eine gewaltige Implosion, doch Gray hielt sie fest, ließ zu, dass sie sich in seine Haare krallte, um Halt zu suchen. Er drückte sein Gesicht an sie, kostete mit der Zunge ihre pulsierende Scham.

Dieses Gefühl war … unfassbar. Lucinda konnte nicht beschreiben, was sie empfand. Es war wie tosender Wind, wie das Krachen heftiger Wellen an eine Steilküste, wie Sternschnuppen, die vom Himmel fielen – es war wunderbar.

Irgendwann beruhigten sich ihr Körper und ihre Sinne.

Als sie die Augen öffnete, kniete Gray noch immer vor ihr.

Sie las Zufriedenheit in seinen Augen und natürlich auch Lust. Dieselbe Lust, die durch ihren Körper hallte. Wenigstens auf diese Weise waren sie miteinander verbunden.

„Ich glaube, ich bin gerade gestorben", erklärte sie ihm. „Aber ich war im Himmel."

Wann hatte sie sich zum letzten Mal so herrlich leicht gefühlt? Körperliche Entspannung war keine üble Therapie gegen schlechte Laune. Das könnte zu ihrer Lieblingsmethode werden.

Gray küsste sie ein letztes wunderbares Mal, dann strich er ihr das Kleid sanft hinab. Er stand auf, ohne sie dabei aus den Augen zu lassen. Was jetzt, fragte sie sich. Sie kam sich seltsam vor, unsicher. Bei Bernard hatte sie nie die Initiative ergriffen. Er hätte es auch gar nicht gestattet, er wollte die Führung behalten. Immer.

„Lass uns nach oben gehen", schlug sie vor. „Falls du es nicht … lieber hier machen willst." Warum hatte sie bloß nicht mehr Selbstvertrauen? Langsam streckte sie die Hand aus und berührte seine deutliche Erektion.

„Lucinda." Er trat einen Schritt zurück. „So funktioniert das nicht."

Sie blickte fragend auf seinen Schritt. „Ich dachte, die funktionieren alle gleich."

„Das habe ich nicht gemeint. Komm schon." Lachend streckte Gray ihr die Hände hin und zog sie hoch.

Ihre Beine waren weich wie Gummi. Sie knickte sofort ein.

Gray fing sie auf. „Du solltest dich vor dem Leichenmahl besser noch etwas ausruhen."

„Aber wir sind noch nicht fertig. Also, du noch nicht. Hey!" Sie funkelte ihn böse an. „Kommandierst du mich eigentlich gerade herum?"

„Ja." Er küsste sie wieder. Innig. Sie schmeckte sich selbst an seiner Zunge. „Ich habe vor, ganz oft mit dir zu schlafen."

„Ich soll also einfach deinen animalischen Trieb akzeptieren, richtig?“

„Ich mag es, wenn du dich opferst. Aber vielleicht könntest du dein Schreien auf ein Minimum reduzieren?“

Sie lächelte. War sie wirklich so laut gewesen? „Keine Chance.“

8. KAPITEL

Als Taylor zurück ins Büro kam, blieb ihm noch eine knappe Stunde Zeit, bis das Leichenmahl begann. In Nevermore machten Neuigkeiten schnell die Runde, und so hatte er keinen Zweifel daran, dass gleich alle im Café auftauchen würden, um der liebenswerten Marcy die letzte Ehre zu erweisen. Vor allem, da niemand zur Beerdigung eingeladen gewesen war.

Cathleen war wirklich eine nichtsnutzige, unwürdige Person. Unangenehm, so jemanden zu kennen. Er hatte schon damals nicht verstanden, wie Leland Munch mit ihr anbandeln und sie auch noch heiraten konnte. Die halbe Stadt spekulierte darüber, dass Cathleen schuld am Tod ihres Mannes war – und auch Taylor hegte diesen Verdacht. Sicher hatte sie es nicht absichtlich getan. Vielleicht war Leland auch nur gestorben, um von ihr wegzukommen. Er seufzte. Die Welt konnte so ungerecht sein. Er schloss sein Büro auf, machte sich aber nicht die Mühe, das Licht einzuschalten. Im Dunkeln setzte er sich an seinen Schreibtisch und knipste die Schreibtischlampe an. Der Lichtkreis beleuchtete die Fotos von dem Unfall, den er und Ren gestern aufgenommen hatten.

Der Mustang war ein echter Klassiker gewesen, eine richtige Schönheit. Wenn man davon absah, dass sein Besitzer ihm züngelnde Flammen auf die Motorhaube lackiert hatte. Jetzt waren Fahrer und Fahrzeug Totalschaden. So etwas passierte, wenn man zu viel Whiskey in sich reinschüttete und dann im wahrsten Sinne des Wortes die Kurve nicht kriegte – und gegen die zweihundertjährige Eiche prallte, die die Weggabelung markierte. Geradeaus führte der Brujo Boulevard zu den Daisy Estates, einer Siedlung von zehn Häusern, die alle um die hundert Jahre alt waren. Manche waren richtig chic und andere weniger. Links bog die Straße nach Old Creek ab, hier ging es zu Harleys und Rens Farm, zum Friedhof und schließlich weiter zum See.

Der tödlich verunglückte Fahrer hieß Lennie Archer und war der jüngste Sohn von Henry und Maureen Archer, die in Daisy Estates wohnten. Insgesamt hatten sie fünf Kinder, vier lebten in anderen Bundesstaaten. Lennie war nicht gerade der Stolz seiner Eltern. Er lebte auf ihre Kosten, prügelte sich betrunken in Kneipen und behielt nie lange einen Job. Trotzdem waren die Archers natürlich vollkommen erschüttert vom Tod ihres Sohnes. Andererseits schienen sie irgendwie mit einer solchen Nachricht gerechnet zu haben.

Also schon wieder ein Leichenmahl. Was für eine Schande.

Anders als die meisten Einwohner von Nevermore waren die Archers nie Farmer gewesen. Ihnen gehörte in früheren Zeiten Archers' Kurzwaren- und Gemischtwarenhandlung. Aber schon vor Jahrzehnten hatten sie den Laden dichtgemacht, weil Henrys Großvater ein krankhafter Spieler war und das Vermögen der Familie auf der Pferderennbahn durchgebracht hatte. Nun besaßen die Archers nur noch ihr Haus und einige Anlagen, die ihnen aber genug einbrachten, um davon leben zu können.

Von April bis Oktober fand jeden Samstag auf dem zentralen Platz von Nevermore ein Bauernmarkt statt. Damit unterstützte man die heimische Wirtschaft. Was im Ort nicht angebaut oder gekauft werden konnte, bestellten die Leute im Internet. Manchmal taten sich auch einige zusammen und fuhren nach Dallas, um dort auf Vorrat einzukaufen.

So war das in Nevermore. Taylor wünschte sich, es wäre anders. Es wäre schön, wieder ein Geschäft im Ort zu haben. Dann kämen vielleicht auch Fremde wieder häufiger in die Stadt, und Nevermore würde sich wieder wie eine funktionierende Gemeinde anfühlen und nicht mehr wie ein Flüchtlingslager.

Taylor betrachtete die Bilder. Irgendetwas störte ihn, auch wenn er nicht genau sagen konnte, was. Die Reifen waren brandneu, war es das? Der Wagen war Lennies Ein und Alles gewesen, er behandelte ihn besser als seine eigene Mutter. Nein, etwas anderes irritierte ihn. Die beiden Todesfälle zur gleichen Zeit. Sicher war der Unfall Lennies eigener Dummheit zuzuschreiben. Aber so kurz nach Marcys Ermordung? Auf jeden Fall würde er sich bei Thomson noch mal nach den Reifen erkundigen. Wie die meisten Familien in Nevermore konnten auch die Thomsons ihre Geschichte bis zu den Anfängen der Stadt zurückverfolgen. Es war immer ein Thomson gewesen, der die örtliche Werkstatt führte – auch schon zur Zeit der Pferdekutschen. Sie waren alle Schmiede und Mechaniker.

Einen Arzt gab es in Nevermore dagegen nicht mehr und natürlich auch keinen Gerichtsmediziner. Es gab eine Heilerin mit magischen Fähigkeiten, Miss Natalie. Sie war inzwischen fortgeschrittenen Alters und hatte keine Nachfolgerin für ihre Praxis. Sie ließ sich nur selten in der Stadt blicken. Wer ihre Dienste in Anspruch nehmen wollte, fuhr zu ihr raus nach Daisy Estates, oder man wartete einfach ab bis zur monatlichen Sprechstunde von Dr. Green. Dr. Green versorgte mehrere kleine Städte im Umkreis und konnte deshalb nicht sofort den Totenschein für Lennie ausstellen. Er war überrascht gewesen, so kurz nach der Autopsie von Marcy wieder in die Stadt kommen zu müssen. Innerhalb der nächsten zwei Tage wollte er jedoch vorbeikommen. Bis dahin musste Lennie im Kühlhaus liegen. Gleich nebenan von Miss Natalies Haus stand das alte Krankenhaus, Operationssaal und Kühlhaus funktionierten noch.

Und Marcy war inzwischen unter der Erde, in einem einfachen Sarg aus Kiefernholz.

Taylors Herz begann zu klopfen, seine Augen brannten. Er heftete die Fotos und den Bericht in einen neuen Ordner, legte diesen auf die Akte „Marcy“ und ordnete den Stapel so an, dass er parallel zu seinem Terminkalender lag.

Dann zog er den roten Beutel aus seiner Hosentasche. Er

war immer noch verärgert, dass Gray ihm ein Beweisstück vorenthalten hatte.

„Ich habe es in der Nacht gefunden, es lag auf der Erde. Tut mir leid, Taylor. Ich habe es vergessen. Es muss mir aus der Jeans gefallen sein, als ich mich ausgezogen habe, um duschen zu gehen.“

Irgendetwas an dieser Geschichte stimmte nicht, das war klar. Aber was? Außerdem wüsste er gern, wieso der Hüter sich in eine laufende Mordermittlung einmischte. Gray war normalerweise nicht so überheblich.

„Der Inhalt dieses Beutels ist der Schlüssel zu ihrem Tod“, hatte Gray gesagt. „Ich vermute, das war auch der Grund, warum sie Nevermore verlassen wollte.“

Dann hatte Gray ihm davon erzählt, wie Marcy in der Gasse hinter dem Café im Regen gesessen und geweint hatte. Er berichtete ihm von Marcys blauem Auge und der aufgeplatzten Lippe und dass sie weggerannt war, als Gray ihr seine Hilfe anbot. Offensichtlich hatte sie eine Höllenangst – aber vor wem konnte man mehr Angst haben als vor dem Hüter? Auch wenn jeder wusste, dass Gray eigentlich nie da war für seine Stadt. Keiner verließ sich mehr auf ihn oder hatte Respekt vor ihm – das war traurige Realität. Es war an der Zeit, dass Gray etwas daran änderte, dachte Taylor. Nevermore brauchte seinen Hüter. Doch wie dem auch sei, er war ein mächtiger Zauberer – und auch das wusste jeder.

„Sie sagte, Lucy bekäme Ärger, wie wir alle. Was zum Teufel ist hier los?“

Taylor wusste es auch nicht. Er hatte nur dieses ungute Gefühl in der Magengrube, zwei Tote innerhalb einer Woche und einen mysteriösen Beutel, der offensichtlich unrechtmäßig in Marcys Besitz gelangt war. Lucinda hatte er noch immer nicht befragen können.

Jetzt öffnete er den Beutel und leerte ihn aus.

Heraus kullerte ein Augapfel.

Zumindest sah es so aus. Oval geformt, aus poliertem durchsichtigen Glas oder Kristall. In der Mitte befanden sich ein roter Kreis und darin ein schwarzer Punkt.

Dieses Ding wollte er nicht anfassen – am liebsten nicht einmal ansehen. Er wusste, es war ein magischer Gegenstand, denn es kribbelte in seinen Fingern, wenn er es berührte. Das ungute Gefühl in ihm wuchs sich zu einer handfesten Übelkeit aus.

Wie war Marcy an das Auge gekommen?

Und warum hatte sie es genommen?

Er würde es Ember zeigen. Am besten sollte er sie auf der Stelle zu seinem Deputy machen. Fürs Erste würde er das Ding im Safe einschließen. Gray höchstpersönlich hatte die Schutzformeln für die Metallbox gesprochen, die im Fußboden unter seinem Schreibtisch eingelassen war. Solange er nicht wusste, was das seltsame Auge darstellte – und was es konnte –, war es unter Verschluss am besten aufgehoben.

Er steckte es zurück in den Beutel. Es dauerte keine Minute, es im Safe zu sichern. Als er wieder hochkam, knackte es in seinen Knien, und sein Rücken schmerzte leicht. Waren das etwa erste Anzeichen des Alters? Er war doch erst fünfunddreißig – auch wenn er sich an manchen Tagen vorkam wie fünfundneunzig.

Taylor hatte Gray versprochen, die Hochzeitsdokumente noch am selben Abend fertig zu machen. Gray wollte jedes Schlupfloch vermeiden. Obwohl alle Frischverheirateten eine Urkunde bekamen, die ihren Bund bescheinigte, war es bei magischen Wesen etwas komplizierter. Wenn magische Wesen eine Ehe schlossen, verbanden sich ihre Kräfte. Das geschah automatisch und funktionierte beinahe wie ein Zauberspruch. Einige Wissenschaftler hielten es für eine Art Urreaktion, einen alten Kodex, der zwischen Seelengefährten aktiviert wurde und ihr Fortpflanzungspotenzial stärkte. Denn genau darum ging es – um die Erhaltung ihrer Art. Magische Wesen konnten sich scheiden lassen wie andere Paare auch, nur in ihrem Fall nannte man es „Absolution", und um sich von seinem magischen Partner trennen zu können, benötigte man die Hilfe von anderen Zauberern oder Hexen. Einhundert Jahre zuvor hatte es noch Gesetze gegeben, die eine Ehe zwischen magischen und weltlichen Wesen für illegal erklärten, obwohl bekannt war, dass bei einer Eheschließung die Zauberkräfte des magischen Wesens nicht auf den weltlichen Partner übergingen. Natürlich gab es auch damals Paare, die sich den Regeln der Gesellschaft widersetzten und heimlich heirateten. So war die menschliche Rasse nun mal programmiert: immer auf der Suche nach einer Brücke, die die Gräben verband ... nur um diese Brücke dann zu zerstören.

Taylor begriff immer noch nicht, wieso Gray die kleine Schwester von Kerren geheiratet hatte. Kerren war Kahls Handlangerin. Sie machte sich für ihn die Hände schmutzig. Und wenn man den Gerüchten Glauben schenken wollte, erledigte sie jeden noch so unappetitlichen Auftrag. Immer wieder gab es Versuche, sie aufzuhalten, doch sie war eine Halbdämonin und unsterblich. Alle Anschläge auf sie richteten nichts aus, und sie entkam immer ihren Häschern.

Taylor hatte langsam die Nase voll von Puzzlespielen.

Er hievte sich aus seinem Schreibtischstuhl. Am liebsten würde er sich jetzt ins Bett legen und bis zum Morgen durchschlafen. Verdammt. Er wurde wirklich alt.

Irgendwo in Arlenes Schreibtisch mussten die Hochzeitsurkunden sein – sie bewahrte die Originale auf. Sie war genauso gut organisiert und pingelig wie er, daher konnte er gut damit leben, dass sie sich um diese nervigen Formulargeschichten kümmerte.

Gähnend ging er von seinem Büro in den kleinen Flur mit dem schwarz-weiß gekachelten Fußboden und knipste das Licht an. Ungläubig starrte er auf Arlenes Schreibtisch.

Ein einziges Chaos.

Papiere quollen aus dem Posteingangsordner. Akten lagen geöffnet herum, in einer Ecke stand eine halb volle Tasse.

Unter dem Schreibtisch lag Arlenes Handtasche, in der sie für den Fall der Fälle einen Revolver aufbewahrte. Das missfiel Taylor zwar, doch sie wollte sich von ihrer Fünfundvierziger nicht trennen. Also hatte er sie mit der Waffe vertraut gemacht und ihr einen ordnungsgemäßen Waffenschein ausgestellt.

Niemals würde sie nach Hause gehen, ohne ihre Tasche mitzunehmen. In diesem Riesending war ihr Leben.

Trotzdem hatte jemand das Licht ausgemacht und abgeschlossen.

Taylor zog seine Waffe. Sein Büro war der größte Raum des Gebäudes, abgesehen von den Gefängniszellen im Keller und dem Magie-dämpfenden Raum, der für Kurzzeithaft und magische Quarantänen genutzt wurde. Beide Räumlichkeiten wurden aber so gut wie nie gebraucht. Hinter Arlenes Schreibtisch führte der Flur zu Rens kleinem Büro, dem Aufenthaltsraum, dem Vorratsschrank und dem Archiv.

Die Toiletten befanden sich am Ende des Ganges, gleich neben dem Notausgang.

Wo war Arlene? Plötzlich bekam Taylor Angst. Doch er tat, was er gelernt hatte, und begann sofort, das Gebäude systematisch zu überprüfen. Vielleicht lag Arlene irgendwo, bewusstlos. Oder … Nein. Sie war zu stur, um zu sterben.

Rens Büro war leer, genau wie der Aufenthaltsraum. Taylor schaltete in jedem Zimmer das Licht an – keine Spur von einem Eindringling. Und keine Spur von Arlene. Er wusste, dass es Unsinn war, trotzdem sah er im Vorratsschrank nach. Ein Berg Toilettenpapier, Regale voller Putzmittel und viel mehr Besen, als sie hier brauchten.

Als er weiter in Richtung Notausgang ging, sah er einen Stuhl, den jemand unter die Türklinke der Damentoilette geschoben hatte. Das war doch ein gutes Zeichen. Er atmete erleichtert auf.

„Arlene?"

Auf sein Klopfen bekam er keine Antwort. War sie etwa gestürzt und hatte sich den Kopf aufgeschlagen? Hatte jemand sie gefesselt und geknebelt? Er riss den Stuhl weg und wollte gerade die Tür öffnen, als diese von selbst aufschwang.

Da stand Arlene, ihre Kleider zerknittert, mit verschlafenem Gesicht. Nur sie brachte es fertig, ein Nickerchen zu halten, während sie auf Rettung wartete. „Das wurde aber auch Zeit! Ich bin schon seit Stunden hier eingesperrt!"

Er war so erleichtert, sie unversehrt zu sehen, dass er sie stürmisch umarmte und fest drückte.

„Alles okay", beruhigte sie ihn. „Es geht mir gut."

„Was ist passiert?"

Er schob sie in den Aufenthaltsraum und dirigierte sie auf einen Stuhl. Dann holte er ihr eine Flasche Wasser aus dem Kühlschrank und schmierte ihr ein Sandwich.

„Es war gegen sechzehn Uhr, ich wollte mir gerade einen Jasmintee machen. Das tat ich dann auch, aber er schmeckte irgendwie seltsam. Jedenfalls wurde mir richtig schlecht. Ich habe es kaum zur Toilette geschafft. Und dann habe ich mir fast die Seele aus dem Leib gekotzt!" Sie sah auf die Uhr. „Oje, fast sieben!" Dann fügte sie hinzu: „Weißt du, was? Zum letzten Mal war ich auf einer Toilette eingesperrt, als Jimmy mit Sekundenkleber das Schlüsselloch zugeschmiert hat. Damals war er elf!"

Arlene war immer stolz darauf gewesen, wie clever ihre Kinder waren, auch wenn sie selbst die Leidtragende war. Jimmy war inzwischen beim Militär und für geheime Missionen zuständig, über die er nicht sprechen durfte. Doch ganz egal, wo er gerade in der Welt unterwegs war, jeden Sonntagabend rief er seine Mama an.

„Wer hat dich wohl eingesperrt?"

„Wahrscheinlich nur ein dummer Kinderstreich", vermutete Arlene. Doch sie klang selbst nicht ganz überzeugt, und

Taylor glaubte auch nicht daran. So dumm war kein Kind, dass es in das Büro des Sheriffs eindrang und die Sekretärin einsperrte. Falls doch, würde er den Übeltäter finden, und der konnte sich schon mal darauf freuen, einen Monat lang den Müll auf der Cedar Road einzusammeln.

„War denn vor sechzehn Uhr jemand hier?"

„Nur Ren. Er hat dir die Fotos auf den Schreibtisch gelegt, seine Mails gecheckt und war dann wieder weg. Ich habe ein paar Anrufe gemacht wegen Marcys Leichenmahl. Die Leute sind nicht gerade begeistert darüber, dass Cathleen wegen der Beerdigung niemandem Bescheid gesagt hat."

„Vermutlich gab es gar keine. Wahrscheinlich hat sie sie einfach in die Erde versenken lassen, ohne auch nur ein Gebet."

„Tja." Arlene runzelte die Stirn. „Ach so, Trent war auch kurz hier. Atwood hat ihn geschickt, er solle Anzeige gegen Cathleen erstatten wegen illegaler Müllentsorgung." Sie wedelte mit der Hand. „Und Ant hat vorbeigeschaut, er hatte ein paar Vorschläge für meinen neuen Rosengarten. Aber das war schon früher."

„Er legt für dich einen Rosengarten an?"

„Oh ja. Der Junge hat wirklich Talent. Und ich wollte schon immer einen Rosengarten."

Taylor hielt sich mit einem Kommentar zurück. Die Besessenheit seines Bruders von Gartenarbeit war momentan wirklich seine geringste Sorge. Von den überquellenden Mülltonnen des Cafés hatte Gray ihm schon berichtet. Cathleen weigerte sich anscheinend, die Entsorgungskosten zu zahlen, was Atwood wiederum verärgerte. „Was hat sie denn mit dem Abfall gemacht?"

„Das wusste Trent auch nicht. Er hat nur gesagt, sie wäre ihn irgendwie losgeworden, aber er und seine Leute hätten ihn nicht abgeholt."

„Gibt es für so was auch ein Formular?" Er stellte Arlene

den Teller mit dem Schinkensandwich hin, das sie sich sofort schnappte.

„Selbstverständlich. Ich habe es Trent ausgehändigt und ihm gesagt, dass Atwood das Formular persönlich ausfüllen muss. Er verschleißt seinen armen Neffen total, nur weil er selbst zu faul ist, die Arbeit zu machen." Sie sah Taylor an. „Alles klar. Was ist los?"

„Gray hat Lucinda Rackmore geheiratet." Taylor seufzte. „Die Göttin möge mir beistehen. Ich habe die beiden verheiratet!"

Ungläubig riss Arlene die Augen auf. Fast hätte sie sich verschluckt. Schnell spülte sie den Bissen mit ein paar Schlucken Wasser herunter. „Was? Ich hätte nie gedacht, dass Gray noch einmal heiraten würde. Und dann noch eine Rackmore! Es überrascht mich, dass du dem Ganzen zugestimmt hast."

„Hatte ich eine Wahl?" Taylor ließ die Schultern kreisen, um seine Verspannungen loszuwerden. „Sie steckt in Schwierigkeiten, steht unter einem starken Fluch. Ich schätze, er denkt, als ihr Ehemann kann er sie am besten beschützen." Er hielt inne und dachte daran, wie der Hüter und seine neue Frau einander angesehen hatten. *Von wegen Geschäftsabkommen!* „Wie schnell kann es gehen, dass sich Menschen verlieben?"

„Eineinhalb Minuten." Arlene neigte ihren Kopf ein wenig zur Seite. „Glaubst du denn, Gray hat sich in Lucinda verliebt?"

„Ach, was weiß denn ich. Und selbst wenn, das würde er doch niemals zugeben."

„Ich verstehe." Arlene wischte Brotkrümel von ihrer Bluse. „Dann will ich mich jetzt mal bei Jimmy melden. Er ist gerade in Dallas und bastelt mit Allan an seiner frisierten Kiste herum. Männer werden eben nie erwachsen."

„Das stimmt", pflichtete Taylor ihr bei und grinste. Deshalb hatte Jimmy also noch nicht angerufen und sich nach seiner Mutter erkundigt. Er war selbst nicht zu Hause und konnte daher nicht wissen, dass sie nicht pünktlich das Büro verlassen hatte. Er wusste, wie sehr Jimmy und sein Sohn Autos liebten. Wahrscheinlich steckten beide bis zu den Ellenbogen in irgendeinem Motorblock.

Als Arlene den Teller zur Spüle bringen wollte, stand Taylor rasch auf und nahm ihn ihr aus der Hand. „Lass mal gut sein. Du musst jetzt nicht noch abwaschen."

„Dann mache ich das morgen. Aber jetzt habe ich sowieso keine Zeit mehr, um vor dem Leichenmahl noch mal nach Hause zu gehen", stellte sie fest. „Mal sehen, was ich hier noch erledigen kann."

„Du bist so wunderbar." Taylor beugte sich zu ihr und küsste sie auf die Wange. „Wie schön, dass es dir gut geht."

Arlene wurde rot. Dann schlug sie ihm mit der flachen Hand auf die Brust. „Aus dem Weg jetzt, du Schmeichler. Wir sehen uns vorne."

Taylor machte schnell noch einen weiteren Rundgang durch das Gebäude, sah sogar in den leeren Zellen im Keller nach dem Rechten, doch er entdeckte nichts Auffälliges. Vielleicht war das Ganze doch nur ein Kinderstreich gewesen? Oder der Eindringling hatte einfach nicht das gefunden, wonach er suchte.

Noch ein Rätsel, das es zu lösen galt.

Arlene brauchte nicht länger als ein paar Minuten, um sich zurechtzumachen. Sie reichte Taylor die Eheurkunde, damit er sie ausfüllen und unterzeichnen konnte. Jetzt fehlten nur noch die Unterschriften von Ehemann und Ehefrau.

„Komm", sagte Arlene und hakte sich bei ihm unter, „gehen wir uns von Marcy verabschieden."

Das Erste, was Gray auffiel, als er mit Lucinda das Piney Woods Café betrat, war das große Glas für Spenden, das auf der Theke stand. Die Leute von hier hatten nicht viel Geld, aber sie halfen einander, daher war das Glas schon bis zur

Hälfte gefüllt. Cathleen hätte wirklich auf andere Weise um Unterstützung bitten können, aber natürlich wollte sie von Marcys Freunden nichts anderes als ihr sauer verdientes Geld. Kein einziger Cent in diesem Glas würde Marcy in irgendeiner Form zugutekommen.

„Was für eine kaltherzige Hexe“, schnaubte Lucinda.

Gray sah sie an und las die Wut in ihren Augen.

„Wie kann man nur? Sie versucht mit dem Tod ihrer Stieftochter auch Geld zu machen.“

„Das werde ich zu verhindern wissen“, stellte Gray mit Nachdruck fest.

Das schien Lucinda zu beruhigen. Gray konnte nicht widerstehen – er legte den Arm um ihre dünnen Schultern und zog sie an sich. Der Sheriff hatte ihre Reisetasche noch immer nicht freigegeben, also trug sie ihre inzwischen gewaschenen Kleider vom Tag des Unfalls. Er wusste, dass sie zu diesem Anlass lieber etwas anderes getragen hätte als bloß Jeans, T-Shirt und Turnschuhe, noch dazu, wo ihre Sachen so abgetragen waren. Sie hatte Bernard verlassen, ohne etwas mitzunehmen, das hatte Lucinda ihm erzählt. Sie war in Seidenpyjama und Kaschmirsocken geflohen. Essen und Kleidung hatte sie sich von Wohlfahrtsorganisationen besorgt. Wenn sie kein Obdachlosenasyl fand, in dem Essen ausgegeben wurde, gab es eben nichts zu essen. Und selbst wenn es ihr gelungen war, irgendwie an Geld zu kommen, war es genauso schnell wieder weg – das war der Rackmore-Fluch. Jedenfalls konnte sie sich von dem Geld nie etwas kaufen. Sie tat ihm unendlich leid, aber sie wollte kein Mitleid.

Vorhin hatte er noch sein Bett frisch bezogen, denn er würde dort mit Lucinda die Nacht verbringen. Um das ganze Schlafzimmer aufzuräumen, würde er allerdings Stunden brauchen. Putzen wäre auch dringend nötig. Eigentlich hätte sich Lucinda im Gästezimmer ausruhen sollen, doch dann hatte er sie in der Küche angetroffen, wo sie das schmutzige

Geschirr abwusch. Außerdem hatte sie eine Einkaufsliste erstellt, auf der „Putzmittel“ stand, weitere nötige Anschaffungen sowie Gartenwerkzeuge. Sie teilte ihm mit, als seine Ehefrau wollte sie ihren Teil des Eheversprechens halten.

Offensichtlich hatte sie da ganz andere Vorstellungen als er. Ihm ging es dabei vor allem um Sex, kaum hatte er ihren Erdbeermund und ihr weißes Fleisch gesehen. Und er wollte sie vor Bernard Franco beschützen. Ansonsten hatte er noch keinen Gedanken an ihr eheliches Zusammenleben verschwendet, wie sie in sein Zuhause passen würde, in sein einzelgängerisches, egoistisches Leben. Doch Lucinda war jetzt natürlich Teil seiner Privatsphäre. Aber wer hätte gedacht, dass sie ihre Rolle als Ehefrau mit einem solchen, nun ja, Enthusiasmus spielen würde?

Besser gesagt, mit einer wilden Entschlossenheit.

Aber darüber konnte er später noch nachdenken. Jetzt ging es darum, Marcy die letzte Ehre zu erweisen. Eigentlich wollte er schnell wieder nach Hause. Lucinda mutete sich zu viel zu, das gefiel ihm nicht. Er hatte sie regelrecht nötigen müssen, die Küche zu verlassen. Sie beharrte allerdings darauf, auf jeden Fall vor dem Zubettgehen noch alles fertig zu spülen. Aber da kannte sie ihn schlecht! Er würde sie mit einem Schlafzauber versehen, wenn sie nur einen Blick in Richtung Küche warf!

Die beiden gingen durch das Café. Leute standen in Grüppchen zusammen und sprachen gedämpft miteinander. Cathleens Beitrag zum Leichenmahl waren Salzstangen und Wasser, die auf der Theke standen. Und was hatten die Trauergäste mitgebracht? Pastete. Nudelsalat. Auflauf. Essen für eine Frau, der es vollkommen gleichgültig war, dass man ihre Stieftochter totgeschlagen hatte.

„Das hätte ich wissen müssen“, sagte Lucy in diesem Moment. Sie sah Gray an, und er bemerkte, dass sie sich schämte. „Wir hätten etwas mitbringen sollen. Das gehört sich so. Du hast mal gesagt, niemand macht bei einem Leichenmahl bessere Aufläufe als die Frauen aus Nevermore.“

„Wann habe ich das denn gesagt?“ Er sah sie überrascht an. „Ja, ich erinnere mich. Beim Empfang nach meiner … meiner ersten Hochzeit. Richtig, da haben wir uns eine Weile unterhalten. Draußen auf der Terrasse.“

„Diese Unterhaltung ist mir wohl im Gedächtnis geblieben.“ Sie errötete.

Sie war so schön!

„Das war mein Fehler, Lucinda. Ich bin der Hüter.“

„Und ich bin die Frau des Hüters“, flüsterte sie.

„Aber erst seit knapp zwei Stunden. Komm, entspann dich.“ Er zog sie an sich und tippte ihr leicht ans Kinn. Ihre Augen wirkten zu groß für ihr Gesicht, und sie war bleich wie der Mond. „Du hast fast dein Leben für Marcy geopfert. Das ist mehr wert als ein blöder Auflauf!“

Ungewollt hatte er die Stimme erhoben. Im Raum wurde es still.

Die Leute sahen sie an, die Reaktionen waren ganz unterschiedlich. Manche schauten überrascht, andere misstrauisch. Gray erwiderte die neugierigen Blicke. Sollte nur einer wagen, etwas gegen ihn oder Lucinda zu sagen! Schon setzten die Gespräche wieder ein. Aber niemand wagte sich zu nah an ihn und Lucinda heran. Es würde viel Zeit und Mühe kosten, die Distanz zwischen ihm und den Einwohnern von Nevermore aufzubrechen. Vor allem jetzt, wo er mit einer Rackmore-Hexe verheiratet war.

„Gray.“ Taylor gesellte sich zu ihnen. Er schüttelte Gray die Hand und küsste Lucinda auf die Wange. Ein Symbol der Solidarität mit ihnen beiden. Das wusste Gray zu schätzen. Er selbst machte dauernd alles falsch und kam sich vor, als steckte er im Treibsand fest. Konnte er es den Leuten aus dieser Stadt jemals recht machen? Er litt unter seinem eigenen Unvermögen.

„Oh, Sie …“ Arlene schob Taylor zur Seite und fiel Gray

so heftig um den Hals, dass sie ihm dabei in die Nieren boxte. Dann wandte sie sich an Lucinda. „Wie schön, Sie kennenzulernen! So eine süße Person! Man möchte Sie glatt mit zwei Kugeln Eis verspeisen. Im Ernst!“ Sie fiel Lucinda mit der gleichen stürmischen Geste um den Hals, erst dann stellte sie sich ihr vor. „Ich bin Arlene. Falls Sie irgendetwas brauchen, rufen Sie mich einfach an, Liebes.“

„Ich … Ja, klar. Danke.“ Lucinda klang so verwirrt, wie sie aussah. Arlene war ein Energiebündel und hatte noch dazu ein großes Herz. Sie eroberte alle Menschen im Sturm.

„Na gut. Dann drehe ich mal weiter meine Runde.“ Sie umarmte Lucinda noch einmal und knuffte Grays Arm. „Dann sehen wir Sie ja jetzt hoffentlich häufiger in der Stadt. Wir haben Sie schon vermisst.“

„Jawohl, Ma'm.“

Lucinda schmiegte sich an ihn. Immer wieder spürte er, wie ein Zittern ihren Körper erfasste. Waren das Nachwirkungen des Fluchs? Oder spürte sie die negative Energie, die von dem Café ausging? Vielleicht scheute sie auch vor der Begegnung mit Cathleen zurück, so wie er? Er legte den Arm um ihre Taille und hielt sie fest, was sie offensichtlich genoss.

Sie beobachtete die Gästeschar. Auch Gray betrachtete die Trauergäste. Er kannte alle diese Leute von klein auf, und trotzdem waren sie inzwischen Fremde für ihn. Ember und ihren Mann Rilton konnte er nicht entdecken. Er konnte es ihnen nicht verübeln, wenn sie nicht auftauchten. Wahrscheinlich hatte Cathleen ihnen zu verstehen gegeben, dass sie nicht erwünscht waren.

Er entdeckte Harley, der mit seinen Eltern befreundet gewesen war. Nach dem Selbstmord seiner Frau hatte Gray ihn nicht mehr besucht. Aber er führte noch immer seine Farm oben bei Old Creek. Ren war Harleys Sohn, und Taylor hatte Gray erst vor ein paar Monaten gefragt, ob er ihm die Stelle als Hilfssheriff anbieten durfte, obwohl der Junge gerade mal neunzehn war. Oder inzwischen zwanzig. Soweit er wusste, war Ren mit seinem Bruder Ant befreundet. Gray vertraute Taylor, also hatte er seine Zustimmung gegeben. Abgesehen davon interessierte ihn damals nichts anderes als er selbst und sein eigener Frust.

Sein Blick glitt zu Henry und Maureen Archer, die gekommen waren, obwohl sie gerade selbst ihren Sohn verloren hatten. Von Taylor wusste Gray, was passiert war. Es war wirklich eine Schande.

Dann erblickte er Trent. Er hatte den Jungen zum ersten Mal gesehen, als er neulich im Café Cathleen die Meinung gesagt hatte. Im Moment unterhielt er sich angeregt mit Ren. Gray fragte sich, was die beiden so Wichtiges zu besprechen hatten.

„Was muss man über diesen Trent wissen?", erkundigte er sich bei Taylor.

„Hat's nicht leicht, ist aber ein guter Junge. Ist der Neffe von Atwood und gerade siebzehn geworden. Du erinnerst dich vielleicht an seine jüngere Schwester Sarah."

„Ja. Die ist doch nach Oklahoma gezogen. Ist da verheiratet, oder?"

„Genau. Sie hat sich in Tommy Whitefeather verliebt, einen Cherokee. Hat im Kasino in Durant gearbeitet."

„Oklahoma", erklärte Gray Lucinda. „Viel mehr als das Kasino gibt es da nicht."

„Tommy hat gut verdient und war ein netter Kerl", fuhr Taylor fort. „Vor ein paar Monaten hat ein betrunkener Autofahrer die beiden totgefahren."

„Oh Scheiße." Gray war sichtlich erschüttert. „Cathleen hat Trent letztens als Halbblut bezeichnet." Er nickte in Richtung Ren. „Wie kommt es, dass die beiden befreundet sind?"

„Keine Ahnung, ob sie das sind. Du weißt doch, wie es hier ist, Gray. Jeder kennt jeden."

„Ich habe Cathleen noch gar nicht gesehen." Lucinda schaute sich um.

„Sie ist hinten“, erklärte Taylor beiläufig. „Wahrscheinlich überlegt sie gerade, ob sie eine Haferschleimsuppe machen soll. Salzstangen und Wasser sind nicht ehrabschneidend genug.“

Gray schnaubte verächtlich. „Diese Frau ist wirklich eine Schande für Nevermore.“

„Ich wollte gerade sagen ‚eine Warze an einem Koboldarsch‘, aber deine Beschreibung hat eindeutig mehr Klasse.“

Sie grinsten sich an.

In diesem Moment kam Cathleen durch die Schwingtür aus der Küche. Sie blieb hinter der langen Resopaltheke stehen und begutachtete mit einem Blick die Gäste, der dem eines Henkers für den Todeskandidaten glich. Ihrer Trauer verlieh sie durch das Tragen eines schwarzen Jogginganzugs und schwarzer Turnschuhe Ausdruck.

Kaum hatte ihr wachsames Auge das Grüppchen um Gray erblickt, setzte sie eine bösartige Miene auf. Sie stapfte um den Tresen herum und kam schnurstracks auf sie zu, ihren eisigen Blick auf Lucinda gerichtet.

„Bitte pass auf, dass sie nicht deinetwegen explodiert, Gray“, murmelte Taylor. „Das gibt eine Riesensauerei, und ich müsste dich festnehmen.“

Gray hatte Lust, der Frau einen Feuerball oder, noch besser, einen Blitz entgegenzuschleudern. Oder etwas noch Schlimmeres.

Cathleen pflanzte sich jetzt vor Lucinda auf, die Hände in die Hüften gestemmt. Doch noch bevor sie einen Ton sagen konnte, streckte Lucinda ihr die Hand hin und sagte: „Herzliches Beileid, Miss Munch. Ich kannte Marcy nicht wirklich, aber sie schien ein sehr nettes Mädchen zu sein.“

Es war erstaunlich, wie ruhig und ernst Lucinda mit dieser widerlichen Person sprach. Sie hielt Cathleens Blick stand, und in ihrer Miene war ehrliches Mitleid zu lesen.

Cathleen trat einen Schritt zurück und starrte sie an, als

hätte sie die Pest. „Auf die Beileidsbekundungen einer Rackmore kann ich verzichten!", zischte sie. „Raus hier!"

Die Umstehenden hielten die Luft an. Leises Gemurmel erfüllte den Raum. Ihre Unhöflichkeit hätte man der trauernden Stiefmutter vielleicht noch nachgesehen, doch diese Ungastlichkeit – nein, das war unverzeihlich und beleidigend. Selbst eine Rackmore-Hexe hatte das Recht, um Marcy zu trauern.

Lucinda ließ ihre Hand sinken. Sie war rot geworden vor Scham, doch jetzt reckte sie das Kinn trotzig nach vorn. Dadurch wirkte sie wie eine abgesetzte Königin, die nicht auf ihre Krone verzichten wollte. „Wir sehen uns zu Hause", sagte sie leise.

„Einen Teufel werden wir!" Gray trat neben Lucinda und sah Cathleen wütend an. „Sie entschuldigen sich sofort bei meiner Frau."

„Ihrer … Frau?" Cathleen wurde aschfahl. Mit einer speckigen Hand fasste sie sich an den Hals.

„Ich habe sie höchstpersönlich getraut", stellte Taylor mit Genugtuung fest und schob seinen Hut nach hinten. „Na los, Miss Cathleen. Gratulieren Sie dem Hüter und seiner Frau."

Sie zuckte so heftig zurück, dass sie einen Tisch umstieß und rücklings auf dem Fußboden landete.

Gray tauschte einen verwunderten Blick mit Lucy, dann betrachteten beide die auf dem Boden liegende Frau.

„Gut", sagte Taylor. „Besser geht's eigentlich nicht."

Ren und Trent standen ein paar Schritte hinter Cathleen, doch nur der Hilfssheriff machte Anstalten, ihr behilflich zu sein. Gray hatte keine Lust, diese Irre auch nur zu berühren, und Taylor ging es offensichtlich nicht anders. Trents Miene verhieß, dass er lieber Mist schaufeln als Cathleen Munch zu Hilfe eilen würde.

„Ein Schluck Wasser? Eine Salzstange vielleicht?" Ren war einfach zu liebenswürdig.

Cathleen wagte es nicht, ihn anzusehen. Sie hob nicht einmal den Blick. Plötzlich sah sie klein und zusammengeschrumpelt aus, wie eine Pflaume, die zu lange in der Sonne gelegen hatte. „Lass mich einfach in Ruhe."

Dann sprang sie mit einem Mal auf. Mit wild rollenden Augen stellte sie sich in die Mitte des Raums und deutete mit dem Zeigefinger auf Gray. „Da ist der Dämon! Und die Braut des Dämons!" Sie spuckte sie an, doch ihr Speichel tropfte bloß auf den Fußboden. „Die Calhouns haben meinen Vater umgebracht! Und jetzt haben sie sich eine Rackmore-Hexe für die Drecksarbeit geholt. Ihr sollt beide in der Hölle verbrennen!"

Totenstille. Cathleens plötzlicher Ausbruch überraschte Gray, und die Gesichter der anderen Anwesenden verrieten dasselbe. Die Frau trollte sich zurück hinter ihren Tresen und verschwand in der Küche. In diesem Moment verstärkte sich die unangenehme Atmosphäre. Gray hatte das Gefühl, ersticken zu müssen. Den anderen musste es genauso gehen.

Er hatte genug von dieser Farce.

„Wir werden Marcy vermissen", richtete er sich an die Anwesenden. „Sie war ein liebes Mädchen, das es verdient hätte, länger zu leben. Sheriff Mooreland hat mir versichert, dass er alles tun wird, um den Mörder von Marcy zu finden. Ich gebe Ihnen mein Wort als Hüter, dass ihr Gerechtigkeit widerfahren wird. Wir danken Ihnen für Ihre Spenden. Der Sheriff wird dafür Sorge tragen, dass davon ein Grabstein für Marcy angeschafft wird."

Die Menschen verstanden. Das Leichenmahl war beendet, also strömten sie auf den Ausgang zu. Einige blieben kurz stehen, um Gray und Lucinda zu gratulieren, darunter auch Trent und Josie Gomez, aber die meisten schoben sich stumm an ihnen vorbei. Binnen weniger Minuten waren nur noch Gray, Lucinda, Taylor, Arlene und Ren im Café.

Aus der Küche kam kein Gekreische mehr, doch Cathleen

schien auf und ab zu gehen. Ihre Schuhe quietschten auf dem Linoleum. Und es nahm kein Ende.

„Ich bleibe noch eine Weile hier", erklärte Ren sich bereit. „Und passe auf, dass alles abgeschlossen wird und sie gut nach Hause kommt."

„Danke." Taylor klopfte seinem Deputy auf die Schulter. „Das weiß ich zu schätzen."

Dann nahm er das Glas mit den Spenden an sich. Gray nahm Lucinda an der Hand und folgte Taylor und Arlene nach draußen. Es war eine sternenklare Nacht, der Vollmond schien hell. Die Luft war rein und frisch und irgendwie nicht mehr so schwer wie zuvor, als sie das Café betreten hatten.

„Ich habe übrigens Ihre Hochzeitsurkunde dabei", verkündete Arlene. „Sie müssen nur noch unterschreiben, dann kann ich Ihnen morgen ein paar beglaubigte Kopien machen." Sie griff in ihre riesige Handtasche und brachte eine Mappe samt Stift zum Vorschein. „Hier. Gehen wir kurz zu meinem Wagen."

Wie die meisten Leute aus Nevermore fuhr Arlene einen Pick-up. Es war ein Toyota, Baujahr 1986, dessen Motorhaube ihnen jetzt als Schreibunterlage diente.

Das Mondlicht war hell genug, um alles zu erkennen. Gray unterschrieb mit seinem Namen unter der Zeile: „Name des Bräutigams, Zauberer", und reichte dann Lucinda den Stift. Anders als er nahm sie sich die Zeit, die Urkunde durchzulesen. Da das Dokument von Zauberern erstellt worden war, war es altertümlich formuliert und sehr förmlich.

Sie deutete auf die Zeile, wo sie unterschreiben sollte. „Was bedeutet das?"

Arlene beugte sich vor, um zu lesen. „Hiermit verzichte ich auf meinen Geburtsnamen und nehme den Namen meines Ehegatten an, den ich fortan wie meinen eigenen ehren und benutzen werde." Sie schnaubte verächtlich. „So viel zum

Thema Gleichberechtigung. Die magischen Wesen sollten mal ihre Verwaltung aktualisieren."

„Es ist doch bloß eine Formalität. Du musst meinen Namen nicht annehmen. Egal, wie du dich entscheidest, unsere Ehe ist in jedem Fall vor dem Gesetz gültig."

Lucinda nickte und betrachtete die Urkunde, offensichtlich noch immer unsicher, welchen Namen sie in Zukunft verwenden sollte. Gray erinnerte sich, wie Kerren darauf bestanden hatte, eine Rackmore zu bleiben. Sie hatte den Satz einfach ausgestrichen. Bei Lucinda war es etwas anderes. Warum sollte sie seinen Namen annehmen? Schließlich würde ihre Ehe ohnehin eines Tages annulliert werden. Da konnte sie gleich eine Rackmore bleiben.

Doch jetzt unterschrieb sie mit *Lucinda Therese Calhoun.*

Eigentlich hätte es ihn kaltlassen sollen, aber Gray freute sich darüber. Ja. Vielleicht nur, weil er altmodisch und ein Chauvinist war. Sei's drum. Lucinda nahm das Stück Papier und biss plötzlich die Zähne zusammen. „Au."

„Was ist denn?"

„Ich habe mich am Papier geschnitten. So was Blödes. Jetzt ist Blut auf der Urkunde."

Sie hielt es ihm hin, und er sah, wie sich das Dokument mit ihrem Blut vollsog. Was zum Teufel …

Auf einmal leuchteten beide Unterschriften silbern auf, und ein Buchstabe nach dem anderen löste sich von dem Dokument. Sie wirbelten eine Weile in einem wilden fröhlichen Tanz durch die Luft, um dann wieder als schwarze Tinte auf ihren ursprünglichen Platz zurückzukehren.

„Was war das denn für ein Zauber?" Gray starrte fasziniert auf das Blatt.

„Der Heiratszauber." Arlene nahm Lucinda behutsam das Dokument aus der Hand und steckte es in ihre Mappe. „Diese Formulare kommen vom Höchsten Gericht wegen der Zauberformeln. Diese Arbeit wird von magischen Notaren erledigt. Aber keine Sorge: Auch wenn ich nur eine Weltliche bin, gilt auch mein Siegel. Deswegen ordere ich ja immer diese speziellen Formulare."

Gray sah sie fragend an. „Das ist aber nicht passiert, als ich Kerren geheiratet habe."

„Vielleicht war es nicht das richtige Papier. In jedem Fall war es nicht die richtige Frau." Arlene tätschelte seine Wange. „Die hier ist perfekt. Ich schlage vor, Sie behalten sie." Sie steckte die Mappe in ihre Handtasche und scheuchte dann alle von ihrem Wagen weg. „Ich muss jetzt nach Hause. Ihr auch. Gute Nacht also!"

Taylor tippte sich an den Hut. „Wir sehen uns morgen." Er tätschelte das Glas mit dem Geld. „Ich sorge dafür, dass davon ein schöner Grabstein für Marcy angeschafft wird."

„Hol ihr den Schönsten", sagte Gray. „Die Differenz zahle ich."

Taylor nickte. „Gute Nacht."

Gray und Lucinda verabschiedeten sich, dann nahm Gray seine Frau bei der Hand. Sie waren zu Fuß in die Stadt gelaufen, damit Lucinda sich ein bisschen bewegte. Es war nicht weit, trotzdem bereute er es jetzt, dass sie nicht Grits Pick-up genommen hatten.

„Ich fühle mich irgendwie seltsam." Lucinda strahlte ihren Mann an.

„Wie meinst du das?"

„Keine Ahnung. Als wäre ich gefesselt gewesen und jemand hätte meine Fesseln zerschnitten. Ich komme mir vor, als würde ich schweben."

„Hört sich gut an."

„Ja." Sie blieb stehen – und er auch. Sie schmiegte sich in seine Arme, stellte sich auf die Zehenspitzen und küsste ihn sanft auf den Mund. Ihre kleinen Hände wanderten über seine Brust und bis zu seinem Hosenbund.

Er war sofort erregt.

„Ich glaube, ich habe doch keine Lust mehr zu spülen."

„Ach nein?" Gray strich ihr die Haare aus dem Gesicht und streichelte ihren Hals. „Worauf hast du denn sonst Lust?"

„Auf dich."

Rasch hob er Lucinda hoch und rannte mit ihr nach Hause.

9. KAPITEL

Voll gespannter Erwartung ließ sich Lucinda von Gray bis nach oben in sein Schlafzimmer tragen. Seit sie die Heiratsurkunde unterschrieben hatte, fühlte sie sich auf merkwürdige Weise befreit. Vielleicht, weil sie wusste, dass sie jetzt wirklich in Sicherheit war und von Bernard nichts mehr zu befürchten hatte. Selbst wenn sie bis in alle Ewigkeit mit seinem Fluch leben musste.

Gray legte sie auf das frisch gemachte Bett und kuschelte sich neben sie. Ihr Herz schlug schnell. Er war so wunderbar. Mit dem Finger fuhr sie die Linie seines Kinns nach und berührte mit dem Zeigefinger zärtlich seine Unterlippe.

„Und jetzt?"

Lucinda spürte seinen Atem auf ihren Lippen, als er sich über sie beugte und mit seiner Zunge ihren Mund eroberte. Zärtlich und sehnsuchtsvoll. Sie wollte mehr. Seine Hand legte sich auf ihren Hinterkopf, sein Kuss wurde noch intensiver.

Ihr wurde heiß. Gray verstand es, Lust in ihr zu wecken und ihre Begierde auch zu stillen. Noch nie hatte sie so etwas empfunden. Sie schwelgte zum ersten Mal in ihrem Leben in wahrer Leidenschaft.

Nach und nach bedeckten seine Küsse ihren Hals, mit seiner Zunge fuhr er Lucindas Schlüsselbein entlang.

Jetzt glitten seine Hände unter ihr T-Shirt, und er öffnete geschickt ihren BH.

„Setz dich."

Sie tat, worum er sie bat. Alles in ihr war angespannt, ihre Haut prickelte, sie sehnte sich nach seiner Berührung. Überall. Sie wollte ihn überall auf ihrem Körper spüren.

Als Gray ihr T-Shirt und BH über den Kopf gezogen hatte, legte sie sich zurück aufs Kissen. Allein durch die Berührung seiner Finger entfuhr ihr ein wohliges Schnurren. Wie sehr sie diese Vertraulichkeit liebte!

„Was ist da passiert?" Sanft strich er über die vielen Narben.

Bernard war dafür verantwortlich. Doch Gray hatte sie den Makel vergessen lassen. Aber mit einem Mal wurde die Erinnerung wieder wach, und sie schämte sich. Wollte sich aufsetzen, seine Hände wegschieben. Aber er drückte ihr einen Kuss auf den Bauch, und Lucinda beruhigte sich.

„Du bist schön, und wir haben alle Narben. Manche kann man sehen, andere nicht."

Nun war es an ihr, die Narbe an seiner Schläfe zu berühren. „Ich sehe deine Narben nicht", flüsterte sie. „Ich sehe nur dich."

„Ich möchte dich lieben."

Bei seinen Worten stockte ihr der Atem, und eine schmerzliche Sekunde lang fragte sie sich, ob Gray wirklich meinte, was er sagte. Wie schön wäre es, wenn sie wirklich seine Frau sein könnte. Die Frau, der sein Herz gehörte.

Doch so würde es niemals sein.

Sie sollte nicht so viel denken, sondern sich ihm hingeben. Er küsste jede einzelne ihrer Narben, und durch seine Zärtlichkeit fühlte sie sich nicht mehr so entstellt. Obwohl Bernard seine Spuren in ihrem Fleisch hinterlassen hatte, dachte sie nicht mehr an seine Grausamkeiten. Dass er sie einst besessen hatte, interessierte sie nicht mehr – sie interessierte nur noch der Mann, der gerade ihrem Körper huldigte.

Es gab nur noch ihn. Gray.

Der sie berührte.

Sie küsste.

Sie liebte.

Gerade widmete er sich ihren Brüsten, hinterließ einen Schauer kleiner Küsse auf ihnen. Er nahm eine in die Hand und drückte sie sacht.

Dann umschloss sein Mund ihre geschwollene Brustwarze.

Sie stöhnte. „Oh Gray."

„Ich liebe es, wenn du meinen Namen sagst."

„Gray.“

Wieder küsste er sie, doch diesmal wild und besitzergreifend. Fordernd. Sie wollte ihn so sehr. Auch ihre Lust wurde immer ungezügelter, animalischer.

„Mehr“, keuchte sie. „Ich will mehr!“

Es war eine süße Qual, was er mit ihren Brustwarzen veranstaltete. Er saugte so stark an ihnen, dass Schmerz und Lust eins waren.

Ihr Herz raste.

Ihr Blut pochte.

Ihr Körper schien zu brennen.

Langsam bewegten sich seine Hände nach unten zu ihrem Bauch, und er begann, sich an ihrem Hosenbund und Slip zu schaffen zu machen. Er fuhr mit seinen Fingern über ihren Venushügel, glitt tiefer, spürte ihre Wärme und Feuchte und nahm dann ihren Kitzler zwischen Daumen und Zeigefinger, um ihn sacht zu zwicken, ließ von ihr ab und begann sein Spiel von Neuem.

Voller Begehren stöhnte Lucinda auf.

Aber das war erst der Anfang. Gray tastete sich mit einer Hand weiter vor. Sanft stieß er mit zwei Fingern in sie hinein.

Seine Liebkosungen waren liebevoll und zugleich voller Begierde.

Diese Lust! Pure Leidenschaft, heiß und feurig.

„Wie machst du das?“ Lucinda erbebte unter seinen Berührungen, ihr ganzer Körper war wie elektrisiert. Es schien, als hätte er all ihre erogenen Zonen gleichzeitig entdeckt … Noch nie hatte Lucinda eine solche Lust empfunden!

Seine Augen glühten vor Leidenschaft, als er in sie eindrang. „Ja, Liebling. Genau so.“

Lucinda ergriff sein Hemd und krallte sich darin fest. Ihr Herz pochte laut und rhythmisch – wie Wellen, die an den Strand schlugen. Ihre Hüften bewegten sich im Gleichklang, so als wären sie füreinander geschaffen, und Lucinda konnte den Blick nicht abwenden von seinen blauen Augen. Der Himmel stand in Flammen, das Meer tobte.

„Komm für mich", hauchte Gray ihr zu.

„Du …", stöhnte sie nur. Erbebend, keuchend presste sie hervor: „Nur mit dir."

„Wir haben die ganze Nacht. Jetzt geht es um dich."

Dann beugte er sich zu ihr herunter und biss sie zärtlich.

Die Welt um sie herum schien zu zerspringen. Lucinda schrie, gab sich ganz ihrer Lust hin, genoss Welle für Welle ihres Orgasmus. Sie klammerte sich an Gray, empfand nur noch Licht und Wärme und Schönheit.

Schließlich sank sie zurück in die Kissen, vollkommen befriedigt.

Doch Gray war noch nicht fertig mit ihr. Die ganze Nacht, hatte er gesagt. Sie öffnete die Augen.

„Jetzt gleich", beantwortete er ihre unausgesprochene Frage. Er riss ihr Jeans und Slip vom Leib und entledigte sich seiner eigenen Klamotten. Sie sah das Tattoo des goldenen Drachens auf seiner Brust und die Narbe, die über seine rechte Schulter verlief.

„Lucinda. Du bist schön", hauchte er ergriffen.

„Du gibst mir das Gefühl, schön zu sein, das ist so wunderbar", gab sie zurück, ebenso berührt wie er.

Ganz leicht drückte er ihre Beine auseinander, und sie wusste, er hielt sich zurück. Vielleicht würden sie gleich noch einmal übereinander herfallen wie wilde Tiere, schreiend und beißend. Aber jetzt eroberte er sie langsam.

Sie hatte die Arme über den Kopf gelegt, und er umfasste ihre Handgelenke mit einer Hand. Mit der anderen stützte er sich auf dem Bett ab. Und dann drang er in sie ein, seine Bewegungen waren rhythmisch und zärtlich. So zärtlich.

„Ich werde mich nicht lange beherrschen können, Liebes. Mein letztes Mal ist zu lange her. Und du bist so … Ich kann dir nicht widerstehen."

„Wir haben die ganze Nacht, denk dran." Sie löste ihre Arme aus seinem Griff und legte ihre Hände auf seine Pobacken. Er sollte ganz tief in ihr sein. „Mehr, Gray. Ich will mehr!"

Seine Stöße wurden heftiger, hart und fest. Lucinda reckte sich ihm entgegen, alle Sinne konzentrierten sich auf diesen Akt höchster Lust. Gray keuchte, versuchte sich noch ein wenig zu beherrschen, doch sie wollte ihm endlich Erlösung bringen. Er hatte ihr schon so viel gegeben. Jetzt war er dran.

„Komm für mich!", feuerte sie ihn an. Noch nie hatte sie sich so frei und hemmungslos gefühlt.

Gray starrte sie an, sog keuchend die Luft ein. Schweißperlen standen auf seiner Stirn. „Lucinda", murmelte er. „Lucinda."

Dann verhärteten sich seine Gesichtszüge, und sie spürte seinen Orgasmus. Er stöhnte, und sie schlang die Beine fest um seine Hüfte, als sich sein Samen in sie ergoss.

Ihre eigene Begierde war längst wieder entfacht. Ihr Körper war wie elektrisiert, wurde von Emotionen geradezu überrollt.

„Du bist schon wieder bereit, oder?"

„Ich kann nichts dagegen machen."

„Fass dich an."

„Wie meinst du das? Wo soll ich mich anfassen?"

„Berühr deine Brüste. Streichele sie. Spiel mit deinen Brustwarzen."

Sie waren beide nackt und verschwitzt und erhitzt vom Liebesspiel. Trotzdem spürte Lucinda die Röte, die ihr ins Gesicht stieg. Sie tat Dinge, die sie nie zuvor getan hatte. Gray sah sie erwartungsvoll an, wollte ihr zusehen, und dieser Gedanke … machte sie scharf.

Alles an Gray machte sie scharf.

Langsam begriff sie, dass Bernard ein sehr egoistischer Liebhaber gewesen war.

„Glaubst du, dass ich frigide bin?“

Überrascht schaute Gray sie an. „Hat Bernard das etwa zu dir gesagt?“

„Bei ihm hatte ich nie einen Orgasmus. Er hat behauptet, es läge daran, dass ich so … kaputt bin.“

„Er hat dich kaputt gemacht, aber du bist die erotischste Frau, die ich kenne. Fass dich an, Lucinda. Ich will zusehen, wie du dich berührst.“

Zögerlich strich sie über ihre Brüste und massierte sie.

Gray konnte seinen Blick nicht von ihr wenden. „Ich werde auch schon wieder hart.“

„Das gefällt dir wohl.“

„Darauf kannst du wetten.“

Aufreizend rieb sie jetzt ihre Brustwarzen, und zu ihrem eigenen Erstaunen bereitete es ihr Lust, sich selbst zu erregen. „Fühlt sich gut an.“

„Mach weiter, Liebling.“

Während Lucinda ihre Brüste streichelte, glitt Gray nach unten zwischen ihre Beine und begann sie zu lecken. Vor ihren Augen explodierten kleine Feuerwerke.

Lucinda rollte ihre Brustwarzen zwischen den Fingern, zog an ihnen und genoss, wie Gray mit der Zunge ihre geschwollene Scham verwöhnte.

Schließlich brach eine Welle der Ekstase über sie herein. Laut rief sie Grays Namen, als sie ein weiteres Mal das göttliche Nirwana erreichte.

Er schlich aus dem Notausgang des Sheriffbüros und schloss die Tür leise hinter sich. Das Schloss rastete ein – er lächelte. Niemand würde je erfahren, dass er hier herumgeschnüffelt hatte. Noch dazu während der Dienstzeiten.

Für den Bürgersteig vor Grays Haus hatte er einen speziellen Zauber eingerichtet. Falls jemand das Haus verließ und das Auge dabeihatte, verriet ihm der Zauber sofort, wer es war. Es war nur ärgerlich gewesen, dass er den Zauber über den Onlinehandel hatte erstehen müssen, obwohl er eigentlich in der Lage hätte sein sollen, ihn selbst zu aktivieren. Doch trotz der magischen Objekte und steter Übung gelang es ihm nicht, genügend Energien anzuzapfen. Bald, tröstete er sich selbst, bald wird es so weit sein.

Es hatte ihn sehr erfreut zu erfahren, dass sich das Auge nun im Besitz des Sheriffs befand.

Es war kurz nach ein Uhr nachts. Um nicht an Embers Teestube vorbeizukommen, musste er einen Umweg machen. Diese Frau war zu schlau und viel zu sensibel für Veränderungen im magischen Gleichgewicht. Er konnte es nicht wagen, von ihr entdeckt zu werden, falls sie zufällig aus dem Fenster sah oder aus dem Haus kam. Sie stellte ein unkontrollierbares Risiko dar. Nicht, dass er die Situation nicht jederzeit unter Kontrolle hatte. Er hatte alles völlig unter Kontrolle. Aber er war trotzdem lieber vorsichtig.

Wie immer.

Darum bog er nach links ab. Gegen einen kleinen Spaziergang war ja nichts einzuwenden. Beruhigt tätschelte er die vordere Tasche seiner Hose.

Das Auge gehörte wieder ihm.

Es war das Risiko also wert gewesen, Arlenes Tee mit einem Brechmittel zu versehen und sie dann auf der Toilette einzusperren. Er mochte die ältere Dame und wollte ihr nicht wehtun – zumindest nicht, solange es nicht absolut nötig war.

Auch um die Schutzformeln für den Safe überwinden zu können, hatte er sich einen Zauber kaufen müssen. Das Zeug war teuer gewesen, aber brauchte einen Zauber, der die Schutzmechanismen sehr langsam außer Kraft setzte, nämlich erst nach zwölf Stunden. Er musste sichergehen, dass kein Alarm ausgelöst oder Mooreland mit seinem übersinnlichen Gespür irgendwie misstrauisch wurde.

Er grinste. Es war ein Kinderspiel gewesen, in das Büro

des Sheriffs zu spazieren und sich sein Eigentum zurückzuholen. Anstelle des Auges hatte er eine Marmorkugel in den Beutel gesteckt. Natürlich konnte das Ding den Sheriff nicht täuschen, wenn er den Beutel das nächste Mal öffnete. Doch wenn er nur den Safe auf seinen Inhalt überprüfte, hatte er keinen Grund, daran zu zweifeln, dass das Auge noch an Ort und Stelle war. Leider gab es keine Möglichkeit, die von Gray installierten Schutzmechanismen wieder zu aktivieren, aber am Ende bemerkte Mooreland ihr Fehlen wahrscheinlich überhaupt nicht. Und wenn doch, würde er einfach den Hüter bitten, sie zu erneuern, und das war es dann.

Es war nicht abzuschätzen, wann der Sheriff den Verlust bemerken würde. Am nächsten Tag? In einer Woche? Eigentlich spielte es keine Rolle. Er hatte seine Spuren verwischt. Niemand würde ihm auf die Schliche kommen.

Zeit, wieder an die Arbeit zu gehen.

Es waren noch dreizehn Tage bis Neumond. Dann würde das Portal wieder geschwächt sein, und er würde Kahl rufen und ihm den Handel anbieten. Gray Calhoun im Austausch für sein magisches Geburtsrecht.

Endlich besäße er die Macht, die ihm zustand. Was nützte es ihm, so viel über Magie zu wissen, ohne dazu in der Lage zu sein, sie praktisch anzuwenden? Alle Objekte, die er über die Jahre gesammelt hatte, die er anderen abgeschwatzt, entwendet hatte; die Zeit und die Mühen, die er investiert hatte, um am Ende doch machtlos zu sein.

Doch bald, schon sehr bald war es so weit. Dann konnte er die Fehler seiner Vergangenheit korrigieren. Ihm war Unrecht widerfahren, und nun musste der Verantwortliche seine Schuld begleichen.

Sein Weg führte ihn auf die Silver Lane, die von der Main Street abging und weiter unten auf den Dragon's Way traf. Zu seiner Rechten befand sich der Marktplatz. In der Mitte des gepflasterten Rondells mit den vor sich hin modernden Bänken und ungepflegten Büschen stand die lebensgroße Statue eines Drachen. Er hatte die Flügel ausgebreitet und stand auf seinen Hinterbeinen, die Schnauze gen Himmel gereckt.

Auf der anderen Seite, ein paar Meter hinter der Statue, befand sich der Tempel des Lichts, der nur an wenigen Tagen im Jahr seine Pforten öffnete – für Grays öffentliche Selbstdarstellung. Er selbst erinnerte sich noch an die alten Zeiten, als der Tempel immer offen gewesen war, für jeden, der hineingehen und Zwiegespräch mit der Göttin halten wollte. Leider war der Tempel jedoch immer wieder Vandalismus zum Opfer gefallen, sodass Grit ihn hatte schließen lassen. Mit dem Glauben war es überhaupt so eine Sache – man verlor ihn schnell. An Gray zum Beispiel glaubte niemand mehr – und seit er diese Rackmore geheiratet hatte, erst recht nicht.

Er runzelte die Stirn, kehrte um und ging Richtung Dragon's Way weiter.

Mit dieser Hochzeit hatte er wirklich nicht gerechnet. Nicht, dass sie ihm große Sorge bereitete. Er hatte ein bisschen recherchiert und herausgefunden, wie es Bernard Franco gelungen war, die Thaumaturgie seiner ehemaligen Geliebten zu verfluchen. Die Hexe war schwach und stellte so gut wie keine Bedrohung dar, nicht einmal als Ehefrau des Hüters von Nevermore. Nein, um die beiden brauchte er sich keine Gedanken zu machen. Schließlich hatte er noch ein Ass im Ärmel: Franco. Ein Anruf bei dem Raben, und schon bekam das frisch verheiratete Paar ernsthafte Probleme.

Das könnte ihm noch nützlich sein, falls es mit Kahl nicht so lief, wie er es sich vorstellte. Diesmal würde er den Dämonenlord rufen können. Er kannte die nötigen Zauberformeln und hatte die notwendigen Utensilien beisammen. Trotzdem war es immer gut, einen Plan B zu haben. Franco hatte Kontakte. Er konnte ihm überall Türen öffnen. Das war zwar nicht ganz so gut wie die Dankbarkeit eines Dämons, aber ziemlich nah dran.

Und trotzdem ... Es war vielleicht nicht schlecht, dem Hüter und dem Sheriff noch etwas zu geben, woran sie sich die Zähne ausbeißen konnten. Mooreland war schlau und unermüdlich in seinen Ermittlungen. Es passierte zu wenig in Nevermore, also hatte er viel Zeit, sich auf den Mord an Marcy zu konzentrieren. Natürlich war ihr Mörder selbst längst tot. Im Grunde musste Mooreland ihm dankbar sein, weil er den Müll für ihn weggeschafft hatte. Doch offensichtlich störte den Sheriff irgendetwas an Lennies Tod. Die Intuition dieses Idioten war einfach zu gut. Ärgerlich, dass er immer auf sein Bauchgefühl hörte.

Ja. Er musste den Hüter und den Sheriff eindeutig mit etwas anderem ablenken, damit sie keine Zeit hatten, sich allzu sehr mit Marcy oder Lennie zu beschäftigen.

Seine Schritte hallten auf dem Straßenpflaster wider, als er über den Dragon's Way lief. Einen Augenblick später bog er rechts auf den Brujo Boulevard ein, passierte den leer stehenden, dunklen Gemischtwarenladen und setzte seinen Weg auf der schmalen Gasse zwischen dem Geschäft und dem Piney Woods Café fort. Vor fünf Jahren hatte er Cathleen eine neue Backsteinmauer spendiert, die den Zugang vom Sew'n Sew und dem Gebäude versperrte, in dem sich Atwoods Geschäftsräume und seine Wohnung befanden. Der Fettarsch führte nicht nur das Abfallbeseitigungsunternehmen der Stadt, er war auch der Herausgeber der monatlich erscheinenden Nevermore News. Als ob es irgendjemanden interessierte, dass wieder ein Kalb geboren worden war oder ob die Schule in einer finanziellen Notlage steckte.

Manchmal erdrückte ihn die Provinzialität von Nevermore. Ekelhaft, wie viele Menschen sich mit so viel Nichts zufriedengaben.

Die Gasse war zu schmal für Autos, daher störte die Mauer niemanden. Außer natürlich Atwood. Er hatte sich darüber beschwert, weil sie den Fußgängern im Weg stand. Doch da das Grundstück zum Café gehörte, konnte Atwood nichts machen. *Der alte Schaumschläger.* Wie auch immer. Er hatte dafür gesorgt, dass die Leute nicht mehr die Abkürzung durch die Gasse nahmen. So sahen sie auch nichts, das sie nichts anging.

Bald musste er sich nicht mehr verstecken. Bald würde jeder in Nevermore ihm dankbar sein für das, was er getan hatte. Man wäre glücklich mit ihm als dem neuen Hüter. Und man würde seine große Magie bewundern.

Er betrat das Café mit seinem eigenen Schlüssel durch den Haupteingang. Das Gebäude kannte er wie seine Westentasche, er musste noch nicht mal das Licht einschalten. Rasch wand er sich zwischen Tischen und Stühlen hindurch und verschwand hinter dem Tresen in der Küche.

Er dachte darüber nach, wie sich Cathleen während des Leichenmahls aufgeführt hatte. Er wusste, dass sie die Calhouns hasste. Fast so sehr wie er selbst. Doch eine so heftige Reaktion auf Grays Eheschließung mit Lucinda hatte er nicht erwartet. Was interessierte es sie? Die Tarnung mit dem Café war viel zu gut, um sie aufzugeben. Cathleens giftiger Charakter und ihre Rachgier kamen ihm äußerst gelegen – vor allem, da niemand eine Verbindung zwischen ihm und ihr vermutete. Er musste nur dafür sorgen, dass sie spurte.

Nachdem er die Kellertür geöffnet hatte, schaltete er seine Taschenlampe ein und ging vorsichtig die morsche Holztreppe hinunter. Dann zog er den Schlüssel zu seinem „Arbeitszimmer“ aus der Tasche.

Drinnen schaltete er die Lampe auf dem Arbeitstisch an und legte vorsichtig das Auge auf die leere Stelle in der Mitte des Tisches. Es war das Juwel seiner Sammlung. „Du bist wieder zu Hause.“

Das Auge begann zu glühen.

Während er dem Zauber zusah, zog er sich einen Barhocker heran, auf den er sich setzte. Wenn die Objekte richtig angeordnet und die Zaubersprüche richtig platziert waren, würden die Gegenstände gemeinsam die Ebenen zwischen Erde und Unterwelt aufschließen. Dieser Zustand würde nicht lange währen, doch lange genug, um Kahl zu rufen.

Und dann würde er Rache üben an denen, die ihm sein Geburtsrecht verweigerten. Dann besaß er endlich die Macht.

Meine Macht. Er berührte die Gegenstände, einen nach dem anderen. *Meine Macht.*

Gray erwachte in einer Höhle. Das Herz schlug hart gegen seine Brust, als er die Höhle Kahls erkannte. Den Ort, an dem Kerren ihm den Dolch ins Herz gestoßen und seine Seele ihrem neuen Herrn angeboten hatte.

Es dauerte einen Moment, bis ihm klar wurde, dass er gar nicht an den Altarstein gekettet war. Nein, er stand daneben und trug ein schwarzes Gewand. So wie Kerren damals, in der schrecklichen Nacht. In der Hand hielt er einen silbernen Dolch.

„Opfere sie!"

Die sinnliche männliche Stimme schallte durch die Höhle. Gray warf einen Blick auf den Altar – auf dem Lucinda angekettet lag. Sie war nackt, ihre Hand- und Fußgelenke steckten in eisernen verzauberten Fesseln. Sein Herz hämmerte. Nein. Er wollte nicht hier sein. Niemals wieder. Er musste Lucinda beruhigen. „Alles okay. Es ist alles okay."

Sie starrte ihn mit ihren weit aufgerissenen grünen Augen an. Voller Hass. Er war ein Verräter.

„Du weißt ja, wie es geht", hörte er die Stimme sagen. „Oder nicht? Jetzt bist du an der Reihe. Du hast die Macht."

Das Blut schien in seinen Adern zu gefrieren. Der Dolch fühlte sich kalt an in seiner Hand, wie ein Stück Eis. „Nein!" Er wirbelte herum, wollte den Besitzer der Stimme finden. „Das tue ich nicht!"

„Du bist mir unterworfen, Sklave. Du hast etwas genommen, was mir gehört, um dein Leben wiederzuerlangen. Nun musst du deine Schuld bezahlen.“

„Ich schulde dir gar nichts!“

„Sie würde dich töten“, sagte die Stimme. „Oder fließt etwa nicht dasselbe Blut in ihr wie in ihrer Schwester? Würde nicht auch sie alles tun, um ihr Leben zu retten? Du bist ein Narr, Gray Calhoun, dein Herz wieder einer Rackmore-Hexe zu schenken.“

Zweifel keimten in Gray auf. Er sah auf Lucinda hinab, sah die Tränen, die ihr über die Wangen liefen und auf den blutbefleckten Altar tropften. Das Kinn hatte sie trotzig vorgereckt, ihr Blick war entschlossen. Er wusste, sie würde ihn nicht um Gnade anflehen. Bevor sie sich so weit erniedrigte, würde sie eher das Messer gegen sich selbst richten.

Anders als er. Er hatte Kerren angefleht. Er hatte um sein Leben gebettelt und geweint. Und sie hatte ihn trotzdem getötet.

„Opfere sie!“, befahl ihm die Stimme ein weiteres Mal. „Übe Rache, Drache! Werde zu dem, was du sein musst, um mein Diener zu sein!“

„Nein!“ Gray ließ den Dolch fallen und zerrte an Lucindas Ketten, doch er war weder körperlich stark genug, noch konnte er sie durch seine Magie befreien.

„Du Scheißkerl!“, flüsterte sie. „Jetzt bringst du uns beide um!“

Ein Schmerz explodierte in seiner Schulter. Wie heiße Bänder krochen die Schmerzen an seinem Hals hoch bis zu seiner Schläfe. Er riss sich den Umhang vom Leib und begutachtete seine Schulter. Sie glühte von Magie.

Die Narbe, die die Spur von Kerrens Verrat war, pulsierte leuchtend rot.

Die Haut begann sich abzulösen.

Blankes Entsetzen bemächtigte sich seiner. *Nein! Nicht das!*

Rote Schuppen glitzerten.

Sein Geheimnis war gelüftet, seine Angst entfesselt.
Er schrie.

Ihr Herz begann zu rasen, als Lucinda sah, wie Gray sich in seinem Albtraum wand. Sie versuchte ihn wach zu rütteln. Doch er war zu weit weg. Als Traumgänger war er für die Reisen ins Unterbewusstsein wesentlich empfänglicher.

Plötzlich begann er zu schreien: „Neiiiiin!“, und schüttelte die Bettdecke ab.

Seine Narbe glühte. Lucinda spürte die pulsierende Magie und die seltsame Hitze, die von Grays Leib ausging. Sein nackter Körper war schweißbedeckt, er wand sich und stöhnte. Anscheinend hatte er starke Schmerzen. Was geschah mit ihm?

Es war jetzt nicht die Zeit, um ängstlich zu sein. Sie musste ihn aufwecken – und ihr fiel nur eine Methode ein, wie es ihr gelingen könnte.

Sie hockte sich auf ihn und gab ihm eine kräftige Ohrfeige.

Stöhnend riss er seine Augen auf und starrte sie an, ohne sie zu sehen. Er sah etwas anderes. Dann schüttelte er sie ab und legte sich auf sie. Jetzt hielt er sie an den Armen fest. Seine Miene war wutverzerrt. „Ich werde ihr niemals wehtun!“, schrie er. „Ich bin nicht dein Diener!“

„Gray!“ Sie wehrte sich nicht. Sie hatte nur furchtbare Angst. „Ich bin es, Lucinda! Gray! Wach auf!“

Gray wurde ruhiger, seine Augen wurden wieder klar. Er atmete schwer, sein Körper erbebte, während er die Vision abschüttelte, die ihn gerade noch gefangen gehalten hatte.

„Lucinda?“

„Alles in Ordnung“, beruhigte sie ihn.

Gray nahm sie in die Arme und hielt sie fest, sodass sie sich nicht bewegen konnte. Dabei hätte sie ihm gerne die Sorgenfalten weggestreichelt.

„Alles in Ordnung, Gray“, wiederholte sie.

„Oje!“ Er ließ sie los und verlagerte sein Gewicht. „Habe

ich dir wehgetan?“

Sie streichelte sein Gesicht und küsste sein Kinn. „Du könntest mir niemals wehtun.“

Er wurde blass und wollte von ihr wegrücken, doch sie hielt seine Schultern fest. „Bleib so“, murmelte sie. „Mir ist kalt.“

„Und ich soll deine Decke sein?“

„Wenn du nichts dagegen hast.“

Für einen Moment schloss er die Augen und bettete dann seinen Kopf auf ihre Brust. Sie streichelte ihm durchs Haar.

„Möchtest du über deinen Traum sprechen?“, fragte sie.

„Nein. Manchmal träume ich von der Nacht, in der Kerren mich umgebracht hat.“

„Das tut mir so leid.“ Lucindas Worte waren warm und ehrlich. „Sehr sogar. Ich wünschte, das könnte ich ändern.“

Er hob den Kopf und sah sie an. „Wirklich, oder? Nach allem, was du durchgemacht hast, willst du immer noch anderen helfen. Sogar mir, der ich dich abgewiesen habe.“

„Das war eine kurzzeitige geistige Umnachtung. Aber durchaus verständlich. Schließlich bin ich die Schwester der Frau, die dich in die Hölle geschickt hat.“

„Das bist du nicht für mich. Du bist Lucinda, meine wunderbare Frau.“

Ihr Puls beschleunigte sich. „Begabt, aufregend und geschmeidig.“

Sein Grinsen war so sexy, dass ihr Körper sofort reagierte. „Stimmt. Nur einen Beweis für deine Geschmeidigkeit bräuchte ich noch.“

„Du bist echt eine gute Decke“, sagte sie, als er sich über sie beugte. „Wusstest du das?“

Er küsste sie – und entfachte mit seinem Kuss die Lust zwischen ihnen aufs Neue. Lucinda fuhr mit der Hand über seinen festen Bauch und ließ ihre Fingerspitzen zu seinem Geschlecht hinunterwandern, das unter ihrer sanften Berührung sofort hart wurde. Es war samtweich und ganz warm. Sie nahm es in die Hand und drückte es.

„Ich sterbe."

„Nenn mich erbarmungslos. Die lebendige Qual." Wieder drückte sie seine Männlichkeit.

Ohne Vorwarnung schob Gray einen Arm unter sie und drehte sie blitzartig um. Sie schrie überrascht auf. Jetzt saß sie plötzlich auf ihm und hatte die Kontrolle über ihr Liebesspiel.

„Gut", forderte er sie auf. „Quäl mich."

Unsicher, was sie als Nächstes tun sollte, sah Lucy ihn einfach nur an. Dieses Spiel kannte sie noch nicht. Bernard hatte sie nie nach oben gelassen – der Einzige, der im Bett Dominanz demonstrieren durfte, war er.

Gray dagegen gab sich ihr hin. Er war geduldig und zärtlich. Aber er konnte auch wild und hemmungslos sein. Das gefiel ihr.

Sie legte einen Finger auf ihre Unterlippe und beugte den Kopf zur Seite. „Hmmm. Wie zuerst?"

Grays Augen begannen zu funkeln, und sein zu voller Größe aufgerichtetes Glied presste sich drängend an ihre feuchte Scham.

Es war so einfach, sich bei ihm den Gefühlen hinzugeben. Sie beugte sich nach vorn und bedeckte seine Brust mit Küssen. Ihre Finger streichelten seine harten Muskeln, seinen Brustkorb, seine Hüfte.

Als er stöhnte, überkam Lucinda eine gewisse weibliche Zufriedenheit. Sie wurde mutiger, berührte seine Brustwarzen und saugte an ihnen. Er erschauerte.

Ihr Körper verlangte nach seinem. Sie stemmte sich in die Höhe und ließ sich so wieder herunter, dass sie sich an seinem Schwanz reiben konnte. Sie bewegte sich in langsamen, gleichmäßigen Zügen, quälte sich selbst so sehr wie ihn. In Grays Augen brannte die Lust, und sie erzitterte.

Wie lange konnte sie sich gegen ihre eigene Begierde zur Wehr setzen?

Und gegen seine?

Wieder beugte sie sich über ihn, diesmal, damit er ihre Brüste genießen konnte. Er massierte sie, zwickte ihre Brustwarzen.

Sie keuchte.

Also wiederholte er es.

Und die ganze Zeit sah er sie an. Er kitzelte ihre Brustwarzen, saugte an ihnen und blies sanft über ihre Haut. Seine blauen Augen sagten ihr, sie solle weitermachen. Mehr.

Doch sie hielt die Qual nicht mehr aus.

„Hilf mir", bat sie ihn keuchend. „Ich will dich in mir."

Sie bewegte sich nach hinten. Langsam schob sie sich auf ihn, vereinnahmte ihn. Er füllte sie komplett aus. Für einen Moment saß sie einfach da, die Hände auf seinen Bauch gepresst, und versuchte sich zu erinnern, wie man atmete.

Zuerst bewegte sie sich nur zögerlich. Gray tat nichts, schaute sie nur an, die Hände in die Decken vergraben. Er ließ sie gewähren, wie sie verschiedene Bewegungen ausprobierte.

Sie setzte sich aufrecht hin, hob und senkte ihren Unterleib, während sie sich auf seinem Bauch abstützte.

Dann hielt sie inne, beugte sich nach vorn und legte ihre Hände auf seinen Brustkorb. Sie glitt an ihm auf und ab. Gray schien das zu gefallen, aber das reichte ihr nicht. Sie wollte die perfekte Lust für sie beide.

Wieder hielt sie inne, und Gray stöhnte. „Im Ernst, du bringst mich um."

„Wenigstens ein schöner Tod. Und jetzt sei still. Ich denke nach."

„Kannst du nicht nachdenken und dich dabei bewegen?"

„Nein. Ich glaube, ich habe eine Idee."

„Ich liebe Ideen."

„Du setzt dich hin, und ich schlinge meine Beine um deine Hüfte und dann … Also, dann können wir beide gemeinsam … Du weißt schon.“ Sie runzelte die Stirn. „Meinst du, das geht?“

„Ja“, sagte er im Brustton der Überzeugung. „Ja, das geht.“

„Du musst den Rücken ganz gerade halten“, warnte sie ihn.

„Nicht nur den“, versprach er.

Er setzte sich auf, mit ihr auf seinem Schoß, was sie sehr beeindruckte. Ihr Körper verzehrte sich nach Gray. Und sie wusste, dass er es genauso eilig hatte wie sie.

Er setzte sich in den Schneidersitz, und sie schlang die Beine um seine Hüfte und presste sich eng an ihn. Ihre harten Brustwarzen rieben an seiner Brust, was sie noch mehr erregte.

„Bist du bereit?“

„Ja.“ Lucinda leckte sich die Lippen. „Oh ja.“

Und dann bewegten sie sich gemeinsam. Bis sie einen Rhythmus fanden, der ihnen fast den Atem raubte. Ihre Stimmen waren verstummt. Leidenschaft braucht keine Worte. Sie klammerte sich an ihn, die Augen geschlossen, überwältigt von der Intensität. Er hielt sie fest, die Lippen an ihre Schulter gepresst.

„Ich kann mich nicht länger zurückhalten. Komm mit mir, Lucinda.“

Allein seine Worte lösten in ihr eine Explosion aus.

Sie schrie, während sie ihre Finger in seinen Rücken drückte. Ihr Orgasmus erschütterte jede Faser ihres Körpers.

Im selben Moment stöhnte Gray auf, als er kam. Sein Körper erschauerte. Seine Hände umklammerten ihren Rücken, er biss in ihre Schulter.

Eine ganze Weile hielten sie sich einfach nur fest.

Wohlig ermattet drehten sich Lucindas Gedanken darum, wie wunderbar es war, mit Gray zu schlafen. So sollte es sein. Doch es war mehr für sie als nur großartiger Sex. Sie spürte eine Verbindung, die sie nie gekannt hatte, mit niemandem. Doch eines Tages würde sie Gray verlassen müssen. Nicht nur, weil er keine dauerhafte Ehe mit ihr wollte, sondern auch, weil sie sich in ihn verlieben könnte. Göttin im Himmel. Sie könnte sich in Gray verlieben und seine Frau bleiben und einfach glücklich sein.

Wie sollte sie ihn dann verlassen können?

10. KAPITEL

„Wo kommst du denn her?“ Taylor betrachtete stirnrunzelnd seinen Bruder Ant, der ins Haus geschlurft kam, eine Schmutzspur hinterlassend.

Taylor saß auf der Treppe im Flur und trank seine zweite Tasse Kaffee. Er war nicht gern in der Küche, und das förmliche Wohnzimmer mit den großen antiken Möbeln und dem überdimensionalen Kamin war ihm einfach zu feudal. Es war Samstag, und er hatte keine Lust, zur Arbeit zu gehen. Aber er ging jeden Tag ins Büro.

Was sollte er sonst machen?

Ant sah ihn an. „Du bist noch hier?“

„Wie du siehst.“

Sein Bruder war knapp eins achtzig groß und damit nur eine Spur kleiner als Taylor. Man konnte ihn als gut aussehend bezeichnen, wenn er nicht immer so dreckig rumlaufen würde. Ant hatte nicht viele Verabredungen mit Mädchen – was auch daran lag, dass die Auswahl in Nevermore nicht gerade groß war. Entweder wollten die Mädchen sofort heiraten – oder wegziehen. Nur sehr wenige blieben in Nevermore. Es gab hier kaum Arbeit, und Karriere konnte man erst recht nicht machen. Überflüssig zu erwähnen, dass die landwirtschaftlichen Familienbetriebe einer nach dem anderen ausstarben.

Ant war jetzt fast zwanzig.

Verdammt. Sein kleiner Bruder war ein erwachsener Mann! Wieder einmal kam Taylor sich alt vor. Er schlürfte an seinem Kaffee und sah zu, wie Ant sich den Schmutz von den Stiefeln stampfte. Sein Bruder beseitigte normalerweise den Dreck, den er verursachte, deshalb brauchte er sich darüber keine Gedanken zu machen.

„Hab dich gar nicht auf dem Leichenmahl gesehen.“

„Weil ich nicht da war. Dafür war ich heute Morgen an Marcys Grab und habe ihr ein paar Geranien gepflanzt. Wusstest du, dass sie nicht mal einen Grabstein hat? Ich habe Mordi extra gefragt, und er hat gesagt, dass Cathleen ihr keinen gekauft hat."

„Alle, die auf dem Leichenmahl waren, haben für einen Grabstein gespendet. Ich fahre heute zum Friedhof und kümmere mich um die Angelegenheit." Taylor betrachtete seinen Bruder.

Mordecai Elizabeth Jones leitete das Bestattungsunternehmen am örtlichen Friedhof Elysian Fields. Jedes erstgeborene Kind in der Familie Jones wurde Mordecai getauft, ob Junge oder Mädchen – das war so Tradition. Und es war auch Tradition, dass das erstgeborene Kind das Bestattungsunternehmen übernahm. Seit Gründung der Stadt Nevermore war daher immer ein oder eine Jones für den Friedhof zuständig gewesen. Mordi mochte ihre Arbeit – wenn es nach Taylor ging, ein bisschen zu sehr. Sie war ein Jahr vor dem Abschluss von der Highschool abgegangen und hatte in Houston ihre Ausbildung zur Bestattungsunternehmerin gemacht. Nachdem sie die zweijährige Ausbildung abgeschlossen hatte, kehrte sie nach Nevermore zurück und übernahm das Familienunternehmen. Ihre Eltern gingen in den Ruhestand, kauften sich ein Wohnmobil und reisten seitdem durch die Vereinigten Staaten, um sich berühmte Friedhöfe zu betrachten. Mordi war ihr einziges Kind und die jüngste Bestatterin in der Geschichte von Elysian Fields. Sie war immer auf dem Friedhof anzutreffen – was sie damit begründete, dass die Toten vernünftiger waren als die Lebenden. Sagte eine Frau, die kein magisches Wesen war. Aber das hielt sie nicht davon ab, mit den Toten zu sprechen.

Sie war ein wenig seltsam.

Andererseits konnte sie ja nichts dafür, sie war in dieses Friedhofsleben hineingeboren worden. Sie war ein paar Monate älter als Ant, aber die beiden waren offensichtlich nicht interessiert aneinander.

„Was geht bloß in deinem Hirn vor sich? Ich mag es nicht, wenn du mich so anstarrst."

„Wie starre ich dich denn an?"

Ant setzte seinen Hut ab und schlug sich damit gegen den Oberschenkel. Sein lockiges braunes Haar konnte mal wieder einen Haarschnitt vertragen. Außerdem sollte er sich nicht so viel mit seinen geliebten Pflanzen beschäftigen, sondern sich lieber nach einem ordentlichen Beruf umsehen.

„So als ob du findest, ich solle heiraten und Kinder bekommen oder in irgendein Unternehmen einsteigen oder so was. Aber mir gefällt es hier, und ich habe Spaß an dem, was ich tue. Ich verdiene mein Geld mit Gartenarbeit."

„Ich weiß."

„Manchmal ist es schöner, wenn die Welt nicht ganz so groß ist", sagte Ant weise. „Ist noch Kaffee da?"

„Ja."

Sein kleiner Bruder ging in die Küche, um sich eine Tasse zu holen. Anders als Taylor hielt er sich gerne in der Küche auf. Taylor verstand nicht, warum Ant sich mit dem Tod ihrer Mutter so schnell abgefunden hatte. Aber vielleicht war es gar nicht so. Sie sprachen eigentlich nicht über das Thema.

Ant tauchte wieder im Flur auf. „Weißt du schon was wegen Lennies Beerdigung?"

„Der Pathologe kommt am Montag, um den Totenschein auszustellen", erwiderte Taylor. „Erst dann kann ich den Leichnam freigeben. Hattest du viel mit Lennie zu tun?"

„Nicht wirklich." Ant setzte sich zu Taylor auf die Stufen. „Wie viele waren wir in der Oberstufe in der Klasse? Zweiundzwanzig? Plus Mordi, die aber früher abgegangen ist, um ihre Ausbildung zu machen." Er pustete in den heißen Kaffee. „Hast du schon eine Ahnung, wer das Marcy angetan hat?"

„Ich habe nicht den leisesten Schimmer."

„Es muss jemand aus der Stadt gewesen sein."

Eigentlich wollte Taylor nicht darüber nachdenken, wer ein

Motiv gehabt haben könnte, Marcy zu töten. Außer Cathleen fiel ihm da niemand ein. Ob die Alte jemanden angeheuert hatte, um das Mädchen umbringen zu lassen? Nein. Egal, wie widerlich diese Frau war – sie brauchte Marcy. Nicht nur als Sklavin und Kellnerin, sondern auch, um an ihr herumzumeckern. Cathleen war nur glücklich, wenn sie andere quälen konnte. Und sie war viel zu egoistisch, um ausgerechnet die einzige Person wegzujagen, über die sie befehligen konnte. Marcy war die einzige Bedienung im Café gewesen, weil niemand sonst dort arbeiten wollte.

Aber wer außer Cathleen konnte einen Grund haben, das Mädchen umzubringen? Ihm fiel der magische Gegenstand ein, den er in seinem Tresor eingeschlossen hatte. Der Gegenstand, den Marcy aus der Stadt hatte schmuggeln wollen. War er etwa der Grund dafür, dass sie sterben musste? Oder hatte ihr Tod doch etwas mit Lucinda Rackmore zu tun? Verdammt. Sie hieß jetzt Lucinda Calhoun. Und er musste sie befragen. Gray konnte seine Frau nicht ewig abschirmen.

„Es sind nicht mehr so viele magische Wesen hier." Er starrte in seine leere Tasse. „Nur wir Weltliche."

„Was heißt das?"

Taylor schüttelte den Kopf. „Ich glaube einfach, dass das wichtig für den Fall ist. Keine Ahnung, wieso. Noch nicht, jedenfalls."

„Du wirst es schon noch herausfinden", sagte Ant aufmunternd. „Wie immer."

„Wer weiß." Taylor stellte seine Tasse ab. „Kennst du Trent?"

„Atwoods Neffen? Ja. Wir treffen uns hin und wieder. Ist ganz okay, glaube ich."

„Hatte er mit Lennie zu tun?"

Ant zuckte mit den Schultern. „Du weißt doch, wie es hier ist, Taylor. Man kann nicht allzu wählerisch sein mit seinen Freunden. So viele Möglichkeiten gibt es nicht. Ich habe ihn an den Wochenenden öfter mal im Dragon's Keep gesehen. Lennie war oft da, wie alle anderen auch. Er war übrigens mal mit Marcy zusammen."

„Das war Ren auch mal, aber noch zu Highschoolzeiten."

„Ich übrigens auch. Für eine Minute. Sie war nett. Sie hat das alles nicht verdient." Ants Blick ging in die Ferne.

„Da sagst du was." Taylor seufzte. „Bran schenkt doch sicher keinen Alkohol an Minderjährige aus?"

„Du willst wissen, ob Trent Bier trinkt?" Ant lachte. „Jetzt komm, Taylor. Bei Bran bekommt jeder was zu trinken."

„Das heißt noch lange nicht, dass das richtig ist. Auch in Nevermore bekommt niemand unter achtzehn Jahre Alkohol."

„Hast du etwa so lange gewartet?"

Taylor wandte den Blick ab und versuchte sein Lächeln zu verbergen. Er war sechzehn gewesen, ein überheblicher Junge, der zu viel prahlte und zu wenig seinen Verstand benutzte. Er hatte gleich mit Tequila angefangen. Natürlich kotzte er sich noch am selben Abend die Seele aus dem Leib und fiel auf der Couch in Brans Hinterzimmer ins Koma. Am nächsten Tag schüttelte Bran ihn wach und gab ihm eine schlimme Mixtur zu trinken, von der zugegebenermaßen sein Kater verschwand. Bran war ein Zauberer, ein mächtiger Aquamant, aber als einer der wenigen gehörte er keinem Geschlecht an. Seine Kneipe und seine Wohnung befanden sich auf einem alten Flussschiff. Das Dragon's Keep ankerte am Ufer des Lake Huginn.

Und Bran schien irgendwie nicht zu altern. Er war ein fitter, durchtrainierter, grauhaariger Fünfzigjähriger. So hatte er immer ausgesehen, und das würde sich vermutlich auch nicht ändern. Er konnte es nicht beweisen, und der Mann hatte sich nie dahingehend geäußert, aber Taylor ging insgeheim davon aus, dass Bran unsterblich war. Magische Wesen lebten ohnehin meist länger als normale Menschen – das rührte von den Energien her, zu denen sie Zugang hatten. Aber unsterblich waren sie in der Regel nicht. Nur sehr wenige waren das.

„Da kommt ein Auto.“ Ant deutete mit dem Kopf in Richtung Fenster neben der Eingangstür. „Sieht nach Rens Wagen aus.“

Taylor nahm seine Kaffeetasse mit nach draußen auf die Veranda und sah den Wagen näher kommen. Zu seiner Überraschung hatte Ren diesen Trent im Schlepptau. Offensichtlich hatte der Junge heute seinen freien Tag, denn er sah von Kopf bis Fuß aus wie jemand aus der Gothicszene: schwarz umrandete Augen, schwarzes T-Shirt, Sicherheitsnadeln im Kragen.

Ren ließ das Fenster herunter. „Ich dachte, du wärst schon längst im Büro.“

„Nein. Was gibt's?“

„Kobolde.“ Er streifte Trent mit einem Blick. „Bei Atwood wimmelt es von ihnen.“

„Kann keiner von euch mehr ein Telefon bedienen?“, fragte Taylor. „Leitungen sind jedenfalls vorhanden.“

„Ich habe versucht, hier anzurufen, bevor ich das Büro verließ“, erklärte Ren. „Aber es war dauernd besetzt.“

Trent lehnte sich aus dem Fenster auf der Beifahrerseite. „Mein Onkel scheißt sich ein. Ist gleich zu Ember gerannt und hat geschrien wie ein kleines Mädchen.“ – „War Ember schon bei ihm drüben und hat ein Juju gesprochen?“

Trent schüttelte den Kopf. „Sie sagt, und ich zitiere wörtlich: ‚Oh nein, Mann. Mit Kobolden lass ich mich nicht ein.‘“

Taylor lachte. „Alles klar. Wir treffen uns bei Atwood. Jemand soll Gray anrufen. Wir brauchen seine Magie, um die Spalte zu versiegeln, aus der die kleinen Monster gekrochen sind.“

„Kobolde?“ Lucinda lag im Bett und fühlte sich etwas ausgelaugt. Trotzdem musste sie aufstehen. Die ehelichen Pflichten warteten. „Echt?“

„Ja. Ich hatte gehofft, wir würden davon verschont bleiben.

Aber die Stadt ist so aus dem Gleichgewicht geraten ... da ist es ein Wunder, dass das nicht schon eher passiert ist." Gray durchsuchte seinen Kleiderschrank nach etwas zum Anziehen. Er kam gerade aus der Dusche, sein Haar war noch feucht. In all dem Durcheinander entdeckte er eine ausgeblichene Jeans. Sein Schlafzimmer war, wie jedes andere Zimmer in diesem Haus, immer noch ein totales Chaos. Wie er die Jeans hatte finden können, blieb für Lucinda ein Geheimnis.

„Ha!" Triumphierend hielt er ein frisches blaues Hemd hoch und zog es an. Grinsend drehte er sich zu ihr um.

Ihr Herzschlag beschleunigte sich bei seinem Anblick, und sie fühlte, wie etwas Warmes, Wunderbares sie umfing. Bei Gray fühlte sie sich geborgen. Und stark. Und ... geliebt.

„Hey, stimmt was nicht?" Er setzte sich zu ihr aufs Bett und legte eine Hand auf ihren Oberschenkel. „Geht's dir gut?"

„Besser als gut", erwiderte sie. Keine Liebe, dachte sie verzweifelt. Nur sensationeller Sex. Sensationeller Sex und Sicherheit, das zusammen fühlte sich an wie ... nun, sie wusste es nicht. Es war auch ihr Gefühl der Dankbarkeit, das alles überstrahlte, darum ging es ihr so gut. Aber das L-Wort war hier nicht gefragt.

Sie würde auf keinen Fall ihre Ehe aufs Spiel setzen, indem sie sich in diesen Mann verliebte.

„Ich dachte, ich räume mal das Haus auf. Irgendwo muss ich anfangen. Was hältst du vom Wohnzimmer?"

Gray runzelte die Stirn, und sie spürte einen Stich der Enttäuschung. Er wollte nicht, dass sie an seine Sachen ging. So weit ging ihre Scheinehe dann doch nicht. Das musste ihr doch klar sein. Hier war nicht wirklich ihr Zuhause. Was hatte sie sich nur gedacht?

„Ich möchte nicht, dass du dir zu viel zumutest." Er nahm ihr Gesicht in beide Hände und streichelte mit dem Daumen ihr Kinn. „Bitte heb nichts, was dir zu schwer ist, okay? Wenn du Möbel neu anordnen willst, warte, bis ich wieder zu Hause bin.“

„Du hast nichts dagegen?“

„Wieso sollte ich? Das ist jetzt auch dein Zuhause, Lucinda. Du hast das Recht, dich hier wohlzufühlen. Es tut mir leid, dass so ein Chaos herrscht. Ich helfe dir beim Aufräumen, sobald ich wieder da bin. Okay?“

„Abgemacht.“ Sie drehte den Kopf und küsste seine Handfläche. Dann linste sie zu ihm rüber. „Und ich darf sogar die Möbel umstellen?“

„Wenn du willst.“

„Oh Gray!“ Sie sprang aus dem Bett und umarmte ihn. „Danke!“

Er erwiderte ihre Umarmung, nur um sie danach anzusehen und zu sagen: „Ich weiß ja nicht, wieso du dich so darauf freust, hier aufzuräumen. Das macht mir ein schlechtes Gewissen. Hier liegt so viel Müll rum, den du jetzt beseitigst. Das ist nicht fair.“

„Ich möchte eben meinen Beitrag zu unserer Abmachung leisten“, stellte Lucinda klar. „Und viel mehr kann ich dir nicht anbieten.“

„Das stimmt nicht. Du hast eine zu geringe Meinung von dir selbst, Süße.“ Er küsste sie. „Ich muss mich jetzt mit Taylor treffen. Wenn ich den Spalt versiegelt und die Unterwelt wieder verschlossen habe, aus der die Kobolde gekommen sind, muss ich dringend den Schutz der Stadt verstärken. Das wird etwa drei Tage dauern, schätze ich. Ich muss alle Zauberformeln entlang der Stadtgrenzen erneuern.“

„Dazwischen kommst du gar nicht nach Hause?“

„Ich werde draußen übernachten und so schnell wie möglich alles erledigen, damit der Zauber eine möglichst starke Wirkung hat.“ Er küsste ihre Stirn. „Ich rufe dich jeden Abend an. Ich lasse dich nicht im Stich, keine Angst.“

Da war es wieder, dieses innere Glühen, diese Wärme, diese Sicherheit. „Nein, das glaube ich auch nicht“, sagte sie ein wenig schelmisch. „Aber du willst dich ums Aufräumen drücken."

„Erwischt." Er betrachtete ihren nackten Körper und seufzte. „Deck dich zu. Das lenkt mich zu sehr ab."

„Schade, dass du es so eilig hast." Sie ließ sich zurück in die Kissen fallen und streckte sich, damit Gray ihren Körper in voller Pracht zu sehen bekam. Sein Blick wanderte zu ihren Brüsten. „Dann sehen wir uns in ... drei Tagen, hast du gesagt?"

„Taylor kann warten."

Und schon warf er sich über sie.

An der Tür gab er ihr einen Abschiedskuss. Dann schloss Lucinda die Tür hinter Gray und lehnte sich lächelnd dagegen. Wie herrlich normal ihr Leben auf einmal war: Sie küsste ihren Mann, bevor er zur Arbeit ging.

Es war wunderbar.

Sicherheit fühlte sich wunderbar an.

Und Grays Frau zu sein, auch.

Hoffentlich war er stolz auf sie, wenn er zurückkam und die Ordnung begutachten konnte. Das Wohnzimmer nahm sie sich als Erstes vor. Nur dumm, dass sie sich immer noch so schwach fühlte. Viel zu oft musste sie Pausen einlegen, doch sie schaffte es trotzdem, sich durch die Unordnung zu kämpfen. Bis zum Nachmittag hatte sie in jede Kiste geguckt – die Hälfte davon war leer. Sie hatte zwei Stapel gemacht: einen mit Sachen, die man noch Wohltätigkeitsorganisationen spenden konnte, den anderen mit Dingen, die vermutlich noch gebraucht wurden, was sie aber nicht entscheiden konnte. Alles andere sortierte sie in die Kisten ein, beschriftete sie, stapelte sie neben der Treppe und fing dann an, richtig sauber zu machen.

Zwei Stunden später hatte sie den Mahagonitisch und das Regal aus Burma auf Hochglanz poliert, die beiden roten

Seidensessel und den Perserteppich gesaugt und den Kamin freigelegt. Der Kaminsims bestand, wie der Couchtisch, aus Mahagoni. Er war über und über mit eingerahmten Fotos, Drachenstatuen und abgebrannten Kerzen übersät. Die Asche quoll über, Ruß verunzierte die Ecken.

Sie hatte in dem Durcheinander zwei zierliche viktorianische Stühle entdeckt. Die würden sich gut vor dem Kamin machen, zusammen mit dem chinesischen Cloisonné-Säulentischchen.

Aber sie hatte Gray ja versprochen, dass sie mit dem Umstellen der Möbel warten wollte. Trotzdem würde sie ihn gerne überraschen und zumindest ein Zimmer neu dekorieren.

Sie vermisste Gray.

Sie ließ sich auf einen Sessel fallen und seufzte. Warum war sie so dumm? Dankbarkeit war nicht dasselbe wie romantische Liebe. Gray erfüllte seine Pflicht ihr gegenüber, mehr nicht.

Sie ließ den Blick durch das Zimmer schweifen. Es gab noch viel zu tun. Die Fenster mussten geputzt werden, die Vorhänge abgenommen und die Spinnweben entfernt. Und der Holzfußboden brauchte dringend eine Kur – von den Wänden mal abgesehen. Auch die weiße Deckenleiste war eindeutig pflegebedürftig, die geblümten Tapeten waren allerdings nicht mehr zu retten. Sie brauchte also neue Tapeten – oder musste sie überstreichen. Mal sehen – wie wäre es mit einem hellen Beige mit schmalen roten Längsstreifen?

Es ist nicht dein Haus.

Lucinda riss sich los von ihrem Tagtraum. Ihre gemeinsame Wohnung sauber zu machen war eines – Grays Haus ihren eigenen Stempel aufzudrücken etwas ganz anderes. Sie würde nichts streichen und auch nichts renovieren. Sie konnte es nicht riskieren, Gray oder sein Haus zu sehr lieb zu gewinnen. Dazu blieb sie nicht lange genug hier. Wenn Gray es wirklich schaffte, sie von Bernards Fluch zu befreien, würden sich ihre Wege trennen.

Klopf, klopf, klopf.

Lucinda starrte zur Haustür und sprang auf. Ihr Herz hämmerte. Sie sah auf die Uhr, die auf dem Kaminsims stand. Sie funktionierte noch, obwohl ihr wahrscheinlich schon lange kein Blick mehr gegolten hatte. Es war kurz nach sechzehn Uhr.

Sie sah furchtbar aus. Die Haare zu einem Pferdeschwanz gebunden, die Kleider schmutzig und voller Putzmittelflecken. Sie trug nicht einmal Schuhe.

Klopf, klopf, klopf.

Aber nur weil sie nicht aussah wie die perfekte Gastgeberin, konnte sie sich doch so benehmen. Sie fuhr sich rasch mit den Händen über T-Shirt und Jeans, straffte die Schultern und ging zur Tür.

Sie öffnete, und vor ihr auf der Veranda stand eine Frau, die ihr vage bekannt vorkam. Lucinda fiel ein, dass sie ihr auf dem Leichenmahl begegnet war. Aber ihren Namen hatte sie vergessen.

„Hallo."

„Schön, dass Sie da sind. Ich bin Maureen Archer." Sie drückte Lucinda eine in Plastikfolie verpackte Pastete in die Hand. „Willkommen in Nevermore, Mrs Calhoun."

Ungläubig und wortlos nahm Lucinda die Pastete an. Vor lauter Rührung wusste sie gar nicht, was sie sagen sollte. Die Stille wurde immer länger. Maureen räusperte sich.

„Oh, tut mir leid. Ich habe nur so gar nicht damit gerechnet, dass …" Lucinda lächelte die Besucherin an, immer noch gerührt über die Willkommensgeste. „Das ist sehr freundlich von Ihnen. Vielen Dank."

Maureen nickte und wandte dann den Blick ab. Dennoch bemerkte Lucinda, dass sie mit den Tränen kämpfte. Offensichtlich war sie nicht nur gekommen, um der neuen Frau des Hüters ihre Aufwartung zu machen.

„Bitte kommen Sie doch herein", bat Lucinda sie und gab die Tür frei. „Sie müssen die Unordnung entschuldigen, aber ich bin gerade dabei, die Folgen des Junggesellenlebens zu beseitigen."

Lucinda führte Maureen ins Wohnzimmer und beobachtete, wie ihre Blicke über die Kisten, die Spinnweben und den Kaminsims schweiften. „Ich war seit Jahren nicht mehr hier. Grit und Dove haben immer so wunderbare Feste veranstaltet."

„Dove?"

„Grits Frau. Sie starb, als Gray vielleicht fünf Jahre alt war. Danach hat Grit nie wieder geheiratet."

„Es ist schrecklich, aber ich weiß so gut wie gar nichts über Grays Familie. Wenn Sie mich einen Moment entschuldigen wollen." Lucinda brachte die Pastete in die Küche. Sie wusste ja noch nicht einmal, wo Kaffee oder Tee standen – oder ob Gray überhaupt welchen dahatte. Nur Embers Tee stand immer noch auf dem Herd, und ein paar Tassen hatte sie ja schon gespült. Sie goss den Tee ein und stellte die Tassen in die Mikrowelle. Dann brachte sie sie ins Wohnzimmer.

Maureen stand neben dem Kamin und betrachtete die Fotos. Sie drehte sich um, als Lucinda den Raum betrat. Verwirrung und Schmerz standen ihr ins Gesicht geschrieben.

„In Nevermore ging es schon glücklicher zu", stellte Maureen fest. Sie deutete auf eines der Bilder. „Dieses Foto wurde vor über zwanzig Jahren beim Winterfest aufgenommen. Damals wurde immer der Marktplatz geschmückt, und nach dem Gottesdienst wurde bis in die frühen Morgenstunden gegessen und getanzt und gefeiert."

„Das klingt toll."

„Das war es auch. Das sind Henry und ich, auf diesem Bild. Und das da ist Grays Mutter. Und Sarah und Edward Mooreland, bevor er die Stadt wegen … na ja, wegen einer anderen Frau verließ." Sie lächelte. „Lara und Harley. Ihre

Romanze dauerte nur von Mai bis Dezember. Als sie Selbstmord beging, zerbrach etwas in ihm. Er lebte nur noch für seinen Sohn. Ren", fügte sie erklärend hinzu und wedelte mit der Hand. „Es ist eine kleine Stadt. Sie werden im Handumdrehen alle kennen."

Die beiden Frauen setzten sich auf eines der Sofas, und Lucinda drückte Maureen eine Tasse in die Hand. Sie nahm einen Schluck und nickte. „Der ist von Ember, habe ich recht? Sie macht den besten Tee überhaupt."

„Ich mag sie", sagte Lucinda.

„Ich auch. Sie gehört zu den Guten." Dann sah sie sich weiter um, wobei sie die Tasse fest umklammerte. Es schien, als würde sie all ihren Mut zusammennehmen, um loszuwerden, weswegen sie gekommen war.

Schließlich stellte Maureen die Tasse auf den Couchtisch. Offensichtlich war sie zu nervös, um den Tee genießen zu können. Sie sah Lucinda an. „Stimmt es, dass Sie Thaumaturgin sind?"

„Ja. Und nein. Ich bin ohne Ausbildung. Aber ... leider kann ich meine Fähigkeit momentan nicht anwenden." Es gefiel ihr nicht, dass sie die zarten Bande einer möglichen Freundschaft schon gleich kappen musste, aber Lügen mochte sie nicht. „Auf mir lastet ein Fluch. Gegen den man unglücklicherweise nichts machen kann."

„Aber Sie haben es doch versucht."

„Sie meinen Marcy. Ja. Aber ich kam zu spät."

„Etwas zu tun ist besser, als nichts zu tun. Marcy war kein glücklicher Mensch. Genau wie mein Lennie. Er war so selbstbezogen. Es gab nur ihn und sein Auto." Ein paar Tränen liefen ihre Wangen hinab, dann klatschte sie in die Hände. „Aber er war mein Sohn. Ich habe ihn geliebt."

Lucinda stellte ihre Tasse ab und nahm Maureens Hände. „Es tut mir aufrichtig leid um ihren Sohn."

„Ich habe ihn geliebt", schluchzte Maureen nun. „Und

trotzdem bin ich so … oh Göttin, ich bin so erleichtert, dass er tot ist!" Sie sah verschreckt aus. „Ist es nicht schlimm, wenn eine Mutter so etwas sagt?"

„Nein. Man fühlt, was man fühlt. Beziehungen sind kompliziert, vor allem die zwischen Müttern und ihren Kindern."

Maureen nickte. Diese Mutter war am Boden zerstört wegen ihrer eigenen Gefühle, weil sie eine gewisse Erleichterung verspürte über den Tod ihres Sohnes. Lucinda fragte sich, was für ein Kind Lennie gewesen sein mochte. Warum löste sein Tod bei seiner Mutter solche Empfindungen aus?

„Wissen Sie, wir haben fünf Kinder. Vier sind in die Welt hinausgezogen und führen ein gutes Leben. Aber Lennie – er schaffte es einfach nicht. Das machte Henry und mich ganz fertig. Er trank und nahm Drogen und prügelte sich. Er hatte den Respekt vor allem verloren, auch vor sich selbst." Maureen drückte Lucindas Hände. „Ich finde, jeder ist es wert, gerettet zu werden. Finden Sie nicht auch?"

Diese letzten Worte berührten Lucinda sehr. Sie nickte nur, ohne etwas antworten zu können.

„Jeder ist es wert, gerettet zu werden", sagte Maureen noch einmal, kämpferisch diesmal. „Aber nicht jeder ist zu retten." Sie holte tief Luft, und ihre Augen wurden feucht. „Ich konnte meinen Sohn nicht retten. Ich weiß, dass Sie mich verstehen. Wegen Marcy."

„Ich verstehe Sie", sagte Lucinda leise. Auch ohne Marcy hätte sie verstanden. „Ich verstehe Sie."

Maureens Lippen begannen zu zittern, dann fiel sie Lucinda in die Arme und weinte.

Gray ließ sich in den ledernen Ohrensessel gegenüber von Taylors Schreibtisch fallen. „Ich hasse Kobolde."

„Gut, dass du den Spalt versiegelt hast, bevor noch mehr von ihnen rauskommen konnten." Taylor lehnte sich in seinem Stuhl zurück und tippte an seinen Hut. „Ich frage mich nur, wie das Portal sich öffnen konnte."

„Das weiß ich auch nicht. Aber die Stadt ist aus dem magischen Gleichgewicht geraten. Das ist meine Schuld. Ich habe nicht aufgepasst." Gray schüttelte den Kopf über sich selbst.

Taylor enthielt sich eines Kommentars, und Gray war dankbar, dass sein Freund auf rechthaberische Kommentare verzichtete. Er hatte seine Lektion gelernt und war entschlossen, seine Aufgabe als Hüter ab jetzt verantwortungsvoller wahrzunehmen. Nevermore sollte wieder so werden wie früher – dafür wollte er sorgen.

„Ich werde ein Reinigungsritual durchführen. Erst die Stadt, dann alle Farmen. Aber zuerst werde ich die magischen Schutzfunktionen an den Stadtgrenzen verstärken."

„Hast du Angst, dass Bernard Franco Lucinda auf der Spur ist?"

„Sie glaubt, es wird so kommen."

„Ich hasse Kobolde." Ren kam ins Büro und ließ sich in den anderen Ohrensessel fallen. „Diese kleinen Mistviecher. Meint ihr, wir haben alle erwischt?"

„Das will ich hoffen", antwortete Gray. „Nachdem ich die Schutzmechanismen für die Stadt erneuert und das Reinigungsritual durchgeführt habe, dürften sie sich hier nicht mehr blicken lassen. Wir müssen dringend das magische Gleichgewicht wiederherstellen, oder wir bekommen noch mehr Probleme."

„Klingt gut. Wann willst du anfangen?" Ren sah den Hüter erwartungsvoll an.

„Eigentlich wollte ich los, sobald wir das mit den Kobolden erledigt haben. Aber jetzt ist es schon nach acht. Ich bin müde, und eigentlich will ich nur noch nach ..." Er unterbrach sich, von sich selbst verblüfft. Er wollte nach Hause zu Lucinda. Irgendwie schien ein Teil von ihm zu fehlen, wenn er nicht bei ihr war. Und das hatte nichts mit Sex zu tun. Obwohl – der Sex mit ihr war spektakulär. Aber es war mehr als das: ihr Lächeln, ihre Stimme, die Art, wie sie sein Haar streichelte oder sich in seine Arme schmiegte. Es gefiel ihm, dass sie solche Gefühle in ihm weckte. Und es gefiel ihm, dass er auch in ihr besondere Gefühle weckte.

„Du willst nur noch was?“

Gray erhob sich. „Ich will nach Hause zu meiner Frau.“ Er grinste blöde. „Dann mache ich das mit den Zauberformeln morgen.“

Taylor schüttelte den Kopf. „Schon steht er unter dem Pantoffel. Es ist eine Schande. Am besten, du gibst deine Mitgliedschaft in der Männergesellschaft zurück.“

„Eifersüchtige Mistkerle wie du sitzen zum Glück nicht im Vorstand der Männergesellschaft.“

Ren kicherte. „Gray, wirst du morgen alleine unterwegs sein?“

„Ja. Wieso?“

„Ich denke nur, dass dich einer von uns begleiten sollte. Das ist alles.“

„Der Junge hat recht“, stimmte Taylor zu. „Wir wissen, dass Marcys Mörder sehr wahrscheinlich hinter dem Auge her war, aber wir wissen nicht, wieso – und was er oder sie jetzt vorhat. Ich komme lieber mit dir. Ren kann dann hier für die drei Tage die Stellung halten.“

Ren nickte zustimmend. „So wird's gemacht. Dad braucht mich sowieso nicht wirklich auf der Farm. Er hat ein paar Jugendliche angeheuert, die ihm helfen. Es würde mir gut passen, in der Stadt zu bleiben.“

„In Ordnung.“ Gray sah Taylor an und grinste. „Wir sehen uns morgen früh um fünf. Wir sollten mit der ersten Zauberformel im Morgengrauen beginnen. Ich wollte beim Gebiet rund um den See anfangen.“

„Gut. Dann bis morgen früh um fünf. Ich hol dich ab. Aber du machst den Kaffee.“

„Abgemacht.“

Gray wünschte den beiden eine gute Nacht und verließ das Gebäude. In wenigen Minuten hatte er mit dem Auto sein Haus erreicht. Aber irgendetwas war anders als sonst.

Es parkten mehrere Fahrzeuge auf der Straße vor seinem Haus, und das Licht brannte auf der Veranda, wie zur Begrüßung. Die Veranda sah sauber und frisch aus, und zwei weiß getünchte Schaukelstühle standen vor dem Panoramafenster. Auch im Wohnzimmer brannte Licht und schien hell durch die weißen Spitzenvorhänge.

Als er die Haustür öffnete, hörte er Frauenlachen.

Von vielen Frauen.

Als er die Tür hinter sich geschlossen hatte, hielt Gray inne.

Alles glänzte und roch nach Zitrone und Lavendel. Die Holzfußböden waren so blank, dass man sich darin spiegeln konnte, Treppe und Geländer funkelten. Als er nach links blickte, fiel ihm eine Garderobe auf. Er wusste gar nicht, dass er so etwas besaß! An den Garderobenhaken hingen Jacken, und auf dem Bänkchen standen mehrere Handtaschen.

Offensichtlich befanden sich gleich mehrere Frauen in seinem Haus, und – Göttin bewahre! – sie machten sauber!

Panik stieg in ihm auf.

Noch mehr Lachen und Lärm – typische Kochgeräusche – drangen aus der Küche zu ihm. Am besten, er ging ins Wohnzimmer.

So hatte er es erwartet. Neue Vorhänge, die Wände geschrubbt, der Kaminsims poliert, die Kaminecke neu gestaltet. Jemand hatte die Möbel umgestellt. Jetzt standen die zwei Sofas mit dem Couchtisch zusammen, auf dem sich marmorne Untersetzer und mehrere großformatige Bücher stapelten. Vor dem Kamin standen ein kleiner bunter Couchtisch und zwei schicke Stühle. Die Bücherregale zu beiden Seiten des Kamins strahlten vor Sauberkeit. Die Bücher waren ordentlich eingeordnet und der Nippes sortiert. Oh Mann. Er hatte ganz schön viele Drachenfiguren.

„Gray!“

Er drehte sich um, und da stand Lucinda in der Tür. Strahlend rannte sie in seine Arme. Gray fing sie auf und wirbelte sie herum. Ihre Freude traf ihn wie ein Blitz.

Er lachte und hielt sie ganz fest. Sie drückte ihn innig.

„Was machst du denn hier?“ Sie küsste ihn. „Ich dachte, du kommst heute Nacht nicht heim.“

Grays Herz zog sich schmerzhaft zusammen. Sie war seinetwegen so glücklich. „Ich habe dich zu sehr vermisst.“

„Wirklich?“

„Darf ein Mann seine Frau etwa nicht mehr vermissen?“

„Doch. Ich bin mir ziemlich sicher, dass das sogar eine Regel ist.“

„Und wenn nicht, machen wir eine daraus.“ Er küsste sie wieder. Er liebte es, ihre Lippen auf den seinen zu spüren und wie sie ihn umschlang. Wie konnte es sein, dass sein rostiges verstaubtes Herz wieder solche Freude empfinden konnte? Genau genommen hatte er solche Empfindungen noch nie gehabt. Bei Kerren war alles anders gewesen. Er war stolz auf seine neue Frau. Ihre Schönheit und ihr Charme schienen seine eigene Bedeutung zu verstärken. „Du warst fleißig, wie ich sehe.“

„Ist es nicht schön geworden? Großes Ehrenwort: Ich habe die Möbel nicht selbst verrückt.“

„Gut. Und ja, es ist toll.“ Schmutzspuren glänzten in ihrem Gesicht, und sie roch nach Tannenduft, aber sie war einfach wunderbar. Er kam sich vor, als hätte er eine Elfe gefangen, und wenn er nicht gut aufpasste, könnte sie wieder davonfliegen.

„Maureen kam vorbei“, erklärte Lucinda. „Und dann hat sie einen Rundruf per Telefon gestartet. Mit dem Ergebnis, dass alle diese Frauen auf einmal hier auftauchten!“ Sie lachte. Ihre Freude machte Gray glücklich. „Die zwei Zimmer oben sehen immer noch schlimm aus, aber die Bibliothek … Wieso hast du mir eigentlich nicht gesagt, dass du Seelenbücher hast?“

„Du hast Grit und Dutch kennengelernt?“

„Ja. Die beiden sind hinreißend.“

„Dieses Adjektiv hätte ich jetzt zwingend nicht benutzt.“ Gray murmelte irgendetwas in sich hinein.

„Komm schon.“ Sie schlug ihm zum Spaß auf die Schulter. „Sie waren total happy, als wir die Bibliothek sauber gemacht haben. Ich habe für beide einen Bücherständer gefunden.“ Sie hielt inne. „Sie haben behauptet, du hättest ein Labor im Hof. In diesem großen Schuppen. Stimmt das?“

„Ja“, sagte er. „Aber du hast nicht …“

„Natürlich nicht. Der Ort, an dem ein Zauberer seine magischen Formeln zusammenstellt, ist ein Heiligtum. Das darf nur er betreten.“

„Genau. Auf jeden Fall keine Weiber.“

„Hey, du …“

Er wirbelte sie wieder herum. Sie klammerte sich an ihm fest, und sie fingen beide an zu lachen.

Ember war im Türrahmen stehen geblieben. Die Liebe hatte diese beiden zerbrochenen Seelen wieder aufgerichtet, und das war eine große Freude. Sie hoffte nur, dass ihnen aus dieser neuen Verbindung die Stärke erwuchs für das, was noch kommen sollte. Und obwohl sie nicht wusste, was genau passieren würde, wusste sie, es war bald so weit.

Weise mir den Weg, Schöpfermutter, betete sie, und schenke mir die Kraft, ihn zu gehen.

Er hatte nicht vorgehabt, sie zu töten.

Verdammt.

Er zerrte die Leiche in die Küche und legte sie vor den Herd. Denken, er musste nachdenken. Er marschierte auf die andere Seite der Arbeitsplatte und begann auf und ab zu gehen.

Warum musste sie ihn auch angreifen!

Es war ganz allein Cathleens Schuld, dass er ihr den Hals

zugedrückt hatte. Sie wollte die schlimmste Rache für die Calhouns. Dieser Hass war ihr von ihrer Mutter eingepflanzt worden. Sie hatte immer Grit die Schuld am Tod ihres Mannes gegeben.

Er war neugierig genug gewesen, um die Archive in der Bibliothek zu durchforsten. Der Bericht war schnell gefunden. Jed Little hatte mehr für Whiskey übrig als für Selbstachtung. Seine Akte bestand aus einer langen Liste von Festnahmen wegen Trunkenheit und häuslicher Gewalt, und er hatte mehrfach einen Verweis erhalten, wegen Belästigung von Dove Calhoun. Heute nannte man so etwas Stalking.

An dem Abend, bevor sich Jed die Kante gegeben hatte und in den See gegangen war, hatte er versucht, Dove zu entführen, woraufhin Grit ihn verprügelte. Und dann wurde er vom Hüter verbannt – binnen vierundzwanzig Stunden musste Jed die Stadt verlassen. Cora hatte daraufhin eine Beschwerde eingereicht und den Hüter beschuldigt, ihren Mann verhext und ihn dazu gebracht zu haben, Selbstmord zu begehen.

Während er Cathleens schweineartigen Körper anstarrte, spürte er Übelkeit in sich aufsteigen. Er wandte sich ab, lehnte sich an den Herd und versuchte, tief ein- und auszuatmen. Es war nicht so, dass er die Calhouns hasste. Grit war der Hüter gewesen, als er noch klein war, und er hatte seine Arbeit besser gemacht, als sein Enkel sie jemals machen würde. Gray hatte diese Position nicht verdient. Es war unfair, dass er das Geburtsrecht besaß. Er konnte das Amt stolz und ohne Angst vor Repressalien ausüben. *Ich war ein Geheimnis.* Wut keimte in ihm auf. Es war mehr als angemessen, dass Gray mit seinem Blut bezahlte. Dann bekam er endlich, was ihm zustand.

„Sie wollte, dass sie leiden, so wie Daddy gelitten hat. Ich habe es meiner Mutter versprochen, bevor sie starb. Ich versprach ihr, dass uns Gerechtigkeit widerfährt." Cathleen hatte sich so sehr aufgeregt, dass er ihr noch mehr Whiskey gab. Sie kippte drei Gläser in kürzester Zeit.

Cathleen hatte gekichert. „Glaubst du etwa, der Dunkle Herrscher gibt sich damit zufrieden, dass er über den Tod herrscht? Seit Anbeginn der Zeit versucht er einen Teil von dieser Welt zu bekommen!“

Ein Wesen, das so mächtig war wie der Dunkle Herrscher, hatte es nicht nötig, sich für einen Ort wie Nevermore zu interessieren. In diesem Moment wurde ihm klar, dass Cathleen total verrückt geworden war. Ihre Mutter hatte sie ihr Leben lang angelogen, ihr Lügen erzählt. Sie konnte nicht mehr unterscheiden, was wahr und was falsch war. Cathleen hatte immer an dem Ort gelebt, an dem ihre Familie auseinandergebrochen war. Niemand mochte sie. Am Ende war sie von ihrer Habgier und Verzweiflung übermannt worden.

Zauberkraft und Nevermore, das war es, was er wollte, aber vielleicht waren seine Träume zu bescheiden. Er dachte nur so klein, weil diese Stadt ihn so klein gemacht hatte. Vor fünf Jahren, als er die Wahrheit über seine Herkunft erfahren hatte, hatte er sich minderwertig gefühlt. Wie ein Nichts.

Er wollte auf keinen Fall so enden wie Cathleen Munch.

„Es darf kein Happy End für sie geben. Nein, nein, nein! Du wirst ihn umbringen, verstanden? Das sind wir der Vergangenheit schuldig! Und meiner Familie!“ Sie schleuderte die Whiskeyflasche von sich. Sie prallte gegen die Wand und zerbrach. Die bernsteinfarbene Flüssigkeit rann die Wand herunter und bildete eine Lache auf dem Fußboden.

„Es ist nicht der richtige Zeitpunkt, um Gray umzubringen“, hatte er erwidert.

Und da rastete sie vollkommen aus. Sie kreischte und versuchte ihm die Augen auszukratzen. Sie trat ihn und spuckte ihn an und plapperte die ganze Zeit wirres Zeug. Verdammt! Er hatte nur gewollt, dass sie endlich die Klappe hielt. Sie hatte irgendeinen Mist vom Dunklen Herrscher gebrabbelt. Dabei wusste jeder, dass die Schöpfermutter und der Zerstörervater ihre Kinder nur beeinflussen, sie aber nicht beherrschen konnten. Das war das einfachste Gesetz der Zauberei: *Jedes lebendige Wesen ist aus demselben Stoff gewebt, aus Licht und Dunkel, und ist eins mit dem Ganzen.* Wenn der Dunkle Herrscher also versuchte, ins Reich der Sterblichen vorzudringen, wäre das vergleichbar mit dem Versuch eines Menschen, Arme und Beine miteinander zu vertauschen: nämlich sinnlos.

„Dumme Kuh." Er stellte sich neben die Leiche. Er war wütend. Cathleen war im Tod genauso hässlich wie im Leben. Ihr untersetzter Leib in diesen pinkfarbenen Jogginganzug gezwängt – igitt. Sie sah aus wie eine schlecht verarbeitete Wurst.

Ihm wurde wieder schlecht, und er drehte sich um und verließ die Küche. Im Gastraum lehnte er sich gegen die Resopaltheke und stützte den Kopf in die Hände.

Noch elf Tage bis Neumond.

Gray hatte vor, am nächsten Tag mit der Erneuerung der Schutzformeln zu beginnen. Sobald die Stadtgrenzen wieder magisch verstärkt waren, würde es schwerer für ihn werden, wenn nicht sogar unmöglich, das Portal für Kahl zu öffnen.

Er musste sich also etwas einfallen lassen, damit der Hüter erst später anfangen konnte.

Der bittere Geruch des Whiskeys stieg ihm in die Nase und verstärkte sein Gefühl von Übelkeit. Doch dann nahm eine Idee in seinem Kopf Gestalt an. Er richtete sich auf und steuerte auf die zerbrochene Flasche Whiskey zu.

Perfekt.

11. KAPITEL

Es war kurz nach Mitternacht, als die Damen ihre Habseligkeiten einsammelten und sich auf den Weg nach Hause machten.

Lucinda stand neben Gray im Hausflur und wünschte allen eine gute Nacht. Sie war erschöpft, aber glücklich und diesen netten Frauen so dankbar, dass sie ihr geholfen hatten.

Maureen hatte ihr erklärt, dass genau das die Bewohner von Nevermore auszeichnete – man half sich in der Not, ganz egal, um was es ging. Lucinda fand es beschämend, wie bereitwillig alle mithalfen, ohne eine Gegenleistung zu verlangen. Man hatte ihren Namen in die Telefonliste aufgenommen. Wenn das nächste Mal eine der Frauen Hilfe brauchte, würde auch sie da sein und tun, was sie konnte. Das stand fest.

Sie umarmte Maureen zum Abschied, als Nächste war Ember an der Reihe, dann Josie Gomez, Arlene, Ronna Thomson – die Frau des Automechanikers Joseph Thomson – und ihre Tochter Alice. Dann waren da noch die Wilson-Zwillinge, die ein schier überirdisches Organisationstalent besaßen. Sie hatten Gray wegen des Zustands seiner Bücher ausgeschimpft, vor allem der Bücher in der Bibliothek, und er hatte ihre Schelte gutmütig über sich ergehen lassen.

Hoffentlich nahm Gray ihr diese Fraueninvasion nicht allzu übel – eigentlich hatte er ja nicht so viel mit den Leuten aus der Stadt zu tun.

Nachdem sich die letzte Frau verabschiedet und Gray die Tür geschlossen hatte, schmiegte sich Lucinda in seine Arme und lehnte ihren Kopf an seine Brust. „Sie sind alle so nett. Ich wünschte …“

Gray streichelte ihren Rücken. Sie fragte sich, ob er diese kleinen Gesten eigentlich bewusst machte oder ob sie bloß eine Art automatische Reaktion auf ihre Stresssymptome waren. Vielleicht gefielen ihm aber solche kleinen Zärtlichkeiten genauso sehr wie ihr.

„Was wünschst du dir, Süße?“

Sie würde so gern eine Party geben – wie die, die Dove und Grit immer veranstaltet hatten. Als Dankeschön an die Frauen und an die Stadt. Durch ein Fest könnte sich auch das Verhältnis zwischen dem Hüter und den Bewohnern von Nevermore wieder verbessern. Gray war ein Einzelgänger gewesen, auch weil er es nicht anders wollte. Aber die Menschen wollten trotzdem zu ihm kommen. Sie und Gray könnten zu einem echten Bestandteil der Stadt werden und nicht mehr nur der Zauberer und die Hexe sein, die in ihrem Haus über der Stadt thronten.

„Lucinda?“

„Eine Party“, platzte es aus ihr heraus. Sie machte sich los, um ihm in die Augen zu schauen. „Mit Essen und vielleicht auch Tanz. Kinder dürften auch dabei sein. Wir könnten Spiele veranstalten und alberne Preise vergeben oder …“ Sie fuhr sich mit der Zunge über die Lippen. „Das ist alles ein bisschen viel auf einmal, was? Ich hätte dich anrufen und fragen sollen, ob es dir recht ist, dass sie kommen. Bist du sauer?“

Er sah sie fragend an, und ihr Herzschlag setzte für einen Moment aus. Er war sauer.

„Warum sollte ich sauer sein? Du musst nicht im Nachhinein an dir zweifeln, Lucinda.“

Sofort bekam sie ein schlechtes Gewissen. Er ist nicht Bernard, schimpfte sie sich selbst aus. *Also hör auf, dich zu benehmen, als wäre er es!*

„Tut mir leid.“ Sie seufzte. „Das ist eben alles Neuland für mich.“

„Hat Bernard dir dieses Gefühl gegeben? Dass du immer alles falsch machst und es noch ein böses Ende mit dir nimmt?“

„Ja. Genau so war das.“

„Hier bist du in Sicherheit.“ Gray zog sie fest in seine Arme. „Ich verspreche dir: Ich lasse nicht zu, dass dir etwas zustößt.“

Lucinda war sich zwar nicht sicher, ob er dieses Versprechen halten konnte, aber sie wusste, dass er es versuchen würde. Und das reichte ihr fürs Erste. „Und was hältst du von einer Party?"

„Das finde ich eine tolle Idee."

Voller Freude strahlte sie Gray an. Er küsste sie noch einmal. Aus Zärtlichkeit wurde Lust. Sie drängte sich an ihn, in freudiger Erwartung.

Da klopfte es an die Haustür.

Sie ließen voneinander ab, und Gray verzog das Gesicht. „Mist." Er drehte sich um und öffnete die Tür.

Draußen stand Maureen, leichenblass, mit schreckgeweiteten Augen. „In der Stadt brennt es."

Von hier oben war das Feuer gut zu sehen. Und auch die Menschen, die auf das brennende Gebäude zustürzten.

„Das ist das Café." Lucinda starrte erschrocken auf die Stadt. „Die Kobolde?"

„Nein, wir haben alle erwischt. Feuer ist auch nicht ihr Element. Sie nehmen Dinge lieber Stück für Stück auseinander." Gray drehte sich zu ihr um. Sie las Schuldbewusstsein und Entschlossenheit in seinem Blick. Fühlte er sich etwa für den Brand verantwortlich?

„Arlene hat Taylor schon informiert", sagte Maureen mit zitternder Stimme.

„Gut." Gray wendete sich wieder Lucinda zu. „Du bleibst hier. Ich werde ..."

„Was? Einen anderen Aquamanten finden?"

Hatte er vergessen, dass sie den Wasserzauber beherrschte? „Es gibt auch noch Bran."

„Nur leider geht er nicht ans Telefon. Arlene ist bereits auf dem Weg zum Dragon's Keep, um ihn zu holen." Maureen war bestens informiert.

„In Ordnung. Dann Beeilung!", rief Gray.

Lucinda brauchte einen Moment, um in ihre abgelaufenen

Turnschuhe zu schlüpfen. Dann rannten sie mit Maureen zu ihrem Wagen, dessen Motor noch lief. Gray und Lucinda stiegen hinten ein, und Maureen trat aufs Gas. Zwei Minuten später waren sie in der Stadt und parkten vor Embers Teestube. Sie stiegen aus und rannten über die Straße.

Schon erfasste die starke Hitze sie, und Rauch drang in ihre Lungen. Lucinda wich hustend zurück.

„Ich kriege den Hydranten nicht auf." Ren hatte einen großen Rohrschlüssel in der Hand. Sein Gesicht und seine Kleidung waren rußgeschwärzt. Offensichtlich hatte man ihn aus dem Bett geholt, seinen verstrubbelten Haaren, T-Shirt und Pyjamahose nach zu urteilen. Schuhe trug er auch keine. Schnell erklärte er seinen Aufzug. „Ich war bei Trent. Er war es, der das Feuer als Erster bemerkt hat."

„Habt ihr Taylor erreicht?", wollte Gray wissen.

„Er ist auf dem Weg."

„Ich kann den Hydranten öffnen."

Ren sah Lucinda überrascht an. „Ich will ja nichts sagen, Lucinda, aber … Sie sind eine Frau."

„Manche Dinge lassen sich auch ohne Muskelkraft bewerkstelligen." Lucinda ging auf den Hydranten zu, um den herum die Feuerwehrschläuche wie tote Schlangen lagen. Die Verschlüsse waren total verrostet, und die Kratzer auf dem verblichenen Lack zeugten von Rens vergeblichen Bemühungen.

Lucinda berührte den Hydranten und nahm die Magie in sich auf, die um sie herum pulsierte. Sie benutzte sie, um das Wasser herbeizurufen, durch die Rohre, ins Erdreich … *Da war es!* Sie packte die Wassersäule mental und zog sie mit einem schnellen Ruck nach oben.

Der Deckel des Hydranten sprang ab, und das Wasser schoss in einer Fontäne in die Höhe und platschte auf die Straße. Es sprudelte wie ein riesiger wilder Geysir. Lucinda richtete die Hände auf den Strahl, rief die heiligen Energien an und befahl dem Wasser: „Lösche."

Die Wassersäule stieg hoch, immer höher und wirbelte durch die Luft. Sie breitete sich aus, immer weiter, immer mächtiger, immer majestätischer – das Blut der Erde. Dann donnerte sie auf das Café herunter wie die Faust eines wütenden Gottes.

Sofort erstarb das Flammenmeer.

Die Wassertropfen spritzten alles nass, die Straße war völlig überflutet, aber das störte niemanden. Jubelrufe erklangen, und alle umringten Lucinda. Sie wurde fast erdrückt.

Es war wunderbar.

Kurz nach Mitternacht ging Happy den schlammigen Straßenrand der Cedar Road entlang. Lucy würde sicher nicht erfreut sein, sie zu sehen. Denn sie hatte ihr Versprechen gebrochen. Aber es war alles nicht ihre Schuld! Höchstens, dass sie von den Nonnen weggelaufen war. Aber das hatte seinen Grund.

Ihre Vision war der Auslöser dafür gewesen, dass sie ihren sicheren Aufenthaltsort verlassen und sich auf den Weg zu Lucinda gemacht hatte. Wenn sie nicht rechtzeitig bei ihrer Freundin ankam, würden Lucinda und ihr Mann mit der Narbe im Gesicht sterben. Das Seltsamste an der ganzen Sache war: Happy war nicht einmal ein magisches Wesen. Dennoch würde die Vision sich bewahrheiten – das hatte die Göttin ihr verheißen. Eigentlich war sie gar nicht gläubig. Aber trotzdem. Wenn die Göttin mit einer Zukunftsvision erschien und darum bat, dass man eine Botschaft überbrachte, musste man das ja wohl tun.

Happy hatte ein schlechtes Gewissen, weil sie Schwester Mary Frances hereingelegt hatte. Sicher waren alle in heller Aufregung wegen ihres Verschwindens. Aber da niemand außer ihr wusste, wo Lucinda war – darauf hatte sie bestanden, damit Bernard niemanden foltern konnte, um diese Information zu erhalten –, konnte auch nur sie die Botschaft überbringen.

Happy wollte so gern bei Lucinda sein, denn sie vertraute ihr. Die Nonnen waren zwar ganz okay, wenn auch ziemlich durchgeknallt, aber sie fuhren total auf Regeln ab. Wenn Lucinda verlangte, dass sie zu ihnen zurückkehrte, würde sie es tun. Aber erst, wenn sie sich davon überzeugt hatte, dass Lucy hundertprozentig in Sicherheit war. Sie befand sich jetzt auf einer Mission, im Auftrag der Göttin. Deshalb würde Lucinda auch bestimmt nicht allzu böse sein, wenn sie bei ihr auftauchte.

Andererseits wusste man nie.

Happy biss sich auf die Unterlippe und stellte sich Lucindas Reaktion vor. Hoffentlich würde sie Happy zuerst umarmen – und erst dann anschreien. Wenn Menschen Angst hatten, reagierten sie häufig wütend, das hatte ihre Mutter mal gesagt. Was wiederum bedeutete, dass Bernard wohl die ganze Zeit Angst haben muss, hatte sie hinzugefügt.

Da hatte Mama gelacht und gesagt, sie sei schlau.

Happy kam an einem Schild vorbei, das die Entfernung nach Nevermore anzeigte: noch sechzehn Kilometer. Sie seufzte. Lucinda würde sie umbringen, wenn sie von dem Trampen erfuhr. Bis auf den letzten Lkw-Fahrer lief ja auch alles okay. Niemand fährt umsonst mit, hatte der gesagt und sie lüstern angegrinst. Er war fett und stank, und seine Hände waren total behaart. Und seine Zähne waren seit Längerem nicht mehr mit einer Zahnbürste in Berührung gekommen. Igitt.

Allerdings hatte er nicht damit gerechnet, ein Springmesser an seinen Eiern wiederzufinden. Das hatte ihn wirklich überrascht. Glücklicherweise hatte er den Vierzigtonner ziemlich nah an der Ausfahrt Cedar Road abgestellt, als er von Happy ihren „Fahrtkostenanteil" verlangte. Dieser Schwachkopf.

Sechzehn Kilometer, das ging. Das konnte sie schaffen.

Sie hatte keine Angst vor der Dunkelheit, aber ein paar Straßenlaternen wären trotzdem nicht schlecht. Mittlerweile hatten sich ihre Augen aber angepasst, und auch die Geräusche der Nacht schreckten sie nicht mehr: der Wind, der das Gras rascheln ließ, das Zirpen der Grillen, ab und zu ein Muhen von einer Kuh.

Happy hatte noch nie eine echte Kuh gesehen.

Ihr Rucksack wurde mit jedem Schritt schwerer. Schließlich beschloss sie, sich eine Pause zu gönnen. Sie ließ sich am Straßenrand nieder und öffnete die Seitentasche ihres Rucksacks. Kaum hatte sie den Kristall herausgeholt, begann seine Magie zu pulsieren – das geschah aber nur, wenn Happy ihn berührte. Bei jedem anderen passierte nichts. Dann sah der Edelstein einfach nur schön aus. Bei ihr aber war er ein Zielfinder, und jetzt deutete ein grüner Pfeil in Richtung Nevermore. Lucy hatte ihr den Edelstein gegeben, damit Happy immer wusste, wo sie war. Sie hatte ihr auch versprochen, dass sie eines Tages wieder zusammen sein würden. Ja. Wenn wieder Sicherheit herrschte. Und das, vermutete Happy, war erst, wenn Bernard tot war.

Sie steckte den Edelstein wieder weg und kramte nach einer Flasche Wasser und der letzten Packung Rosinen.

Während sie ihren Snack knabberte, sah sie den Lichtkegel von Scheinwerfern auf sich zukommen. Der Wagen hatte offensichtlich gerade den Highway verlassen, und als er an ihr vorbeifuhr, bemerkte sie, dass die Ladefläche mit Bäumen und Säcken mit Pflanzenerde beladen war. Dann leuchteten die Bremslichter auf, der Wagen wendete langsam und hielt dann neben ihr an.

Ein junger Mann mit abgewetztem Cowboyhut lehnte sich aus dem Fenster und sah sie an. Seine Augen waren schokoladenbraun, und er zwinkerte, wie ihre Mama es immer getan hatte. Happy schluckte den Kloß herunter, den sie plötzlich im Hals hatte.

Ihr Magen begann zu schmerzen, und sie steckte die Packung Rosinen wieder in den Rucksack.

„Kann ich dich irgendwohin mitnehmen?“

„Gern.“ Happy stand auf und hievte sich den Rucksack auf die Schulter. „Aber ich kann dir kein Geld geben, und Pussy gibt's auch nicht.“

Er sah sie schockiert an. „Weiß deine Mama, wie du redest?“

„Meine Mama ist tot.“ Sie blinzelte ihn an. „Nimmst du mich jetzt mit oder nicht?“

„Ich sollte dich übers Knie legen. Steig ein, freches Luder.“

Sie öffnete die Beifahrertür und kletterte in die Kabine. Der junge Mann wendete den Pick-up und fuhr Richtung Nevermore.

„Meine Freunde nennen mich Ant.“

„Wieso?“

„Weil ich so klein und dürr bin wie eine Ameise.“

Happy sah ihn an. Das konnte sie nicht bestätigen. Er war schätzungsweise um die eins achtzig groß, wenn nicht größer, und total muskulös. Seine Jeans und das T-Shirt waren abgetragen, und er hatte schmutzige Fingernägel. Er roch nach Erde und frisch gemähtem Gras. Das roch gut.

„Ich heiße Happy“, stellte sie sich vor.

„Im Ernst?“

„Wenn ich einen falschen Namen erfinden wollte, dann wohl kaum diesen.“

„Stimmt auch wieder. Und wie alt bist du?“

„Neunzehn.“

Ant schnaubte verächtlich. „Schlechter Versuch, freches Luder. Ich habe vier Schwestern. Ich merke aus zehn Metern Entfernung, wenn eine Frau lügt.“ Er schaute kurz zu ihr rüber. „Du bist höchstens sechzehn.“

„Aber in ein paar Monaten werde ich siebzehn.“ Sie ärgerte sich, weil sie sich so weinerlich anhörte. „Wenn ich ein magisches Wesen wäre wie du, wäre ich jetzt schon volljährig.“ Sie grinste ihn an. „Dann könnten wir zusammen ausgehen.“

„Ich bin kein magisches Wesen. Und ich gehe nicht mit Mädchen aus, die so vulgär reden.“

„Warum? Sollen sie sich lieber vulgär benehmen?"

„Leider bist du noch zu jung, um das herauszufinden."

Das kotzte sie jetzt echt an. Und brachte sie zum Schweigen. Sie war nicht zu jung, für gar nichts. Wenn sie auch ein magisches Wesen wäre wie ihr Loser von Vater, dann wäre sie jetzt schon volljährig. Als Magier war man mit sechzehn volljährig, nicht erst mit achtzehn. Denn magische Wesen wurden schneller reif und lebten im Übrigen auch länger. Na, egal. Sie hatte keine Ahnung, wieso dieser Ant sich wegen seiner magischen Begabung so anstellte. Sie selbst besaß keine Zauberkraft, aber sie konnte die von anderen spüren. Und er besaß definitiv Zauberkraft.

Verärgert schaute sie aus dem Fenster. Weideland. Der Wind wehte durchs geöffnete Fenster den Duft von Erde in den Wagen. Sie kräuselte die Nase, als der Gestank von Dung sich dazumischte, der von einer Rinderherde stammte, hinter einem Zaun neben der Straße. Als der Pick-up an ihnen vorbeifuhr, hoben die Tiere ihre braunen Köpfe.

Es war so ruhig hier. So friedlich. Vielleicht konnten sie und Lucinda ja in Nevermore bleiben. Vielleicht war es hier sicher, auch wenn Bernard nicht tot war.

Er wird niemals aufgeben, Happy. Niemals. Wir müssen uns trennen. Sobald ich zu dir kommen kann, werde ich es tun.

Wenn.

Lucinda ließ sie in der Obhut der Nonnen, denn solange Happy bei ihr war, konnte er sie aufspüren. Doch das Kloster stand auf neutralem Boden, und weder Zauberer noch Hexen durften das Grundstück ohne Einwilligung der Nonnen betreten. Ihr war klar gewesen, dass Lucinda nicht zurückkommen würde. Aber nicht, weil sie es nicht wollte, sondern weil Bernard es nicht zulassen würde.

Also blieb sie bei den Nonnen. Sie wollte Lucinda auf keinen Fall Sorgen bereiten. Dann würde sie Fehler machen – und dann würde Bernard sie finden. Er war wirklich wütend auf Lucinda und auch auf sie, Happy. Aber Happy würde er nichts antun – jedenfalls nichts Schlimmes. Aber Lucinda würde er schlimm wehtun. Er war der gemeinste Mensch, den sie kannte.

Ihr Magen krampfte sich zusammen, und sie hatte das Gefühl, sich übergeben zu müssen.

Sicher hätte Lucinda sie nicht verlassen, wenn Happy sie darum gebeten hätte, sie bedrängt hätte, zu bleiben. Denn Lucinda war genauso allein wie sie. Und Happy liebte sie. Es war schwer, jemanden zu verlassen, der einen liebte. Doch Lucinda hatte diese schwere Entscheidung für sie beide getroffen.

Und jetzt musste Happy eine schwere Entscheidung treffen.

„Wen willst du denn besuchen?"

Einen Moment lang überkam Happy das Bedürfnis, in Tränen auszubrechen und diesem Ant alles zu erzählen. Sie wollte jemandem die Wahrheit über sich mitteilen, über ihr Leben. Aber sie kannte ihn nicht, und wie konnte man einem Typen mit dem Namen Ant trauen?

„Das geht dich nichts an", sagte sie deshalb.

„Ich werde dich aber nicht einfach an einer Ecke rauslassen."

„Wieso nicht? Du bist nicht verantwortlich für mich."

„Alte Tramperregel. Derjenige, der jemanden mitnimmt – in diesem Fall ich –, muss dafür sorgen, dass die mitgenommene Person – in diesem Fall du – sicher an ihrem Ziel ankommt. Oder er riskiert den Zorn der Mütter von Nevermore."

„Das hast du doch gerade erfunden."

„Offensichtlich ist dir noch nie eine Mutter aus Nevermore untergekommen. Sie sind furchterregend. Und wissen sehr gut, wie man mit dem Nudelholz umgeht."

„Ich wette, du hast schon ganz schön was abgekriegt."

„Auf jeden Fall. Aber nicht, weil ich eine Anhalterin mitten auf der Straße rausgelassen habe." Ant warf ihr einen freundlichen Blick zu.

„Wie viele hast du schadensfrei abgeliefert?"

„Keine", erwiderte er. „Du bist die erste Anhalterin, die ich mitnehme. Schon allein deshalb musst du verstehen, warum ich dich unbedingt sicher an dein Ziel bringen möchte."

„Du meinst, damit du eben nicht mit dem Nudelholz traktiert wirst?"

Er lachte. „Genau."

Plötzlich wurde es Happy ganz heiß. Die Hitzewallung überwältigte sie. Sie erstarrte und schnappte nach Luft. Was war das?

„Mist." Ant fuhr an den Straßenrand und schaltete die Innenbeleuchtung an. Er betrachtete sie mit sorgenvoller Miene. „Stimmt was nicht?"

„Magie", flüsterte sie. „Sehr viel davon."

„Hast du nicht gesagt, du wärst kein magisches Wesen?"

„Ich kann Magie spüren, aber sie nicht anwenden."

„Bist du wieder okay?"

„So was hatte ich noch nie. Es fühlt sich an wie … wenn deine Beine eingeschlafen sind und du versuchst, zu schnell wieder normal zu laufen. Nur noch hundertmal schlimmer."

„Was kann ich tun?"

„Du bist echt lieb." Happy konnte nichts dagegen tun, aber ihre Zähne begannen zu klappern. „Ich hab einfach totalen Schiss."

„Sag mir, wo ich dich hinbringen soll. Sag mir, wer deine Leute sind."

„Meine … Leute?"

„Deine Familie, Happy. Zu wem willst du?"

„Ich würde es dir gern anvertrauen." Der kalte Schweiß brach ihr aus, und ihr wurde schlecht. „Es tut nur so weh."

Dann stürzte die Welt über ihr zusammen, und sie versank in einer plötzlichen, eisigen Schwärze.

Happy schwebte in dem Zustand zwischen Wachsein und Schlafen. Sie fühlte sich sicher und geborgen, doch sie wusste nicht, wieso. Sie hörte zwei Männer miteinander sprechen, ihre Stimmen mal lauter, mal leiser. Sie bekam nur Gesprächsfetzen mit.

„Ich wusste nicht, was ich machen sollte. Sie wurde plötzlich bewusstlos … Wahrscheinlich braucht sie bloß Ruhe."

Happy merkte, dass die Männer über sie sprachen. Ihr ging es wieder gut. Nichts prickelte mehr. Aber sie wollte einfach nur schlafen. Und dieses wohlige Gefühl der Wärme genießen. Sicher. Oh, sie fühlte sich so sicher. Nie wieder konnte ihr jemand etwas tun.

„Jemand hat im Café einen Brand gelegt. Verdammt, du hättest Lucinda sehen sollen. Wenn ihre Aquamantie nur ein kleiner Zauber ist, will ich nicht wissen, wie mächtig ihre Thaumaturgie wirkt."

Lucinda! Ihrer Freundin ging es also gut. Happy hörte die Bewunderung in der Stimme des älteren Mannes. Er mochte Lucinda offensichtlich. Das war gut so. Jeder sollte sie so sehr lieben, wie Happy es tat.

„Wahrscheinlich hat es Cathleen selbst gelegt, aus Tücke … Man hat ihre Leiche gefunden … Das heißt, wir glauben, dass sie es ist."

Diese Worte gefielen ihr nicht. Sie blendete sie aus. Wenn Menschen starben, machte sie das traurig, und sie hatte wirklich keine Lust mehr, traurig zu sein. Happy glitt sanft in die weiche Dunkelheit und genoss den Schlaf des Vergessens.

„Was willst du denn?" Bernard Franco schaute in die riesige Schüssel mit Rosenwasser, in der Kerrens Gesicht erschienen war.

„Oh. Offensichtlich freust du dich gar nicht, von mir zu hören. Und das nach allem, was ich für dich getan habe."

„Du meinst, was du mir angetan hast."

„Von mir aus." Die Berechnung in ihren Worten ließ ihn innehalten. Was hatte sie jetzt schon wieder vor? Verdammt. Sie sah immer noch so aus wie damals, vor zehn Jahren, als sie gerade mal zweiundzwanzig gewesen war und ihre Seele und die ihres Zauberer-Ehemanns eingetauscht hatte gegen ein Leben als unsterbliche Partnerin eines Dämonenlords.

Sie war schön – auf die Art, wie ein Gletscher schön war. Kalt. Scharfkantig. Gefährlich. Schade, dass ihre Augen nicht so dunkelgrün waren wie die ihrer Schwester. Kerren hatte die schlammbraune Augenfarbe ihres Vaters geerbt, eine Farbe, die so gar nicht zu Eis passte. Dafür konnte sie mit ihren Haaren punkten. Die weißblonden Strähnen fielen ihr schimmernd auf den grazilen Rücken. Er hatte sie schon gehabt – gleich nachdem er mit ihr abgemacht hatte, dass er ihre Schwester Lucinda verführen und in seinem Harem einsperren würde.

Es war der beste Sex seines Lebens gewesen. Kerren hatte ihn absolut fertiggemacht.

Wenn sie nur eine andere Augenfarbe hätte …

„Also? Willst du jetzt meine Neuigkeiten hören oder nicht?"

Bevor er antworten konnte, wurde er von einem Hustenanfall geschüttelt. Er fiel zurück in seinen Stuhl, spürte den metallisch-rostigen Geschmack von Blut im Mund und presste sich schnell ein Taschentuch auf die zitternden Lippen. Es wurde schlimmer. Er war bei so vielen Ärzten und magischen Heilern gewesen, doch keiner konnte ihm helfen. Alle sagten dasselbe: Das war der Preis, den er zahlen musste für das, was er getan hatte, und nichts konnte ihm helfen.

Er beugte sich wieder über die Wasserschale und sah, wie Kerren ihn misstrauisch musterte. Sie war stets auf der Suche nach Vergnügungen, und zweifellos amüsierte sie sein Leiden. Jedenfalls hatte sie großen Spaß daran gehabt, wenn er Lucinda quälte. Manchmal hatte sie ihm dabei zugeschaut – und ihm unterstützende Zaubersprüche oder Techniken eingeflüstert. Von ihr stammte auch der Fluch, der Lucindas thaumaturgische Fähigkeit unterband. Leider hatte sie vorher nicht erwähnt, welche Konsequenzen der Fluch auch für ihn haben würde.

„Das habe ich dir zu verdanken“, spuckte er ihr entgegen.

Ihr Lachen war ätzend wie Säure. „Das hast du dir selbst zu verdanken. Niemand hat dich gezwungen, den Fluch anzuwenden. Dein mieser Charakter ist schuld. Der bringt dich um.“

„Von dir habe ich den Fluch. Du hast mir gesagt ...“

„Alles hat seinen Preis. Du hättest ja fragen können, wie hoch er ist.“ Sie sah ihn herausfordernd an.

„Wie kann ich das wieder rückgängig machen?“

Die Art, wie sie ihren Kopf kokett zur Seite legte, machte ihn wahnsinnig. „Ich schätze, indem du Lucinda umbringst. Das könnte klappen.“

Aha. Das war neu. Kerren wollte, dass er ihre Schwester wegsperrte, aber anfangs hatte sie ihm verboten, Lucinda umzubringen. Quälen, fertigmachen, emotional traumatisieren – all das war in Ordnung. Und Lucinda war eine gute Marionette gewesen, eines seiner Lieblingsspielzeuge. Bis sie ihn verraten hatte. Bis sie ihre eigene Macht entdeckte und ab da unverhohlen seine Wünsche ignorierte. Am Ende war Lucinda zur Plage geworden. Und seit sie geflohen war – und ihn bestohlen hatte –, wollte er nichts anderes, als sie langsam, sehr langsam, und qualvoll zu töten.

Kerren war vollkommen anders als ihre Schwester. Sie hatte kein Gewissen und scherte sich einen Dreck um Moral. Wenn sie etwas wollte, holte sie es sich. Wahrscheinlich sollte er wieder mal nach ihrer Pfeife tanzen, aber diesmal würde er sich nicht von ihr reinlegen lassen.

„Was, wenn ich sterbe?“, fragte er Kerren.

„Ohne dich kann Lucinda sich nicht von dem Fluch befreien. Nur Mut, Bernard! Wenn du vor ihr abnibbelst, bleibt dir wenigstens der Trost, dass sie nie mehr ihre Thaumaturgie anwenden kann." Sie musterte ihn. Ihre hässlichen Augen waren so leer wie ihre Seele. „Ist es nicht eine Ironie des Schicksals, dass ausgerechnet sie der einzige Mensch ist, der dich heilen kann? Wenn du nicht gerade diese Fähigkeit unterbunden hättest."

„Das war doch das, was du wolltest." Bernard fühlte sich ausgelaugt. Das Einzige, was ihn noch weitermachen ließ, war die grelle, stechende Flamme seiner Wut. Lucinda würde für das bezahlen, was sie ihm angetan hatte – und wenn möglich, Kerren auch. „Kein Thaumaturge will mir helfen, und es gibt ohnehin nur so wenige! Du und deine Spielchen! Wenn ihre Begabung tatsächlich eine so große Bedrohung wäre, könntest du sie doch einfach umbringen."

„Was? Meine eigene Schwester umbringen?", fragte sie in gespieltem Schock. „Natürlich könnte ich ihr das Herz herausreißen. Aber das habe ich schon bei so vielen gemacht, es bereitet mir einfach keine Freude mehr."

„Stattdessen hast du sie mir überlassen."

„Also wirklich, Bernard! Findest du das nicht reichlich melodramatisch?"

„Wird es mein Leben retten, wenn sie stirbt?", fragte er mit zusammengebissenen Zähnen.

„Was glaubst du wohl, woher die Kraft kommt, die den Fluch aufrechterhält? Es ist deine Kraft, die du dafür aufbringst."

„Aber du hast gerade gesagt, wenn ich sterbe, wird sie trotzdem weiterleiden."

„Es ist ein Fluch, du Idiot. Wenn du stirbst, wird dein Zauber auf deinen nächsten Blutsverwandten übergehen. Solange Lucinda lebt, werden du und deine Nachfahren mit ihrer Lebensenergie dafür sorgen, dass der Fluch weiterbesteht."

Der kalte Schrecken durchfuhr Bernard. Kerren hatte also

gewusst, dass der Fluch ihm seine Lebenskraft rauben würde, und auch die seiner Familie. Sie hatte ihm den Zauberspruch erst vor drei Monaten gegeben, und er war jetzt schon dem Tod nahe. Wenn das so weiterging, waren die Francos in weniger als fünf Jahren ausgestorben. Dieses verdammte Weib! Am liebsten würde er in die Wasserschale greifen und sie erdrosseln.

Kerren verstand sich gut darauf, Männer scharfzumachen – ob von menschlicher oder anderer Gestalt. Ganz sicher hatte sie auch schon nach einer Möglichkeit gesucht, wie sie Kahl wieder loswerden konnte. Doch Bernard wusste aus eigener Erfahrung, dass es unmöglich war, die Bande mit den Dienern der Hölle zu lösen.

Er wischte sich die Mundwinkel ab. Neuerdings wurde er sehr schnell müde, er musste sich ausruhen. „Und wieso darf ich sie auf einmal töten?"

„Weil sie mich langweilt."

„Aha. Und die Bedrohung, die von ihr angeblich ausgeht, ist verschwunden? Und der Schutz, den sie besaß? Wem hast du gelobt, sie nicht zu töten?"

„Ist das süß! Du glaubst, du weißt über alles Bescheid. Dabei bist du nur ein kleiner Bauer auf dem großen Schachbrett."

Die Überlegenheit, die sie ihm gegenüber an den Tag legte, war unerträglich. Sie glaubte offensichtlich allen Ernstes, sie wäre bedeutender als er. Bevor er diesen elenden Fluch ausgesprochen hatte, war er einer der mächtigsten Raben der Welt gewesen. Er hatte sehr viel für sein Haus geopfert, und er wurde dafür mit Geld und Macht belohnt. Es spielte keine Rolle, dass er keinen Sitz mehr im Inneren Gericht besaß oder nicht mehr an offiziellen Veranstaltungen teilnehmen durfte. Er kannte seinen Wert.

Aber genau dieses Bewusstsein hatten die Rackmore-Schwestern ihm gestohlen. Kerren hatte aus rein egoistischen

Gründen Kontakt zu ihm aufgenommen. Sie half nie jemandem außer sich selbst. Und sie war eine Lügnerin. Vielleicht stimmte gar nicht, was sie über den Fluch sagte. Es konnte gut sein, dass er trotzdem einen qualvollen Tod starb, auch wenn er Lucinda tötete.

„Du hast mich immer noch nicht nach meinen Neuigkeiten gefragt."

„Die sind mir egal. Lass mich in Ruhe und such dir ein neues Spielzeug."

„Na, na, na. Da ist aber jemand zickig. Weißt du denn noch nicht, dass Gray Calhoun mit einem deiner alten Spielzeuge Spaß hat?"

In Bernards Brust verhärtete sich etwas. „Was willst du damit andeuten?"

„Die kleine Lucinda ist in Nevermore. Und hat sich die Hilfe meines Exgatten erbettelt."

„Du lügst!"

„Sie hat ihn geheiratet!" Sie lachte. „Lucinda und Gray sind ein Liebespaar!"

„Halt den Mund! Halt endlich den Mund!" Er hustete und keuchte, und die ganze Zeit glotzte Kerren ihn mit amüsierter Miene an, den Mund zu einem grausamen Lächeln verzogen. Er hasste sie so sehr! „Du hast ihn verraten und ihm einen Dolch ins Herz gestoßen. Er muss verrückt sein, deine Schwester zu heiraten!"

„Gray hatte schon immer ein Herz für gefallene Frauen."

Etwas in ihrer Stimme ließ ihn aufhorchen. Bernard zwang sich, seine eigenen Gefühle zu ignorieren, um sich voll auf Kerren zu konzentrieren. Oh ja. Hinter ihrem Amüsement und ihrem unverhohlenen Versuch, ihn zu manipulieren, spürte er Verunsicherung. Kerren war tatsächlich nervös. Auch wenn sie ihre Gefühle hinter ihren gruseligen Augen und ihrer Schönheit zu verstecken versuchte, konnte sie die starke Anspannung nicht verbergen. Er war für das Geschlecht der Raben unter anderem auch deshalb so nützlich gewesen, weil er genau solche Geheimnisse erspüren konnte. „Es hat mich immer gewundert, wie schnell du den Handel mit deinem neuen Liebling abgeschlossen hast. So viel Magie und Rituale in so kurzer Zeit." Er hielt inne und lächelte matt. „Du wusstest, welche Auswirkungen der Fluch hat, habe ich recht? Schon bevor er umgesetzt wurde."

Für eine Nanosekunde sah Kerren geschockt aus. Dann zuckte sie gleichgültig die Achseln. „Was meinst du, wer den Handel mit meinen Vorfahren geschlossen hat?"

„Kahl." Bernard konnte nicht anders, er musste diesen großartig geplanten Betrug bewundern. „Aber wieso Gray? Hast du etwa Zettel mit verschiedenen Namen in einen Hut geworfen und dann gelost? Oder gab es einen speziellen Grund, warum deine Wahl auf ihn fiel?" Er tippte mit dem Zeigefinger an seine Lippen. „Vielleicht, damit er sich von deiner Schwester fernhielt?"

„Wieso das denn?"

„*Gib das Herz dem Drachen, auf dass er alles beschützen kann, in dieser Welt und in der nächsten, immerdar.*"

„Du zitierst den Schmonzes aus den Schriften der Göttin?"

„Was ist so wichtig an Nevermore?"

„Sind wir jetzt in einer Folge von ‚Gute Zeiten, schlechte Zeiten', oder was?"

„Warum darf ich deine Schwester auf einmal umbringen, Kerren?"

„Mein Gott! Was bist du jämmerlich. Okay, schon gut. Ich verrat's dir. Sie war von einem Schutzzauber umgeben. Meine Mutter war nicht dumm. Doch ihr Mann hielt sie finanziell knapp, also konnte sie sich den Schutzzauber für Lucy nur ein paar Jahre leisten. Er endete, als Lucinda fünfundzwanzig wurde."

„Das war auch der Moment, in dem sie sich aus meinem Gehorsamkeitszauber löste. Ich verstehe. Und dann hast du mir den Fluch gegeben." Bernard wunderte sich, wie freigebig Kerren plötzlich diese Informationen herausrückte. „Wo bist du auf dem großen Schachbrett, frage ich mich."

„Pass auf dich auf, Bernard."

„Was habe ich noch zu verlieren? Ich bin schon so gut wie tot."

„Aber du hast noch eine Seele, eine Seele, die der Unterwelt gehört. Wenn du glaubst, dass du gerade Leiden durchlebst, warte, bis du das Reich des Dunklen Herrschers betrittst. Ich werde dich gerne persönlich meinem Mann vorstellen."

Es war eine schwache Drohung. Sicher besaß Kerren die Macht, seine Seele in die Höhle ihres Mannes zu bringen, aber so viel Macht, wie sie ihn glauben machen wollte, besaß sie nicht. Natürlich war sie gefährlich. Aber Kahl kontrollierte sie. Warum sollte sich der Dämonenlord damit abgeben, einen alten Feind seiner Frau zu quälen?

„Sag mir die Wahrheit über Nevermore."

Sie zögerte mit ihrer Antwort. Dann seufzte sie. „Auf der Erde existieren mehrere magische Zentren – die Gläubigen nennen sie Göttinnenquelle. Nevermore ist eines dieser Zentren."

Ungläubig schnaubte Bernard. „Ich habe von diesen Zentren noch nie etwas gehört."

„Wie auch? Sie sind nicht umsonst geheim. Dort wird jede Magie verstärkt, ganz egal, wie gering sie auch sein mag. Was meinst du, warum die Göttin in Erfahrung brachte, wo diese Zentren sind, und dort ihre Beschützer einsetzte?" Sie betrachtete ihn wie ein Wissenschaftler ein Pestbakterium unter dem Mikroskop. Dann verdrehte sie die Augen. „Oh, schon gut. Der Fluch kann umgelenkt werden. Wenn wir ihn auf eines deiner Kinder übertragen, kann ich es so einrichten, dass er der mütterlichen Linie folgt."

„Du verlangst von mir, eines meiner Kinder zu opfern?"

„Mach doch nicht einen auf liebevoller Vater." Kerren sah

ihn gelangweilt an. „In deinem verschrumpelten Herz kommt Liebe doch gar nicht vor. Außerdem wird sich der Fluch ohnehin erledigen, wenn meine Schwester tot ist. Dein Opferlamm wird also leben."

„Und was ist mit diesem Nevermore?"

„Wenn es dir gelingt, Lucinda und Gray zu töten, gehört es dir."

„Und ich werde der neue Beschützer?" Er beäugte sie misstrauisch. „Einfach so?"

„Na sicher. Ab und zu wird Kahl dich um einen Gefallen bitten, das ist alles. Kein Ding, oder?"

Jetzt kapierte er endlich. Aus irgendeinem Grund waren weder Kerren noch Kahl darauf aus, auch nur in die Nähe von Nevermore zu kommen. Aber würde Kerren ihn wirklich in Ruhe lassen und ihm nicht doch wieder den Boden unter den Füßen wegziehen, nachdem ihre Schwester und Gray aus dem Weg geräumt waren? Sagte sie allerdings die Wahrheit, was den Fluch anging und was Nevermore und die Verstärkung von Magie betraf, wäre er stark genug, sich ihr zu widersetzen. Zumindest gab es dann realistische Chancen, sie ein für alle Mal auszuschalten.

Es war das Risiko wert.

„Ich mache es."

„Viel Glück. Und meld dich mal … wenn du es überlebst."

Ihr Bild verschwand. Bernard unterdrückte den Wunsch, ins Wasser zu boxen. Er wollte nicht, dass sein Armani-Anzug nass wurde. Kerren würde schon noch bekommen, was sie verdiente. Und mehr. Er wollte sich an ihrem Leid ergötzen, ihr zusehen, wie sie mit dem Tod rang – Unsterblichkeit hin oder her –, und ihr ins Gesicht lachen, wenn sie schließlich ihr blutiges, qualvolles Ende fand.

Jetzt musste er sich ausruhen. Später würde er sein neues Leben planen und überlegen, wie er seine zweite Chance nutzen wollte.

Als er aufstand, schwer auf den silbernen Gehstock gestützt, den er sich eigens hatte anfertigen lassen, stiegen aus der Wasserschale wieder rote Funken auf. Noch jemand meldete sich.

Am liebsten wäre Bernard einfach gegangen, doch Geschäft war nun mal Geschäft. Er durfte es sich nicht anmerken lassen, wie schwach er sich fühlte.

„Was ist los?" Ein unbekannter Mann blickte ihn aus der Schale heraus an. „Wer zum Teufel sind Sie?"

„Ihr neuer bester Freund."

„Mein letzter bester Freund hat versucht, mir mit einem Schwert den Kopf abzuschlagen. Da verstehen Sie sicher, dass ich so leicht niemandem mehr vertraue."

„Dann schenke ich Ihnen etwas, als Beweis dafür, dass ich Ihr Vertrauen verdiene."

„Und was?"

„Lucinda Rackmore."

Bernards Gedanken gerieten ins Taumeln. Sofort fiel ihm Kerren ein und ihre Vorliebe für Verrat, ihre Lust auf Spielchen. „Dieses Geschenk hat man mir bereits gemacht, vielen Dank."

Dem Fremden gelang es nicht, seine Überraschung und Enttäuschung zu verbergen. Doch so leicht ließ er sich nicht beirren. „Falls Sie herkommen wollen, um sie zu holen, brauchen Sie mich. Es ist mir gelungen, es herauszuzögern, aber in den nächsten Tagen wird der Hüter die Schutzmechanismen für die Stadtgrenzen erneuern und verstärken – vor allem, damit Sie keine Chance haben, auch nur in die Nähe seiner neuen Frau zu kommen."

Offensichtlich hatte der Mann gehofft, ihn mit den Neuigkeiten über die Hochzeit zu schockieren. Zu spät. Kerren war ihm leider zuvorgekommen. „Sie können mich in die Stadt schleusen?"

„Ja. Und ich kann Sie verstecken, bis wir bereit sind, zuzuschlagen."

Der Idiot kapierte nicht, dass es kein Wir gab. Bernard teilte nichts und niemanden, niemals – und erst recht nicht mit einem Weltlichen. Kein Zweifel, dass dieser Mann, der ihn aus dem Wasser anstarrte, kein Magier war. Diesbezüglich war es allerdings beeindruckend, dass er den Kommunikationszauber hatte aktivieren können. „Und was verlangen Sie im Gegenzug für Ihre Freundschaft?"

„Gray Calhoun. Und Ihre Hilfe, um Kahl anzurufen."

Wenn der Kerl es auf Gray abgesehen hatte, umso besser für Bernard: ein Punkt weniger auf seiner To-do-Liste. Aber den Dämonenlord anrufen – keine Chance. Aber egal. Er konnte alles behaupten. Versprechen waren dazu da, gebrochen zu werden. „Warum möchten Sie Kahl vorgestellt werden?"

„Das ist eine persönliche Angelegenheit."

„Ich verstehe. Die Sache Lucinda ist auch eine persönliche Angelegenheit."

„Dann ist ja alles klar."

„Ja", sagte Bernard freundlich. „Mir scheint, wir könnten tatsächlich Freunde werden."

12. KAPITEL

Lucinda und Gray saßen morgens am Küchentisch, und Gray schabte die verkohlte Kruste vom Toast seiner Frau. Er sah sie an und grinste entschuldigend. Schon die kleinsten Kochversuche misslangen ihm kläglich. Dem Inhalt des Kühlschranks nach zu urteilen, schien seine Ernährung fast ausschließlich aus Mikrowellengerichten zu bestehen. Dank der fleißigen Bewohnerinnen von Nevermore hatten sie jetzt zum Glück für die kommenden zwei Wochen einen Vorrat an Pasteten und Eintöpfen.

Gray hatte eben andere liebenswerte Eigenschaften. Er war großzügig und freundlich und liebevoll. Er summte, wenn er sich die Zähne putzte, was sie hinreißend fand, und er hatte sich gemerkt, dass sie ihren Tee gern mit drei Löffeln Honig trank. Er massierte ihr die Füße. Er brachte sie zum Lachen. Und er kuschelte gern.

Wer konnte da schon widerstehen?

Gestern Abend hatte Maureen sie nach Hause gefahren, nachdem das Feuer gelöscht und die Leiche, mutmaßlich Cathleen, geborgen worden war.

„Das nächste Leichenmahl", hatte sie gesagt. „Und die nächste Beerdigung. Die Göttin stehe uns bei. Noch mehr Menschen möchte ich nicht begraben, Gray. Du musst herausfinden, was los ist, und etwas dagegen tun."

„Das werde ich."

Die Frischvermählten waren nach oben gegangen, um ihre rauchigen Klamotten auszuziehen. Gray ging mit ihr ins Bad und stellte die Dusche an. Und liebte sie. Ihr war es egal, dass das Wasser nur lauwarm war und sich die Kacheln an ihrem Rücken kalt anfühlten. Anschließend hatte er sie abgetrocknet und ins Bett gelegt, wo er ein weiteres Mal über sie hergefallen war.

Sie war spät aufgewacht und in die Küche gegangen und

hatte Gray bei dem Versuch ertappt, Eier mit Speck zu machen. Immerhin setzte er den Herd nicht in Brand, das war doch schon mal was.

Sie sprachen darüber, das Gartenhaus in Ordnung zu bringen. Er erzählte ihr, wie er sein Zauberlaboratorium modernisieren wollte. Es war schön, normale Aktivitäten mit ihm zu planen.

Gray hatte außerdem die Wäsche gewaschen und aufgehängt, während Lucinda schlief. Da der Sheriff ihre Reisetasche immer noch nicht freigegeben hatte, standen nur wenige frische Kleidungsstücke zur Auswahl, vorausgesetzt, sie wollte nicht in den viel zu großen Sachen ihrer Schwiegermutter herumlaufen. Der Rußgeruch war auch durch die Wäsche nicht ganz verschwunden, aber der Duft des Lavendel-Waschmittels machte es halbwegs erträglich. Es war ein Blumen-Schwefel-Mix.

„Du glühst ja." Gray stellte ein Tablett mit zwei Tellern auf den Tisch.

„Ja?" Sie berührte ihr Gesicht. „Keine Ahnung, woher das kommt."

„Dieses Glühen kommt von innen, Liebling. Schön, dich glücklich zu sehen."

„Du machst mich glücklich."

Trotz seines Lächelns entging ihr nicht, dass sein Blick flatterte. Wahrscheinlich hatte er Bedenken, sie würde ihren Teil des Abkommens nicht einhalten. Keine Liebe zwischen ihnen – nur ein bisschen Spaß. Dieses Konzept gefiel ihr nicht mehr. Doch sie würde Gray nicht um mehr bitten. Er hatte ihr schon so viel gegeben.

„Danke." Sie nahm ihre Gabel und betrachtete das unansehnliche Essen. Die Eier waren matschig und der Speck bis zur Unkenntlichkeit verbrannt, aber sie aß es trotzdem. „Wann willst du los wegen der Schutzerneuerung?"

„Noch gar nicht. Ich muss erst das Gelände des Cafés reinigen. Ember wird mir zwar dabei helfen, aber es gibt jede Menge negative Schwingungen zu zerschlagen. Sehr wahrscheinlich werden wir im Zuge dessen die komplette Stadt reinigen müssen. Und natürlich alle Farmen."

„Klingt sinnvoll. Die Magie hier kippt andauernd."

„Du spürst es auch?"

„Ja."

Sie aßen in einvernehmlichem Schweigen, bis Lucinda ihre Gabel hinlegte. Ihr war Maureen eingefallen und wie sich in der Stadt alle gegenseitig halfen. „Gray, ist Nevermore eigentlich eine wohlhabende Stadt?"

„Nicht allen geht es finanziell gut", erklärte Gray. „Ich habe sogar den Eindruck, dass die meisten zu kämpfen haben."

„Ich meinte eigentlich die Stadt als solche."

„Arm ist die Stadt jedenfalls nicht. Im Gegenteil." Er runzelte die Stirn. „Ich kümmere mich um die Finanzen. Ehrlich gesagt läuft es so: Taylor sagt mir, welche Gelder gebraucht werden, und ich schreibe einen Scheck aus. Zumindest war das bisher so. Ich war ein schlechter Hüter. Ich habe mich um nichts gekümmert, weil ich mich in meinem Schmerz suhlte. Mehr als das. Ich schämte mich."

„Man muss sich nicht dafür schämen, sich in die Falsche verliebt zu haben. Wie sich in deinem Fall herausstellte."

„Es war alles nur Illusion."

„Ihre Liebe, aber nicht deine. Und ich habe mich Bernard hingegeben, ohne ihn zu lieben. Ich habe ihm meinen Körper und meine Würde gegen Kost und Logis verkauft. Das ist etwas, wofür man sich schämen muss."

„Du musstest es tun, um zu überleben."

„Nein. Ich habe es getan wegen Dolce und Gabbana."

„Wenn ich dir jetzt anböte, dir alles von Dolce und Gabbana zu kaufen, würdest du es haben wollen?"

Ohne zu überlegen, schüttelte Lucinda den Kopf. „Nein. Das Geld sollten wir lieber in einen neuen Gemischtwarenladen am Ort investieren."

Gray blickte sie verstört an.

Aber Lucinda fuhr sich mit der Zunge über die Lippen und nahm all ihren Mut zusammen. „Gestern Abend habe ich lange mit Maureen gesprochen. Du hättest sie hören sollen, wie sie von dem Gemischtwarenladen geschwärmt hat! Er war das Erbe ihres Mannes, doch nachdem sein Großvater alles verspielt hatte, hatten sie kein Geld mehr, das Geschäft zurückzukaufen." Lucindas Augen glühten vor Begeisterung. „Hier gibt es nirgends ein Geschäft. Entweder muss man alles im Internet bestellen oder nach Dallas fahren, was ewig dauert. Dabei haben wir hier doch einen Laden! Es ist noch alles da, die Warenregale, die Kassen – wer weiß, was noch? Maureen und Henry wollen mehr als nur hier leben. Sie wollen einen Beitrag für die Gemeinschaft leisten."

Gray sagte lange gar nichts. Das machte Lucinda so nervös, dass ihr beinahe schlecht wurde.

„Er gehört mir." Grays Stimme klang heiser.

„Was? Der Laden?"

„Als Nevermore gegründet wurde, gab der erste Hüter Urkunden aus, wenn jemand ein Geschäft eröffnete. Wer Land besaß und ein Haus, musste einen gewissen Prozentsatz in die Stadtkasse einbezahlen, eine Art Steuer. Mit diesem Geld bezahlt die Stadt Nevermore ihre Rechnungen, stellt die Stadtreinigung zur Verfügung und so weiter. Kann eine Familie ihren Anteil nicht zahlen, fällt ihre Geschäftsurkunde wieder dem Hüter zu."

„So ist Ember also an die Teestube gekommen – neutrales Territorium."

„Ja. Ich habe ihr das Ladenlokal verkauft. Das heißt, Taylor hat das für mich geregelt. Wahrscheinlich wusste er nicht, dass sie das Haus lila anstreichen würde. Aber das Gebäude, in dem sie jetzt ihre Teestube hat, stand so lange leer, dass sich niemand mehr erinnert, was dort vorher war. Ich wusste selbst nicht einmal, dass es neutrales Territorium ist, bis ich ihr die Urkunde übergab."

„Zahlst du jetzt für den Gemischtwarenladen die Steuer an die Stadt?"

„Nein. Das ist etwas komplizierter. Ich bin ja gewissermaßen die Stadt, und die Stadt ist ich – so hat es Grit jedenfalls immer ausgedrückt. Ich verwalte die Gelder der Stadt."

„Du bist also die Bank."

„Nur für das Vermögen der Stadt, nicht für das der Bewohner." Gray schob seinen Teller weg. „Wenn eine Liegenschaft nichts mehr einbringt, wird sie stillgelegt. Dort müssen ja nicht unnötig Müllgebühren beziehungsweise die Leistungen der Versorgungsbetriebe bezahlt werden."

„Bist du arm?"

Er blinzelte. „Ähm … nein."

„Die Archers aber. Ich weiß gar nicht, ob sie diese Steuer zahlen könnten oder wie auch immer du diese Abgabe nennst, geschweige denn sonstige Gebühren wie die Versorgungsbetriebe. Jedenfalls nicht sofort."

„Du meinst, ich soll den Archers von meinem Geld einen Kredit gewähren?"

Lucinda hob die Hände. „Ich würde es tun, aber du weißt ja – ich habe kein Geld. Aber ich könnte in ihrem Geschäft arbeiten, unentgeltlich, bis sich alles eingespielt hat und sie jemanden einstellen können." Sie hatte keine Ahnung, was Gray von ihrem Vorschlag hielt. Begeisterung sah jedenfalls anders aus. „Almosen würden die Archers nicht annehmen. Sie würden die Gebühren zahlen wollen wie jeder andere in Nevermore. Sie brauchen nur eine kleine Starthilfe."

Gray räusperte sich. „Nur damit ich dich richtig verstehe – ich als der Hüter soll den Archers die Geschäftsurkunde für den Gemischtwarenladen umsonst aushändigen. Dann soll ich als Privatmann Gray Calhoun einen Gründungskredit finanzieren, und du, meine Frau, willst dort unentgeltlich arbeiten, bis die beiden sich Angestellte leisten können."

„Bitte denk darüber nach, Gray. Sie wären so glücklich, wenn sie das Geschäft wieder führen dürften! Es wäre ein neuer Lebensinhalt für die beiden. Den braucht jeder Mensch. Und Nevermore braucht ein Geschäft."

„Du flehst mich ja richtig an."

„Wenn es etwas nutzt, gehe ich sogar auf die Knie."

„Nicht nötig." Er stand auf, ging um den Tisch herum und kniete vor ihr nieder. „Du bist brillant. Auf diese Idee hätte ich selbst kommen müssen!" Er schüttelte den Kopf. „Verdammt noch mal! Ich war so ein Egoist. Ich habe immer nur mich und meinen eigenen Frust gesehen. Fünf Jahre lang habe ich in diesem Haus gehockt und nur an mich gedacht. Was für ein Idiot ich war!"

„Du hast eben einen Schutzwall um dich herum aufgebaut. Ich verstehe das, Gray. Aber du musst aufhören, dich für deine Versäumnisse zu martern. Ab jetzt wirst du das Richtige tun. Und daran werden sich die Menschen erinnern."

„Du hast mich an ihrer Stelle gefragt, habe ich recht?"

„Ja. Ich würde alles dafür tun, damit sie ihr Familienerbe zurückbekommen."

„Ich möchte nicht, dass du mich anbettelst, zum Wohl einer Familie, die ich selbst schon mein Leben lang kenne." Er nahm ihre Hände und küsste ihre Fingerknöchel. „Die Welt gehört dir, Liebling. Du kannst alles von mir haben."

Natürlich war das nicht die ganze Wahrheit. Liebe konnte sie nicht von ihm erwarten. Oder ein Kind. Oder eine echte Ehe. Sein Herz litt immer noch unter den seelischen Schmerzen, da war kein Platz für sie und ihre Träume. Gray ging seinen Weg, und dieser Weg war unmittelbar mit Nevermore verbunden. Er brauchte seine Stadt, und alle in der Stadt brauchten ihn.

Sie würde die Stadt eines Tages wieder verlassen. Doch bis sie ihren eigenen Weg gefunden hatte, wollte sie hier Gutes tun.

„Ich habe noch viel mehr Ideen.“ Lucinda blickte ihn verschwörerisch an.

„Okay. Lass uns in die Bibliothek gehen und dort alles besprechen.“

„Du möchtest Grits Rat hören?“

„Nein, ich will ihn ärgern.“ Er stand auf und zog Lucinda hoch. „Komm, lass uns gemeinsam darüber nachdenken, wie wir unser kleines Eckchen dieser Welt verändern können.“

Ant drehte sich im Bett herum und stöhnte. Seine Augen waren verklebt, und er war ziemlich groggy, weil er so schlecht geschlafen hatte. Happy war ihm nicht aus dem Kopf gegangen und was er gern mit ihr tun würde. Aber sie war erst sechzehn, verdammt! Und hübsch war sie, mit ihren blonden Haaren und den blauen Augen, dem herzförmigen Gesicht und ihrem bereits sehr fraulichen Körper. Und wenn sie lachte, hatte sie Grübchen. Grübchen! Doch ihr Herz und ihr Verstand waren noch die eines kleinen Mädchens. Er kam sich vor wie ein alter Lüstling, wenn er so schmachtend an sie dachte.

Jetzt brauchte er erst einmal einen Kaffee.

Und eine kalte Dusche.

Er hatte in einer Pyjamahose geschlafen, ein Zugeständnis an seinen weiblichen Gast. Normalerweise trug er nur seine Unterwäsche. Jetzt streifte er sich ein T-Shirt über und ging nach unten, um nach ihr zu sehen. Doch im Wohnzimmer war sie nicht. Die Couch war leer. Er starrte auf die Bettdecke, die sorgfältig gefaltet auf dem Kissen lag. Ihr Rucksack war weg. Und sie auch.

Mist.

„Sie ist draußen.“

Ant wirbelte herum. Taylor stand im Flur, in seine Uniform gekleidet und eine Tasse Kaffee in der Hand.

„Aber ihre Sachen sind weg.“

„Die hat sie in die Küche gebracht. Ich habe extra ein

paar mehr Pfannkuchen gemacht, falls du auch welche haben willst."

Ungläubig starrte Ant seinen Bruder an. „Du warst in der Küche und hast was zu essen gemacht? Frühstück für sie? Wer sind Sie und was haben Sie mit meinem Bruder gemacht?"

„Ha, ha. Das Mädchen hatte Hunger. Also habe ich ihm was zu essen gemacht. Das war alles."

„Du hättest ihr genauso gut eine Schüssel Cornflakes anbieten können."

„Dann würde Mama sich im Grab rumdrehen. Diese Happy ist höflich, aber sehr verschwiegen. Sie hat mir nicht verraten wollen, warum sie in Nevermore ist oder zu wem sie will." Er seufzte. „Vielleicht wird sie ja eine Vorladung ins Büro des Sheriffs zum Reden bringen."

„Das bezweifle ich", meinte Ant. Happy trug ihre Sturheit wie andere Leute einen Mantel.

„Ich auch. Aber ich verfüge über eine Geheimwaffe."

„Arlene."

„Du hast's erfasst."

„Ich bringe sie hin." Das wäre eine gute Gelegenheit für Ant, noch etwas mit Happy zusammen zu sein.

„Gut, dann kann ich mich mit Ren im Café treffen. Er glaubt nämlich, dass er den Brandherd entdeckt hat."

„Was? Ist er neuerdings auch Brandermittler?"

Taylor lachte. „Nein, er nimmt nur seinen Job als Gesetzesvertreter ernst. Und wann bekommt man hier schon mal die Chance, in einem echten Verbrechen zu ermitteln?"

„Ich wünschte, ihr hättet nicht so viel zu ermitteln."

„Ja, das würde ich mir auch wünschen." Taylor leerte seine Tasse und drückte sie Ant in die Hand. „Ich habe gekocht. Du darfst spülen."

„Danke."

Ant ging in die Küche und stellte die Tasse in den Spülstein. Er hörte, wie der alte Pick-up seines Bruders davonrumpelte, und ließ sofort von dem Geschirr ab.

Happys rosafarbener Rucksack stand auf einem der Stühle. Er kämpfte mit seinem schlechten Gewissen. Natürlich hatte sie ein Recht auf Privatsphäre, aber sie brauchte auch seine Hilfe – obwohl sie nicht explizit darum bat. Vielleicht konnte er in ihrer Tasche einen Hinweis auf ihre Identität oder den Zweck ihres Besuchs finden.

Aber wie sollte er das unbemerkt anstellen?

Ant ging rüber zum Tisch und bückte sich, um den Reißverschluss des Rucksacks zu öffnen. Doch er zögerte. Missbrauchte er auf diese Art und Weise nicht ihr Vertrauen? Reichte es nicht, dass er dauernd diese laszIven Fantasien von ihr hatte?

Noch nie hatte ihn ein Mädchen so aus dem Takt gebracht. Er hatte vier Schwestern. Er wusste, wie Frauen tickten – zumindest insoweit, wie ein Mann das wissen konnte. Happy würde nie wieder ein Wort mit ihm sprechen, sobald sie herausfand, dass er in ihren Sachen gewühlt hatte. Das war klar.

Aus seinen Gedanken konnte er sie nicht verbannen, wohl aber aus seinem Haus. Sie ruinierte seine Libido und damit seine Konzentration. Er war erwachsen, sie nicht. So weit, so schlecht.

Er ging nach draußen. Sie war weder auf der Veranda noch im Vorgarten. Ant kehrte ins Haus zurück und ging zur Hintertür. Die sanften Hügel in der unmittelbaren Umgebung waren allesamt geprägt von seiner gärtnerischen Leidenschaft. Die Gärten waren nach seiner Vorstellung entstanden. Immer wenn er eine Pflanze berührte, seine Finger in die Erde steckte, den Duft von Blumen und Gras einatmete, wusste er: Er hatte seinen Platz in der Welt gefunden.

Er trat auf den gepflasterten Weg, formte die Hände zu einem Trichter und rief laut: „Happy!“

„Ich bin hier hinten. In dem Herz.“

Sein Puls begann zu rasen. In welchem Herz? Oh. Er

wusste, was sie meinte. Die Büsche mit weißen und roten Rosen, die er als ein großes Valentinsherz angepflanzt hatte. In der Mitte dazwischen stand eine steinerne Bank. Es war der Gedenkgarten für ihre Mutter. Manchmal kam er hierher, um mit Mama zu reden. Er wusste, dass sie nicht mehr da war, aber trotzdem kam es ihm vor, als könnte sie ihn hören. Wahre Liebe stirbt nie, hatte sie zu ihm gesagt. Und er glaubte ihr.

Tatsächlich saß Happy auf der Bank. Ant blieb kurz stehen, bevor er das Heiligtum betrat. Seine Brust war wie eingeschnürt, ihr Anblick raubte ihm den Atem. Happy trug ein rosafarbenes Sommerkleid, das ihre gut geformten Beine zeigte. Sie war barfuß, und ihre Zehennägel waren lila lackiert. An ihrem linken Fuß trug sie einen Zehenring.

Ihr langes blondes Haar fiel ihr in Wellen auf die Schultern, während sie das Gesicht in die Sonne hielt. Sie sah aus wie eine frisch erblühte Blume.

Die Reaktion seines Körpers war heftig. Sofort stellte er sich vor, im Winter in den eiskalten Lake Huginn zu springen, doch selbst dieses Bild half nicht viel.

„Du bist wunderschön."

Die Worte sprudelten einfach aus ihm heraus. Du liebe Güte! Was war denn nur los mit ihm?

Sie sah ihn an und lächelte. „Das wolltest du eigentlich gar nicht sagen, oder?"

„Nicht wirklich."

„Schon okay. Ich werde es nicht gegen dich verwenden."

„Sehr freundlich."

Happy klopfte auf die Bank neben sich. „Setz dich zu mir."

„Ich vertraue mir selbst gerade nicht."

„Ich könnte dich quälen, indem ich mein volles Flirtrepertoire raushole, aber dazu fühle ich mich zu wohl! Das ist ein herrlicher Garten, Ant. Wirklich magisch schön."

„Aber ich bin kein magisches Wesen."

„Doch, bist du." Sie neigte den Kopf. „Wie kommt es, dass

du das selbst nicht weißt?"
„Meine Eltern waren beide Weltliche."
„Ja und?"
„Keiner in meiner Familie hat ein magisches Talent."
„Dein Bruder schon, aber nur ein bisschen. Nicht so wie du." Sie deutete auf die Rosenbüsche, die sie umgaben. „Deine Magie ist hier. Diese Blumen fühlen sich an wie du. Von ihnen geht dieselbe Energie aus. Sie lieben dich, weißt du."
„Die Pflanzen lieben mich?" Ant kicherte. „Jetzt komm schon."
„Es stimmt, und das weißt du auch. Meinst du wirklich, ein normaler Gärtner könnte solche Wunderwerke vollbringen? Du sprichst auch mit den Pflanzen, oder? Erzählst ihnen von Schönheit und Licht. Und du liebst sie auch."
Das Gespräch war ihm unangenehm. Er hätte es längst herausgefunden, wenn er ein magisches Wesen wäre. Seine Familie gehörte zu den ersten Weltlichen, die sich in Nevermore niedergelassen hatten. Soweit er wusste, war kein Mooreland, der hier geboren worden war, mit magischen Talenten gesegnet gewesen. Es störte ihn, dass Happy darauf beharrte, bei ihm wäre es anders. Seine Welt war vollkommen in Ordnung gewesen, bis zu ihrem Auftauchen.
„Wir sollten aufbrechen."
„Wohin?"
„In die Stadt. Falls du mir nicht doch endlich sagen willst, wohin ich dich bringen kann."
Etwas wie Panik zeigte sich kurz in ihrem Gesicht, aber am Ende war es nur Enttäuschung. „In die Stadt ist okay."
„Wir sehen uns gleich im Haus."
Dann ging er schnell, bevor er auf dumme Gedanken kam. Und sie küsste.

Einen so einladenden Friedhof hatte Lucinda nicht erwartet. Die großen schmiedeeisernen, schwarz glänzenden Tore waren geöffnet, um Fahrzeuge durchzulassen. Linker Hand stand ein entzückendes weißes Häuschen. Sie bog in die Einfahrt und stieg aus dem Wagen. Veranda und Fensterläden des Häuschens waren himmelblau gestrichen, und ein Windspiel in Form von Sternen baumelte vor dem Eingang. Es klirrte leise. Der winzige Garten war liebevoll gepflegt, und ein Betonpfad führte von der Auffahrt zu den Verandastufen. Am anderen Ende des Vorgartens befand sich ein kleiner Pavillon mit einer großen weißen Schaukel. Alle möglichen prachtvollen Bäume und Pflanzen wucherten hier. Alles war grün und stand voll im Saft.

Das war auch auf dem Friedhofsgelände nicht anders.

„Guten Morgen!“ Eine Frau öffnete die Tür mit dem Fliegengitter und trat nach draußen. Sie war groß und gertenschlank und trug ein weißes Kleid, das um ihre Knie flatterte. Sie war barfuß, ihre Zehennägel blassrosa lackiert. Sie hatte ihr braunes Haar zu einem Zopf geflochten und sich eine große weiße Blüte ins Haar gesteckt. Ihre grauen Augen strahlten genauso freundlich wie ihr ganzes Gesicht. Von der Frau gingen Ruhe und Frieden aus, vielleicht weil sie so viel mit trauernden Hinterbliebenen zu tun hatte.

Lucinda schlug die Wagentür zu und ging hinüber zur Veranda. „Sind Sie Mordi?“

„Ja. Und Sie sind Lucinda?“

„Es klingt seltsam, aber dieser Friedhof ist wunderschön.“

Mordis Lächeln wurde breiter, offensichtlich freute sie sich über das Kompliment. „Danke schön. Möchten Sie Marcy besuchen?“

„Ja.“ Lucinda zögerte. Dann holte sie ein Stück Papier aus ihrer vorderen Jeanstasche. „Und ich möchte für Cathleen einen Grabstein kaufen.“

Erstaunt sah Mordi sie an. „Wieso das denn?“

„Genau dasselbe hat mich Gray auch gefragt. Cathleen war kein besonders netter Mensch, aber ... manche Leute tun sich schwer damit, Freundlichkeit anzunehmen. Wer sein Leben lang in Nesseln geschlafen hat und auf einmal eine weiche Decke bekommt, dem tut auch die weh. Weil man nur das Brennen der Nesseln kennt."

„Klingt, als sprächen Sie aus Erfahrung."

„Ich weiß jedenfalls, wie es ist, ein besserer Mensch sein zu wollen." Lucinda zuckte die Achseln. „Vielleicht tue ich das auch eher für mich als für sie."

„Eigentlich spielt das keine Rolle. Es ist auf jeden Fall eine nette Geste."

Lucinda betrat die Veranda und händigte Mordi das Stück Papier aus. „Das ist ein Gutschein. Gray sagt, er ist so gut wie Bargeld." Sie wandte den Blick ab. „Als eine Rackmore habe ich nämlich leider selbst kein Geld."

„Ein Gutschein ist schon okay. Kommen Sie doch rein. Ich mache uns einen Tee, und Sie können sich die Broschüre mit den verschiedenen Grabsteinmodellen ansehen." Sie zögerte. „Ich dachte, Sie hätten Gray geheiratet."

„Ja."

„Aber dann sind Sie doch jetzt eine Calhoun, oder nicht?" Mordi ging ihr voran in die Küche, wo ein kleiner Tisch und zwei Stühle in einer Ecke standen. Sie bot Lucinda einen Platz an und streckte sich nach einem Einmachglas voller Münzen, das auf dem Kühlschrank stand. „Sagt Ihnen der Begriff ‚Charonspfennig' etwas?"

„Ist das vielleicht eine Band?"

Mordi starrte Lucinda einen Moment lang wortlos an, dann begann sie zu kichern. „Entschuldigen Sie, aber da liegen Sie ganz falsch."

Als Mordi eine Silbermünze aus dem Glas herausgeholt hatte, stellte sie es auf seinen Platz zurück. Dann setzte sie sich Lucinda gegenüber und schob ihr die Münze hin. „In der griechischen Mythologie war Charon der Fährmann, der die Toten über den Fluss zum Eingang des Totenreiches brachte.

Die Toten mussten die Überfahrt mit einer Geldmünze, dem sogenannten Charonspfennig, bezahlen."

Lucinda nahm die Silbermünze in die Hand. Sie sah alt aus. Auf der einen Seite prangte der furchterregende Kopf der Medusa und auf der anderen ein Anker. „Ich habe mich in der Schule mit der antiken Mythologie beschäftigt. Schon im alten Griechenland wusste man, dass Magie existiert. Wie es zu den vielen Geschichten über die Götter und Göttinnen kam, weiß ich trotzdem nicht. Die Schriftrollen unserer Göttin sind viel älter als die aller bekannten Religionen."

„Aber sie waren damals noch nicht entdeckt worden", gab Mordi zu bedenken. „Erst die Römer fanden die ersten Exemplare der Schriftrollen, allerdings viel später. Sie gründeten damals die Geschlechter der Magier. Bei den Römern hieß der Obolus übrigens ‚Viaticum', Wegzehrung. Bei den Griechen war der Obolus eine geringwertige Münze, ein Obolus entsprach dem Gegenwert von einer Sechstel-Drachme. Die Toten mussten einen solchen Obolus oder eine Danake, eine Münze selben Wertes, zahlen. Die Münze wurde ihnen in den Mund gesteckt, seltener auf die Augen gelegt."

„Sie besitzen mit dieser Münze einen greifbaren Teil Geschichte."

„Meine Familie hat schon immer ein Faible für alles Tote gehabt", grinste Mordi. „Moment. Das klingt sogar in meinen Ohren seltsam. Ich meinte damit, wir sammeln Geschichten, Gegenstände, Bilder, die sich mit dem Thema Tod befassen. Nicht jeder versteht diese Faszination. Für mich ist der Tod nicht nur mein Beruf, sondern auch meine Leidenschaft."

„Das merkt man." Lucinda hielt Mordi die Münze hin. „Aber auf angenehme Art."

„Behalten Sie die Münze."

„Das kann ich nicht. Sie ist doch sicher sehr viel wert – und noch dazu eine Geldmünze. Und ich verliere alles Geld."

„Wenn Sie sie verlieren, wird jemand anders sie finden. Jemand, der die Münze nötiger braucht als ich."

„Und wenn nicht?", fragte Lucinda, als sie die Münze wieder in die Hand nahm und sie sich noch einmal genauer betrachtete.

„Dann hält der Fluch Sie nicht länger für eine Rackmore."

Ein Hoffnungsschimmer keimte in ihr auf. Wäre es nicht möglich, dass sie durch die Annahme von Grays Familiennamen dem Fluch der Rackmores entkommen sein könnte? Wahrscheinlich hatten jede Menge Rackmores allein aus diesem Grund geheiratet. Aber nie war ihr zu Ohren gekommen, dass die Namensänderung einen Unterschied gemacht hätte. Nur Kerren hatte es geschafft, den Fluch von sich abzuwenden, für die Erhaltung ihres Reichtums und ihrer Macht aber einen sehr hohen Preis gezahlt.

„Danke", sagte Lucinda und steckte den Obolus in die Gesäßtasche ihrer Jeans.

„Gern geschehen. Und jetzt mache ich endlich Tee. Und Sie sehen sich die Grabsteine an."

Arlene ordnete zum x-ten Mal ihren Schreibtisch. Sie hatte alles abgeheftet, was abzuheften war, die Fenstersimse gesäubert und den Fußboden gewischt. Sie war schrecklich gespannt zu erfahren, was der Sheriff im Café entdeckt hatte. Mit Sicherheit hatte Cathleen selbst das Feuer gelegt. Doch ein Selbstmord. Das war so gar nicht ihre Art. Sie hatte das Fenster nicht aus den Augen gelassen und wusste, dass Gray und Ember mit der Reinigungszeremonie begonnen hatten. Links und rechts funkelte es lila und rot, ein Zeichen dafür, dass die Magie zusammenarbeitete und das Gleichgewicht wiederherstellte. Hmm. So aus den Fugen geraten, wie dieser Ort war, waren die beiden sicher den ganzen Tag damit beschäftigt, dort alles wieder ins Lot zu bringen.

Sich selbst Beschäftigung zu verschaffen war die einzige Möglichkeit, ihre überbordende Neugierde unter Kontrolle zu halten. Ihr Mann nannte sie nicht umsonst zum Spaß „die Informationsministerin“, weil sie immer alles wissen musste. Während sie noch überlegte, ob sie als Nächstes vielleicht den Kühlschrank im Pausenraum sauber machen sollte, kam Ren herein.

„Und?“

Er blieb stehen und sah sie mit hochgezogenen Brauen an. „Und was?“

„Hat Cathleen das Café selbst angezündet und es ist einfach dumm gelaufen für sie?“

„Sieht ganz so aus.“ Er nahm den Hut ab und klatschte damit gegen seinen Oberschenkel. „Wir haben die Scherben einer zerbrochenen Whiskeyflasche gefunden. Und die Kellertür stand offen. Selbst da unten sieht es aus wie auf einem Schlachtfeld.“

„Dann grenzt es ja an ein Wunder, dass nicht gleich der ganze Häuserblock niedergebrannt ist“, stellte Arlene fest. „Hat das Sew’n Sew was abbekommen?“

„Anscheinend nicht. Nur das Café. Würde mich nicht wundern, wenn Gray das Ding abreißen und neu aufbauen lassen würde.“

„Auf jeden Fall brauchen wir hier ein Lokal, in dem man auch mal was zu essen bekommt.“

„Josie hat vor, eine Imbissbude aufzumachen“, erzählte Ren. „Ihr Dad macht ihr einen alten Lkw zurecht, wo die ganze Ausrüstung reinpasst. Sie will sich damit auf den Marktplatz stellen und zumindest zur Mittagspausenzeit dort die Leute verköstigen.“

„Na, das sind doch mal gute Neuigkeiten.“ Da ihre Neugierde halbwegs befriedigt war, ließ Arlene sich in ihren Schreibtischstuhl sinken. „Bleibst du noch?“

„Taylor wird Gray und Ember während der Reinigungsrituale begleiten, also bin ich hier der Mann auf Abruf.“ Ren seufzte. „Apropos, ich muss kurz rüber in die Bibliothek.

Meine Tanten glauben mal wieder, ein Geist hätte Tintenfass und Federkiel ihres Großvaters gestohlen."

„Wahrscheinlich haben sie sie nur verlegt. Die Armen. Sie werden langsam zu alt, um die Bibliothek zu führen."

„Sie hatten ja darauf gehofft, dass meine Mama das übernehmen würde", meinte Ren bekümmert. „Oder ich. Aber dann habe ich ja als Hilfssheriff angefangen."

„Sie sind trotzdem stolz auf dich, Ren." Arlene sah ihn mitfühlend an. Der Junge hatte ihr immer leidgetan. Harley war kein guter Vater gewesen, er hatte sich nie viel um seinen Sohn gekümmert, sondern lieber seine Sorgen in Alkohol ertränkt. „Tut mir leid, mein Junge. Es ist so traurig, was mit deiner Mama passiert ist. Weißt du, die Wilson-Zwillinge rufen dich einfach an, weil sie ein bisschen Gesellschaft brauchen."

Ren verdrehte die Augen. „Ich besuche sie sowieso jede Woche. Noch mehr Rosa und Spitzendeckchen kann kein Mann verkraften."

In diesem Moment flog die Tür zum Flur auf und die große alte, behäbige Gestalt von Atwood tauchte auf. Arlene schüttelte tadelnd den Kopf. Der Mann bot einen außergewöhnlichen Anblick. Sein Gesicht war schweißnass, und er keuchte, als wäre das Atmen zu viel für ihn. Er trug ein graues Hemd, darunter war ein schweißfleckiges Unterhemd zu sehen, eine graue Hose und schwarze Cowboystiefel. Mit seinem schwerfälligen Gang, dem kahl werdenden Haupt, den kleinen Augen, der platt gequetschten Nase und den labberigen Wangen erinnerte er Arlene an ein erschöpftes Rhinozeros.

„Hat jemand von euch Trent gesehen?"

„Heute noch nicht, Atwood." Arlene hob die Augenbrauen.

„Wieso? Ist er verschwunden?", fragte Ren.

„Ich habe ihn seit gestern Abend nicht gesehen." Atwood nahm ein Taschentuch aus seiner Hemdentasche und wischte sich das Gesicht. „Hast du ihn gesehen, bevor du schlafen gegangen bist?"

„Nein“, sagte Ren. „Aber er hat mich geweckt, weil es brannte. Ich dachte, er wäre dann runter zum Café, wie alle.“

Atwood schüttelte den Kopf. „Das passt gar nicht zu ihm. Man könnte ja meinen, nach allem, was der Junge durchgemacht hat, würde er durchhängen. Aber Trent weiß ganz genau, was er will. Er verpasst keinen Tag auf der Arbeit oder in der Schule. Und er hat Respekt vor seinen Mitmenschen. Sandra und Tommy haben ihn wirklich gut hingekriegt.“

„Also kannst du ausschließen, dass er von zu Hause abgehauen ist?“, fragte Arlene.

„Auf jeden Fall. Ich habe mich schon überall nach ihm umgesehen, aber mit meiner Pumpe komme ich nicht weit.“ Er wischte sich wieder das Gesicht ab und blinzelte Arlene zu. „Stimmt es eigentlich, was ich gehört habe? Ant hat eine kleine Anhalterin mitgenommen?“

„Eine Anhalterin?“ Ren runzelte die Stirn. „Davon hat mir Taylor gar nichts erzählt.“

Doch Arlene war bereits im Bilde. „Sie heißt Happy, und Taylor hält sie für eine Ausreißerin. Sie will niemandem verraten, warum sie nach Nevermore gekommen ist, aber keine Sorge. Sie ist nur ein verängstigtes kleines Mädchen, das ein Stück Schokoladentorte und eine feste Umarmung braucht.“

„Happy? Wer nennt denn sein Kind Happy?“

„Das ist doch der perfekte Name“, konterte Arlene. Manchmal ging ihr Atwood richtig auf die Nerven. Er hatte selbst keine Kinder, und das machte ihn entsprechend intolerant. Dass er Trent bei sich aufgenommen hatte, passte eigentlich gar nicht zu ihm. „Ant kommt gleich mit ihr vorbei. Ich werde mich um sie kümmern. Und du kümmerst dich am besten um deine eigenen Angelegenheiten.“

„Ja, geh wieder nach Hause und warte dort, falls Trent auftaucht“, sagte nun auch Ren. „Arlene, du könntest aber ein paar Freiwillige zusammentrommeln, die uns bei der Suche nach Trent unterstützen. Nach allem, was hier in letzter Zeit los war, sollten wir lieber auf Nummer sicher gehen."

Atwood nickte, drehte sich um und verließ schnaufend das Büro. Hinter ihm schlug die Tür zu.

„Wenn er nicht bald anfängt, etwas für sich zu tun, klappt er zusammen. Wo soll sich der Suchtrupp treffen?"

„Auf dem Marktplatz, bei der Drachenstatue. Ich komme dazu, sobald ich bei meinen Tanten fertig bin."

„Alles klar." Arlene wählte die erste Telefonnummer.

Seit ihrer Unterhaltung im Garten hatten sie nicht mehr viel miteinander gesprochen. Happy überlegte, ob sie an seiner schlechten Laune schuld sein könnte. Doch dann beschloss sie, sein Gemütszustand sei sein Problem, nicht ihres.

Wie dem auch sei, hoffentlich hatte sie noch einmal Gelegenheit, Ants Garten zu bewundern. Da gab es so viel Schönes zu entdecken – Ants Vorstellungsvermögen spiegelte sich in seinen Pflanzenkreationen wider. Wie konnte er nur sein magisches Talent leugnen. Nicht, dass Weltliche nicht auch Genies sein konnten – im Gegenteil. Aber sie wusste nun mal, wann Magie im Spiel war.

Und dieser Garten flirrte davon.

Während Ant unter der Dusche war und sich umzog, wusch Happy das schmutzige Geschirr ab und brachte die Küche in Ordnung. Als sie gerade die Stühle ordentlich unter den Tisch schob, kam Ant herein. Er sah zum Anbeißen aus in seinem eng anliegenden T-Shirt, den ausgebleichten Jeans und den abgetragenen Cowboystiefeln. Sein Hut war derselbe wie am Vortag. Vielleicht besaß er nur den einen – oder es war sein Lieblingshut.

„Wow." Er blieb stehen und sah sich um. „Du hast sauber gemacht."

„Dein Bruder hat Frühstück gemacht, da fand ich das nur gerecht."

„Genau so hat er auch argumentiert, als er mich bat, aufzuräumen.“ Ant grinste, und sein hinreißendes Lächeln setzte ihr ganz schön zu. „Verbindlichsten Dank.“

„Was für ein Dank?“

„Verbindlichsten Dank. Das heißt so viel wie herzlich.“

„Ah ja. Gerne.“ Happy seufzte. „Dann brechen wir jetzt wohl besser auf.“

„Würde ich auch sagen.“

„Dann komm auch.“ Sie war plötzlich eingeschnappt und schob sich an ihm vorbei. „Ich weiß, dass du mich loswerden willst.“

Natürlich führte sie sich vollkommen kindisch auf, das wusste sie. Aber es war ihr egal. Er hatte sie verletzt. Er konnte sie mal kreuzweise, so war das!

„Weißt du, nicht alle mögen freche Gören so gerne wie ich.“

Happy wirbelte herum und stemmte die Hände in die Hüften. Sie hatte schon den Mund geöffnet, um ihm ein „Dann verpiss dich doch einfach“ entgegenzuschleudern, aber sein Blick ließ sie verstummen.

Es war, als würde sein Blick sie ausziehen, als er sie von oben bis unten musterte. Eine wohlige Anspannung durchflutete sie, und ihre Brustwarzen wurden hart. Plötzlich war sie ganz atemlos. Sie starrte ihn an. Auf seinem Hals tauchten rote Flecken auf. Er schloss die Augen und schlug ein paarmal leicht mit der Stirn gegen die Wand.

„Was machst du da?“

„Ich hämmere wieder Verstand in mich.“

„Dann magst du mich also doch. Und so viel jünger als du bin ich gar nicht.“

„Jung genug, dass ich mich strafbar mache.“

„Aber bald bin ich alt genug.“

„Auf diesen Tag werde ich warten.“ Es klang eher sarkastisch als sehnsuchtsvoll. „Hör auf, mich so anzusehen. Geh schon.“

Happy legte ihre Finger an den Mund und blies ihm ein Küsschen zu.

„Mädel, dein Name bedeutet Ärger."

„Habe ich dir das gar nicht gesagt?" Sie klimperte mit den Wimpern. „So lautet mein Nachname." Damit drehte sie sich um und ging davon – nicht ohne mit den Hüften zu wackeln. Sie grinste, als sie sein gequältes Stöhnen hörte.

Sie war schon auf halbem Weg zu Ants Wagen, als die Haustür quietschend aufging und dann zuschlug.

„Hey."

Erschrocken, dass er so dicht hinter ihr stand, wirbelte sie herum und sah ihn böse an. Kein halber Meter trennte sie, und Ant sah aus wie die Katze, die sich gleich über die Sahne hermachen wollte.

„Hast du nicht was vergessen?" Er hielt ihren Rucksack hoch.

Wie konnte sie den nur vergessen? Oh Mann. Sie griff danach, doch er zog ihn schnell weg. Dann grinste er sie herausfordernd an. Wie konnte man nur so doof sein? Nur weil er sie angeschmachtet hatte, hörte sie gleich auf zu denken. Sie brauchte ihren Rucksack, denn darin war der Kristall. Und ohne den Kristall konnte sie Lucinda nicht finden. Sie wollte ja nicht durch die ganze Stadt laufen und die Leute nach der Rackmore-Hexe fragen – das hätte zu viel Aufsehen erregt. Aber die Stadt war klein. Viele Aufenthaltsmöglichkeiten konnte es hier für ihre Freundin nicht geben. Vorausgesetzt, sie hatte nicht auf einer der Farmen Unterschlupf gefunden.

Am liebsten hätte sie Ant gesagt, er könne sie mal. Sie wusste, dass er sie reizen wollte. Außerdem brauchte sie den Kristall. Sie kniff die Augen zusammen und überlegte, wie fest sie ihm in die Eier treten konnte, ohne dass es schädliche Folgen für seine ungeborenen Kinder hatte.

Er schüttelte den Kopf. „Denk nicht mal dran. Sonst steige ich in meinen Wagen und fahre dich platt."

„Krass", murmelte sie und setzte Plan B in die Tat um: Sie attackierte ihn.

Einen Tackle, wie er ihn aus dem Football kannte, hatte er nicht erwartet. Er stürzte, und der Rucksack fiel ihm aus der Hand. Happy selbst landete durch die Wucht ihres Angriffs auf Ant. Sie wollte schleunigst wieder hochkommen, doch er umfing sie und drückte sie an sich.

Happy wurde ganz starr.

„Du spinnst doch!", schrie er. „Verdammt, willst du mich umbringen?"

„Du bist doch nur sauer, weil dich ein Mädchen plattgemacht hat!"

„Ich bin nicht sauer. Genau das ist ja das Problem." Er strich ihr die Haare aus dem Gesicht und berührte dabei mit seiner Hand ihre Wange. „Ich will dein Freund sein."

„Du lügst doch." Ihr Herz klopfte so stark, dass er es spüren musste.

„Stimmt. Das ist eine Lüge. Aber ich versuche, so zu sein, wie meine Mutter mich erzogen hat."

„Ich verstehe." Das tat sie wirklich. Er war nett zu ihr, obwohl er es eigentlich nicht sein wollte. Das erinnerte sie an Lucinda und ihre Entscheidung – ihnen beiden wehzutun, indem sie sich von ihr trennte, nur damit Happy in Sicherheit sein konnte. Und jetzt traf Ant eine ähnliche Entscheidung.

Da sie ihm nichts von ihren Überlegungen mitteilen konnte, befreite sie sich von ihm, sammelte ihren Rucksack auf und setzte sich in den Wagen.

In null Komma nichts waren sie auf dem Weg in die Stadt. Happy spürte ein nervöses Magenzucken. Sie knabberte an ihrer Unterlippe und überlegte ihre Vorgehensweise. Es war klar, dass Ant sie nicht einfach an der nächsten Ecke herauslassen würde und ihr viel Glück bei ihrer Suche wünschte. So war er nicht gestrickt.

Ob sie ihm vielleicht doch vertrauen konnte?

Sie wollte gern. Immer mit diesem Blick über die Schulter unterwegs zu sein, das hatte sie so satt. Immer Angst haben vor dem, was passieren würde, wenn Bernard sie eines Tages fand. Niemand sollte ein Leben voller Angst führen müssen – das hatte Lucinda gesagt. Doch seit dem Tod ihrer Mutter hatte Happy es nicht anders gekannt. Sie selbst, Lucinda, alle anderen. Immer hatten sie Angst vor Bernard.

Es verlieh ihm Macht, dass alle vor ihm zitterten. Er liebte dieses Gefühl. Nur dadurch fühlte er sich stark. Macht haben über andere verschaffte ihm Vergnügen, so wie es anderen Leuten Vergnügen bereitete, Schokolade zu essen oder zu küssen.

„Alles okay?"

„Ja." Sie umklammerte den Rucksack. „Wohin fährst du mich?"

„Zum Büro des Sheriffs." Er sah sie an. „Mein großer Bruder wird dir helfen. In der Stadt gibt es niemanden, der zuverlässiger ist als Taylor, das verspreche ich dir."

„Und was ist ein Versprechen von dir wert?"

„Happy, ich …" Er sprach nicht weiter, sondern sah starr nach vorne, die Fingerknöchel ganz weiß, weil er das Lenkrad so fest umklammerte.

Er klang bekümmert, und eigentlich hatte sie ihn nicht verletzen wollen. Vermutlich war das sogar ein Zeichen dafür, dass er sie wirklich mochte. Aber welche Rolle spielte das schon?

Happy konzentrierte sich auf die Umgebung. Es war so schön hier. So ruhig. Nevermore schien ihre Sorgen zu lindern wie kein anderer Ort. Wie schade, dass sie nicht hierbleiben konnte. Ihre einzige Hoffnung war, mit Lucinda gemeinsam wegzugehen.

Die zweispurige Straße war umgeben von hohem Gras und buschigem Gestrüpp. Weiter vorne sah sie eine riesige Eiche, deren Blattwerk so dicht war, dass es die Sonnenstrahlen abschirmte.

Plötzlich überkam sie ein furchtbares Gefühl. *Oh nein!*

Dieses Prickeln von Magie war unerträglich. „Ant, bitte dreh um!“, schrie sie. Es fühlte sich an, als würde sie von innen verbrennen, als züngelten Flammen an ihren Knochen. Ihre Haut wurde kochend heiß. „Du musst wenden!“

„Happy, was ist denn los?“

„Bitte“, flehte sie ihn an, während Tränen ihre Wangen herunterliefen. Schmerz und Angst stießen wie ein Dolch in ihre Brust. „Bitte.“

„In Ordnung, Süße.“ Er trat auf die Bremse. Der Wagen wurde nicht langsamer. Er bremste noch einmal, heftiger, doch nichts geschah. „Was zum Teufel ist hier los?“

Zu Ants Erstaunen beschleunigte der Pick-up noch.

„Zu spät.“ Happy sah Ant an, diesen gut aussehenden, wunderbaren Mann, der zu wohlerzogen war, um mit ihr zu flirten. „Es tut mir leid.“

„Wovon redest du?“

In diesem Moment brach der Wagen aus, holperte über die unebene Straßenbefestigung, durchbrach das Gestrüpp und knallte gegen den Stamm der Eiche.

Happy wurde nach vorn geschleudert. Der Sitzgurt reagierte zu spät, und sie knallte mit der Stirn frontal gegen das Armaturenbrett. Vor ihren Augen explodierten Sternchen, dann wurde es schwarz um sie. Sie war gefangen im kalten Terror ihres schlimmsten Albtraums.

13. KAPITEL

Gray saß an der Bar, ein Becher Tee stand vor ihm. Von Embers Teestube ging eine wunderbare Ruhe aus, der er sich nicht entziehen konnte – trotz der lilafarbenen Einrichtung. Er atmete den würzigen Geruch der heißen Flüssigkeit ein und fühlte sich erfrischt. „Was ist das?"

„Gut für Sie, das ist es." Ember saß auf dem Barhocker neben ihm. Vor wenigen Minuten hatten sie die Reinigungszeremonie im Café beendet, und Gray fühlte sich ausgezehrt. Alleine hätte er diese Aufgabe nicht bewältigen können, es herrschte dort einfach zu viel negative Energie. Das magische Gleichgewicht hatte sich dramatisch verschoben, mehr, als er erwartet hatte. Cathleen war es gelungen, den Ort in ein energetisches Chaos zu verwandeln.

Embers Vorschlag, sich in der Teestube zu erholen, war Gray da gerade recht gekommen. Taylor war bereits gegangen. Er wollte herausfinden, was die Suche nach Trent ergeben hatte. Hoffentlich schlief der Junge nur irgendwo nach einer Party seinen Rausch aus oder war über Nacht bei einem Mädchen geblieben. Eben irgendwas, was Teenager so tun – denn diese Art von Geschichten war immer noch besser als das, was in jüngster Zeit über die Einwohner von Nevermore hereingebrochen war.

„Wo sollen wir gleich weitermachen?", fragte Gray.

Ember nahm einen Schluck von ihrem Gebräu. „Ich denke, das hat man bereits für uns entschieden."

„Sie sprechen wohl gern in Rätseln, was?" Obwohl der Tee eine scharfe Note hatte, schmeckte er auch leicht süßlich. Das war sicher Zimt. Und vielleicht … Chilipulver? Ganz egal, welche Zutaten Ember benutzte, der Tee zeigte Wirkung.

„Sie haben sich so lange vor sich selbst versteckt", schnitt Ember ein neues Thema an. „Und deswegen glauben Sie, jeder andere hätte auch etwas zu verbergen."

„Sie reden von meiner sogenannten Gabe, oder?“ Er stellte den Becher ab und drehte sich zu ihr um. „Es ist nicht so, wie Sie denken. Ich habe fünf Jahre damit verbracht zu lernen, wie ich damit umgehen kann. Ich wäre niemals nach Nevermore zurückgekehrt, wenn meine Familie mich nicht gebraucht hätte.“ Er lächelte bitter. „Lucinda weiß das nicht. Sie … Nein. Es würde ihr nur Angst machen.“

„Sie glauben also, sie könnte Sie nicht lieben, so wie Sie sind? Dann verdienen Sie Lucinda nicht.“

„Mich lieben?“ Gray wurde von Panik erfasst. „Unsere Beziehung ist, nun ja, klar definiert. Ich kümmere mich um sie und sie sich um mich. Aber es war keine Liebesheirat.“

Ember sah ihn lange an, dann lachte sie. „Oh Göttin! Das glauben Sie am Ende wirklich, was?“

Diese Reaktion irritierte Gray. Nur weil ihre Ehe eine Art Geschäftsabkommen war, bedeutete das nicht, dass sie sich nicht trotzdem verstanden. Ein bisschen Spaß war ja wohl erlaubt. „Meine Beziehung zu Lucinda ist nicht Ihre Angelegenheit.“

„Ui, ui, ui. Wie lange soll sie denn Ihre Frau bleiben?“

„Bis sie von dem Fluch befreit ist und Bernard nicht länger eine Bedrohung für sie darstellt.“

„Ich verstehe.“ Ember nickte. „Und wenn ich Ihnen sagen würde, ab heute ist sie von diesem Fluch und von ihrem Feind befreit, würden Sie sie dann gehen lassen?“

„Ja.“ Gray antwortete, ohne zu zögern, aber der Gedanke, Lucinda würde ihn heute noch – oder an einem anderen Tag – verlassen, machte ihn traurig. „Aber das wird ja nicht passieren.“

Ember betrachtete ihren Becher und seufzte. „Alles, was sein wird, ist bereits in die Wege geleitet. Sie brauchen alles, was in Ihnen steckt, um zu gewinnen, Gray. Alles.“

Grays Magen krampfte sich zusammen. Bisher wusste niemand von seinem Geheimnis. Lucinda würde er es gern verraten, denn ihr wollte er alles erzählen. Nichts sollte zwischen ihnen stehen, vor allem keine Wand aus Zweifeln und Lügen. Aber er hatte Angst davor, ihr die Wahrheit zu sagen – auch wenn er das nicht gerne zugab. Was, wenn es ihr Angst machte, was in jener Nacht mit ihm geschehen war? Was, wenn sie sich deshalb von ihm abwandte? Die Göttin möge ihm beistehen, aber er wollte weder Ekel noch Mitleid von ihr.

Die Frage war nur: Konnte Lucinda einen Mann akzeptieren, der einen schlafenden Dämon in sich trug?

Lucinda drehte am Knopf des Radios, während sie die Straße entlangfuhr, um einen Sender zu suchen, in dem etwas anderes außer Countrymusik lief. Doch sie hatte kein Glück. Na ja, Texas war nun mal das Land der Cowboys und offensichtlich auch das Land der traurigen Songs, denn ständig jammerte jemand darüber, etwas verloren zu haben: sein Herz, den Wagen, den Hund, die Ranch, die Gitarre.

Seufzend schaltete sie schließlich ganz aus.

Es war nett gewesen, mit Mordi zu plaudern. Die Frau war ein bisschen merkwürdig, hatte aber trotzdem eine sehr angenehme und charmante Art. Nachdem sie einen Grabstein für Cathleen ausgesucht hatte, war Lucinda an Marcys Grab gegangen. Mordi hatte ihr zugeredet, mit der Toten zu sprechen. Es sei befreiend. Also setzte sich Lucy auf den frisch ausgehobenen Hügel Erde und suchte nach bedeutsamen Worten. Doch es fiel ihr schwer, mit der Erde zu sprechen. Da waren sie nun, sie und Marcy, umgeben von Stille und Bedauern.

Ob Gray die Reinigungszeremonie im Café schon beendet hatte? Wo würde er als Nächstes weitermachen? Noch immer konnte sie nicht fassen, wie schnell er zu ihrem Sicherheitsnetz geworden war. Nichts Schlimmes konnte ihr passieren, so empfand sie es jedenfalls, wenn er sich nur in ihrer Nähe befand. Es kam ihr egoistisch vor, sich dieses Gefühl für den Rest ihres Lebens zu wünschen, aber das tat sie. Und auch er sollte sich sicher fühlen.

Irgendetwas wollte er ihr schon die ganze Zeit sagen, das spürte Lucinda. Als sie ihm erzählte, wie seine Narbe während seines Albtraums geglüht hatte, war er ganz unruhig geworden. Dennoch hatte er sich ihr nicht anvertraut, sondern nur schnell das Thema gewechselt.

Es fiel ihr zunehmend schwerer, sich einzugestehen, dass ihre Beziehung nur von temporärer Dauer war. Schlimmer noch. Da war dieser Schmerz in ihrer Brust, immer wenn sie ihn ansah oder an ihn dachte. Es war das Echo der Verzweiflung. Denn Bernard würde sie finden.

Nevermore war Grays Stadt. *Ich bin die Stadt, die Stadt ist ich.* Ja. Er begann jetzt damit, diese Wahrheit zu leben. Selbst wenn er sie dauerhaft unter seinen Schutz stellen würde – sie konnte nicht in Nevermore leben, ohne mit ihm zu leben.

Als sie den Hügel erreichte, bemerkte sie einen jungen Mann. Er ging wankend die Straße entlang und schien Selbstgespräche zu führen. Er war von Kopf bis Fuß schwarz gekleidet, und Lucinda erinnerte sich an eine andere Begegnung mit ihm – auf Marcys Leichenmahl.

Sie hielt an. Die Scheiben waren bereits heruntergelassen, um die frische Frühlingsluft hereinzulassen. „Trent!"

Er blieb stehen und drehte sich zu ihr um. Seine Haut sah sehr bleich und wächsern aus, seine Augen dagegen rot und verquollen. Er starrte sie eine Weile an, und ihre Haut begann unangenehm zu prickeln.

„Ist alles in Ordnung?"

„Keine Ahnung. Bin im Straßengraben aufgewacht." Er blinzelte. „Sie sind Grays Frau. Die Rackmore-Hexe."

„Jetzt heiße ich Lucinda Calhoun", erwiderte sie. „Soll ich dich mit in die Stadt nehmen?"

„Ja. Danke." Er öffnete die Beifahrertür und stieg ein. „Keine Ahnung, was passiert ist."

„An was kannst du dich denn noch erinnern?"

„Dass ich in mein Bett schlafen gegangen bin."
„Weißt du noch, dass du Ren geweckt hast wegen des Brandes?"
Trent blinzelte ratlos. „Welcher Brand?"
„Das Café. Cathleen hat es angezündet, kam aber selbst nicht mehr rechtzeitig raus. Falls sie überhaupt rauskommen wollte."
„Sie ist tot?" Trent rieb sich das Gesicht. „Ich erinnere mich an kein Feuer. Ich erinnere mich an gar nichts. Haben Sie zufällig was zu trinken da? Wasser?"
„Tut mir leid."
„Ich habe einen Geschmack im Mund, als hätte ich Metallspäne geschluckt, und mir brummt der Schädel."
„Klingt nach einem Kater."
Er seufzte. „Ich werde jetzt nicht so tun und behaupten, ich wüsste nicht, wie ein Kater sich anfühlt. Aber einen Filmriss hatte ich noch nie."
„Vielleicht sollte ich dich zum Arzt bringen."
„Nicht nötig." Er runzelte die Stirn und deutete aus dem Fenster. „Was zum Teufel ist denn da los?"
„Oh Göttin!" Lucinda fuhr rechts ran. Hastig stiegen sie und Trent aus und rannten auf den Unfallwagen zu.
Der blaue Pick-up war frontal gegen den mächtigen Stamm der alten Eiche gekracht. Die Motorhaube sah aus wie eine Ziehharmonika. Beide Türen standen offen.
Lucinda hörte irgendwo ein leises Stöhnen.
Sie liefen um den Wagen herum und sahen einen jungen Mann auf der Straße liegen. Er hatte starke Schürfwunden, seine Kleidung war voller Blutflecken und zerrissen. Er hatte die Augen geschlossen, aber sein Brustkorb hob und senkte sich. Er war also noch am Leben.
„Ach du Scheiße. Das ist Ant!"
„Was redest du da von einer Ameise?"
Trent sah sie verständnislos an. „Anthony Mooreland, der

kleine Bruder des Sheriffs.“ Er hockte sich neben ihn und tätschelte sein Gesicht. „Ant, Kumpel. Alles okay?“

Ant hustete, dann griff er sich an den Brustkorb und stöhnte. Lucinda fühlte sich hilflos. Ihre besondere Gabe für solche Situationen hatte Bernard ihr genommen, und darum konnte sie diesem jungen Mann nicht helfen. Selbst der Versuch würde ihr nicht gut bekommen. Also kniete sie sich einfach nur hin und half Trent, den Verletzten aufzurichten.

„Oh Mann. Ich komme mir vor, als wäre eine Herde Elefanten über mich getrampelt. Wo ist Happy?“

„Wirklich alles klar, Alter? Was erzählst du da von happy?“ Trent musterte den jungen Mann ungläubig.

Doch Lucinda kroch eine Eiseskälte bis ins Mark. Hoffentlich meinte er nicht ... Nein, nein, nein! Happy würde niemals versuchen, sie zu finden. Sie war im Kloster und in Sicherheit. Dort konnte Bernard ihr nichts anhaben.

„So heißt sie, du Penner“, knurrte Ant mit schmerzverzerrter Miene. „Sie wollte gestern nach Nevermore trampen, und ich habe sie mitgenommen. Jetzt war ich mit ihr auf dem Weg in die Stadt, zu Taylor.“

Panisch starrte Lucinda ihn an. „Was ist passiert?“

„Ich weiß es nicht. Sie bekam plötzlich totale Angst. Und sagte, ich solle umdrehen.“ Als er Lucinda ansah, konnte sie in seinen braunen Augen den Schmerz erkennen. „Irgendetwas übernahm die Kontrolle über den Wagen und lenkte uns gegen den Scheißbaum. Und danach weiß ich nichts mehr.“

„Happy!“, rief Lucinda. „Happy!“ Sie stand auf und lief um den Pick-up herum. Sie schaute ins Gestrüpp, ging um den Baum herum, sah in der Böschung nach. Und rief die ganze Zeit den Namen ihrer Freundin.

„Lucinda!“ Trent packte sie an den Schultern und schüttelte sie. „Sie ist nicht mehr hier, okay? Vielleicht ist sie die Straße runtergelaufen, um Hilfe zu holen oder so.“

Hoffnung. Für einen kurzen Moment, dann erlosch sie

wieder. Niemals würde Happy jemanden allein lassen, der verletzt war. Jedenfalls nicht, ohne dafür zu sorgen, dass ihm nichts Schlimmeres passierte. Sie war clever und mutig und loyal. Lucinda fing an zu weinen. Wer hatte diesen Unfall verursacht? War Happy entführt worden? „Ich habe versprochen, auf sie aufzupassen. Ich habe ihrer Mutter versprochen, dass ihrer Tochter nichts zustoßen wird. Oh Göttin!"

„ Sie müssen ruhig bleiben, okay? Rufen Sie Gray an und sagen Sie ihm, was passiert ist. Ich bleibe bei Ant, und Sie können sich auf die Suche nach diesem Mädchen machen."

„In Ordnung." Lucinda atmete tief ein und aus, um sich zu beruhigen, und sah sich dabei nach einer wässrigen Oberfläche um. Trent hatte recht. Gray würde ihnen helfen. Hoffentlich würde er Lucinda auch verzeihen, dass sie ihm dieses letzte gefährliche Geheimnis nicht anvertraut hatte.

Gray und Ember standen auf dem Bürgersteig vor dem Sew'n Sew und beobachteten Taylor, der sich mit dem Schloss abmühte. Gray war nicht sicher, ob er amüsiert oder verärgert sein sollte über Taylors Sturheit.

„Das verdammte Ding klemmt", murmelte der Sheriff.

„Oder jemand hat das Schloss ausgetauscht", vermutete Gray.

„Außer dem Besitzer war hier nie jemand drin." Taylor hantierte weiter mit dem Schlüssel herum, aber er wollte sich partout nicht drehen lassen.

„Vielleicht passt der Schlüssel ja für die Hintertür."

„Da ruft dich jemand durch die Pfütze an. Geh doch einfach nachsehen und lass mich in Ruhe."

Gray sah zu der kleinen Senke im Bürgersteig, in der sich etwas schlammiges Wasser gesammelt hatte. Blaue Funken stiegen nach oben, dann sah er Lucindas Gesicht. Es musste etwas passiert sein, das sah er sofort. „Was ist denn los, Liebling?"

Jetzt beugte sich auch Ember über das Wasser.

„Es gab einen Unfall. Der Bruder des Sheriffs ist frontal gegen die große Eiche gefahren, die an der Abzweigung Brujo Boulevard steht."

„Wie geht es ihm?" Taylor schob sich entsetzt zwischen Ember und Gray und steckte fast das Gesicht in die Pfütze. Gray hatte vollstes Verständnis. Er selbst war auch bestürzt über die Nachricht.

„Er lebt, aber er ist verletzt. Und Happy ist weg."

„Verdammt. Verdammt. Verdammt."

Gray und Ember sahen Taylor fragend an. Er verzog das Gesicht. „Ant hat gestern Abend eine Anhalterin nach Nevermore mitgenommen. Sie wurde in seinem Wagen ohnmächtig, also nahm er sie mit zu uns nach Hause. Sie hat die Nacht bei uns verbracht. Ich wusste schon in dem Augenblick, in dem ich die kleine Ausreißerin das erste Mal sah, dass sie uns Ärger machen wird."

„Es ist nicht ihre Schuld." Lucinda liefen dicke Tränen über ihre Wangen. „Ich werde nach ihr suchen. Bitte, Gray, komm her und hilf uns!"

„Ich bin schon unterwegs. Warte auf mich."

„Ren ist in der Gegend, um Trent zu suchen. Er kann schneller bei ihr sein als wir." Taylor gab seine Anweisungen.

„Trent ist bei mir. Er war zu Fuß auf dem Weg in die Stadt. Er hat mir erzählt, dass er heute Morgen im Straßengraben aufwachte und …" Sie hob den Kopf. „Da ist Ren!" Sie winkte jemandem zu, vermutlich Ren, doch plötzlich veränderte sich ihre Miene. „Oh Göttin! Trent, hör auf! Lass das! Neiiiin!"

Gray blieb fast das Herz stehen. „Lucinda?!"

Die Pfütze wurde schwarz.

Grays Gedanken kreisten einzig und allein um Lucinda. Er musste sofort zu ihr. Panik erfasste ihn. Hatte Trent ihr etwas angetan? Göttin! Lucinda war in seinem Wagen unterwegs. Scheiße, Scheiße, Scheiße. Er sah Taylor an, verstört, hilflos.

„In meinem Büro ist ein Portal, schon vergessen?“ Taylor rannte los. „Und in der Nähe der Eiche auch. Es dauert nur ein paar Sekunden, bis wir da sind. Komm!“

Taylor bestand darauf, als Erster durch das Portal zu gehen, obwohl der Hüter die ranghöhere Person war. Doch in diesem Fall, so argumentierte Taylor, musste er den Hüter vor sich selbst beschützen. Also ließ Gray ihn vorgehen.

Niemand wusste, was sie am anderen Ende des Portals erwarten würde. Als sie zu dritt das Portal verließen – Ember hatte sich ihnen angeschlossen –, saß Trent da und hielt eine Schutzblase hoch. Funkelnde schwarze Wirbel flatterten um ihn herum, von Ant keine Spur.

Auch Lucinda und Ren waren nirgends zu sehen.

Als Trent die drei entdeckte, sah er erleichtert aus. Er ließ die Hände sinken, murmelte ein Dankgebet, und schon verschwand der Zauber. Ant saß gegen den Stamm der Eiche gelehnt, die Augen geschlossen, eine Hand auf einer knotigen Wurzel liegend. Taylor kauerte sich neben seinen Bruder und legte ihm den Arm um die Schulter.

„Noch nicht“, murmelte Ant. „Gleich.“

„Er kommuniziert seit ein paar Minuten mit dem Baum“, erklärte Trent.

„Kommuniziert?“ Taylor sah seinen abgeklärt wirkenden Bruder an. „Du bist doch kein Zauberer.“

„Ah, Erdmagie. Jetzt sehe ich es auch.“ Ember beobachtete die Szene interessiert.

Gray sah nichts. Er hatte nie etwas davon gemerkt, dass Ant ein magisches Wesen war. Trent war mit Sicherheit keines. Doch ihn interessierte im Moment sowieso nur Lucinda. Er würde sich blindlings in jede Schlacht stürzen, um diese Frau zu retten. Gleichzeitig wusste er, dass er mit seinem blinden Eifer auch ihr Leben gefährden konnte.

„Ich beherrsche Nekromantie“, bekannte Trent in diesem

Moment. „Und verfüge auch über etwas Erdmagie. Keine Mischung, die ich empfehlen kann."

„Ich habe gar nichts davon mitbekommen." Gray sah Ember an, und sie schüttelte den Kopf. Auch sie hatte davon nichts gewusst.

„Mom und Dad haben mir beigebracht, mein Talent zu verheimlichen. Ich möchte nämlich nicht, dass andere Leute darüber bestimmen, wie ich zu sein habe. Ist das klar?"

„Mich interessiert es nicht, ob du ein magisches oder ein weltliches Geschöpf bist", sagte Gray ungeduldig. „Mich interessiert nur eines: Wo ist Lucinda?"

„Ren hat sie mitgenommen."

Alle starrten ihn an, und Trent trat einen Schritt zurück und hob entschuldigend die Hände.

„Warum sollte er Lucinda mitnehmen und Ant nicht?"

„Oh Mann. Verstehst du nicht? Mitgenommen heißt, er hat ihr mit seiner Knarre eins übergezogen und sie dann in seinen Wagen verfrachtet. Er drohte damit, mich und Ant zu erschießen!"

Deswegen also hatte Trent diesen Schutzzauber für sich und Ant hergestellt. Trotzdem: Ren sollte Lucy gekidnappt und damit gedroht haben, seine zwei Freunde zu erschießen?

„Er wusste auch nicht, dass du ein magisches Wesen bist. Oder?"

„Nein. Er ist ausgerastet. Er warf Lucinda in seinen Wagen und raste Richtung Old Creek davon." Trent warf Gray einen entschuldigenden Blick zu. „Es tut mir leid. Ich konnte nichts für sie tun."

„Du hast getan, was du konntest. Dafür danke ich dir."

Trent nickte, aber er sah elend aus. Und Gray fühlte sich elend. Warum hatte Ren Lucinda entführt? Und wo war er mit ihr hin?

„Dieser Scheißkerl. Genau vor unserer Nase." Taylor schüttelte ungläubig den Kopf.

Abrupt öffnete Ant die Augen. „Ren hat Lennie umgebracht. Das sagt der Baum. Er hat hier auf ihn gewartet. Er hat gewartet, bis Lennie die Straße entlanggefahren kam. Er hatte wie immer getrunken, aber es war Ren, der den Wagen in den Baum gelenkt hat. Das hat dem Baum wehgetan." Er seufzte und streichelte den Stamm. „Und mein Wagen auch."

„Du machst mir Angst." Taylor stand auf. Er schien damit zu rechnen, dass auch der Baum jederzeit zu sprechen beginnen könnte. „Warum sollte Ren Lennie umbringen?"

Gray wusste genau, warum. „Er war die Verbindung zu Marcy. Sie fragte mich, wie man jemanden lieben kann, der so furchtbare Dinge tut. Damit muss sie Ren gemeint haben. Sie wollte die Stadt beschützen, doch sie brachte es nicht übers Herz, ihn zu verraten. Also stahl sie ihm das Dämonenauge und wollte damit die Stadt verlassen."

„Lennie war stark wie ein Bär, aber dumm wie Brot." Trent setzte die Puzzlestückchen zusammen. „Er hätte vermutlich alles getan, was Ren ihm auftrug. Die beiden waren ein Team."

„Dann hat also Lennie Marcy getötet. Ich kann's nicht glauben." Taylor kickte gegen ein Rad des verunglückten Wagens. „Wofür zum Teufel braucht Ren überhaupt magische Gegenstände?"

„Weil er ein magisches Talent hat." Ant sah seinen Bruder an. „Aber es ist nur sehr schwach ausgeprägt. Er braucht die Gegenstände, um seine Macht zu vergrößern. Der Baum sagt, wenn er nicht in Nevermore leben würde, hätte er nicht einmal entdeckt, dass er diese Kräfte besitzt."

„Und was heißt das?"

„Nevermore wurde gegründet, um eine Göttinnenquelle zu beschützen", erklärte Ember leise. „Hier wird alle Magie verstärkt."

Die Dinge wurden immer komplizierter. Gray schüttelte den Kopf. „Ich habe Göttinnenquellen immer für ein Märchen gehalten."

„Ja, man soll sie auch für einen Mythos halten. Das ist gewollt. Nur sehr wenige wissen, dass es sie wirklich gibt, und kennen ihre Standorte. Die Drachen, die Nevermore gegründet haben, kannten die Wahrheit – und sie wurden von der Göttin beauftragt, diesen Ort zu beschützen."

„Und das hat dir alles die Göttin gesagt?"

„Ja, Gray. Das hat mir alles die Schöpfermutter gesagt. Und sie sagt auch, dass es keine weiteren Geheimnisse mehr geben soll. Weder in der Stadt noch bei dir!"

„Ich hab's kapiert." Gray drehte sich um und ging zum Straßenrand. Er wollte sich lieber nicht vorstellen, was Lucinda gerade durchmachte. Verängstigt. Allein. Um ihr Leben bangend. Er würde Ren töten, denn er hatte seiner Frau wehgetan, und das war ein unverzeihliches Verbrechen. Einige tiefe Atemzüge beruhigten Gray allmählich. Als er sich einigermaßen im Griff hatte, ging er wieder zu den anderen. Sie mussten jetzt alle versuchen, die Situation richtig einzuschätzen, und einen Plan machen. Die Zeit drängte. *Ich komme, Liebling. Halt durch.*

„Das ergibt doch alles keinen Sinn", bemängelte Taylor. „Warum sollte Ren erst Happy mitnehmen und Ant hierlassen? Nur um dann wieder zurückzukommen, um Lucinda zu holen und Trent und Ant zu bedrohen? Dann hätte er Ant doch gleich bei dem Unfall ums Leben kommen lassen können."

„Der Baum sagt, Ren hat meinen Unfall nicht verursacht. Er sagt, es war ein Mann, dessen Zauber sich …" Ant runzelte die Stirn. „Ich glaube, er meint, der Mann ist krank. Er muss eine Krankheit haben."

„Dann hat Ren also einen Komplizen." Taylor betrachtete den Baum mit so etwas wie Respekt. „Jemanden, den wir vielleicht gar nicht kennen."

Es passte einfach nicht zusammen. Gray begriff nicht, wie Lucinda und dieses Mädchen namens Happy in Rens Plan passten. Doch dann schoss ihm ein Gedanke in den Sinn, der ihm das Blut in den Adern gefrieren ließ. „Ren will ein vollkommener Zauberer sein."

„Das ist unmöglich. Man kann sich nicht einfach so dazu machen." Taylor schüttelte den Kopf.

„Aber man kann um diese Macht handeln. Indem man gewisse Opfer darbringt."

„Genug von diesem Geschwätz." Taylor unterbrach Ember. „Ember, kannst du Ant mit in die Teestube nehmen und ihn dort wieder in Ordnung bringen?"

„Natürlich."

„Und nimm Trent auch mit." Taylor warf Gray einen Blick zu. „Wir werden uns direkt zu Rens Farm portieren und in Erfahrung bringen, ob Harley weiß, wo sich sein Sohn herumtreibt." Er fluchte. „Jetzt weiß ich auch, warum Ren immer so schnell überall ist. Er weiß, wo alle Portale sind ... und er muss auch einen Schlüssel haben."

„Ich komme mit euch."

„Trent, geh lieber nach Hause und beweis deinem Onkel, dass du nicht tot bist."

„Kapierst du das nicht, Mann? Ren hat mich dazu benutzt, die Nachricht von dem Brand im Café zu verbreiten. Und dann hat er mich irgendwie bewusstlos gemacht und mich in den Straßengraben gelegt. Er wusste, dass ich beim Aufwachen alles vergessen haben würde. Und somit habe ich auch kein Alibi."

„Aber wieso sollte er ..." Taylor riss die Augen auf. „Er war sich nicht sicher, ob wir tatsächlich Cathleen dafür verantwortlich machen, das Feuer selbst gelegt zu haben."

Gray nickte. „Langsam ergibt alles einen Sinn. Ren hat gesagt, Trent hätte ihn geweckt und ihn auf das Feuer aufmerksam gemacht. Und dann sorgte er dafür, dass Trent so lange verschwunden blieb, bis er als tatverdächtig galt."

„Der Scheißkerl hatte also schon einen Plan B für den Fall,

dass etwas schiefgeht.“ Taylor war wütend.

„Ich kann also mitkommen?“, fragte Trent erneut.

„Keine Chance.“

Trent öffnete den Mund – ganz sicher, um dagegenzuhalten –, doch Ember tätschelte beschwichtigend seinen Arm. „Das ist nicht deine Reise, doch du wirst bald gebraucht. Hilf mir jetzt, Ant in meine Teestube zu bringen.“

Seufzend ließ Trent das zu. „In Ordnung.“

Ember nahm Gray zur Seite, legte ihm beide Hände auf die Schultern und sah ihm tief in die Augen. „Sie müssen den Kreis schließen, den Ren mit seiner Gier geöffnet hat. Bringen Sie den Frieden nach Nevermore und bringen Sie den Frieden zu sich selbst.“

„Das mache ich.“

„Viel Glück, Hüter.“

Ember und Trent halfen Ant auf die Füße. Dann öffnete Ember mit einem Winken ihrer Hand das Portal, und sie verschwanden alle drei.

Gray wandte sich zu Taylor. „Komm. Lass uns den Verräter aufspüren.“

14. KAPITEL

Lucinda erwachte vom Streit zweier Männer. Die eine Stimme erkannte sie sofort – Bernards wütender Tonfall war ihr nur allzu bekannt. Als sich ihre Augen an das schummrige Licht gewöhnt hatten, erkannte sie eine Scheune, in der sie sich befand. Man hatte sie gefesselt und gegen eine raue Holzwand gelehnt. Es roch so stark nach Dung, dass Lucinda durch den Mund atmen musste.

Ein Stück neben ihr lag Happy auf einer altersschwachen Tür, die man auf zwei Sägeblöcke gelegt hatte. Das Mädchen schwitzte und zitterte. Sie war nicht festgebunden, aber Lucinda spürte einen Zauber, der sie an die Tür fesselte. Bernard war ein mächtiger Mann – und er hatte ihrer Freundin etwas Schlimmes angetan. Das konnte sie nicht hinnehmen. Auch wenn sie das Versprechen gegenüber Happys Mutter gebrochen hatte – ihr Versprechen Happy gegenüber würde sie halten. *Also denk nach, Lucinda. Denk nach!*

Doch sie war noch ganz benebelt, ihre Schläfe brannte. Der Kopf tat ihr weh an der Stelle, wo Ren ihr mit der Pistole eins übergezogen hatte. Unfassbar. Sie hatte ihn eigentlich für einen netten Kerl gehalten. Jedermann mochte und vertraute ihm. Doch Ren schien es nicht zu genügen, seine Freunde und seine Heimatstadt zu verraten – er musste auch noch gemeinsame Sache mit Bernard machen.

In diesem Moment hörte sie ihn sagen: „Gray wird sie holen kommen. Wir müssen jetzt Kahl anrufen!" Er deutete auf einen wackligen Tisch, auf dem verschiedene Gegenstände leuchteten. „Ich habe das Auge und kenne die Zauberformel!"

„Aber du besitzt die Magie nicht." Bernard lachte, und ihr wurde eiskalt. Dieses Lachen kündigte etwas Schlimmes an.

Plötzlich durchzuckte Lucinda ein Gedanke: Ren hatte einen Pakt mit Kahl abgeschlossen, um ihm Gray auszuliefern. Sie musste die Männer aufhalten, bevor sie den Dämonenlord anriefen. Sie würde bis zum letzten Atemzug kämpfen, um ihren Ehemann vor dieser nochmaligen Tortur zu bewahren.

„Sie hätten das Mädchen nicht entführen sollen." Ren klang alarmiert. Wahrscheinlich hatte dieser Dummkopf jetzt erst begriffen, wie gefährlich Bernard war. Doch jetzt war es zu spät.

„Darf ein Vater sich nicht seine Tochter zurückholen?" Bernard streichelte über Happys Haar. „Jetzt hält meine Tochter den Fluch über Lucy am Leben, und ich bin frei, um der Hüter von Nevermore zu werden."

Ren schrie auf, ballte eine Hand zur Faust und schüttelte sie vor Bernards hämischem Gesicht. Daraufhin streckte Bernard eine Hand aus, die Handfläche auf Ren gerichtet, und befahl: „Elektrifizieren."

Schlagartig wurde es heiß und stickig. Lucinda bekam trotzdem eine Gänsehaut. Sie biss sich auf die Lippen, damit sie nicht laut zu schreien begann. Ihr Herz hämmerte, als die altbekannte Angst durch ihren Körper raste.

Ein blauer Blitzstrahl verließ Bernards Handfläche und schlug in Rens Brust ein. Der Mann wurde in die Höhe gerissen und quer durch die Scheune geschleudert. Es war zu dunkel, und sie konnte nicht sehen, wo er landete. Aber sie hörte es krachen.

Dann war es still.

Bernard drehte sich grinsend zu ihr um.

Alles in ihr erstarb.

„Nun, mein Liebling. Da wären wir. Endlich wieder vereint."

Lucinda schluckte den Kloß in ihrem Hals herunter. Sie würde ihm ihre Angst nicht zeigen. „Was hast du mit Happy gemacht?"

„Wie oft habe ich dir gesagt, dass meine Tochter nicht deine Angelegenheit ist?" Er kam auf sie zu, den Blick starr auf ihren Mund gerichtet. „Du bist immer noch ziemlich hübsch anzusehen. Zu schade, dass ich dich umbringen muss.“ Er hielt inne und hob eine Schulter. „Oder vielleicht lasse ich meine nervige Tochter sterben und behalte doch lieber dich.“

„Nein!“ Happy durfte nicht sterben. „Sag mir, was du mit ihr gemacht hast!“

„Ich kann dir einfach nicht widerstehen.“ Sein Grinsen war widerlich. „Das muss wohl das besondere Rackmore-Charisma sein. Na gut, ich will es dir verraten, meine kleine Eiskönigin. Dein Fluch will gefüttert werden wie ein gefräßiges Haustier. Happys Lebenskraft ist seine Nahrung. Denn es ernährt sich vom Stammbaum – in diesem Fall dem Stammbaum ihrer Mutter. Ich hatte mich gerade gefragt, welches meiner Kinder seinem lieben Daddy aushelfen könnte, und wen entdecke ich da? Meine vermisste Tochter. Und jetzt bist du auch noch da, meine vermisste Geliebte. Das ist wirklich ein schöner Tag.“

Was konnte sie mit diesen Informationen anfangen? Sie wusste nicht viel mehr über Flüche als die Binsenweisheit: „Flüche sind schlecht, benutze sie nicht.“ Und dann verstand sie plötzlich. Bernards Egoismus war wirklich unerträglich. Dieser Mann kannte kein Gewissen. „Zuerst ernährte der Fluch sich von deinem eigenen Stammbaum. Und jetzt hast du ihn auf Talia übertragen?“

„Nun, Talia war eins von nur zwei Kindern, deren Eltern und Großeltern alle tot sind. Und wenn Happy stirbt … stirbt auch dein Fluch.“

„Und wenn ich zuerst sterbe?“

„Bleibt sie am Leben.“ Er ging neben ihr in die Hocke. „Es überrascht mich selbst, wie unentschlossen ich bin. Ich habe so lange davon geträumt, dich umzubringen. Schön langsam natürlich. Allein, mir deine qualvollen Schreie anzuhören – herrlich!“ In seinem Blick las sie Wut und Lust und all die schlimmen Emotionen, die Bernard so mächtig und so schrecklich machten. Er würde ihr wehtun, wie früher. „Weißt du, ich hätte gar nicht gedacht, dass mir das Leben auf dem Land gefallen könnte, aber Nevermore hat eben diesen ganz besonderen … Zauber. Findest du nicht?“

„Gray wird dich töten.“

„Das bezweifle ich.“ In seinen Augen blitzte Wut auf. „Du undankbare Schlampe! Du hast ihn geheiratet, obwohl du weißt, dass du mir gehörst!“

Er hob die Hand und schlug sie ins Gesicht. Fest. Ihr Kopf schnellte zurück, und sie schmeckte Blut. Wut überlagerte ihre alten Ängste. Lucinda dachte an Gray, an das, was sie für ihn empfand, und konzentrierte sich auf diese Empfindungen: Pflichtgefühl. Vertrauen. Loyalität.

„Ich gehöre zu ihm. Ich gehöre zu Gray.“

Bernard wippte auf seinen Fersen und betrachtete sie. „Ah, ich sehe, du hast deinen alten Kampfgeist wiedergefunden.“ Seine Augen wurden dunkel, und er leckte sich über die Lippen. „Das war immer mein Lieblingsspiel, weißt du das? Deinen Willen brechen. Als du am Ende deine Gabe benutzt hast, um Talia zu retten, war ich … bezaubert von deiner Rebellion. Und freute mich schon auf die Herausforderung, dich ein zweites Mal zu brechen. Doch dann bist du verschwunden und hast mein eigen Fleisch und Blut entführt. Das war anmaßend von dir und dumm.“ Er ließ seine Finger durch ihr Haar gleiten. Sie biss die Zähne zusammen. Grinsend beugte er sich zu ihr herunter und näherte seine Lippen ihrem Mund. „Du musst bestraft werden.“

„Du auch.“ Lucinda ließ ihren Oberkörper nach hinten schnellen und warf sich sofort wieder nach vorn. Mit voller Wucht krachte ihr Kopf an Bernards Stirn. Sterne tanzten vor ihren Augen, und der Schmerz in ihrem Kopf kam explosionsartig. Sie sackte gegen die Wand und versuchte die Übelkeit herunterzuschlucken. Verdammt. Das tat viel mehr weh, als sie erwartet hatte.

Bernard war auf seinen Hintern gefallen. Obwohl Lucinda

für den Augenblick nur verschwommen sah, gelang es ihr, ihm trotz ihrer gefesselten Knöchel kräftig in den Schritt zu treten. Leider war der Tritt nicht hart genug, um nachhaltig Schaden anzurichten, doch schmerzhaft war er allemal. Bernard rollte auf die Seite und krümmte sich. „Elende Schlampe“, wimmerte er. „Ich bring dich um.“

Gut. Das war der Plan. Denn dann würde Happy am Leben bleiben. Und Gray würde Bernard besiegen, das wusste sie. Bernard hatte keine wahre Macht, er verstand Magie nicht. Sie wünschte, sie könnte dabei sein, wenn Gray ihn fertigmachte. Bald würde dieser Scheißkerl von einem Raben niemandem mehr wehtun.

Taylor konnte Gray nur mühsam davon abhalten, die Scheune einfach in die Luft zu jagen. Als sie ihren altersschwachen Dienstwagen sahen, war klar: Ren hatte Lucy in die Scheune gebracht. Das Wohnhaus der Farm war fast zwei Kilometer entfernt und wurde über eine gesonderte Zufahrt von der Hauptstraße erreicht.

Harley hatte vollkommen komatös auf dem Sofa gelegen. Sie hatten wertvolle Zeit damit verplempert, den Alten auf die Beine zu stellen und ihn mit Kaffee wieder halbwegs fit zu machen. Harley würde niemals etwas gegen seinen Sohn sagen, doch er erwähnte immerhin, dass Ren in der leer stehenden Scheune am Rande ihres Anwesens viel Zeit verbracht hatte. Daraufhin hatten sie Harley in der Küche stehen gelassen und ihm noch den Tipp gegeben, die Kanne Kaffee leer zu trinken.

Die Türen der Scheune waren geschlossen. Nur ein schmaler Lichtschein drang durch einen Spalt nach draußen. Sie blieben stehen und lauschten. Es waren Stimmen zu hören, die eines Mannes und einer Frau. Sie waren zu undeutlich, als dass Taylor die Worte verstehen konnte. Er wusste nicht einmal zu sagen, zu wem die Stimmen gehörten.

„Das muss Lucinda sein.“ Gray taumelte nach vorn, aus

seinen Fingerspitzen schoss magisches Feuer.

„Warte." Taylor hielt seinen Freund an der Schulter fest und jaulte im selben Moment auf. „Au! Ich habe mich an dir verbrannt!"

„Das ist meine Magie." Gray runzelte die Stirn, und Taylor war klar, dass er selbst nicht wusste, was gerade mit ihm geschah. „Ich will meine Frau da rausholen."

„Wenn wir einfach so da reinplatzen, ohne zu wissen, was los ist, müssen wir damit rechnen, dass sie getötet wird. Jetzt komm schon, Mann. Denk doch mal nach!"

„Du hast recht." Gray betrachtete die Scheune. „Sieh mal!"

Taylor folgte Grays Blick. An der linken Ecke der Scheune waren mehrere Bretter verrottet und gaben eine Lücke frei. Sie war groß genug, dass sie sich hindurchzwängen konnten. Mit etwas Glück konnten sie sich irgendwo da drin verstecken, während sie die Lage sondierten.

Taylor gab sich alle Mühe, nicht an Rens Verrat zu denken oder an das, was Lucinda und Happy zugestoßen sein könnte. Er wollte unbedingt wissen, wer Rens Komplize war – wer auch immer es war, er würde ihn für das büßen lassen, was er Ant angetan hatte. Auch ihm fiel es schwer, ruhig und vernünftig zu bleiben. Wie Gray verspürte auch er den Impuls, einfach in die Scheune zu stürmen und den Kerl zu erschießen.

Sie kämpften sich durch hohes Gras und unebenes Terrain. Taylor zwängte sich als Erster durch den Spalt. Natürlich war er dabei so leise wie möglich. Gray folgte ihm. Glücklicherweise blockierten ein rostiger Traktor und mehrere Heuballen die Sicht auf ihre Einstiegsluke. Der schmutzige Fußboden der Scheune federte ihre Schritte ab, man hörte sie kaum. Die beiden hielten sich dicht an der Wand. Unterdessen wurde die Unterhaltung in der Scheune fortgesetzt. Der Mann klang schleimig und gleichzeitig schmeichlerisch. Und dann erkannten sie Lucindas Stimme.

Plötzlich hörten Gray und Taylor ein leises Stöhnen und

schließlich ein rasselndes, schmerzerfülltes Husten. Sie blieben stehen und sahen einander an.

Dieser Teil der Scheune war fast vollkommen dunkel, doch ihre Augen gewöhnten sich langsam an die Dunkelheit. Sie suchten den Boden nach der Quelle der Geräusche ab.

„Taylor." Gray deutete mit dem Kopf nach rechts.

Da lag Ren in einem Haufen Müll. Er war auf einem spitzen Holzstück gelandet, das sich ihm in die Brust gebohrt hatte. Taylors Magen begann zu revoltieren. Der metallische Blutgeruch war ekelerregend und wurde noch potenziert durch den Gestank von Schimmel und Dung, der in der Scheune herrschte.

Taylor kniete sich neben Ren. Der junge Mann sah ihn an. Obwohl Ren sie alle verraten und betrogen hatte, bekam er Mitleid mit ihm. „Er lebt noch."

Grays Miene war eisig. „Nicht mehr lange."

„Hey, Bruder", flüsterte Ren. Blutblasen blubberten aus seinem Mund, dann wurden seine Augen ausdruckslos und erloschen.

Taylor würde Ren gerne hassen, doch das konnte er nicht. Nicht einmal, obwohl Ren damit gedroht hatte, Ant und Trent zu erschießen. Er war einfach nur wütend auf ihn und schämte sich für ihn. Doch er erinnerte sich auch an die liebenswerten Seiten seines ehemaligen Freundes, auch wenn dieser damit nur seine böse Seele vertuscht hatte.

„Warum zum Teufel nennt er mich Bruder?" Taylor stand wieder auf und stellte sich neben Gray.

„Spielt das irgendeine Rolle?"

„Ja." Er ärgerte sich über Grays abschätzigen Ton. „Das tut es."

„Damit kannst du dich später befassen. Im Moment haben wir wirklich wichtigere Probleme." Gray deutete auf den Mann, der neben Lucinda hockte. „Das ist Bernard Franco."

„Scheiße. Dann war er Rens Komplize?" Taylor ließ seinen

Blick schweifen und entdeckte schließlich das Mädchen. „Da ist Happy. Sie liegt da wie für einen Festschmaus zubereitet."

„Er hält sie mit einem Zauber fest. Als Erstes werde ich sie befreien. Dann schnappst du sie dir und bringst sie sofort zu Ember. In der Zeit kümmere ich mich um Lucinda."

„Und Franco?"

Als Taylor in die eisblauen Augen des Hüters blickte, wusste er, dass Franco nicht mehr lange zu leben hatte. Um Ren tat es ihm leid, aber dieser Franco konnte ruhig sterben. Taylor war ein Mann des Gesetzes, er hatte geschworen, die Gesetze der Stadt Nevermore und des Staates Texas zu beschützen. Und noch einen anderen Eid galt es einzuhalten, der für ihn noch bindender war: den Hüter und die Einwohner von Nevermore zu beschützen.

Denn niemand war hier mehr sicher, solange dieser Franco lebte.

Mehr gab es dazu nicht zu sagen.

„Ich werde einen Ablenkungszauber erschaffen. Dann befreie ich Happy. Nimm sie mit und lauf. Franco wird zu beschäftigt sein, um sich um dich zu kümmern."

Taylor hörte ein Geräusch und sah, wie Lucinda diesem Kerl einen Kopfstoß verpasste und ihm in die Eier trat. „Wow. Die Frau kann was."

Franco krümmte sich auf dem Boden, dann schrie er: „Ich bring dich um!"

Als Gray den Zauber schuf, spürte Taylor sofort die Veränderung in der Atmosphäre. Ein riesiger roter Feuerball leuchtete zwischen seinen Handflächen auf. Und den schleuderte er jetzt – genau auf Franco. Er war jedoch zu gut geschützt, um so leicht angreifbar zu sein. Franco rollte sich aus den Flammen heraus und sprang auf die Füße. Gray gestikulierte in Richtung Happy, dann schrie er: „Los!"

Taylor rannte zu dem Mädchen hinüber.

Und dann verwickelte Gray Bernard Franco in einen Krieg

der Zauberer. Feuer und Blitze flogen zwischen den beiden hin und her. Taylor riss die bewusstlose Happy in seine Arme. Er fing Lucindas Blick auf und sah die Dankbarkeit und Erleichterung in ihren Augen.

Er wünschte, er könnte auch sie retten. Er machte einen Schritt auf sie zu, auch wenn das bedeutete, zwischen die kämpfenden Zauberer zu geraten. Es roch nach Ozon, die Erde bebte. Doch Lucinda schüttelte heftig den Kopf und deutete auf die Tür. „Geh!“, flehte sie ihn mit stummen Lippen an. „Bitte!“

Wahrscheinlich hatte sie recht. Gray würde seine Frau retten.

Taylor rannte los. Als er sich noch einmal umdrehte, stieß er heftig mit der Schulter gegen die Tür. Er ignorierte den Schmerz jedoch, stieß die Tür auf und rannte weiter.

Jetzt musste er nur noch das Portal erreichen.

Grays Wut verstärkte seinen Zauber. Bernard Franco erholte sich schnell, aber es gelang Gray, ihn weiter von Lucinda wegzudrängen.

Schweißgebadet kämpfte Gray um Lucinda. Er hatte viel Energie beim Reinigungsritual für das Café gelassen. Er war nicht so stark, wie er eigentlich sein musste, doch seine Sorge um sie trieb ihn weiter. Leider war Franco ein viel zu guter Gegner. Jedes Mal, wenn Gray ihn mit einem Blitz oder Feuer oder Windstoß angriff, bekam er es doppelt zurück.

„Es hat keinen Zweck!“, schrie Franco ihm zu. „Sie ist es nicht wert!“

Gray würde seinen Atem nicht verschwenden, um mit diesem Mistkerl zu reden. Lucinda war es wert. Er würde nicht zulassen, dass Franco ihr jemals wieder etwas antat.

„Es reicht!“ Franco schuf einen großen Ball aus schwarzrandigen Flammen. Gray entfachte einen Zauber, um ihnen zu entgehen, doch das war gar nicht nötig. Offensichtlich wurde Franco auch langsam müde, denn seine Attacke verfehlte ihr Ziel.

Dann hörte Gray hinter sich Lucinda schreien.

Diese Attacke galt gar nicht ihm. Sie hatte ihr Ziel doch nicht verfehlt.

Blitzschnell drehte er sich um und rannte auf Lucinda zu, doch es war zu spät. Sie war schon von der schwarzen Magie der Flammen eingeschlossen worden. Francos Gelächter hallte durch die Scheune und übertönte ihre Schreie und das schreckliche Knistern des magischen Feuers.

„Lucinda!" Gray versuchte nach ihr zu greifen, doch genauso gut hätte er Schatten jagen können. Er rief alle heiligen Energien an, doch weder Wind noch Wasser erhörten ihn. Lucinda starb, und ohne sie war er nichts. Sie war es, die seinem Leben Bedeutung gegeben hatte, nur durch sie war er wieder heil geworden.

Er würde sie nicht alleine sterben lassen.

Intuitiv folgte er ihr und sprang in die Flammen hinein. Die Hitze und die Macht der Flammen brachten ihn fast um den Verstand, und die Dunkelheit ließ ihn beinahe ohnmächtig werden. Nun war auch er gefangen in Bernard Francos Zauber. Er sah sie jetzt, und er sah, dass Lucinda unversehrt war. Doch sie litt. *Ich bin hier, Liebste. Ich bin hier.* Sie schluchzte und hatte solche Angst. Er schlang die Arme um sie und drückte sie an sich.

Sie verbrannten zusammen.

Bist du nicht der Meister des Feuers, Auserwählter?

Plötzlich erstarrte alles um sie herum. Die Flammen, die sie aneinanderbanden, hörten auf zu flackern. Lucinda lag in seinen Armen wie eine Statue, Tränen glitzerten auf ihrem bleichen Gesicht. Sie lag halb auf ihm, die Augen geschlossen, ihre gefesselten Hände klammerten sich an seinem Hemd fest.

Selbst die Welt außerhalb des Zaubers hielt inne, kristallin und unbeweglich.

„Was hat das zu bedeuten?"

Gray hätte schwören können, dass es … nach Frühling roch. Nasse Erde, frisch gemähtes Gras, süßer Blumenduft. Ein lauer Wind umspielte ihn, sanft und weich wie die Arme seiner Mutter, und da spürte er ihre Anwesenheit.

„Göttin?"

In der Nacht, als Kerren dich getötet hat, hat dein Geist nach Hilfe gerufen, und dein Ahne Jaed hat geantwortet. Die Essenz deines Familiensymbols wurde eins mit dir.

„Ich verstehe nicht."

Du bist kein Dämon. Du bist ein Drache.

Und mit einem Mal erfüllte ihn die Wahrhaftigkeit ihrer Aussage. Da begriff er, dass die Kreatur, die er so sehr gefürchtet hatte, die er in den letzten zehn Jahren versucht hatte zu besiegen, nicht böse war. Sie war ein Teil von ihm, ein Geist innerhalb seines Geistes.

Weitere von mir Auserwählte werden nach Nevermore kommen. Du musst sie willkommen heißen. Du musst dich auf das vorbereiten, was kommen wird.

„Was wird kommen?"

Keine Sorge. Du wirst bereit sein. Nimm deine zweite Gestalt an, Gray. Behaupte deine Macht.

Die Welt löste sich aus ihrer Erstarrung.

Die Flammen kehrten zurück, doch jetzt verstand Gray. Er war Herr über jedes Feuer, ob echte oder magische Flammen. Geht weg, befahl er ihnen, und sofort verwandelten sie sich in Rauch. Er hörte Bernards ungläubigen Schrei, der eher an das Quieken eines verängstigten Kätzchens erinnerte. Ja, Gray war der Herr des Feuers, und er war auch der Herr über die Bestie, die in ihm wohnte. Komm heraus, Drache, befahl er.

Lucinda war ohnmächtig geworden. Behutsam legte er sie hin.

Dann erhob er sich.

Seine zweite Gestalt wurde nach und nach offenbar.

Eben noch rannte Bernard auf ihn zu, jetzt aber blieb er stehen. In seinen Augen konnte Gray Wut und Furcht und Erschrecken lesen. „Das ist unmöglich!"

Grays Narbe pulsierte, sie war Licht. Seine Haut verwandelte sich in glänzende rote Schuppen. In einem Regen aus goldenen und roten Funken verwandelte sich der Mensch in einen Drachen.

Die Kreatur wuchs, wurde immer größer und größer und füllte bald die gesamte Scheune aus. Der massige Kopf des Drachen durchbrach die Holzbalken der Decke. *Wie ärgerlich.* Er hob einen Flügel, um sich zu schützen, dann reckte er die Schnauze zur Decke und schnaubte einen Feuerball aus. Sofort verwandelte sich das Dach in Asche und rieselte zu Boden.

Bernard Franco schrie. Er taumelte nach hinten, blieb stehen, verkroch sich in der Dunkelheit. Sein Gesicht spiegelte den Schock wider, seine Augen waren weit aufgerissen, und seine Lippen umrahmten den geöffneten Mund wie die eines frisch gefangenen Fisches.

Widerlich.

„Du wolltest Lucinda umbringen", donnerte der Drache.

„Nein. Nein."

„Du wagst es, mich anzulügen?"

Der Mann drehte sich um und rannte weg, doch er stolperte über Unrat und fiel hin. Er winselte und weinte. Der Drache schnüffelte und schnaubte. Jetzt hatte das hässliche kleine Ding ihn auch noch beschmutzt. Er kroch durch den Dreck und das Heu auf dem Boden und schluchzte wie ein im Stich gelassener Welpe.

Der Drache spuckte Feuer. Flammen züngelten an den Füßen des Mannes, ließen seine Schuhe schmelzen und flämmten seine Hose an.

Die Schmerzen zwangen Franco zu Boden. Er schrie auf und warf sich hin und her. Der Drache könnte ihn braten, aber dieses nichtsnutzige Ungeheuer war sein Feuer nicht wert. Sollte er ihn fressen? Jemand, der so übel stank, würde ihm sicher Verdauungsprobleme bereiten. Damit blieb nur eine Möglichkeit übrig.

„Weißt du nicht, was Lucinda ist?“ Der Drache beugte sich nach unten, rollte den Mann mit einer Klaue auf den Rücken und starrte ihn an. „Sie ist das Herz des Drachen.“

Und damit erhob er sich wieder zu seiner vollen Größe. Sein Kopf ragte aus dem Loch im Dach, und dann zertrat er die jämmerliche Kreatur. Das Zerbersten der Knochen und das Reißen der Sehnen klang wie Musik in den Ohren des Drachen.

Der Drache sah auf in den Himmel und spürte den sirenenhaften Ruf des Windes. Sein Wesen war mit dem eines Menschen vereint, also mussten das Spiel in den Wolken und das Küssen des Himmels mit seinem Feuer warten. Sie hatten noch zu tun.

Darum schloss der Drache die Augen und kehrte zurück in den altehrwürdigen Zauber, der ihn mit Gray verband, und ließ seinen Meister frei.

Gray erwachte in seinem eigenen Bett. Wenigstens dachte er, es wäre sein Bett. Jemand hatte die Laken gewechselt, und das Zimmer war aufgeräumt. Es roch nach Vanille- und Zitronenöl. Er betrachtete den leeren Platz neben sich, und Panik stieg in ihm auf. Ruckartig setzte er sich auf und riss die Decke weg. „Lucinda!“

Die Tür zum Badezimmer ging auf, und Lucinda stand vor ihm. Sie trug eines seiner alten T-Shirts und schwenkte die Zahnbürste wie ein Schwert. „Was ist los?“ Sie sah sich um. „Was ist denn?“

Gray war so erleichtert, sie zu sehen, dass er aus dem Bett sprang und sie in die Arme nahm. Er bedeckte ihr Gesicht mit Küssen. „Ich dachte, du hättest mich verlassen. Ich hatte

Angst, ich hätte dich verloren."

„Du hast mich doch gerettet." Ihre Stimme klang leise an sein Ohr.

„Zuerst hast du mich gerettet." Er holte Luft. „Was ist passiert?"

„Du hast fast einen ganzen Tag geschlafen. Ich bin vor ein paar Stunden aufgewacht und habe mich erst mal auf den neuesten Stand gebracht. Ren ist tot."

„Das weiß ich doch. Mich interessiert, was danach passiert ist."

„Bernard wurde zerquetscht."

Da war eine undeutliche Erinnerung. *Du bist kein Dämon. Du bist ein Drache.* „Was genau meinst du mit zerquetscht?"

„Irgendein Ding von der Größe des Chrysler Buildings hat ihn zermalmt."

„Lucinda." Es war an der Zeit, sie in sein Geheimnis einzuweihen. „Ich habe mit der Göttin gesprochen. Sie hat mir gesagt, ich wäre ein … Drache."

„Okay."

Mehr sagte sie nicht zu seiner schrecklichen Eröffnung? „Okay?" Er blinzelte. „So einfach?"

„Ich habe dich gesehen. Ich kam zu mir, kurz bevor du dich zurückverwandelt hast. Du warst großartig."

Die Worte wirkten wie eine Befreiung auf ihn. „Als ich damals in der Hölle gefangen war, habe ich um Hilfe geschrien, und Jaed hat geantwortet. Der Drache hat mich gerettet. Und ich dachte die ganze Zeit, ich hätte seitdem einen Dämon in mir. Ich habe mich so geschämt."

„Es ist mir ganz egal, was du in dir trägst. Du hast überlebt und du hast mich gerettet. Egal, wie du das geschafft hast – es macht mich so unglaublich froh." Sie küsste sein Kinn. „Du hast es geschafft. Taylor hat mir erzählt, dass wir bewusstlos nebeneinanderlagen, als er mit seinen Leuten zurückkam. Du warst nackt, eigentlich so wie jetzt."

Gray vergaß die Welt um sich herum und betrachtete Lucinda voller Begierde. „Ich wüsste da etwas, das wir gemeinsam nackt tun könnten."

„Wir haben Besuch. Und Happy hat sich noch nicht erholt." Niedergeschlagen und verzweifelt sah sie ihn an. „Der Fluch wird sie töten, Gray. Außer ...", sie schluckte, „ich sterbe zuerst."

„Nein. Wir werden einen Weg finden, Lucinda. Ich werde euch beide retten."

„Ember arbeitet bereits an Zauberformeln und Zaubertränken und was sonst noch alles." Das erklärte sie Gray, während sie ihn rüber zum Bett zog. Ihr unwiderstehlicher Blick bescherte ihm sofort eine Erektion. Aber dann nahm Lucinda nur eine Jogginghose aus der Schublade und warf sie ihm zu. „Ich kann dir gar nicht sagen, wie leid es mir tut, dass du diesen herrlichen Körper jetzt bedecken musst."

„Wenn ich das wirklich tun soll, solltest du mir nicht solche Komplimente machen. Denn dann verlagert sich das Blut aus meinem Gehirn sofort in andere Körperregionen."

Lucinda sah ihn mit hochgezogener Augenbraue an. Gray seufzte und schlüpfte in die Hose. Dann setzte er sich aufs Bett. „Na gut. Lass uns reden."

Im Schneidersitz setzte sie sich neben Gray. „Vor knapp sechs Monaten bin ich fünfundzwanzig geworden. Und begann mich zu fragen, was ich bei Bernard überhaupt wollte. Da wurde mir klar, dass er mich mit einem Gehorsamkeitszauber belegt hatte, der mich zwang, bei ihm zu bleiben. Keine Ahnung, wieso, Gray, aber er wollte auf keinen Fall, dass ich meine Thaumaturgie anwende. Anscheinend verlor dieser Zauber seine Wirkung, und er brachte mich in ein bewachtes Penthouse. In diesem Penthouse lebte sein ganzer Harem. Und dort lernte ich Talia Ness und ihre Tochter Happy kennen."

Ungläubig sah Gray sie an.

„Genau. Talias Tochter heißt Happy Ness. Denn ihre kleine Tochter war ihr einziges Glück. Talia war eine wunderbare Frau. Auf ihre Art war sie clever, aber …“ Lucinda seufzte. „Bernard mochte sie, weil sie nie Widerworte gab, egal, wie gemein er zu ihr war. Sie tat alles, was er von ihr verlangte, ohne zu fragen. Talia sah keinen Sinn darin, sich gegen Bernard zu wehren. Sie wollte auch nicht fliehen. Nicht einmal, als sie von ihm schwanger wurde. Als Happy geboren wurde, war Talia siebzehn.“

Sanft streichelte Gray Lucinda den Rücken, als er die Traurigkeit in ihrer Stimme bemerkte. „Alles okay?“

„Nicht wirklich.“ Sie lächelte ihn an, aber sie kämpfte mit den Tränen. „Ich blieb drei Monate im Penthouse. Talia, Happy und ich freundeten uns an. Wir waren wie eine Familie. Dann, eines Nachts, kam Bernard ins Penthouse und kochte vor Wut. Er flippte aus. Natürlich nahm er sich Talia vor, denn mit ihr konnte er machen, was er wollte. Er prügelte sie zu Tode.“

„Das ist ja furchtbar.“

„Aber es ist noch nicht das Schlimmste. Denn ich habe sie gerettet. Keine Ahnung, woher ich die Kraft nahm, aber es funktionierte. Ich bin nicht so versiert, aber ich … Oh Göttin! Ich wollte sie so gerne retten. Und es gelang mir. Bernard war außer sich darüber. Ich hatte seine Macht untergraben, indem ich meine eigene Gabe benutzte, und das konnte er nicht zulassen. Also hielten zwei seiner Helfershelfer mich fest, und ich musste zusehen, wie er Talia die Kehle durchschnitt. Innerhalb weniger Minuten war sie verblutet, ohne dass ich sie noch einmal retten konnte. Dafür hat er gesorgt.“

Gray schlang die Arme um sie und küsste ihr Haar. Wenn es möglich gewesen wäre, Bernard ein zweites Mal zu zermalmen, hätte er es getan. Er spürte die Zustimmung des Drachen in sich. Es war merkwürdig, auf einmal das Wesen in sich zu spüren, das er so lange zu ignorieren versucht hatte. „Und dann hat er dich verflucht, richtig?"

Sie nickte. „Nur wusste er nicht, dass ich bereits meine Flucht geplant hatte. Ich trug zwar nur meinen Pyjama und Socken, aber es gelang mir, mit Happy zu fliehen und uns auf neutralen Boden zu retten. Wir fanden in einem Nonnenkloster Unterschlupf, und dort ließ ich Happy zurück. Dann begann meine Suche nach irgendjemandem, der mir helfen konnte. Ich klapperte alle ab, die ich kannte."

Ganz fest drückte Gray sie an sich und schämte sich einmal mehr über seine anfängliche Ablehnung. Wie hatte er sie nur abweisen können? Wahrscheinlich würde er sich nie verzeihen, dass er ihr damals nicht sofort geholfen hatte.

„Du hast mir geholfen", sagte sie, als könnte sie seine Gedanken lesen. „Denn du hast mich zurückgeholt. Du bist ein ehrenwerter Mann, Gray. Aber selbst ein ehrenwerter Mann kann vom rechten Pfad abkommen." Sie hob den Kopf und sah ihn an. „Das Wichtigste ist, dass du den Weg zurückgefunden hast."

„Durch dich." Gray küsste sie voller Liebe. Und auch damit war sein Drache einverstanden. „Weißt du was? Wir sollten diese ganze Drachengeschichte vielleicht für eine Weile ruhen lassen. Bis ich genau weiß, wie das alles funktioniert."

„Dein Geheimnis ist bei mir sicher."

Gray sah seine Frau an. Wie verständnisvoll und zärtlich sie war! „Und alles, was mit dir zu tun hat, Lucinda, ist bei mir sicher."

„Mann, siehst du scheiße aus!"

Ant sprang auf und sah in Happys schmerzverzerrtes Gesicht. „Das sagt die Richtige! Hast du in letzter Zeit mal in den Spiegel geguckt?"

Sie grinste, und sein Herz setzte einen Moment lang aus. Er beugte sich zu ihr und zog die Decke wieder richtig hoch.

„Wo bin ich?"

„In einem Gästezimmer im Haus des Hüters. Das fragst du jedes Mal, wenn du aufwachst."

„Oh." Sie blinzelte. „Und du bist jedes Mal hier, wenn ich aufwache?"

„Ja. Im Fernsehen kommt gerade nichts."

„Und deshalb guckst du also mich?!" Sie schnaubte verächtlich.

„Eine bessere Show gibt es nicht. Du hast dieses wunderbare ‚Ich sabbere im Schlaf' super drauf."

Was für ein Horror! Sie streckte ihm die Zunge raus. Doch dann begriff sie, dass es nur Spaß war. „Wie uncool."

Der Schaukelstuhl, auf dem er saß, war ihm schon lange ungemütlich geworden, doch er wollte trotzdem nicht von ihrer Seite weichen. So viele Leute hatten sie im Stich gelassen, da musste ihr jemand zeigen, dass sie es wert war, zu bleiben. Sie sah so bleich aus. Er hatte Angst, dass das Leben aus ihr schwand – und er nichts dagegen tun konnte. Jeden Tag wurden die Schatten unter ihren Augen schwärzer. Sie konnte nichts essen, und die einzige Flüssigkeit, die sie bei sich behielt, waren Embers Tees.

Happy lag definitiv im Sterben. Und sie wusste es.

Das brach ihm das Herz.

„Es ist okay, wenn ich sterbe. Es macht mir nichts aus, abzukratzen."

„Da bist du aber die Einzige." Er strich ihr die Haarsträhnen aus dem Gesicht. „Du wirst nicht sterben."

„Ich muss sterben. Wenn ich am Leben bleibe, kommt Lucinda nicht von dem Fluch los. Und die Welt braucht sie."

„Die Welt braucht dich auch."

„Ist klar." Sie verdrehte die Augen. Dann grinste sie ihn wieder an. „Ich hatte recht damit, dass du ein Zauberer bist, was?"

„Ja. Ich hab einen goldenen Stern auf deine Krankenakte gepappt."

„Ach ja? Wie viele Sterne habe ich jetzt?"

„Nur den einen."

Sie lachte, aber das Lachen wurde schon bald von einem schlimmen Husten abgelöst. Blut rann aus ihrem Mund, und Ant nahm ein Handtuch vom Nachttisch und drückte es ihr auf die Lippen. Erst nach einer ganzen Weile ließen die Hustenkrämpfe nach. Sie sank zurück in die Kissen. „Ich habe Schwierigkeiten, Luft zu bekommen. Meine Lungen sind total matsche."

Es war unerträglich für ihn, dass sie so leiden musste. Doch er verbarg seine Sorge hinter einem Lächeln und griff in seine Hosentasche. „Hey, freche Göre, ich hab was für dich."

„Glänzt es? War es teuer?"

„Nein."

„Gib's mir trotzdem."

Er legte ihr das Armband an. Er hatte ein bisschen mit seiner neu entdeckten Zauberkraft herumexperimentiert und ihr ein Armband aus Gras und Blüten gemacht, das von einem zarten Spinnenfaden zusammengehalten wurde. Die dominante Farbe war Grün, und zwischen den einzelnen dünnen Fäden war es rosa, lila, weiß und blau. Er legte es um Happys feines Handgelenk. „Das ist ein Freundschaftsbändchen."

„Das hast du gemacht!" Happy konnte es nicht fassen. „Es ist wunderschön, Ant."

„So wie du."

„Von deiner Karte sollte man einen goldenen Stern abziehen, du Lügner!"

„Du bist schön, Happy. Nicht nur äußerlich, sondern auch innerlich. Das Schönste an dir ist dein Herz." Er räusperte sich. „Pass auf. Ich verspreche dir, immer dein Freund zu sein. Ich werde da sein, wann immer du mich brauchst. Du kriegst eine Umarmung von mir, wann immer dir danach ist, und an meiner Schulter kannst du dich immer ausweinen."

In ihrem Blick lag so viel Sehnsucht und Liebe. „Alles das für mich?“

„Alles das und mehr.“ Er kniete sich vor ihr Bett und nahm ihre kalte zerbrechliche Hand. „Wenn du später noch Interesse hast, also in drei, vier Jahren, dann gibt's noch ein Upgrade in Sachen Liebesromanze dazu.“

„Du wirst nicht auf mich warten. Das ist doch noch Äonen entfernt! Und außerdem werde ich es nicht mehr so lange machen.“ Ihre Augen verengten sich zu einem Schlitz. „Oder sagst du das nur, weil ich bald den Abgang mache?“

Er stöhnte und presste das Gesicht in die Laken. Schließlich hob er den Kopf. „Ich würde dich niemals anlügen, auch nicht auf dem Sterbebett. Und du wirst nicht sterben. Glaub mir.“

In ihrem Blick konnte Ant die Weisheit einer Frau lesen, die etwas vom Leben verstand – und zwar auf eine Art, wie er es niemals tun würde. Dieser Blick erschütterte ihn.

Sie lächelte traurig und sagte dann: „Na gut. Ich glaube daran, dass du es glaubst.“

„In Ordnung.“ Er küsste ihre Fingerknöchel. „Und jetzt ruh dich aus.“

Sie schloss die Augen, und als er sicher war, dass sie schlief, stand er auf und verließ das Zimmer.

Im Flur wartete Trent aufgeregt auf ihn.

„Ich glaube, ich weiß jetzt, wie man sie retten kann. Und wenn das klappt, wird damit auch Lucindas Fluch ein Ende haben.“

Hoffnung keimte in Ant auf. Er legte seine Hand auf Trents Schulter. „Wie?“

„Nun, der erste Teil wird dir vermutlich nicht gefallen“, sagte Trent vorsichtig.

„Und der wäre?“

„Na ja“, erklärte er, während er sich aus Ants Griff befreite und einen Schritt zurücktrat. „Das ist der Teil, in dem sie sterben muss.“

15. KAPITEL

Harley Banton saß in seinem Wohnzimmer und weinte. Auf dem Couchtisch vor ihm stand eine fast leere Flasche Jack Daniel's, daneben lagen Fotoalben mit Familienbildern aus der Zeit vor Laras Tod und ein geladener Fünfundvierziger-Revolver.

Was er vor zwanzig Jahren getan hatte, verfolgte ihn in jeder Sekunde seines Lebens. Nicht einmal der Whiskey konnte daran mehr etwas ändern. Weil er gesündigt hatte, hatte er Lara verloren. Und jetzt war auch sein Sohn tot.

Es gab nichts mehr, wofür es sich zu leben lohnte.

Das würde den Moorelands Frieden bescheren. Wahrscheinlich kannten sie ohnehin die Wahrheit.

Er nahm Stift und Notizblock, die er aus der Küchenschublade gekramt hatte.

Lieber Taylor,

vor zwanzig Jahren habe ich Deinen Vater umgebracht. Er und Lara hatten etwas miteinander, verstehst du. Nachdem Ren geboren war, beichtete sie es mir. Sie wollte ein Kind, und ich konnte ihr keins machen. Dein Daddy mochte sie sehr. Ungefähr zur selben Zeit, als er mit deiner Mutter Ant zeugte, zeugte er mit meiner Frau Ren.

Harleys Hand zitterte, und er unterbrach das Schreiben, um einen Schluck aus der Flasche zu nehmen. Das Brennen betäubte seinen Schmerz ein wenig, sodass er weiterschreiben konnte.

Ich wollte, dass Deine Mutter nicht länger leiden musste. Also schrieb ich ihr einen Brief und behaup-

tete darin, Dein Vater wäre mit einer Rackmore-Hexe durchgebrannt. Das schien mir das einzig Richtige zu sein. Heute weiß ich, dass das für Euch alles noch schlimmer gemacht hat.

Doch Lara entdeckte die Schandtat. Alles Leben wich aus ihr. Sie wollte Ren nicht mehr im Arm halten, sie aß nichts mehr und weinte die ganze Zeit. Sie konnte mit meiner Sünde nicht leben, und schließlich nahm sie die Tabletten. Im Grunde genommen bin ich auch an ihrem Tod schuld.

Vor etwa fünf Jahren fand Ren Laras Abschiedsbrief. Ich hatte ihn damals vor dem Sheriff geheim gehalten, denn darin hatte sie auch meine Schande gestanden. Ren setzte sich plötzlich in den Kopf, er sei ein magisches Wesen. Ich wusste nicht, dass Edward Wolfsblut in sich trug, doch irgendwie hat Ren das in Erfahrung gebracht. Plötzlich war er nicht mehr der Junge, den ich kannte. Er sammelte magische Gegenstände, schlich herum, fing an zu lügen. Er wollte mehr, als die Welt ihm geben konnte, mehr, als ich ihm geben konnte – wie seine Mutter.

Mir machte es nichts aus, dass Ren in Wirklichkeit der Sohn Deines Vaters war. Er war mein Junge, und ich liebte ihn nach all meinen Möglichkeiten.

Verzeih mir,
Harley Seymour Banton

Harley las den Brief noch einmal durch und fand, dass er die Geschichte gut beschrieb. Er nahm den Stift erneut zur Hand und fügte eine letzte Zeile hinzu.

PS: Ich habe Deinen Daddy in meinem Keller begraben.

Dann machte Harley den Jack Daniel's leer, nahm den Revolver und drückte sich den Lauf an die Schläfe. Zum ersten Mal in seinem erbärmlichen Leben machte er etwas richtig. Er spannte den Hahn.

„Lara", flüsterte er.

Dann drückte er ab.

16. KAPITEL

Lucinda saß auf dem Bett neben Happy und hielt ihre Hand. Ums Bett herum standen Gray, Ember, Ant, Taylor und Trent. Rilton war im Untergeschoss bei den Gästen, beantwortete ihre Fragen und servierte jede Menge Tee und Gebäck. „Ganz sicher, dass du dazu bereit bist, Happy?"

„Ich werde ja sowieso sterben. Da ist es ja wohl cooler, nur ein paar Minuten tot zu sein als für die Ewigkeit."

„Ja", stimmte Lucinda ihr zu. „Dieser Gedanke gefällt mir auch besser."

Happy sah Ant an. „Ich möchte, dass Ant meine Hand hält, wenn ich … sterbe." Trotz der coolen Sprüche stand Happy die Angst ins Gesicht geschrieben. „Ist das okay? Und was, wenn ich … nicht zurückkehre? Bist du dann sauer auf mich?"

„Nein. Ich habe dich lieb."

„Ich dich auch."

Die Sorge um Happy lastete schwer wie Zement auf Lucinda und wurde mit jedem Atemzug schwerer. Die junge Frau sollte einen Giftbecher leeren. Wenn sie starb, würde Trent mithilfe seiner Nekromantie ihre Seele auffangen und sie so lange festhalten, bis der Fluch über Lucy erloschen war. Dann würde Lucinda ihre Thaumaturgie einsetzen, um Happy zu retten.

Das Ganze war ziemlich riskant, denn Happy musste lange genug tot sein, bis der Fluch erloschen war, ansonsten würde sich der Fluch erneuern. War sie zu lange tot, konnte man sie nicht mehr zurückholen. Und alles hing davon ab, dass Lucinda ihren Zauber auch richtig anwendete.

„Oh, eines hätte ich beinahe vergessen: Ich wollte mein Versprechen nicht brechen – du weißt schon, dass ich nicht abhauen würde von den Nonnen und so. Aber die Göttin hat mich darum gebeten. Sie hat mir gesagt, du würdest es verstehen. Sie sagte, du brauchst mich, und wenn ich bei dir wäre, sollte ich dir sagen …" Happy runzelte die Stirn, während sie versuchte, sich an den exakten Wortlaut zu erinnern. „*Gib das Herz dem Drachen, auf dass er alles beschützen kann, in dieser Welt und in der nächsten, immerdar.*" Sie nickte. „Du bist das Herz, und er ist der Drache", fügte sie hinzu. „Das war der wichtige Teil."

Lucinda warf Gray einen Blick zu. Er sah etwas benommen aus, als hätte Happys Enthüllung ihm ein weiteres Geheimnis offenbart. „Ich danke dir, Happy. Du bist ein mutiges Mädchen."

„Ich hab grad den totalen Horror."

„Das war mein Stichwort." Ant wandte sich an Trent. „Wenn du sie nicht zurückholst, bist du der Nächste auf dem Weg ins Nirwana."

„Hey, Mann, ich hab alles im Griff." Trent klang vollkommen selbstbewusst. Er sah Lucinda an. „Nur weil ich sie geheim gehalten habe, heißt das nicht, dass ich meine Gabe nicht ernst nehme. Ich kann das."

„Okay." Lucinda stellte sich neben Gray, der den Arm um sie legte. Sie umklammerte seine Hüfte. Bitte lass es funktionieren, betete sie. *Bitte.*

Ant nahm nun den Platz auf dem Bett ein. Doch er gab sich nicht damit zufrieden, nur Happys Hand zu halten. Er legte den Arm um sie und zog sie an sich.

„Es geht ganz schnell, also keine Sorge." Ember reichte Happy den Becher. „Trink ihn leer. Du wirst sofort einschlafen."

Happy nickte. Ihre Hand mit dem Becher zitterte, doch sie schaffte es, die Flüssigkeit in drei großen Schlucken zu leeren. Ember nahm ihr den Becher ab und stellte ihn auf den Nachttisch.

„Wie lange wird es …" Happys Worte verklangen. Ihre Augen fielen zu, und sie sackte gegen Ants Brust.

Er hielt sie fest, sein Blick ruhte auf ihrem Gesicht.

Ihre Atmung verlangsamte sich. Dann gab Happy einen letzten Atemzug von sich … und starb.

Trent trat zu ihr hin und konzentrierte sich auf den Raum über Happy. Ant hielt das Mädchen fest, und Lucinda bemerkte die Tränen, die in seinen Augen standen. Sie selbst empfand auch tiefe Trauer.

Jetzt hob Trent die Hände, und aus seinen Handflächen erhob sich ein grau funkelnder Zauber, wie glitzernder Rauch. Die Funken wirbelten und stoben herum, bis sie schließlich eine Art Ballon bildeten. Als das Gebilde vollendet war, konnte Lucinda ein weißes Licht in seinem Innern erkennen.

Das war Happys Seele.

„Ich habe sie", flüsterte Trent.

„Wie lange?" Ants Stimme klang heiser.

„Fünf Minuten sollten reichen", meinte Ember. „Ich gucke auf die Uhr."

Jede einzelne Minute kam ihnen wie eine Ewigkeit vor. Als von Ember die Information „Noch eine Minute" kam, fühlte Lucinda plötzlich eine furchtbare Hitze in sich aufsteigen.

Sie schrie, ihre Knie gaben nach. Gray fing sie auf und hielt sie fest.

Knack. Klirr. Die Geräusche begannen bei ihren Füßen und bemächtigten sich von dort aus ihres ganzen Körpers, immer schneller und schneller. Beine, Rumpf, Arme, Hals, Kopf. *Knack. Klirr.* Sie war so schmerzlich, diese Befreiung. Die Magie hielt sie noch immer umfangen, weigerte sich, ihren Wirt aufzugeben, wollte nicht sterben. *Knack. Klirr.*

Lucinda spürte, wie sie steif wurde, dann verdrehte sie die Augen. Ein Licht explodierte in ihrem Kopf, golden und schwarz, hell und dunkel. Dann hörte sie eine weibliche Stimme sagen: *Du bist meine Auserwählte. Du und dein Gefährte sollen das Allumfassende beschützen, in der Seele, im Herzen, immerdar.*

„Lucinda!"

Endlich, endlich verließ der Schmerz ihren Körper, und als alles vorbei war, wusste sie ganz genau, was als Nächstes zu tun war. Lucinda lächelte Gray an. „Lass mich los. Ich weiß, was ich tun muss."

Er löste seinen Griff, und sofort eilte Lucinda zum Bett, wo Ant noch immer saß und Happys seelenlosen Körper umschlungen hielt. Es war so einfach. Sie nahm den glitzernden Ballon, den Trent erschaffen hatte, und der Zauber wich. „Geh nach Hause", flüsterte Lucinda der Seele zu. „Du hast noch etwas zu erledigen."

Dann legte sie kurz ihre Hand auf Happys reglosen Brustkorb. Wo ihre Hand gelegen hatte, glühte jetzt helles Licht. Die Seele versank in diesem Licht, und sobald sie in Happys Körper zurückgekehrt war, verschwand der Lichtschein.

Lucinda beugte sich vor und küsste Happy auf die Stirn. Dann flüsterte sie ihr ins Ohr: „Erwache!"

Happy holte tief Luft und öffnete die Augen. „Ach du Scheiße! Es hat geklappt! Ich fasse es nicht!"

Es war unfassbar, dass sich alles zum Besten gewandt hatte.

Lucinda war von ihrem Fluch befreit.

Und wenn sie wollte, war sie nun auch frei von ihm, von Gray.

Gray war so froh, dass Happy das Experiment überlebt hatte. Sie war zu aufgewühlt gewesen, um im Bett zu bleiben, also hatte Ant sie nach unten getragen, wo sämtliche Einwohner Nevermores sie umringten. Denn alle waren noch da, brachten ihr Tee und Plätzchen, schüttelten ihr die Kissen auf. Und Ant wich nicht einen Moment von ihrer Seite.

Ob Ant wohl wusste, dass sein Schicksal besiegelt war, fragte sich Gray. Auch wenn der Junge neunzehn und Happy erst sechzehn war – Gray las in ihren Gesichtern, dass es Liebe war. Und Liebe las er auch in seinem Gesicht, wenn er in den Spiegel sah.

Lucinda gab die perfekte Gastgeberin, füllte Teetassen und Teller, bis Ember und Rilton sie wegscheuchten. Jetzt stand sie im Wohnzimmer an den Türrahmen gelehnt und sah zu, wie sich die Leute unterhielten. Das war die Party, die sie immer gewollt hatte. Er hoffte so sehr, dass sie bei ihm blieb. Er würde auch gerne jeden Abend eine Party veranstalten, wenn ihr das solche Freude bereitete. Er wollte, dass sie lächelte, dass sie lachte, dass ihre Hand in seiner lag. Er wollte jeden Morgen neben ihr aufwachen und sich jede Nacht mit ihr vereinen. Er wollte mit ihr streiten und danach wilden, hemmungslosen Versöhnungssex mit ihr haben. Die Göttin stehe ihm bei, er wollte sogar mit ihr abwaschen! Er wollte mit ihr in der Bibliothek sitzen, selbst wenn Grit und Dutch dabei waren, und ihr vorlesen. Sie würden gemeinsam vor dem Kamin sitzen, sie den Kopf an seine Schulter gelehnt, und er würde Poe zum Besten geben. Als Erstes würde er ihr natürlich „Der Rabe" vorlesen. Dieses Gedicht erschien ihm angemessen.

Ob sie ihn noch wollte, jetzt, wo sie von ihrem Fluch befreit war und alles tun und jeden haben konnte, den sie wollte? Würde sie wirklich bei ihm bleiben?

Er sah sie an, und sein Herz schlug bis zum Hals. Er schob die Hände in die Taschen. Er war voller Zweifel, aber auch so verliebt in sie, dass jede Faser seines Körpers schmerzte. Sie wirkte auf einmal so gelassen. Als hätte sie ihren Platz in der Welt gefunden.

So wollte er sich auch gern fühlen.

Mit ihr an seiner Seite.

„Lass uns nach oben gehen", flüsterte er.

„Dafür haben wir jetzt keine Zeit."

„Nur für die Zukunft: *Dafür* ist *immer* Zeit. Aber eigentlich wollte ich nur mit dir sprechen."

„Okay."

Er nahm sie an der Hand und ging mit ihr nach oben ins Schlafzimmer. Auf dem Weg dorthin wiederholte er im Stillen, was er ihr sagen wollte. Doch als sie in dem Zimmer ankamen und er die Tür hinter ihnen geschlossen hatte, platzte es aus ihm heraus: „Bitte verlass mich nicht!“

„Ich werde dich nicht im Stich lassen.“ Ihre Augen suchten in seinem Gesicht nach Antworten.

Sah sie denn nicht seine Verzweiflung? Seine Liebe? Er versuchte nicht, es länger vor ihr zu verbergen, und auch nicht vor sich selbst.

Gray hatte einen Kloß im Hals. Wenn sie gehen wollte, würde er sie ziehen lassen. Er wollte nichts mehr, als dass sie glücklich war – auch wenn das ein Leben ohne ihn bedeutete. Doch er würde nicht länger so tun, als liebte er sie nicht oder als wollte er nicht am liebsten den Rest seines Lebens mit ihr verbringen.

„Ich liebe dich, Lucinda.“

Erstaunt und forschend zugleich starrte Lucinda ihn an.

„Doch ich will dich nicht unter Druck setzen. Wenn du nicht dasselbe für mich empfindest, ist das in Ordnung. Ich will nur, dass es zwischen uns keine Lügen und keine Geheimnisse gibt. Und ich werde dich nicht zwingen zu bleiben, wenn du gehen willst. Ich bitte dich nur … Denk einfach darüber nach, ja? Für immer meine Frau zu sein.“

„Du liebst mich?“

Tränen rannen ihre Wangen herunter, und Gray kam sich vor wie ein Arschloch. Er hatte sie zum Weinen gebracht. Was für ein Vollidiot war er bloß. Er nahm sie in den Arm und wischte ihr die Tränen ab. „Ich mache alles falsch! Verdammt. Ich …“

Lucinda legte ihm einen Finger auf die Lippen. „Schsch. Bitte sag nichts. Ich liebe dich auch, Gray. Wenn du nicht da bist, bin ich nur ein halber Mensch. Ich will hierbleiben, an deiner Seite. Solange du mich willst. Nichts habe ich mir jemals sehnlicher gewünscht.“

„Bis zum Ende aller Zeiten?“

„Hmm." Sie neigte den Kopf. „Da muss ich erst in meinen Kalender schauen."

„Also wirklich!" Er packte sie und warf sie aufs Bett.

„Gray, unsere Gäste!"

Sein leidenschaftlicher Kuss unterband alles, was sie sagen wollte. Dann grinste er sie an. „Unsere Gäste sind bestens versorgt. Niemand wird uns vermissen."

„Du verstehst wohl nicht, wozu ein Kalender gut ist, oder? Ich kann dich vermutlich für Dienstag vormerken."

„Merk mich für jeden Tag vor", murmelte er, zog ihr die Bluse aus und bedeckte ihre zarte Haut über und über mit Küssen. „Und zwar für den Rest unseres Lebens. Nein. Für alle Ewigkeit."

Lucinda fuhr ihm mit den Fingern durchs Haar, und er sah sie an. Ihr Blick war voller Liebe. Liebe für ihn. Jetzt endlich spürte er, dass auch er seinen Platz gefunden hatte. In der Welt.

Und in der Liebe.

– ENDE –

Lesen Sie auch:

Kerrelyn Sparks

Der Vampir auf dem heißen Blechdach

Band-Nr. 65055
8,99 € (D)
ISBN: 978-3-86278-316-8

Olivia ertrug es mehrere Stunden lang, von den älteren Dorfbewohnern in gebrochenem Englisch sanft ausgeschimpft zu werden. Ihr Vergehen: Yaya, ihre arme Großmutter, sechs lange Jahre lang nicht besucht zu haben. Es machte dabei nichts, dass sie sich jedes Jahr zu Weihnachten in Houston sahen, wo ihre Familie lebte und ihre Großmutter jeden Winter einige Monate verbrachte. Olivia war dennoch schuldig, weil sie das Herz ihrer armen verwitweten Großmutter gebrochen hatte.

Zur gleichen Zeit hüpfte diese Großmutter mit einer Reihe junger Männer auf der Tanzfläche umher, rief fröhlich „*Oppa!*" und zerbrach dabei Teller. Olivia ging also davon aus, dass sie sich die Schuldgefühle sparen konnte. Sie trank mehr Wein als gewöhnlich, in der Hoffnung, besser schlafen zu können, aber jetzt, zwei Stunden später, war sie immer noch hellwach.

Und sie zweifelte wieder einmal an ihren Gründen, die sie zum Kommen bewogen hatten. Ihr Vorgesetzter hatte darauf bestanden, dass sie Urlaub nahm, aber ein Teil von ihr wendete ein, dass noch nie irgendein Problem durch Davonrennen gelöst worden war. Sie hätte sich dem Monster noch einmal stellen sollen. Sie hätte ihm klarmachen müssen, dass das Spiel aus war. Keine kranken Manipulationsversuche mehr. Und was, wenn ihr Weglaufen nur bewies, dass er immer noch die Fäden in der Hand hielt?

Eine kühle Brise wehte vom Meer her das felsige Ufer hinauf bis in den Hof hinter dem Haus ihrer Großmutter. Olivia schlang ihre weiße Decke enger um ihren grünen Baumwollpyjama. Sie würde nicht mehr über ihn nachdenken. Er konnte sie hier nicht finden.

Sie atmete die kühle, salzige Luft ein. Es war herrlich ruhig, nur der Klang der Wellen drang vom Strand herauf, und in den Tamarisken raschelte eine Brise. So friedlich. Nur ihre Füße erfroren fast auf den Steinfliesen.

Sie tapste über den Innenhof. Alles sah fast so aus, wie sie es in Erinnerung hatte. Bei ihrem letzten Besuch, im Sommer nach ihrem Highschoolabschluss, hatte ihr Vater die Laube gebaut, die jetzt im linken Teil einen kleinen Abschnitt überdachte. Der Wein, der sich daran emporrankte, war gewachsen. Seine Zweige wanden sich wie Schlangen um das hölzerne Gerüst. Im dunklen Schatten der Laube konnte sie den Holztisch und die vier Stühle, die ihr so vertraut waren, kaum erkennen.

Der Rest des auf allen Seiten eingeschlossenen Hofes lag unter freiem Himmel. Der Halbmond spiegelte sich in den gekalkten Wänden von Yayas Haus und den hüfthohen Mauern, die die Terrasse umgaben. Drei große Tonkrüge, jeder mit einem kleinen Zitronenbaum bepflanzt, standen an der rechten Wand aufgereiht. Am Fuß eines jeden Baumes wuchsen grüne Büschel aus Petersilie und Minze. In der gegenüberliegenden Ecke stand ein Kübel voll roter Geranien neben den Steintreppen, die zum Strand hinabführten.

Neben den Geranien entdeckte sie das Teleskop, das Yaya letzte Weihnachten von Olivias Vater geschenkt bekommen hatte. Ein ausgezeichnetes Geschenk, fand sie, als sie in den Nachthimmel hinaufblickte. So viele Sterne. In der Stadt, zu Hause, waren sie nie so hell.

Sie hatte den Hof überquert und erreichte die gegenüberliegende Mauer, stützte sich mit den Ellbogen darauf und spähte zum Strand hinunter. Das Mondlicht glitzerte auf dem dunklen Meer und brachte den weißen Sand zum Leuchten.

„Kannst du nicht schlafen, Kind?“

Olivia wirbelte herum. „Yaya, ich wollte dich nicht aufwecken.“

„Ich bin ein sehr leichter Schläfer in letzter …“ Ihre Großmutter kniff die Augen zusammen. „Bist du barfuß?“

Ehe Olivia erklären konnte, dass sie vergessen hatte, Hausschuhe einzupacken, trippelte ihre Großmutter wieder ins

Haus und murmelte etwas von Skorpionen. Eine Minute später tauchte sie mit leuchtend roten Filzstiefelchen wieder auf.

„Die haben Einheitsgröße, also sind sie mir zu groß." Sie warf sie neben Olivia auf den Boden. „Dein Bruder Nicolas hat sie mir zu Weihnachten geschenkt. Was hat er sich dabei gedacht? Eine Frau meines Alters, in roten Stiefeln ..."

Olivia lächelte, als sie ihre Decke über die Mauer legte und sich dann hinabbeugte, um die Hausstiefel anzuziehen. Ihr Bruder hatte sich wahrscheinlich genau das Gleiche gedacht wie jedes andere Mitglied der Familie. Eleni Sotiris verhielt sich nie ihrem Alter entsprechend, es sei denn, es ging darum, ihren Willen durchzusetzen. Ihre Haare waren vielleicht grau, aber sie waren lang und schwer. Im Augenblick hingen sie zu einem langen Zopf geflochten über ihre Schulter. Sie war immer noch aktiv, ihre Augen waren scharf und ihr Verstand noch schärfer.

Eleni zog den Gürtel um ihren blauen Frotteebademantel fester. „Sag mir, was dich beschäftigt, Kind."

„Es geht mir gut. Nur der Jetlag, und ..." Olivia hielt inne, als sie den Unmut ihrer Großmutter spürte. „Tut mir leid. Ich bin es gewohnt, den Leuten zu erzählen, dass es mir gut geht, auch wenn es nicht stimmt."

Eleni seufzte. „Das verstehe ich ja, aber du weißt doch, wie unnütz es ist, mich zu beschwindeln."

Olivia nickte erleichtert, weil ihre Großmutter nicht wütend auf sie war. Sie wusste alles von der seltsamen Gabe dieser alten Frau, denn sie selbst war das einzige Enkelkind, das sie von ihr geerbt hatte. Beide Frauen bemerkten sofort, wenn ein anderer log. Und sie konnten die Gefühle der Menschen spüren.

„Ich kenne dich dein ganzes Leben lang, aber ich habe dich noch nie so ... aufgewühlt erlebt", fuhr Eleni fort. „Du warst glücklich und erleichtert, als du angekommen bist, und während der Feier warst du von mir genervt."

Olivia zuckte zusammen. „Tut mir leid."

Eleni winkte ab. „Ist schon gut. Dafür ist Familie doch da. Aber da ist noch etwas anderes, das dich beschäftigt. Etwas ... Dunkles. Und Verborgenes."

Olivia stöhnte innerlich auf. Es *war* verborgen. Sie hatte es seit Monaten verdrängt. „Es gibt ein Problem, aber ich ... ich will nicht darüber reden."

Sie nahm die Decke von der Mauer und legte sie sich um die Schultern.

„Es macht dir Angst", flüsterte Eleni.

Tränen stiegen in Olivias Augen. *Er* machte ihr Angst.

Tröstend legte ihre Großmutter ihr einen Arm um die Schultern und zog sie eng an sich. „Hab keine Angst, Kind. Hier bist du in Sicherheit."

Damit ihr keine Tränen kamen, kniff Olivia die Augen fest zusammen, während sie sich dankbar in die Arme der Großmutter schmiegte. Yaya war immer der Mensch gewesen, auf den sie sich am meisten verlassen hatte. Ihr hatte sie all ihre Geheimnisse verraten. Als sie noch jung war und sich nur mühsam an ihre empathischen Fähigkeiten gewöhnen konnte, hatte nur ihre Großmutter sie verstanden.

Eleni klopfte ihr den Rücken. „Wer macht dir Angst? Ist es ein Mann?"

Olivia nickte.

„Hat der Bastard dich schlecht behandelt? Ich könnte ihm deine Brüder auf den Hals hetzen, um ihm eine Lektion zu erteilen."

Olivia lachte. Ihre schlaksigen jüngeren Brüder könnten nicht einmal einen Chihuahua einschüchtern. Wie üblich war es ihrer Großmutter gelungen, ihre Tränen zu vertreiben.

„Überlass die Sache einfach ganz mir. Ich finde schon einen guten Mann für dich." Eleni trat zurück und legte ihren Kopf schräg. „Hat dir heute Abend irgendeiner gefallen?"

„Ich suche keinen Ehemann."

„Natürlich tust du das. Wie alt bist du jetzt, vierundzwanzig? In deinem Alter hatte ich schon drei Kinder."

„Ich habe einen Beruf. Und einen Universitätsabschluss, einen Master." Immer wieder musste die Großmutter mit diesem leidigen Thema anfangen.

„Und ich bin stolz auf dich. Aber es gibt nichts Wichtigeres als die Familie. Wie hat dir Spiro gefallen?"

„Welcher war das?"

„Der besonders gut Aussehende. Er hat rechts von mir getanzt."

Obwohl Olivia versuchte, sich zu erinnern, stach keiner der Männer besonders hervor. Sie waren alle zu einem schleimigen Ball aus Testosteron verschmolzen. „Ich erinnere mich nicht."

„Er ist ein guter Junge. Geht jede Woche mit seiner Mutter zur Kirche. Sehr guter Körper. Macht jeden Morgen in seiner Unterwäsche Liegestütze. Ist auch nicht zu behaart."

Jetzt wurde Olivia doch ein wenig hellhörig. „Und woher weißt du das?"

Eleni deutete auf das Teleskop.

Jetzt erst bemerkte sie, dass das Teleskop nicht in den Himmel gerichtet war. Sie ging mit wenigen schnellen Schritten darauf zu und spähte durch das Sichtstück. Eine gekalkte Mauer mit einem großen Fenster darin wurde sichtbar. „Yaya, was hast du angestellt?"

Sie zuckte mit den Schultern. „Ich bin alt, aber ich bin noch nicht tot. Spiro ist ein wunderschöner junger Mann. Und er kümmert sich gut um seine Ziegen. Du solltest mit ihm ausgehen."

Olivia rümpfte die Nase. „Was in aller Welt soll ich mit einem Ziegenhirten anfangen?"

„Kleine Kinder in die Welt setzen?"

„Ich kann nicht heiraten. Ich bin nicht einmal gut im Verabreden. Es geht immer schlecht aus. Ich weiß jedes Mal, wann ein Mann mich anlügt, und das ist leider meistens der Fall."

„Wir müssen dir einfach einen ehrlichen Mann finden."

„Ich fürchte, die sind den gleichen Weg gegangen wie die Dinosaurier." Olivia richtete das Teleskop aus, bis es nicht mehr auf Spiros Zuhause zeigte. „Wie hast du Grandpa kennengelernt?"

„Habe ich nicht. Meine Eltern haben die Ehe arrangiert."

„Wie alt bist du gewesen?" Olivia war erstaunt darüber, wie wenig sie von ihrer Großmutter wusste.

„Sechzehn. Ich stamme von Kos." Eleni deutete nach Süden, wo sich die Insel Kos befand. „Ich habe deinen Großvater erst hier auf Patmos bei unserer Verlobungsfeier kennengelernt. Ich habe Hector sofort gesagt, dass er mich nie belügen darf, weil ich es sofort herausfinde. Und dann mache ich ihm das Leben zur Hölle."

„Und damit hast du ihn nicht davongejagt?" Olivias Freund in der Highschool jedenfalls hatte das Weite gesucht, als er herausfand, dass sie ein menschlicher Lügendetektor war.

„Hector war überrascht, aber dann hat er gesagt, dass wir beide ehrlich sein sollten, denn wenn ich log, könnte auch er mir das Leben zur Hölle machen." Eleni lachte in sich hinein. „Und dann hat er gesagt, ich wäre die mutigste, schönste Frau, der er je begegnet war. Und ich wusste, dass er die Wahrheit sagte."

„Oh." Olivia war ganz gerührt. „Das ist ja süß."

„Sechs Monate nach der Hochzeit hat er mir gesagt, dass er mich liebt, und auch das war die Wahrheit." In Elenis Augen glitzerten nicht geweinte Tränen.

„Und er hat dich nie belogen?", flüsterte Olivia.

„Ein Mal. Als dein Vater noch jung war, ist er aus einem Baum gefallen und hat sich den Arm gebrochen. Hector hat gesagt, ich solle mir keine Sorgen machen und alles würde in Ordnung kommen. Aber das war gelogen. Er hatte furchtbare

Angst um deinen Vater. Genau wie ich."

„Das ist keine sehr schlimme Lüge. Er hat nur versucht, dich zu beruhigen."

Eleni nickte. „Nicht alle Lügen sind schlimm. Der Versuch, jemanden zu hintergehen, ist das Schlimme daran. Dein Großvater war ein guter Mann, möge seine Seele in Frieden ruhen." Sie bekreuzigte sich auf die Art der Orthodoxen, die rechte Schulter zuerst.

Olivia bekreuzigte sich ebenfalls, sozusagen aus Gewohnheit, denn seit ihrer Kindheit war sie so erzogen worden.

Eleni drückte ihre schmalen Schultern durch, als wollte sie nun dieser Gefühlsduselei ein Ende machen. „Ich koche dir einen Becher Kamillentee. Das hilft beim Einschlafen." Sie ging eilig zurück ins Haus.

Noch einmal stützte sich Olivia mit den Ellbogen auf die Mauer zum Innenhof und sah hinab auf den Strand. Eine Brise wehte ihr eine Haarsträhne ins Gesicht, die sie zur Seite strich. Eigentlich hatte sie ihre langen Haare mit einer großen Klammer am Hinterkopf festgesteckt, aber ein paar frechen Strähnen war es wie immer gelungen zu entkommen.

Sie atmete tief ein und genoss ihre Einsamkeit. Es gab Zeiten, wie vorhin bei der Willkommensparty, in denen es ihr schwerfiel, ständig alle Gefühle von allen Menschen um sich herum spüren zu müssen. Es fühlte sich dann an, als würde sie ertrinken und ihre eigenen Gefühle unter der Flut, die auf sie eindrang, begraben werden, bis sie fürchten musste, sich selbst vollkommen zu verlieren. Mit den Jahren hatte sie gelernt, damit umzugehen, aber manchmal wurde es ihr doch zu viel, und sie musste der Menge entkommen, ehe sie verrückt wurde.

Immerhin, bei ihrem Beruf hatte ihre Gabe der Empathie geholfen. Leider hatte ihre einzigartige Begabung auch dafür gesorgt, dass dieses Monster besessen von ihr geworden war. *Denk nicht an ihn. Hier bist du in Sicherheit.*

Eine Bewegung links von ihr riss sie aus ihren Gedanken. Aber als Olivia sich zu der Tamariskengruppe umdrehte, sah sie nur, wie die Bäume sich in der Brise wiegten. Nichts Seltsames war zu sehen.

Dann entdeckte sie ihn. Die einsame Gestalt eines Mannes tauchte aus den dunklen Schatten der Bäume auf. Er joggte am Strand entlang. Um diese Zeit, mitten in der Nacht? Als das helle Mondlicht ihn erfasste, stockte Olivia der Atem.

Sein Körper war atemberaubend, und auch wenn es aus der Ferne schwer zu beurteilen war, ging sie davon aus, dass auch sein Gesicht schön war. Er war in dunkle Joggingshorts und ein schlichtes weißes T-Shirt gekleidet und bewegte sich schnell und leichtfüßig über den Sandstrand. Seine Haut schien blass zu sein, aber das konnte auch am Mondlicht liegen.

Sie atmete tief ein, als er näher kam. Er war hochgewachsen. Sein T-Shirt spannte über wunderbar breiten Schultern, und die kurzen Ärmel lagen eng an seinem Bizeps an.

Wenn sie bloß sein Gesicht besser erkennen könnte. Ihr Blick wanderte hinüber zum Teleskop. Warum nicht? Schnell lief sie hinüber, richtete es auf den Mann und spähte durch das Sichtstück.

Oh ja, sein Gesicht war genauso schön. Seine Augen verrieten Wachsamkeit und Intelligenz. Blass, aber die Farbe konnte sie nicht erkennen. Sie hoffte auf Grün, das war ihre Lieblingsfarbe. Er hatte eine gerade, kräftige Nase, einen breiten Mund und einen kräftigen Kiefer, auf dem ein männlicher Dreitagebart sprießte. Ein grimmiger Ausdruck lag in seinen Gesichtszügen, aber das machte ihn nicht weniger attraktiv. Im Gegenteil. Es verstärkte seine Aura männlicher Kraft noch.

Während er an ihrem Haus vorbeilief, konnte Olivia einige Sekunden lang sein scharfes Profil bewundern, ehe sie ihren Blick auf seinen Körper richtete. Seine Brust weitete sich mit jedem tiefen Atemzug, und sie merkte, wie sie ihren Atem an seinen anpasste. Sie neigte das Teleskoprohr nach unten und entdeckte muskulöse Schenkel und Waden. Seine weißen Laufschuhe hinterließen einen gleichmäßigen Pfad im Sand.

Er lief den Strand entlang bis zu dem großen Felsen, den man auf der Insel Petra nannte, und gestattete ihr einen prächtigen Ausblick auf seine Rückseite.

„*Oppa*", murmelte sie, während sie ihn weiter durch das Teleskop beobachtete. Sie hatte während ihrer Ausbildung für das FBI jede Menge gut durchtrainierter Männer gesehen, aber dieser Kerl stellte sie alle in den Schatten. Wo bei den anderen die Muskeln gezwungen und massig wirkten, war dieser Mann vollkommen natürlich und bewegte sich schlicht, elegant und kontrolliert.

Sie konzentrierte sich immer noch auf seinen Hintern, als sie bemerkte, dass er stehen geblieben war. War er außer Puste? Er war ihr nicht erschöpft vorgekommen. Jetzt drehte er sich langsam herum und gestattete ihr einen langen Blick zwischen seine Beine. Olivia schluckte.

Sie richtete die Linse wieder nach oben. Oje. Sein Oberkörper war jetzt in ihre Richtung gewendet. Er konnte doch nicht … Sie hob die Linse noch ein Stück mehr und zuckte erschreckt zurück.

Er sah sie direkt an!

Sie ließ das Teleskop los und zog ihre Decke fester um sich. Wie konnte er sie gesehen haben? Der Hof war dunkel, und die Mauer reichte ihr bis an die Hüfte. Aber andererseits, die Mauern waren weiß gekalkt, sie selbst war in eine weiße Decke eingehüllt, und der Mond und die Sterne schienen hell. Vielleicht konnte er wirklich so weit sehen. Aber er hatte sie doch nicht hören können? Sie hatte kaum mehr als geflüstert.

Er näherte sich und sah sie dabei eindringlich an. Oh Gott,

er hatte sie dabei erwischt, wie sie ihn mit einem Teleskop begaffte! Sie presste eine Hand auf ihren Mund, um nicht laut zu stöhnen. Anscheinend wurde noch das leiseste Geräusch den ganzen Strand hinabgetragen.

Als er noch näher kam, brachte das Mondlicht sein Haar zum Glänzen. Rot? Auf der Feier war sie keinen rothaarigen Männern begegnet. Wer war dieser Mann?

Rachel Vincent
Soul Screamers 1 –
Mit ganzer Seele
Band-Nr. 65043
9,99 € (D)
ISBN: 978-3-89941-946-7
eBook: 978-3-86278-106-5
304 Seiten

Rachel Vincent
Soul Screamers 2 –
Rette meine Seele
Band-Nr. 65052
9,99 € (D)
ISBN: 978-3-89941-988-7
eBook: 978-3-86278-396-0
304 Seiten

Rachel Vincent
Soul Screamers 3 –
Halte meine Seele
Band-Nr. 65053
9,99 € (D)
ISBN: 978-3-89941-989-4

Deutsche Erstveröffentlichung

Gena Showalter
Die Herren der Unterwelt 5 – Schwarze Leidenschaft
Band-Nr. 65040
8,95 € (D)
ISBN: 978-3-89941-892-7
eBook: 978-3-86278-092-1
512 Seiten

Deutsche Erstveröffentlichung

Gena Showalter
Die Herren der Unterwelt 6 – Schwarze Lügen
Band-Nr. 65045
8,99 € (D)
ISBN: 978-3-89941-959-7
eBook: 978-3-86278-122-5
464 Seiten

Deutsche Erstveröffentlichung

Gena Showalter
Die Herren der Unterwelt 7 – Schwarzes Geheimnis
Band-Nr. 65056
8,99 € (D)
ISBN: 978-3-86278-325-0
eBook: 978-3-86278-412-7
464 Seiten

P. C. Cast
Tales of Partholon 1 – Ausersehen
Band-Nr. 65036
9,95 € (D)
ISBN: 978-3-89941-855-2
eBook: 978-3-86278-054-9
528 Seiten

P. C. Cast
Tales of Partholon 2 – Verbannt
Band-Nr. 65041
9,95 € (D)
ISBN: 978-3-89941-893-4
eBook: 978-3-86278-090-7
368 Seiten

P. C. Cast
Tales of Partholon 3 – Gekrönt
Band-Nr. 65047
9,99 € (D)
ISBN: 978-3-89941-966-5
eBook: 978-3-86278-134-8
368 Seiten

P. C. Cast
New Tales of Partholon 4 – Erhört
Band-Nr. 65059
9,99 € (D)
ISBN: 978-3-86278-335-9
eBook: 978-3-86278-426-4
384 Seiten